浄瑠璃を読もう

橋本治

新潮社

浄瑠璃を読もう　目次

写真　河原久雄
装幀　新潮社装幀室

浄瑠璃を読もう

まえがき

　ここで言う「浄瑠璃《じょうるり》」とは、人形浄瑠璃のことである。そのテキストを読もうと言うのである。私は、人形浄瑠璃のドラマが近代の日本人のメンタリティの原型を作ったのではないかと思っているのだが、そんなことを言ってもあまり耳を傾けてはもらえない。最大の理由は、人形浄瑠璃のテキストがあまり読まれていないからである。

　そのテキストは、院本《いんぽん》とか丸本《まるほん》と呼ばれる。院本は、中国の雑劇の名前を踏まえた呼び方で、丸本は「丸ごと全部の本」という意味である。昔の日本人が、中国の大衆演劇に人形浄瑠璃をなぞらえた。そして、その台本全部が出版されて読まれていたから、こういう言い方をする。人形浄瑠璃を歌舞伎化したものを「丸本歌舞伎」と言うが、あまり「丸ごと全部」を上演しないから、今となってはズレがある。ここで「読もう」と言う浄瑠璃は、その断片的ではなく「丸ごと全部」が本になっている、近世が生んだ文学の一ジャンルなのである。しかもこれは、作品の点数が大量にある。歌舞伎のドラマのかなりの部分は、これによっている。各地にある農民歌舞伎も、多くは人形浄瑠璃をベースにしたものである。「芸能」という形で、この文学は日本中に広まり、日本人のメンタリティを形成したはずなのだが、「形成した」というところで完了して、忘れられてしまったのかもしれない。もちろんそれは、現在も「文楽」として上演されていて、ユネスコの世界無形文化遺産にもなっているけれど、それがどういうストーリーなのかを知るのは、簡単ではない。どうしてかと言うと、「ストーリーが複雑だ」とか、「結局、古典だから文章が読みにくい」とかの理由もあるが、最大の理由は、テキストが手に入りにくいということである。

昔は、活字化されたものがけっこうあった。今はろくにない。だから、有名な作品でも簡単に読めないことがある。古本屋に行って、註釈なしのものを買って、その読みにくいものを読むしかない。註釈がついているから読みやすいというわけではないのだけれど、「本屋へ行けば売っている」というものではないところがつらい――そのように忘れられているものだから、それがどんなものかを知るためにも、「読もう」と言っているのである。

『仮名手本忠臣蔵』と参加への欲望

1

まず最初は、最も有名な浄瑠璃であるはずの『仮名手本忠臣蔵《かなでほんちゅうしんぐら》』である。幸いこれは、岩波書店の日本古典文学大系の一冊『浄瑠璃集・上』と、新潮日本古典集成の『浄瑠璃集』、小学館の新編日本古典文学全集の『浄瑠璃集』に活字化されている。三種類ものテキストが存在しているのは、喜ばしいことである。というわけで、その「お話」である――。

誰もが知る通り、『仮名手本忠臣蔵』は、赤穂浪士の討入を題材としたものである。浅野内匠頭《あさのたくみのかみ》が江戸城の松之廊下で吉良上野介《きらこうずけのすけ》に切りつけたのが元禄十四年（一七〇一）、主君の仇を討つために大石内蔵助《おおいしくらのすけ》とその一味が吉良邸へ侵入したのは、翌年の冬である。この事件をドラマ化した『仮名手本忠臣蔵』の初演は、その四十数年後の寛延《かんえん》元年（一七四八）で、上演場所はもちろん大坂

——現代の大阪である。人形浄瑠璃は「江戸時代の大坂の演劇」なのだ。

作者は、竹田出雲《たけだいずも》、三好松洛《みよししようらく》、並木千柳《なみきせんりゆう》の三人。江戸時代の元禄に起こった事件を、『太平記』の時代の暦応《りやくおう》元年（一三三八）に移している。江戸幕府が現実に起こった事件をそのままドラマ化するのを嫌ったという事情もあるが、それ以前に浄瑠璃は、「自分達の知っていることをそのままドラマにしない」という性質を持っている。つまり、『仮名手本忠臣蔵』は、『太平記』に仮託した赤穂浪士のドラマ」ではなく、ただ「『仮名手本忠臣蔵』というドラマ」なのである。

この全体は十一段に分かれる。元のテキストは、八段目の道行《みちゆき》にタイトルをつけるだけで、その他は第二、第三……というそっけのないものである（ついでに言えば、「第一」の文字はない）。構成は、以下の通りで、書かれているのは上演の際の場割りである。

（第一）鎌倉　鶴岡八幡
第二　同　桃井若狭助《もものいわかさのすけ》の館
第三　同　足利館の門前／松の間／裏門
第四　同　塩冶判官《えんやはんがん》の館
第五　京都近郊　山崎街道
第六　同　与市兵衛《よいちべえ》の家
第七　京都祇園　一力《いちりき》茶屋
第八　「道行旅路《みちゆきたびじ》の嫁入《よめいり》」
第九　京都近郊　山科の大星《おおぼし》由良助《ゆらのすけ》の住家

第十　堺　天河屋《あまかわや》
第十一　鎌倉　稲村ヶ崎／同　高師直《こうのもろなお》の館

暦応元年、足利尊氏は新田義貞《にったよしさだ》を滅ぼし、京都に室町幕府を開いた。と同時に、鎌倉の鶴岡八幡の改修工事も終わったので、京都から尊氏の弟直義《ただよし》が代参にやって来た。これが「大序」とも言われる『仮名手本忠臣蔵』のオープニングである。物語は、四季を追っての一年の展開で、最後は「雪の討入」になる。浅野内匠頭の傷害事件も春のことだから、オープニングの設定は旧暦の春二月下旬——桜の咲く一歩手前か、咲く頃になっているが、史実として足利尊氏が征夷大将軍になるのは、この年の八月のことである。もちろん、そういう細かいことはどうでもいいのが、浄瑠璃のドラマで、重要なのは、大序が「春の鎌倉」というそのことだけである。

京都に室町幕府が開かれたのなら、舞台を京都にすればいい。それなのに、わざわざ鎌倉にして、ここに尊氏の弟がやって来るのは、浅野内匠頭の傷害事件の背後に、「京都から江戸へ下って来た朝廷からの勅使接待」というものがあるからである。江戸時代のドラマに「鎌倉」という地名が出て来たら、それは「歴史時代の中に置かれてしまった将軍の居住地江戸」と同じことなのである。だから、時代設定は『太平記』である必要もないのだが、これが選ばれたのは、そこに高師直という人物がいたからである。浅野内匠頭に切られた吉良上野介は「高家《こうけ》」という役職のトップに立つ人物だった。だから、「京都からのお使者をお迎えする高師直」を出せば、それで「赤穂浪士の討入事件のドラマ化」という設定は満足される——設定はそれだけである。

高師直は「在鎌倉の執事」——すなわち、関東地方の最高権力者ということになっている。彼の下に、塩冶判官と桃井若狭助の二人の大名がいる——そのように勅使接待役の浅野内匠頭と彼のパートナーとなった人物が設定されているが、それだけで、その先の話はもう「事実」とは関係ない。

《嘉肴《かこう》有《あ》りといえども食《しょく》せざれば其味《そのあじわい》を知らずとは。国治《おさまつ》てよき武士の忠も武勇も隠るゝに。たとえば星の昼見えず夜は乱れて顕《あら》わるゝ。例《ためし》を爰《こゝ》に仮《か》名《な》書《がき》の太平の代の。政《まつりごと》。》

現代仮名遣いに直してしまったのであまり面倒なことを言いたくないが、浄瑠璃の原テキストに、現代的な句読点はない。すべてが「。」で、これは音楽の休止符に近い。なにしろ浄瑠璃は三味線の音と共に語るものだからである。引用文の「。」がなんとなくへんなのはそのためだが、これが有名な『仮名手本忠臣蔵』の書き出し、語り出しである。

一番初めの一行は、儒教の『礼記《らいき》』から来ている。「どんなにおいしいと言われるご馳走でも、食べてみなければその味は分からない」である。「平和になれば、武士のモラルも勇敢さも隠れるぞ」と来て、次は素敵である。「星は出ていても、昼間は見えなくなっている」ということを、江戸時代の人はちゃんと知っていたのである。《たとえば星の昼見えず》は、「昼行灯《あんどん》」と言われた、普段はボーッとしていて優れた人物かどうか分からなかった浅野家の国家老、大石内蔵助のことを指すという説もある。そうかも知れないが、私には、江戸時代の町人が昼の空を見て、「あそこに星は光ってるんだな、見えないけど」と思っていたことの方が重要である。単に、「星は昼の空にない」だけなのかもしれないが、そう思う方が、ロマンチックだ。

「太平の昼にそれは見えず、危機の夜には輝き出る」——そんな話をこれから分かりやすく書くというのが、《例を爰に仮名書の》である。討入の人数は四十七士、仮名文字の方も「ん」を除けば四十七字。《仮名書》は「分かりやすく書く」で、タイトルの『仮名手本』もここから出ている。こちらは、「四十七の立派なお手本」でもある。こういう書き出しで始まる『仮名手本忠臣蔵』は、もちろん、四十七士の討入を称えている。がしかし、それが百パーセント手放しのことかどうかは分からない。「題材となるものをいきなりけなして始める」という方法はない——ということを考えれば、「形式上称えることから始める」だって考えられる。なにしろ、その冒頭は《嘉肴有りといえども食せざれば其味を知らず》なのである。「忠臣と言われる人達の立派と言われる行動だって、詳しく見てみなければ、その本当のところは分からない」という意味だって、この冒頭には隠されている（のかもしれない）のである。『仮名手本忠臣蔵』は、そう単純なドラマではない。

というところで、本篇へ戻る——。

2

足利直義が鶴岡八幡へやって来たのには、また別の理由がある。討死した新田義貞の兜を奉納するためである。直義がそれを言うと、高師直は反対する。「関東で一番エライ」ということになっているこのオヤジは、面倒なことが嫌いなのである。新田義貞の死んだ戦場には、兜が四十七も落ちていた。どれが義貞の兜かは分からない。また、死んだ敵将の兜を神社へ奉納する理由もない——そう言って、将軍の弟にさえ逆らう師直に、若くて真面目で「私は頭がいい」と思っている桃井若狭助が口を出す。「死んだ義貞の遺品を丁重に扱えば、敵の残党も感心して降伏することになる。それが尊氏公のお考えでしょう」と若狭助は言って、それに反対する師直を「卒爾《そつじ》（軽率）」

と言う。言われて師直はカチンとなって、「肝心の兜が見分けられるのか」と、若狭助を怒鳴りつける。そこに口を出すのが、思慮深くまた日和見でもある塩冶判官で、「二人の言うのはどちらもごもっとも、ご決着を直義公にお願いします」と言う。ここまでで、師直、若狭助、判官のキャラクターはきちっと書き分けられている。

そしてところが、直義は、「本物の兜を見分ける方法」を既に知っていて、塩冶判官の妻「かほよ（顔世）」を呼び出す。

かつて、顔世御前は後醍醐《ごだいご》天皇に仕える女官で、天皇が義貞に兜を賜わされる場にいた。顔世は、新田義貞の兜には、正倉院にある名香蘭奢待《らんじゃたい》が薫《た》き染めてあるから、匂いで分かると言う。そして、有名な顔世による「兜改め」が行われる。堅苦しい公式の場に女を出して色っぽさを演出してしまうのが江戸時代の作劇法だが、ここから話は妙な方向——江戸の観客にとっては「案の定」の方向へ進む。師直は、かねてから顔世御前に横恋慕《よこれんぼ》をしているからである。

「他人の妻」でも平気なんだから、「不倫」とは言えない。ただ「横恋慕」である。直義一行が去った後、師直は顔世と二人その場に残って、彼女を強引に口説き始める。師直は顔世に恋文を渡し、顔世はどうしようかと困る。師直は夫の上司だから、突っ返せば問題が起こる。持って帰って夫に見せたら、夫が怒ってどうなるか分からない——そう思って、顔世は恋文をポイと捨てるが、極めつけのセクハラオヤジは、「あんたがさわったと思うと、この手紙も愛しい」のフェチぶりを見せて、「あんたが従わなかったら、あんたの亭主はどうなる？」と脅しかける（実は、そのフェチぶりは、『平家物語』の小督《こごう》のところに書かれるもののいただきでもあるのだが、そんなことはどうでもいい）。

顔世は危機で、その場にやって来るのが、頭のいい若狭助。「ご用がすんだらさっさとお戻りなさい」と、なに食わぬ顔で顔世をその場から去らせる。前の一件もあって、ここで師直と若狭助は一触即発の状態になる——そのところへ、兜の奉納をすませた直義一行が戻って来る。判官もその列に加わっていて、若狭助と師直の険悪状態に自分も一枚嚙んでいるとは知らぬまま、師直に向かって行こうとする若狭助を、判官は制止する——ここまでが第一（大序）で、第二（二段目）はその翌日になる。

桃井若狭助の館では、下僕達が昨日の鶴岡八幡の噂をしている。館の中では、若狭助の奥方が病気で寝ている（だから舞台には現れない）。「平穏が第一」と思う、若狭助の家老の加古川本蔵《かこがわほんぞう》は、「つまらん噂話をするな」と、奴《やっこ》達を追い払う。そこへ、奥方の看病をしていた本蔵の妻の戸無瀬《となせ》と、娘の小浪《こなみ》が現れる。小浪は本蔵の死んだ先妻の娘で、戸無瀬は若い後妻。「平穏が第一」の本蔵は、ずるいことも平気でやる、白髪頭の総務系管理職で、そこにまだ二十代か三十になったばかりの妙に陽気な後妻がいて、十代の先妻の娘とは友達母娘のようになっているのが、浄瑠璃の持つ現代性である。

戸無瀬はめんどくさい世の中のことには関心を持たず、小浪もまた同様だが、病気の奥方はどこから聞きつけたのか、昨日の鶴岡での師直と若狭助の言い争い事件を知って心を痛めている。だから、「本蔵殿はなにかご存知？」と、戸無瀬は言いかけるのだが、夫の本蔵はこれをさえぎって、「なぜ知らないと言わない。なんにもなかったことにするんだ」の一点張り。「奥方にもそう報告して来る」と立ちかけたところに、塩冶判官のところから、大星由良助の息子の力弥《りきや》がやって来る。

力弥は、明朝に控えた足利館での直義接待の段取り確認のために来たのだが、力弥と小浪は許嫁《いいなずけ》の関係にある。だから、「問題はなにもない」を身上《しんじょう》とする本蔵は気をきかせて、戸無瀬に「相手をしろ」と言ってその場を去る。言われた戸無瀬は、「お父様も気がきかないわねェ」と言って、「私じゃなくてあなたがお相手なさい」で、これまた小浪を残して去って行く。小浪が待つところに力弥が現れて、昔の十代だから、許嫁でも手さえ握らない。「お役目大事」の力弥は、真面目に使いの口上と明日の段取りを言うのだが、問題意識ゼロの加古川家の娘は、ポーッとしているだけでらちもない。そこへ若狭助本人が現れて、「おお、聞いた、聞いた」で、力弥を帰す。「お使者、大儀《たいぎ》」と若狭助に言われた力弥は、「お取次《とりつぎ》の女中御苦労」と他人行儀なことを小浪に言って、帰って行く。

そういう段取り、あるいは人物紹介があって、やっとこの場の眼目である、本蔵と若狭助の秘密のやりとりになる。歌舞伎でこの「桃井若狭助館の場」はまず上演されないが、ノンキと緊迫が交差するこのシーンは、とても浄瑠璃的な場ではある。

小浪を追い払った後で若狭助が家老の本蔵に洩らすのは、ほとんど「吉良にいじめられた浅野内匠頭の苦しい胸の内」である。「直義公の接待を言いつけられてから、師直にはいじめられ通しの恥のかき通しで、堪忍袋の緒が切れかかっているから、止めるな。師直を討ち果す」と。こういうところで、『仮名手本忠臣蔵』は「浅野内匠頭の傷害事件」という素材を明らかにしてしまっているのだが、もちろん、桃井若狭助は「浅野内匠頭」に該当する人物ではない。「自分達の知っていることはそのままドラマにしない」という、浄瑠璃作者の本性が、ここら辺から現れる。

若狭助の言うことはもっともだが、しかし家老の本蔵は、自分の主人がどんな性格かは知っている――鶴岡八幡で明らかになったような、「キレやすく単純な真面目人間」である。「この殿様を止めても無駄だな」と思う本蔵は、「分かりました。このようにバッサリやっておしまいなさい」と言って縁先の盆栽の松の枝を切り、別の手を打つことを考える。本蔵は、「明日は早いのでおやすみなさいませ、遅れぬように」と言って殿様を寝かしてから「馬引け！」と言って、師直の邸へ出掛けて行くのである。

浄瑠璃の時間経過は、分かったようで分からないところもあるが、本蔵が出掛けて二段目が終わると、第三（三段目）はもう翌日夜明け前の足利館の門前である。ここに、高師直を乗せた駕籠と、これに従う家老鷺坂伴内《さぎさかばんない》がやって来る。若狭助は、「師直を殺ったる！」と決めているが、師直は、若造の若狭助なんか眼中にない。師直が思うのは、「どうやって顔世をものにしてやろうかな」だけである。そこへ、師直の屋敷へ一足違いで着いた加古川本蔵が、追いかけてやって来る。師直と伴内は、「さては、腰抜けの若狭助が家老に言いつけて、復讐をさせに来たな」と身構えるのだが、そうではないというところで、ドラマは大きなカーブを切る。

3

下僕を連れて現れた本蔵は、師直の前にずらずらと進物の金品を並べる。そして、《若輩《じゃくはい》の若狭助。何《なん》の作法も覚束《おぼつか》なく。いかゞあらんと存《ぞん》ずる所に。師直様万事御師範を遊ばされ。諸事を御引廻し下され候故《そうろうゆえ》。首尾《しゅび》能《よく》御用相勤《つとめ》るも全《まったく》主人が手柄にあらず。》と、師直を持ち上げる。

欲に目がくらみながら、師直は「本蔵の背後で起こりつつある若狭助の状況」を理解するが、別に恐れるわけでもない。「なんだ、あんな若造、丸め込むのはわけがない」と思って、《是《これ》は〱〱痛入《いたみいっ》たる仕合《しあわせ》。》と受け入れ、更には、「あんたも一緒に御殿へ来なさい。私が一緒なら、誰も文句は言わないよ」と、本来なら登城の資格のない倍臣《ばいしん》――「家来の家来」で「直参の若狭助の家来」の意味――の本蔵を、足利家の館の中へ連れて行く。「あんたも心配だろうから、一緒に来なさい」というところだろう。そして本蔵は足利館の中に入るのだが、浄瑠璃作者はここに注目すべき文章を置く。

《金で頬《つら》はる算用に。主人の命も買《こう》て取《と》る。二《に》一天作《いちてんさく》そろ盤の。けたを違《ちが》えぬ白鼠《しろねずみ》。忠義忠臣忠孝の。道は一筋真直《まっすぐ》に打連《うちつれ》。御門に入《いり》にける。》

《二一天作》は、その後に「五」と続く算盤《そろばん》の用語で、「10÷2＝5」のこと。本蔵は確かな計算をしたということだが、問題はその後にある。《忠義忠臣忠孝の》の《忠《ちゅう》》の音は、鼠の鳴き声にひっかけてある。《白鼠》は福を呼ぶ縁起のいいものだということにもなっているが、ここは、本蔵の白髪頭にも引っかけているはずで、浄瑠璃作者は、本蔵の《忠》を嗤《わら》っていることにもなる。「本蔵は卑しいやつだ」ということでもあるが、しかし、後の展開で、加古川本蔵がこの作品の「影の主役」というべきものになることを考えると、この「鼠の鳴き声」は、『仮名手本忠臣蔵』の根本にも関わるほどの大皮肉となる。

　加古川本蔵というのには、モデルがいる。江戸城松之廊下で浅野内匠頭を抱き止めて、刃傷を制止した人物、梶川与《かじかわよ》惣兵衛《そべえ》である。ただそれだけの江戸城中の通りすがりの人物に、「加古川本蔵」という名前を与えて、影の主役にしてしまったのが、『仮名手本忠臣蔵』の作者達である。「浅野内匠頭を抱き止めた人間は、なにを考えていたんだろう?」という、普通の人間なら考えないような発想だが、その人間が、《白鼠》で「チュー・チュー・チューの忠義」という表現はすごい。ついでに言うなら、「加古川」は赤穂とは少し距離があるが同じ播磨の国を流れる川の名前で、加古川市の加古川。『仮名手本忠臣蔵』の作者は、実のところ「忠臣」とか「忠義」にかなり懐疑的なのだ。

本蔵を連れて、師直と伴内は「江戸城」と目される足利館へ入る。そこへやって来るのが、家来の早野《はやの》勘平《かんぺい》を連れた塩冶判官である。本文によると、「桃井若狭助は既に登城を完了していて、今また高師直も登城した」である。塩冶判官は、おっとりした性格でもあるが、と同時に「状況を呑み込めぬ人物」でもある。

塩冶判官と勘平が入ると、その後から顔世御前付きの新参の腰元「かる(お軽)」がやって来る。いろいろ考えた末、顔世は師直に対して断りの手紙を書くことにした——そして、書いたはいいが、また悩む。《お取り込の中間違《まちが》うまいものでなし。マァ今宵はよしにしよう》と思うのだが、お軽は、「そんなの、私がちょっと行って、勘平さんにお渡しすればいいことでしょ。勘平さんから殿様にお渡しいただいて、殿様から師直様にお渡しすればいい」で、顔世の手紙を持ってやって来た。まったく、余計なことをする女だが、この「主人の複雑な状況をまったく推測しない新入りの腰元お軽」は、「今時の新人OL」と考えて一向に間違いがない。こういう女性が登場してしまうところが、『仮名手本忠臣蔵』のすごさである。

お軽は、京都近郊の山崎に住む百姓の娘である。兄の平右衛門《へいえもん》は、塩冶家の足軽になっている。そのつてを頼って腰元になったのだろうが、お軽はその名の通り「軽い女」である。後の「第六」

で、《ちいさい時から。在所《ざいしょ》をあるく事さえ嫌いで。》と語られる人物でもある。「田舎なんか、歩くのもいや」という娘が、都会に憧れてOLになったのである。目的は一つしかないだろう。しかも、塩冶の御家中には、その「目的」がちゃんと裃《かみしも》を着て存在していた。三十の手前の早野勘平は、お軽にとって、とびっきりのイケメンだったのである。すぐにお軽は、勘平と出来てしまった。奥様の顔世御前は、「このお断りの手紙、どうしようかしら?」と悩んでいるが、お軽は、「その手紙持ってけば勘平さんに会えるな」とだけ考えて、「私、ちょっと行ってきますよ」で、勝手に使いに出てしまったのである。夜の使いで、奴《やっこ》を供に連れて来たけれども、「もうすぐ勘平に会える」となったら、「あんたはもういいから、帰んなさい」で追っ払ってしまう。どこまでも「勘平さんに会いたい」で、会ったらどうするも決まっている女なのである。

お軽は、門の外から勘平を探すと、運よくそこに勘平がいるから事情を話し、「お手紙はお渡しするからここで待ってろ」と勘平が言うと、門の内から「判官様が呼んでいる」と彼を呼ぶ声がする。勘平が文箱を持って去ると、入れ替わりに出て来るのが、師直の家老の鷺坂伴内である。師直が顔世に気があるのなら、伴内はお軽に気がある。伴内は勘平を騙してその場を去らせたのだが、「忠臣蔵はどこへ行った?」と言いたいような展開である。伴内は、「一度でいいからさ」とお軽に抱きつく。お軽は、自分のことを棚に上げて、《コレみだらな事遊ばすな。》と突きのける。と、「伴内様、師直様がお呼びです。大至急どうぞ」と言って奴が出て来る。「ちェッ」とばかりに伴内が門内に入ると、入れ替わって出て来るのが勘平で、「どうだ、今の? 人を使ってうまくだましてやっただろう?」と得意になっているから、ますます「忠臣蔵はどこへ行った?」だが、お軽はそんなことにまったく頓着しない女で、「うまく行ったついでに、ね?」と、勘平の手を取る。さすがに勘平は、「おい、ちょっと待てよ」と言うが、お軽は、「待ってたら夜が明けちゃうわよ。しよう、しよう」である。勘平も《下地は好也《すき》》の「本来は好き者」だから、それでお軽と勘平は、館の奥から聞こえる謡の声が「高砂の松の根方に腰を下ろせば」というのを聞いて、「座ったままでもいいか」ということにして、どっかへ行ってしまうのである。

家来達がそういうことをやっている間に、一方御殿の方は——で、松の間である。

4

桃井若狭助は、「師直が現れたら叩っ切ってやる」の勢いで、松の間にいる。そこに伴内を連れて現れた師直は、いきなり刀を差し出して平あやまりになる。拍子抜けした若狭助は、「こんなものを切ったら刀の汚れだ」という心境になっているが、師直の方はここぞとばかりに、目下の若狭助にゴマをする。逃げ出したくなった若狭助が、「気分が悪い」と言うと、「じゃ、お薬を差し上げましょうか」と、師直は更にろくでもない。若狭助は逃げ出すつもりで、師直主従に付き添われて去って行く——これを本蔵が物陰から見ていて、「ああ、よかった」と思うところに、判官が現れる。そして、「バカな若造にペコペコして、ああ、気分が悪い」と思う師直が戻って来る。

師直は、ただでさえ八つ当たりをしたい気分でいて、そこに現れた塩冶判官は、顔世御前の書いた「お断りの返歌」さえも手にしている。事情を知らない判官は、知らないまま顔世から托されたものを渡し、それを見た師直は、煮え湯を飲まされた気分になる。なにも知らないまんま平然と座っている判官の顔を見ると、「この野郎、夫婦揃って人を嗤いやがって！」の気分になる。かくして、一方的に堪忍袋の緒を切ってしまった師直は、思いつく限りの罵詈雑言《ばりぞうごん》を判官に浴びせ、さしもの判官も堪えかねて、刀を抜く。

師直は額を切られ、「あと一刀」と思う判官の体を、物陰に隠れていた本蔵が飛び出して押さえ、《コレ判官様御短慮《たんりよ》と抱きとむる其隙《そのすき》に師直は。館をさしてこけつまろびつ逃《に》げ行《ゆけ》ば。おのれ師直真《ま》っ二つ。はなせ本蔵放しやれとせり合《あう》内。館も俄《にわか》に騒出《さわぎだ》し。家中の諸武士大名小名。押えて刀もぎ取《と》るやら。師直を介抱やら上を下へと。》という大騒ぎになる。

殿中では大騒ぎだが、一方、その門の外では——である。

時間外の業務をオフィスラブで過ごした勘平は、殿様が大事件を起こした時、館の外にいる。目の前の裏門は閉められて、事情を知ることも出来ない。「どうしたんだ？」と尋ねると、中から「塩冶判官は閉門となって、罪人扱いで屋敷へ戻された」と教えてくれる。「これはもう生きていられない」と、勘平は心に決めて腹を切ろうとするが、お軽がこれを止める。お軽の論理は、「責任は私にある」で、《死《しぬ》る道ならおまえよりわたしが先へ死《しな》ねばならぬ。今おまえが死《し》んだらば誰《た》が侍じゃと誉《ほめ》まする。》で、いつの間にか論理も怪しくなって、《爰《こゝ》をとっくりと聞分《わけ》て。わたしが親里へ一先《ひとまず》来て下さんせ。とゝ様もかゝ様も在所でこそあれたのもしい人。》ということになる。なにを聞き分けるのかは知らないが、お軽は、勘平を死なせたくないのである。「別に、侍なんかやってなくたっていいじゃないの。私の家に来れば、父さんだって母さんだって、あんたの面倒みてくれるわよ」なのである。お軽がそうなら、勘平も熱に浮かされたみたいで、「そうだ、ご家老の大星由良助様は、まだ本国にいらっしゃって、鎌倉にはいない。大星様に会ってお詫びしてからで

ないと死ねない」と、わけの分からないことを言い出して、お軽と共にとんずらの決心をする。そ
こへ伴内が家来を連れてやって来るのを、頭に来た勘平はやっつけてしまうが、「不祥事の責任を
恐れていつの間にか行方をくらましてしまうしょうもない男女の原型」は、ここにちゃんと存在す
るのである。
今の歌舞伎の『仮名手本忠臣蔵』では、このお軽と勘平のシークエンスを、ほとんど上演しない。人形浄瑠璃からの伝統を色濃く残している本場関西——既に言ったが人形浄瑠璃の本場は大坂である——では、このシークエンスを上演することも多いが、東京ではこれをやる代わりに、原作にはない「お軽と勘平の道行」ですませてしまう。満開の菜の花と富士山の見える戸塚山中を美男美女が道行をして、そこに追っかけて来た鷺坂伴内を勘平がやっつけるというシーンだが、これは、幕末になって作られた別物である。お軽と勘平が「濃厚に生々しい現代人」であるということを十分に承知した江戸人は、その生々しさに飽きて、代わりに「きれい」を採用した結果がそのまま受け継がれているのである。お軽と勘平をただ「きれい」にしてしまうと、後の第五、第六、第七と続く物語にリアリティがなくなってしまう。お軽と勘平は「どうしようもない現代人」だからこそ、ああいう悲劇を演じなければならないのだから、やはりここはちゃんと上演してほしい。

人形浄瑠璃の文楽の人形達は、精々「眉を上げる」とか「口を開ける」程度で、顔に表情を持たない。お軽や勘平や、その他、塩冶判官、顔世御前、桃井若狭助も、みんな「動きのない美男美女の顔」である。これを語る太夫《たゆう》も、大真面目な表情を崩さない。その、表向きの愛想のなさは、歌舞伎のお軽と勘平における「ただきれい」に通じるものではあるけれど、「大真面目」で「美男美女」でありながら、そこで語られるドラマは、今までに述べたような、生々しい現代人のドラマな

のである。決して、《国治てよき武士の忠も武勇も隠るゝに》云々の、「立派を語る物語」ではない。《嘉肴有りといえども食せざれば其味を知らず》なのである。どんな「味」なのかは分からない。

5

物語は第四（四段目）の塩冶判官の館になり、「順当なる忠臣蔵」と言いたいような展開を見せる。閉門を申しつけられた塩冶判官の館へ、二人の上使が訪れる。判官は既に切腹の覚悟をしているが、鎌倉を離れている由良助に一目会いたいと思う。「力弥、由良助は？」「いまだ参上仕《つかまつ》りませぬ」の有名なやりとりがあって、判官が腹に刀を突き刺すと、全篇の中心人物となるべき大星由良助が現れ、「この刀は汝《なんじ》へ」と言って首筋を掻き切り、由良助は息絶えた判官の恨みの籠った短刀を手にする。判官は「師直への復讐」を望んでいて、それはまた観客の願望でもある。

由良助は短刀を持って、判官は息絶え、顔世は泣き叫び、判官の遺骸は顔世に付き添われて寺へ送られる。館の明け渡しを迫られる家来達は、「館を枕に討死」と言うが、大星と並ぶ家老の斧九《おのく》太夫《だゆう》と息子の定九郎は、判官の貯えた金を家臣達で分けようと提案する。由良助は、あえて「館を枕に討死」という強攻策を打ち出し、臆病な九太夫とその息子を追い払うが、しかし「御公儀（足利幕府）に対して弓を引く意志はない」と言って、その先をいゝ曖昧にさせる。由良助と家臣達は館をおとなしく明け渡し、《思えば無念と館の内を。ふり返り〳〵。はったと睨《にらん》で立出る。》ということになる。

大星由良助＝大石内蔵助が登場し、「城明け渡し」ということになって、館を出て行く——その手には、塩冶判官の恨みの籠った切腹の短刀があり、夜の中を出て行く由良助は、消滅する塩冶判官家の家紋のついた提灯の紋を、そっと懐にしまう。そういう幕切があるのだから、「この後は、いよいよ〝忠臣蔵〟なんだろうな」と、思いたい人は思うだろう。ところがしかし、再三言うように、『仮名手本忠臣蔵』の作者達は、「事実」や「史実」にまったく関心がないのである。「これを見ていれば、〝忠臣蔵＝赤穂浪士の物語に関する情報〟が得られるかな」なんてことを考えても、無意味なのである。この後に続くのは、「逃亡したお軽と勘平のその後」であり、「塩冶判官を抱き止めた加古川本蔵一家のその後」なのである。やっと登場した大星由良助は、この二つのドラマの見届け人的な役割りしか果たさない。

どうしてかというと、浄瑠璃というものが、そういうものだからである。

江戸は、町人文化の時代である。その時代の大坂は、武士なんかより町人の方がずっと多い、町人の都市である。そして、町人というものは、江戸時代にならないと、存在しないものなのである。江戸時代人は、今の日本人と違って、「自分がなにものであるか」を明確に知っていた。人形浄瑠璃の観客と作者達は、みんな「町人」なのである。仇討ちをする武士ではない。戦闘をする武者でもない。王朝の貴族でもない。ということになると、それまでの日本の歴史に、自分達の参加する余地はないのである。有名な仇討ち事件も、実は「自分達とは関係ない武士の起こした事件」なのである。過去にも現在にもドラマはあるのかもしれないが、それは全部、自分達を排除して出来上がっている、自分達とは関係のないドラマなのだ。

そうなった時、江戸時代の彼等はどうしたか？　現代の我々なら、勝手に「自分もそのドラマの主人公と同じ」と想定して、ドラマの中に入って行く。つまり、「私は妄想する」を前提とするのである。「自分もそのドラマの一員」と思うからこそ、そこに関する情報をやたらと集めたがる。そのようにして参加したいのである。ところが、江戸時代の人間は、「自分はなにものであるか」を明確に知っている——つまり、「町人」でしかない自分を「なにか別のもの」と仮想して、「自分」から逸脱することが出来ないのである。だから、自分達の参加出来ないものを改変して、「そこに自分達が参加出来る余地」を作ってしまうのである。だからこそ、『仮名手本忠臣蔵』には、大切な職務中の男の手を取って、「しよう」と平気で言ってしまう女が出て来るのである。それに手を取られて、平気でついて行ってしまう「自分」が、そこにいるからである。だから、彼等はかくも生々しい。義理も人情もへったくれもなくて、そういうものが存在する社会に生きる人間は、まず「生々しくも人間」なのである。「そうじゃないのかな?」と思いたくて、「そうなんだ」ということを知りたいのである——それがはっきりすることが、「あ、分かる!」と思うことなのである。

江戸時代の人間は、別に有名な「大石内蔵助=大星由良助」になりたいとは思わないのである。自分がわざわざならなくても、自分のいる外に、「赤穂浪士の討入を仕切って統率した大石内蔵助」という立派な人物はいるのである。いるのだから、もうそれでいいのである。そこに参加の余地はない。なんとかしてその「有名な事件」に参加したいと思って、どこかに参加の余地はないかと思ってよく見たら、意外なところに穴があった。殿中松之廊下で浅野内匠頭を抱き止めた男——「一体彼は、なにを考えていたんだろう?」と、傍観者でしかない江戸時代の町人達は、「傍観者として事件に参加していたその人物」を探し当ててしまったのである。だから、加古川本蔵一家のドラマが、『仮名手本忠臣蔵』の主軸にもなってしまうのだが、委細はまたである。

6

第五（五段目）になって、『仮名手本忠臣蔵』の舞台は関西へ移る。敵の高師直は鎌倉にいるのだから、最後になって舞台は鎌倉へ戻るが、そうなるまで、舞台は一貫して関西である。

第五と第六の舞台は、足利館を逃げ出したお軽と勘平の住む、京都南西部の農村――サントリーのウィスキーのCMで有名な山崎。お軽は勘平のために身を売って、第七の舞台となる京都の茶屋、祇園の一力へ行く。鎌倉にいた加古川本蔵の妻戸無瀬と娘の小浪は、許嫁である大星力弥を訪ねて東海道を上って来る――これが第八の「道行旅路の嫁入」。大星由良助一家が住んでいるのは、第九の舞台となる、大津から京都へ向かう途中の地、山科。そこから由良助父子は鎌倉へ出発するのだが、この道中はもちろん、東海道を下らない。戸無瀬と小浪が東海道を旅する様子をわざわざ道行で見せておいて、その道をまた下るなどという芸のないことを、昔の作者がするはずはない。山科の由良助は、京都の南の伏見へ出て、そこから淀川を下る。行先は、大坂湾に面した港町堺で、その途中、一行は淀川沿いにある山崎を通ることにもなる。

大星由良助と塩冶判官の遺臣達は、第十の舞台である堺の天河屋《あまかわ》に集まる。ここから、海運業者である天河屋義平《ぎへい》の用意した船に乗り、紀伊半島を回って太平洋経由で、鎌倉の稲村ヶ崎へ上陸する。「討入前の浪士達が蕎麦屋の二階で蕎麦を喰った」というエピソードは、『仮名手本忠臣蔵』においては、堺の天河屋での出来事である。意外かもしれないが、『仮名手本忠臣蔵』に、「敵吉良上野介の住む江戸の町」に該当するものは一切なく、「江戸の町で苦労する浪士の面々」などというものもない。「なぜか？」の答は簡単で、この作品を生み出したのが、関西——上方《かみがた》文化圏に属する大坂の町人だからである。

「遠い中央で起こった事件が、我々の知る身近な世界のドラマになる」——これが、第五から後の舞台が上方になることとの答である。「遠い世界の物語が身近な世界へ移って来る」ということを、伝統芸能の世界の専門用語で言えば、「時代から世話へ」である。第四までが「遠い世界」の時代で、第五から後が「身近な世界」の世話である。第五から第十までの場所の変化を見ていれば、この転々とする全体を眺める中心が大坂にあることは、なんとなく分かるだろう。『仮名手本忠臣蔵』の観客である「我々」は、『太平記』の時代にはまだ存在しない大坂の町人なのである。

勘平が身を寄せているお軽の実家は淀川の上流の山崎で、勘平は銃で獣を追う猟師になっている。猟に出た勘平は、夜の山崎街道でかつての同僚千崎弥五郎《せんざきやごろう》と出会うのだが、この道は、京都と大坂方面をつなぐ街道である。第五における千崎弥五郎の登場は、だから、後に明らかになる「大星由良助と天河屋義平の連繫」を暗示するようなもので、「京都の南西部」に住んでいる勘平は、実は「京都と大坂の間」にいるのである。

山崎から京都、山科へ移って、物語は大坂から離れるように見えるが、しかし鎌倉からやって来た加古川本蔵一家の物語を併せたストーリーは、その後に堺へとやって来る。堺の手前の大坂の住人達は、「来い、来い、早くこっちへやって来い」と、東を向いて待っているのである。

大坂に住む「我々」からすれば、鎌倉から逃げて来た勘平は、「なんだ、あんなところにいるのか」というような場所にいるのである。それはいかにも身近な「身の隠し方」で、山崎にいる勘平や、そこで生まれたお軽は、そのリアルさが手に取るように分かる存在なのである。『仮名手本忠臣蔵』の中核をなす「お軽と勘平の物語」は、そのように設定され、「討入に参加出来ない我々」に、何事かを語りかけるのである。

7

四段目の幕が閉じる。塩冶判官の恨みを含んだ短刀を手にした大星由良助は、無念の思いで主君の館を明け渡し、夜の中を去って行った。その後で第五（五段目）の幕が開くと、どことも知れぬ夜の街道で、雨が降っている。四段目の直後なのか、それとももっと時間がたっているのかどうかさえもよく分からない。それを太夫が語り始める——。

《鷹は死《し》ても穂はつまずと譬《たとえ》に洩《もれ》ず入《い》る月《つき》や。日《ひ》数《かず》も積る山崎の辺《ほとり》に近き侘住居《わびずまい》。早の勘平若気《わかげ》の誤り世渡る望姓《もとで》細道伝い。此山中の鹿《しゝ》猿を打《うっ》て商《あきな》う種《たね》が嶋《しま》も。用意に持《もっ》や袂《たもと》迄鉄砲雨のしだらでん。誰《たが》水《み》無《な》月《づき》と白雨《ゆうだち》の。晴間を爰《こゝ》に松のかげ。》

やたらと技巧の多い文章だが、言わんとするところはなんとなく分かる。「肉食の鷹は、死にそうになっても穀物なんか口にしない」という言葉で表わされる誰かの話なんだろうなと思われて、《入る月や》なんだから夜である。《日数も積る》なのだから、前段からはずいぶん時間がたっていて、場所は《山崎》である。「何が言いたいのかよく分からない」と思われるような技巧の多い文章の中に、《山崎》という地名だけがポンと投げ出されているのは、「みんなは知ってると思うけど、あの山崎だよ」という共通理解が前提にあるからである。

そこで侘しい暮らしをするのは、浮いた根性が祟った早野勘平で、鉄砲（種が嶋）を持って獣を追う猟師になっている。激しい雨（鉄砲雨）が降り出して、猟に出た勘平はずぶ濡れになって、「誰が水無月だなんて言うんだよ」とぼやきながら、松の木蔭で雨宿りをしている。もちろんここで、「鉄砲が日本に渡来したのはいつだ？　『太平記』の時代の後だろう」などと野暮な詮索をする必要はない。《しだらでん》というのは、普通「震動雷電《しんどうらいでん》」という言葉が訛ったものだと解釈されているが、本当のところはよく分からない。《しだらでん》でも「どんがらだん」でも同じようなもので、つまり、この夜の雨には雷もまじっているということである。

人形浄瑠璃というと、普通「観るもの」だと思われているが、その前にまず浄瑠璃は「聴くもの」であり、歌（バラード）である。それはまず「音楽」だから、リズムやメロディに反応しても、いきなり飛び出す言葉の意味にはストレートに反応出来ない。時々、断片的に解される言葉の意味が脳に飛び込んで来て、やがて言葉と音とが一体化して理解されるようになる――そういうものだからそういう構造になっていて、縁語や掛詞《かけことば》を使って文章の意味を分かりにくくさせているのは、「音楽化する作業」なのである。論理的理解を役立たずにして、ぼやっと聞き流すことをしている内に、なんとなく内容が理解されるという構造になっているのだから、《鉄砲雨のしだらでん》が正確になんであるかはよく分からなくても、「ああ、雷が鳴ってるのかな」と感じられてしまえば、それでいいのである。

《誰水無月と白雨の》だから、これは旧暦の六月である。後にこれは「六月二十九日の夜」と特定されるが、旧暦の六月二十九日は、太陽暦で、七月の終わりから八月の初めにかけての頃である。しかし私は、この五段目の夜を「長引いた梅雨の最後の日」だと勝手に解釈している。雷も落ちるどしゃぶりの雨は、梅雨の最後の集中豪雨を思わせて、その一夜が明けると、気持のいい青空が広がる——次の第六（六段目）の幕開けは「陽光まぶしい朝」だから、それでいいのだろうと思う。鎌倉を逃げて以来長く続いていた、勘平にとっての「うっとうしい梅雨」も、この日を最後として明ける（はずだったのである）。

猟に出た勘平は、雨で鉄砲の火縄を濡らしてしまい、猟が出来ない。原文は《白雨《ゆうだち》》と言うが、状況からしてこれは、突然降り出した俄雨とは思われない。勘平は雨具の簑《みの》を着けて現れる。勘平だって、「この雨じゃ火縄が濡れて仕事にならない」と思って、その日一日猟を休んだっていいはずである。しかし勘平は、猟に出て来る——そのように真面目な人間ではあるのだが、しかし、これはまた別の考え方も出来る。お軽の実家に身を寄せた勘平は、その家にじっと落ち着いていることが出来ないのである。だから、火縄を消してしまう雨であっても、家で休んでいることが出来ない。お軽の実家の父である与市兵衛《よいちべえ》は百姓だが、この家に入り込んで二世帯同居を実現させている勘平は、与市兵衛と共に田畑を耕すのではなく、別口で猟師をしている——「武士だから百姓にはならない」というのとは別の落ち着かなさだって、あってもいい。女の家に転がり込んだ男が、「ウチの婿さんは一流会社のサラリーマンだったから、やっぱり百姓はさせられないわな」という扱いを受けて、近所でアルバイトをしているというようなものである。

言うまでもなく、イケメン勘平は美貌なのだが、江戸時代の都市住民にとって、「美しい」とは、「周囲の状況によく合致していて、しかも抜きん出ている」ということでもある。だから、この「美」は「真」であり「善」である。幸福な体制順応だからこそ、周囲の人間達は「美貌の人」を持ち上げ、せっせと助ける——そういう信仰状況があったと私は考えるのだが、そうなって来ると、美貌の人間にとって深刻なのは、「自分が周囲の状況と嚙み合っていない」という不幸の到来である。「美貌＝体制順応の最良例」だから、この人間が真面目になれば、必ずいい成果をもたらす。しかし、同じ人間が「そぐわない状況」に陥ったら、やることなすこと「いすかの嘴《はし》の食い違い」になる。本人は真面目で、「この状況に適応しよう」と努力をするのだが、不器用だから、適応しきれないのである。それが日本の「いい男」を襲う最大の不幸で、「体制順応の結果いい成績をもたらしていた男が、異質の状況で不幸になる」は、都市住民を超えた日本人一般の悲劇の典型なのである。

「雨で火縄を消した」だけでこれだけのことを言われてしまうのだから、早野勘平も大変だが、でも、本当のことだから仕方がない。勘平の悲劇は、「体制順応を事とする日本人がそこからはずれてしまった時に起こす、不器用の悲劇」なのである。

松の木の根元で、勘平は困っている。そこに提灯の明かりが見えて人がやって来る。鉄砲を持ったままの勘平は、火を借りようと思って近づいて行く。雨の降る人気《ひとけ》のない夜の街道で、鉄砲を持った男が現れて「火を貸してくれ」と言ったらどうなるか分かりそうだが、真面目で律儀な勘平は深く考えない。果して相手に怪しまれる——というところまで、勘平の造形はとてもよく出来ていると思う。

ところがしかし、やって来たのは勘平のかつての同僚である千崎弥五郎だから、ここから話は別の方向へ向かう。

勘平は弥五郎に対して、自分の状況を語り嘆く。塩冶判官が切腹した以上、勘平も主君の後を追いたいと思う。しかし、勘平が死んだとしても、冥途《めいど》の塩冶判官は勘平がやって来ることを許さないだろう――「そう思うと死ぬことも出来ない」と訴える勘平は、「お軽と一緒に山崎で倹《つま》しく暮らしていたい」とは考えていない。本来状況から逸脱して、人知れず「不器用」に直面している勘平は、武士であることの本来に戻って、死ぬなら死ぬで、自分の人生を全《まつと》うさせたいと思っている。勘平がそう考えるようになったのは、山崎に住む彼が「大星と浪士達は主君の仇討ちを考えているらしい」という噂を聞いたからだ。そこで勘平は弥五郎に、「仲間に加えてほしい、大星殿に取りなしてほしい」と、涙ながらに頼み込む。

しかし勘平は、主人の大事の時に女とセックスをしていて、そのままとんずらしてしまったような男である。かつての同僚を信用したいと弥五郎は思っても、話はそう単純に進まない。弥五郎は、「仇討ち計画などない」と、勘平の話を表向き否定して、「その代わりこういう計画がある」と言う――「塩冶判官のために立派な墓を作ろうという計画があって、同志はその金を集めている」と。

弥五郎の言わんとするところは、「仇討ちなどと軽々しく言うな、石碑建立計画と言え」なのだが、そのことを理解して、しかし勘平の理解はズレる。勘平は、「自分が武士に戻るために必要なのは、金なのだな」と理解してしまうからである。

《ハア、、忝《かたじけな》い弥五郎殿。成程《なるほど》石碑といい立《たて》。御用金の御拵《こしら》え有《あ》る事《こと》とっくに承《うけたま》わり及び。某《それがし》も何とぞして用金を調《とゝの》え。それを力に御詫《わび》と心は千ゝに砕共《くだけども》弥五郎殿。恥《はずか》しや主人の御罰《ばち》で今此ざま。誰にこうとの便《たより》もなし。され共《ども》かる（軽）が親。与市兵衛と申《もう》すはたのもしい。百性《ひやくしよう》我ゝ夫婦が判官公へ。不奉公を悔歎《くやみ》き。何とぞして元の武士に立かえれと。おじうば共に歎き悲しむ。是幸《これさいわ》い御辺《ごへん》に逢《あい》し物語。段ゝの子細を語り。元の武士に立かえると云聞《いいきか》さば。纔《わずか》の田地《でんじ》も我子の為何しにいなはえもいわじ。》

この句点（◦）の位置がへんてこりんなのは、前に言ったように意味上の切れにではなく、浄瑠璃語りの息継ぎに連動しているからであるが、勘平の理解がいつの間にかおかしくなってしまっているのは、この引用部分からよく分かる。弥五郎は別に、勘平に「金が要るから金を用立ててくれ」とは言っていないのである。《御用金を集《あつむ》る其御使《そのおつかい》。先君《せんくん》の御恩を思う人を撰《えり》出す為。わざと大事を明《あか》されず。先君の御恩を思わばナヽ。合点か〳〵》で、「仇討ちの計画はあるぞ、分かるだろ」とだけ言っているのである。弥五郎の胸の内は、「俺は仲間に入れてやりたいから、騒ぐな」であるはずなのである。ところが勘平は、「金を出せばいいんだ」と思い、「お軽の両親も私に同情してくれていますから、田んぼを売って金を作ってくれるはずです」である。とんでもなく、現代である。

弥五郎は、《由良殿へ願うて見ん。明〻日は必《かならず》急度《きつと》御返事。》と言う。勘平は、《重〻の御世話忝し。何とぞ急《きう》に御用金を拵え。明〻日お目にかゝらん。》と言って、連絡先を交換した二人は別れる。「ここら辺は物騒だから気をつけろ」と勘平は言い、弥五郎は《石碑成就《じようじゆ》する迄は。蚤《のみ》にもくわさぬ此《この》体。御辺も堅固で。御用金の便《たよ》りを待《まつ》ぞ。》と言って、「さらば」「さらば」で別れて行く。千崎弥五郎は、終始一貫「仇討ち」ではなく「石碑建立」で押し通す。それだからうっかり、《御用金の便りを待ぞ》と言ってしまうのである。千崎弥五郎も、ずいぶん軽率である。果して、千崎弥五郎や大星由良助達は、討入のための資金を必要としているのか、いないのか？

その夜の内に、勘平は五十両の金を得て、弥五郎に渡すことになる。ところが翌日になって、弥五郎ともう一人の仲間原郷《はらごう》右《え》衛門《もん》が勘平を訪ねて来て、その金を返す。大星由良助の命令によるものである。勘平の得た金は、これから述べる事件の結果、勘平の手に入った金だが、由良助はそんなことを知らない。「返して来い」と由良助が言うのは、「なんとなく怪しい」と、「貧しい浪人暮らしでこんな大金を捻出するのは大変だろうから」の二つの理由からである。討入のための資金が必要ではあろうけれど、誰もそれを勘平に出させようとは思っていない。にもかかわらず、なぜ勘平は、「金を作ろう」などという性急な独り合点をしてしまうのか？　つまりは、彼が真面目人間だからである。

無条件で討入の仲間に加えられたとしても、勘平は落ち着かないだろう。そういう許され方をしても、「大事の時に女と逃げた」という、彼の負い目は消えないからである。だから、その負い目を消すためのことをなにかしたいと思う——それが、日本の真面目人間の考え方である。討入の計画がある。「自分もその仲間に加えてもらえば、自分の負い目は消えるはず」と思いはしても、いざ許されて、無条件で仲間に入れられてしまったら、その後でまた負い目は疼くのである。それが、日本の真面目人間の精神構造で、だからこそ真面目人間達は、しなくてもいいようなことをうっかり仕出来《しでか》して、よからぬ結果を再来させることになる。「金を作ればいいんだ、金を作らなくちゃいけないんだ」と思い込む勘平は、そういう種類の日本人なのである。

「その後の展開」を知らぬまま、勘平と弥五郎は別れる。そして、人影の消えた夜の雨降る山崎街道に、新たなる人物がやって来る。それまで噂されていた、お軽の父与市兵衛である。

8

その夜に弥五郎と出会う以前から、勘平は「金が要る」と思ってはいた。勘平は「与市兵衛に田んぼを売らせれば」と考えていたが、与市兵衛一家の方はまた違っていた。おそらく勘平は、「金さえあればなんとかなるんだが」ということを、お軽かあるいはその両親にまで言ったのだろう。「婿殿には金が要る。金さえあればなんとかなるらしい」と理解した与市兵衛とその一家は、金の算段を考える。もちろん、農民の与市兵衛は生活の資である田地を売ろうなどとは考えない。勘平がそんなことを考えているとも思わない。「金が必要な勘平は、お軽を売ろうとしている」と考える。そして、「両親である我々に遠慮して売れないのだ」と結論付ける。与市兵衛夫婦は、勘平が山崎にやって来た理由──つまり浪人してしまった理由が、娘とのオフィスラブにあると考えているから、「勘平殿を浪人させた責任は我々にあるのだから、お軽を売って勘平殿のために必要な金を作ってやろう」と考える。婿の勘平は、勝手に舅《しゅうと》の田地を売ることを考えているし、舅の与市兵衛は、勝手に婿の妻を売り飛ばすことを考えている。どちらにも悪意はないのだが、考えることは、「自分のものを売る」ではなく、「他人のものを売る」である。意識されず表立たない善人の微細なエゴイズムを前提にしているところがこのドラマのすごいところで、だからこそ、一旦タガがはずれてしまうと、収拾がつかなくなる。

弥五郎と勘平が去った後の街道に与市兵衛が現れるのは、京都にある風俗専門の人材派遣業者一文字屋へ、娘を売りに行ったからである。与市兵衛は娘を百両で売る──期間を定めた奉公に出すことにして、半金の五十両を手にして戻って来た。しかし、観客はそういう経緯があることを知らされず、この人物が何者であるのかさえも知らされない。山崎街道に現れるのは、ただの「善にして哀れな老人」なのである。

この老人の後を、「おーい、おーい」と呼びかけながら、一人の男がやって来る。塩冶判官切腹後、「金を分けよう」と提案した家老斧九太夫の息子の定九郎である。定九郎はこの街道に出没する盗人になっている。「身近な田舎」である山崎には、討入の輪からはずれた定九郎と勘平という好対照が存在しているのだ。

名もない老人与市兵衛が金を持っていることを見つけた定九郎は、「夜道は物騒だから道連れになろう」と言って、しつこく追いかけて来る。相手を胡散《うさん》臭いと思うジーさんは、「去年の年貢が未納で、金に困って親戚に借りに行ったがだめだった」などと、「金はないから付いて来ても無駄だよ」と、いらぬ予防線を張る。すると定九郎は、「やかましい」と居直って、「金を持っているのは知っている。貸してくれ」と言って、いきなりジーさんの懐に手を入れて、五十両の金の入った縞の財布をつかみ出す。ジーさんは抵抗し、定九郎は刀で切りつける。定九郎の腕はたいしたものではなく、薄手を負っただけのジーさんは、事情を話して、「この金だけは持って行かないでくれ」と哀願する。

ジーさんの話は、「事情があって浪人している娘婿のために娘を売った金だから、私が殺されるのはいいが、金だけは持って行かないでくれ」である。このジーさんが何者かを知らせぬまま、作者達は勘平の周りで起こっていた「もう一つの状況」を暗示する。もちろん、定九郎は言うことを聞かず、ジーさんを刺し殺して五十両入りの財布を奪い、道の下に蹴落とす。するとそこに猪が現れ、驚いた定九郎が避けると、今度は鉄砲玉が飛んで来る。定九郎は、胸を撃ち抜かれて即死――そして、猪を追っていた勘平が、筒先から煙の上がる鉄砲を持って現れる。撃ったのは猪のはずだが、暗闇の中に倒れているのは人で、「失敗した、助けよう」と思って抱き起こすと、手にずしりと重い財布が触れる。ジーさんから財布を奪った定九郎は撃たれ、財布は勘平の手に渡る。「金が要る」と思い込んでいた勘平はつい魔が差し、これを奪って弥五郎の後を追う。

五段目の幕はこうして閉じて、与市兵衛の女房とお軽が待つ、第六（六段目）へと続く。

9

昨日の雨が嘘のように晴れた朝、与市兵衛の家では、その女房と娘のお軽が与市兵衛の帰りを待っている。歌舞伎の方では与市兵衛の女房に「お萱《かや》」という名を便宜上与えるが、原作にその名はない。しかし、六段目で中心となるのは、この「名のないバーさん」である。

与市兵衛の帰りを待つ内、母と娘のやり取りで、お軽がどういう娘だったのかははっきりする。《ちいさい時から。在所をあるく事さえ嫌い》だった娘である。お軽の詳細は後に回すが、バーさんと娘の待つところへやって来るのが、京都の一文字屋の亭主である。

「昨日ジーさんに半金は渡してあるのだから、ここに持って来た残金と引き換えにして娘を連れて行く」と、一文字屋は言う。しかし、与市兵衛はまだ戻って来ない。ここら辺で観客は、「五段目で殺されたジーさんは与市兵衛じゃないか？」と、気づくことになる。

《親仁《おやじ》殿の戻られぬ中《うち》は》と、バーさんは抵抗するが、お軽は京都行きの駕籠に乗せられ、そこへ勘平が戻って来る。

夜の内に五十両の金を弥五郎に渡した勘平の顔は、晴々としているはずである。「人を殺して金を奪った」と理解していても、「これで武士に戻れる」と思えば、勘平の顔は晴れやかなはずである。もちろん、観客もそれを許す。勘平が殺したのは定九郎であって、与市兵衛ではないことを、観客は知っているからである。ところが、家へ帰ると、予想もしない事態が勘平を待っている。

勘平に内緒で、一家はお軽の身売りを計画していた。与市兵衛は京都で金を受け取って、昨日の内に帰っているはずだが、まだ帰っては来ない。その話を聞く勘平の身内にじんわりといやなものが湧いて、「私が着ている着物の端切れで作ったこの財布とペアの財布に入れて金は渡したんだ」と一文字屋に言われた時、事態は決定的になる。勘平は、まだ捨てずに持っていた昨夜の財布をひそかに見て、「自分が殺した相手は与市兵衛だったのか……」と思い込む（理解する）。そうして事態は一変する。煩悶する勘平は、もう現在状況を直視出来ない。売られて行くお軽に声を掛けることも出来ない。夫に拒絶されても、「夫のために身を売る」と思うお軽は、平気な顔をして見せ、まだ帰って来ない父親を案じる言葉だけを残して、泣きながら京都へ売られて行く。歌舞伎のこのシーンでは、勘平がお軽に「元気《まめ》でいやれ」と、それでも気づかう科白を吐くのだが、人形浄瑠璃の方は非情で、パニック状態の勘平はなにも言わない。母と娘だけが、泣きながら別れを告げる。「体制順応の美」であった男が、小心で不器用で自閉したエゴイストに転落してしまう悲劇が、人形浄瑠璃の『仮名手本忠臣蔵』である。

勘平は、「金さえあればなんとかなる」と思っていた。しかし、その独り合点で性急な考え方が、与市兵衛一家と勘平自身に悲劇をもたらす。

与市兵衛の家には、後継ぎがいない。長男の平右衛門は、塩冶判官のところで足軽になっていて、老夫婦の世話をするのはお軽だけである。息子と娘は都市に出て後継者のない近郊農家に、娘は婿を連れて戻って来たが、再び婿のために身売りをする。そうなればまた婿は家を出て、一家は老夫婦だけになる。だから、勘平を愛して、「勘平と一緒なら嫌いな田舎でも幸福」と思うお軽は、「自分がいなくなったら両親の世話を誰がするんだ」と、それが気懸かりでもある——であっても、夫のためにお軽は、風俗へ働きに行く。なんだかとても現代である。しかも、この善なる与市兵衛の一家は、身近なことへの理解は及んでも、その外になると理解が及ばなくなる。

長男の平右衛門が「塩冶の足軽」だったのは過去の話で、判官が切腹して、その主家はなくなっている。しかも足軽は「武士以下」だから、討入への参加は許されない——そのことは後の第七(七段目)で描かれるが、「討入の一味」でもない平右衛門は、つまるところ、「勝手な望みを抱いて都会でうろうろしているフリーター」なのである。しかし、都会情報に疎い与市兵衛夫婦と更にはお軽は、今でもまだ「平右衛門は塩冶家の足軽」と思っている。勘平が浪人になったのも、「お軽とのオフィスラブのせい」とだけ思って、肝腎の塩冶家が消滅してしまっていることに理解を及ぼさない。「金があれば勘平殿は武士に戻れる」ということを、与市兵衛夫婦とお軽は、「塩冶家の侍になれる」と解釈しているフシがある。勘平の言う「不確かな希望」を鵜呑みにした結果、与市兵衛一家の三人は、「塩冶家はもうない」ということが分からなくなっている。だから当然、この三人が金を作ったのは、「勘平が討入の一味になるため」ではないのである。

江戸時代に出来た『仮名手本忠臣蔵』は、その後に近代という時間を持つ。国家主義的な風潮が強くなる中で、「主君の仇を討った赤穂浪士」の評価は高くなり、それを題材にした『仮名手本忠臣蔵』も「国民的戯曲」のようなものになって行く。「主君の仇を討つ」は絶対だから、勘平も「主君の仇をどれほど討ちたかっただろう」と誤解されて行く。更にここに、左翼運動と「転向」の問題も加わって、「仲間から脱落せざるをえなかった勘平の悲劇」という色彩も増して行くのだが、原作の勘平は、「自分の負い目を消して、本来の安定した自分に戻りたい」と考えている男なのである。勘平も含めて、与市兵衛一家の四人は、誰も「討入」やら「主君の仇を討つ」なんていうことを、考えてはいないのである。

勘平は「自分の本来に戻りたい」と思い、勘平の挫折の原因がお軽にあると思う与市兵衛一家の三人は、「だったらなんとかしてあげなくちゃ」と思う――そこに「金があればなんとかなる」という誤った理解が訪れた結果、一家は悲劇のただ中に叩き込まれる。

『仮名手本忠臣蔵』第六の本文には、昔から「金」という字が四十七回登場すると言われている。実際に数えてみたら、本当だった。これは、偶然の結果ではない。昔の職人作家は、やるんだったら意図的にこういうことをやる。つまり、「忠義の武士の数」は「金の数」と同じなのである。さすがに商都大坂で生まれただけの作品であって、『仮名手本忠臣蔵』の五段目と六段目は、「討入に参加しようと苦悩する男の悲劇」ではなく、「金という幻想に翻弄される一家の悲劇」なのである。

それは、現代にもある。バブル以後の日本では、ますますある。「その金がどのような意味を持つのか」ということを深く考えないまま、「金がいる！」と言い始めた人間によって一家がとんでもないところに追い込まれてしまう悲劇の先祖が、『仮名手本忠臣蔵』の五段目と六段目なのである。

問題は「一家の悲劇」なのだから、与市兵衛、その女房、お軽、勘平は、均等に書き込まれていなければならない。そして、実際その通りになっている。

「田舎が嫌い」のお軽は、「勘平さんと一緒なら」のルンルン状態で、「彼のためなら風俗に出るのも平気」である。そこを母親に突っ込まれると、「お母さんだって、昔はお父さんと愛し合ってたんでしょう」と言う。この女の中には「恋愛」しかない。もちろん、塩冶判官一家のその後のことなんか、考えてもみない。後の第七（七段目）で、由良助の許へ送られて来た密書を覗き見して、討入の計画を知っても、どうとも思わない。考えてみれば分かるが、塩冶判官家に悲劇をもたらすきっかけを作ったのは、彼女なのである。

高師直が顔世に恋文を送り、その断りの返事を書きはしたものの、顔世はそれを渡してもいいのかどうかを迷っていた。「殿様にお渡しして持って行ってもらおうか」と思っていたのに、塩冶判官はさっさと登城してしまったから、「じゃ、いいや」で一度はあきらめた。それを、「勘平さんに会えるから」と思ったお軽が出しゃばって、「私が持って行きますよ」と言ってしまったことから、高師直の怒りが塩冶判官に飛び火して、刃傷へと至ったのである。勘平の不面目どころではない大責任が彼女にはあるのだが、彼女は一向に悪びれない。恋愛が第一で、その愛する夫にそっぽを向かれると、「お父さんが心配だから――」と、孝行娘の表情を見せもする。こういう、自分のこと以外なんにも考えない女が江戸時代にもう造形されていたのかと思うと、私はその見事さにあきれてしまうのだが、造形の妙はお軽だけではない。一文字屋に連れられてお軽が去った後のバーさんもすごい。

勘平と二人きりになったところへ、街道で発見された与市兵衛の死骸が運び込まれて来る。娘との別れで十分に気が昂っているバーさんは、これで一気に火がついてしまう。

《コレ聟《むこ》殿。よもや〳〵。〳〵〳〵とは思え共合点《どもがてん》がいかぬ。なんぼ以前が武士じゃとて。舅《しゅうと》の死目見やしゃったら。恟《びっくり》も仕《し》やる筈。こなた道で逢《おう》た時。金請取《うけとり》はさっしゃれぬか。親父殿がなんといわれた。サァいわっしゃれ。サァなんと。どうも返事は有《ある》まいがの。ない証拠はコレ。爰《こゝ》にと勘平が懐《ふところ》へ手を指入《さしい》れて引出すは。さっきにちらりと見て置た此財布。》

勘平は、「与市兵衛とは会った」と言って、お軽を送り出していた。しかし、その与市兵衛は殺されている。勘平が、こっそりと財布を出して見ていたところを、このバーさんはしっかりと見ていた。だから激しく喰ってかかる。このバーさんは、ただお人好しの善人ではない。「自分が悲しい時は人も悲しい、自分が納得した時は人も納得していなければならない」と、感情の共有を要求するバーさんで、他人が怪しげなことをするのをしっかりチェックもしている。そういう現実性の権化であるようなバーさんだから、これに取っつかまったらどうしようもない。

「誰のために作った金だ！　お前のために作った金なのに、なんで殺した！　ウチが貧乏で、半分は舅に持って行かれると思って、それで殺して横取りしたんだろう！」というすさまじい論理で立ち向かい、勘平の髪をつかんで《親父殿を生《い》けて戻せやい》と暴れまくる。そこに、由良助から「金を返して来い」と言われた弥五郎が原郷右衛門を連れてやって来るのだから、勘平としては踏んだり蹴ったりである。しかも、観客の方は、勘平が殺したのは与市兵衛ではないということを知っているが、勘平は知らない。勘平には救いがないのだ。生き地獄とはこのことである。

　バーさんは、やって来た二人に、「勘平が与市兵衛を殺して金を奪った」と訴える。弥五郎と郷右衛門は、「それで由良助殿は金を返して来いと言ったのか」と、早合点をする。この二人の義士は、重々しい顔をしていても浅薄なのである。

　勘平は、屈辱の中で腹を切って、前夜の次第を述べる。さすがに弥五郎は「待てよ」と思って、与市兵衛の死骸を改める。与市兵衛の胸にあるのは刀の刺し傷で、鉄砲傷ではない。実は勘平が撃ったのは定九郎だと分かって、一件は落着するが、勘平の命は危ない。瀕死の勘平に、郷右衛門が一味の連判状を見せて、勘平は血判を押すが、そこで事切れる。最後はどうなるのかというと、

《ヤァこれ〳〵老母。歎《なげか》るゝは理《ことわ》りなれ共。勘平が最期の様子。大星殿に委《くわしく》語《かた》り。入用金手渡しせば満足あらん。首にかけたる此金は。聟と舅の七ゝ日《ないなぬ》。四十九日や五十両。合《あわ》せて百両百ヶ日の追《つい》善《ぜん》供《く》養《よう》。跡念比《あとねんごろ》に吊《とむら》われよさらば〳〵。》と原郷右衛門が言って、おしまいである。

《入用金手渡しせば満足あらん》の満足する人間は、金を手渡されるはずの由良助ではない。勘平である。お軽を売って得た百両の金は、勘平の無実を知ったバーさんから、この以前に弥五郎と郷右衛門に渡されている――《勘平殿の魂の入た此財布。聟殿じゃと思うて。敵討ちのお供に連《つ》れてござって下さりませ。》

《ヲヽ、成程尤也《なるほどもっともなり》》で、郷右衛門は受け取った。つまり、勘平に代わって百両の金が、仇討ちに参加するということである。言われて郷右衛門も《尤也》とそれに気づく。だから、百両の金は《合せて百両百ヶ日の追善供養》に価すると、郷右衛門はバーさんを慰めるのである。

「金が討入をする」という結果に、勘平や与市兵衛やその女房やお軽は満足するのか？　しかし、「要るのは金だ」と独り合点したのは勘平だし、それにうなずいたのは、与市兵衛の一家なのである。『仮名手本忠臣蔵』の作者は、肝腎の「四十七士の討入」をそのようなものと位置付けてしまうのである。

もちろん、作者の意図は、そのような形で討入を批判することではない。批判する気のあるなしに沈黙して、「金に翻弄された近郊農村の一家のドラマ」を描き出すだけである。「討入に参加出来ない男」を冷静に見つめて、「彼の目的は討入に参加することなのかどうか」を、周辺から念入りにあぶり出し、「四十七士の討入」を題材としたドラマの中に、「金という幻想に翻弄された一家のホームドラマ」を混入させる。価値が高いのは、微細なリアリティを持って浮かび上がる、この一家の人間像なのである。

現行の歌舞伎――特に東京系の演出では、山崎街道における与市兵衛と定九郎のやりとりをすべてカットして、「与市兵衛がいきなり待ち伏せする定九郎に殺される」という処理をしてしまう。だから、与市兵衛がいかなる人物かということが消え、ただ「勘平の悲劇」になってしまう。そして、「名作のはずなんだが、なんだかピンと来ない」という結果になってしまうのだが、これは、「田舎に身を落ち着けるなんていやだなァ」と思ってしまった、哀れな都会青年の悲劇なのである。だからこそ、「田舎のリアリティ」は、丹念に拾われねばならない。そこがすごいのである。

10

『仮名手本忠臣蔵』の第七（七段目）は、有名な一力茶屋の場である。敵の目をくらますために、大星由良助は祇園の一力茶屋で遊び続けている。現代で言えば、泊り込みのキャバクラ遊びである。由良助の羽目をはずしたズブズブ状態は有名になって、これを聞きつけた高師直は、鎌倉から鷺坂伴内を偵察に送り込み、伴内は由良助の旧同僚である斧九太夫を先に立てて一力茶屋へやって来る。敵の方は、「由良助が茶屋遊びをしているというのは、油断させるための計略だろう」と思っているのだが、由良助に一味する浪士達は逆のことを考えている――「敵を騙すための手段だったはずが、遊んでいる内に本気になってしまったのではないか」と。そう思う浪士達――矢間十太郎《やざまじゅうたろう》と竹《たけ》森喜多八《もりきたはち》、それに五段目にも登場した千崎弥五郎の三人も、お軽の兄である元足軽の寺岡平右衛門を連れて、伴内・九太夫の家老コンビの後からやって来る。正式の武士とはカウントされない平右衛門は、「仇討ちの仲間に入れてほしい」と思い、由良助に頼むため、三人に付いて来た。千崎弥五郎は、「まさか、大星殿が――」と思う真面目な侍だが、矢間、竹森の二人に、「ほんとなんだから来てみろ」と言われて、証人役で連れられて来たのである。

幕が開くと、いきなり陽気な騒ぎ歌である――。

《花に遊ばゞ祇園あたりの色揃え。東方南方北方西方。弥陀《みだ》の浄土がぬりに塗立《ぬり》ちぴっかりぴかノ〵。光りかゞやく白《はく》や芸子《げいこ》にいかな粋《すい》めも。現《うつ》ゝぬかして。ぐどんどろつくどろつくやワイワイノワイトサ》

詞章のトーンが、今までとはまったく違う。文中の《白》とは、《芸子》に対するシロートである。シロートを「白人」と書いて「はくじん」と読む。お軽が身売りをした一文字屋は「白人屋」でもあって、ろくに芸の出来ないシロートであっても「白人」というカテゴリーがあったから、よかったのである。アルバイト・サロン――略して「アルサロ」や「素人専門」を謳い文句にする風俗商売にも、古い歴史はあるのである。お軽は、「素人歓迎」の広告を見て応募した若き人妻のようなものなのであるが、お軽の出番はまだ来ない。

理性ある人間が書いたとも思えない詞章に乗って、九太夫・伴内のアホ家老コンビが登場し、これが引っ込むとすぐに、浪士三人と平右衛門が現れる。するとそこへ、仲居達に「手の鳴る方へ」と囃されながら、目隠し鬼ごっこをしている由良助が現れる。今までとは違うテンポアップした展開で、登場人物も多い。つまり、この七段目は複数の登場人物の会話によって進められるのである。

浄瑠璃は、地の文章と会話が平然と入り組んでいて、太夫がシチュエイションと会話とを共に語る。登場人物の声は、ほとんど「天の声」や「神の視点」でもあるような地の文章と入り交って、翻弄されるがごとくに聞こえるのが普通なのだが、この七段目では地の文がとても少ない。会話中心で進められ、だからこそ、これを複数の太夫が、担当する役割を決めて、交互に語り合う「掛け合い」となる。これ以前のシーンでは、一人の太夫がその場に登場する人物全員を語り分けるのだが、ここでは、大星由良助の声とお軽の声と、その他諸々の人物の声は、質が違うのである。その結果、七段目は「天上の視点」から離れた、現実世界のドキュメントのようなものになる。それが《弥陀の浄土》にたとえられる花街だというのも皮肉だが、「人間はそこに行ってやっと解き放たれる」とするのが近世戯作の世界観だから、別に不思議でもない。

「鬼さんこちら、手の鳴る方へ」の由良助は、グデングデンにというか、《ぐどんどろつく》に酔っている。仲居達は追っ払われ、真面目な三人は、「なにやってんですか、大星殿！」と怒鳴りかけるが、討入に加わりたい平右衛門は「まァまァ」と三人をなだめる。しかし由良助は、平右衛門のくだくだしい「仲間に入れて下さい云々」を聞かずに、寝てしまう。三人はまた怒るが、これを平右衛門がなだめて引っ込む。由良助は、茶屋の座敷で一人寝ているのだが、そこへ、塩冶判官の妻顔世御前からの密書を携えた息子の力弥がこっそりとやって来る。とてもオーソドックスに「忠臣蔵」である。

密書を得た由良助は力弥を帰し、それを読もうとするところへ《大星殿。由良殿。斧九太夫でござる。》と、敵に内通した旧同僚がやって来る。再び酒盛りになって、九太夫は由良助に肴のタコを食べさせようとする——しかも、「明日は死んだ塩冶判官の命日で、今夜の精進潔斎は大切ではないのか」と言いながら。しかし、由良助は平気で、精進に反する魚肉のタコを食べてしまう。九太夫はあきれるが、由良助が力弥の持って来た密書を手にしていることを知っている観客は、騙されない。「ああやって、裏切り者の九太夫を騙しているのだな」と思う。

浄瑠璃の作劇法は、とてもトリッキーである。登場人物が騙し合いをするシーンでは、その前にまず観客が騙されている。「真実」を伏せて、ドラマは「嘘の嘘」を提示するような形で進むのが当たり前でもあるが、ここは違う。作者は観客に掌の内をちゃんと見せている。大星由良助に騙されているのは、周りの登場人物である——そのように素直なストーリー展開をしているのだが、しかし、この前の五段目と六段目も、実は同じなのである。観客はすべてを知っている。すべての手掛かりを与えられて、しかし、ドラマの主人公だけがそれを知らない——これが勘平の悲劇だった。だから、すべての掌の内を明かしたこの七段目も、であればこその曲者なのである。祇園へ身売りをしたはずの勘平の妻お軽が、まだ登場していないからである。「観客はすべてを知っているが、肝腎の主人公はなにも知らない」という、かつて勘平に起こったのと同じ質の悲劇が、この先でお軽に訪れる。

タコを喰った由良助は、《此肴では呑めぬ〳〵。鶏《にわとり》しめさせ鍋焼《なべやき》させん。》とはしゃいで奥へ行ってしまう。つまり「鶏鍋にしよう」である。九太夫は伴内を呼び出し、由良助が置き忘れて行った刀を二人で見る。果して中身は錆びているから、「これじゃ大丈夫だ」「じゃ、帰りましょう」ということになる。九太夫は老人で、伴内は若い——若くてスケベで、「由良助の様子を探る」という役割が終わった途端、私事に関心を移す。伴内はその以前、お軽に目をつけていた男である。《イヤ九太《くだ》殿。承われば此所に。勘平が女房が勤《つとめ》ておると聞きました。貴殿には御存《ぞんじ》ないか。》と言う。

そうして、まだ登場しないヒロインお軽へと、観客の関心を移そうとする。

伴内はアホだが、しかしさすがに大星由良助の旧同僚斧九太夫は、古狸である。駕籠で帰ると見せかけて床下にもぐり込み、「さっき力弥が持って来た手紙が気がかりだから、残って様子を見る」と言う。九太夫は床下に残り、伴内は駕籠に付いて去って行く。観客の興味は、「由良助はこの九太夫をどう処理するのだろうか？」ということになるのだが、そこに登場するのが、予期せぬ運命のヒロインお軽である。

11

舞台には空の座敷があり、その床下には九太夫が隠れている。その座敷から離れたところにもう一つ二階座敷があって、そこに酔ったお軽が姿を現す。

シロート遊女のお軽は、由良助の座敷に付き合っていて酔っ払ってしまった。その酔い醒ましのために、離れた二階座敷へやって来て、一人でぼんやりと風に吹かれている。ここに秋の月光が照っていると思ってもいいだろう。お軽は、それ以前の七段目のシチュエイションとはまったく関係がない。だから、《折に二階へ。勘平が妻のおかるは酔《えい》ざまし。はや里なれて吹風《ふくかぜ》に。》と描写されるお軽は、勘平のことを考えていたのだろう。ところが、会話中心でポンポン弾む七段目は、ここにすぐ由良助を登場させる。本文は、《はや里なれて吹風に。》の後、《うさをはらして居る所へ。ちょといてくる。由良助共有《ともあろ》う侍が。大事の刀を忘れて置いた。》という、妙な続き方をする。《はや里なれて》の方がお軽で、《ちょといてくる。》以下は、由良助の科白。《折に二階へ。》から《うさをはらして居る所へ。》までをお軽担当の太夫が語っていたのが、《ちょといてくる。》から後は、由良助担当の太夫に語りが変わるのである。

奥から、由良助が一人で出て来る。《ちょとい（行）てくる。》以下は、由良助が奥の仲居やタイコ持ち達に言う科白である。

《由良助共有《あろ》う侍が。大事の刀を忘れて置いた。つい取てくる其間《そのま》に掛物もかけ直し。炉の炭もついでおきゃ。アヽそれ〳〵。こちらの三味線ふみおる（踏み折る）まいぞ。是《これ》はしたり。九太はいなれたそうな。》

有名な《九太はい（去）なれたそうな》という科白をきっかけにして、舞台の印象はがらりと変わる。

曲調は情緒たっぷりになり、座敷から縁先に出た由良助は、軒の釣灯籠の光で、顔世御前からの手紙を読み始める。

長い巻紙である。読み進める内に、この紙の端は、縁の下に身をひそめる九太夫の前に下がって来る。しかし、太夫の語りはそちらを問題にしない。顔世御前の書いて来た「密書」は、祇園の一力茶屋というシチュエイションの中で、いつか違った様相を呈してしまうのである。

《読長文《よむながぶみ》は御台《みだい》より敵《かたき》の様子こま〴〵と。女《おなご》の文《ふみ》の跡やさき。まいらせそろで。はかどらず。》

《よその恋よとうらやましくおかるは上より見おろせど。夜目遠目なり字性《じしょう》もおぼろ。思い付いたるのべ鏡。出して写して読《よみ》取る文章。》

《下家《したや》よりは九太夫が。くりおろす文《ふみ》月かげに。すかし読むとは。》

《神ならずほどけかゝりしおかるが玉笄《かんざし》。ばったり落れば。》

《下にははっと見上げて後《うしろ》へ隠す文。》
《縁の下には猶《なお》えつぼ。》
《上には鏡のかげ隠し。由良さんか。》
《おかるか。そもじはそこに何してぞ。》

本来は一続きの文章を、語り手のパート毎に分けると右のようになる。語り手である太夫の分担は、担当する人物の科白だけではない。それに付随する地の文も、同じ太夫の担当である。だから、右の一続きは、由良助→お軽→九太夫→お軽→由良助→九太夫→お軽→由良助と連繫しているのである。

私は、こういう文章を見ると、つくづく浄瑠璃という形式が羨ましくなる。若い時にこういう文章ばっかり読んでいたから、今でも私の文章はおかしいのだが、別に気にもしない。「もっと盛大にへんになれたらいいのに」と、こういう浄瑠璃の文章――あるいは、浄瑠璃という音楽の文章を羨ましく思うばかりである。

漢文脈ではない和文脈の文章は、和歌を母胎とするようなものでもある。縁語や掛詞を駆使する和歌は、時として意味が取りにくいものでもあるが、その一方で「つながってりゃいい」という大胆不敵さを恣《ほしいまま》にするものでもある。だから、日本語の文章には、「つながってるんだから、文章としてはOKだ」という、とんでもなく素敵な一群がある。連歌という日本文学の一形式は、「前のことは忘れて、ただつながっている、そのつながり方の素敵を楽しみましょう」というものである。そういう伝統を受けて成り立ってしまった浄瑠璃の文章は、「不協和音的なつながりを楽しむ」というところにまで行ってしまっているのである。羨ましくて羨ましくてしようがないと思うのは、論理的な明快さばかりを重視した現代の日本語が、ただ一つながりののっぺりしたものになってしまっているからである。

御台所《みだいどころ》顔世御前の書き送って来た密書は、《敵の様子》をこまごまと記してはいるけれど、女の手紙の常として《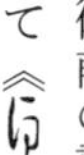》の語尾がやたらと多くて読みづらい。江戸時代の人間にとって、「参らせ候《そろ》」は《》の一語なのである。それが頻出していることが二階にいるお軽には分かるから、「ああ、男が女から来た手紙＝恋文を読んでいる」と思うのである。この季節は旧の七月（文月）で、与市兵衛が殺された六月二十九日からある程度の時間がたっている。お軽は、勘平からの手紙が来ないことを寂しがっているのである。

《はや里なれて吹風に。うさをはらして》のお軽は、「勘平さん、どうしているのかしら」と思っているはずなのである。二階座敷にいるお軽がふと見ると、下には「女からの手紙を読む男」がいる。《よその恋よとうらやましく》になるのは当然で、《読長文は》からの一続きの文章が、いつの間にか「四十七士の討入物語」から離れて、「夫を思う若い女の寂しさ」へと変転してしまっているのである。

「敵の目をくらますための大星由良助のトリック」が、茶屋のドタバタ騒ぎの中で繰り広げられ、それが静まった夜の中で、「本性を顕わして密書を読む由良助」が情緒たっぷりに提出されると、それがそのまま、秋の月の中でのお軽の物思いへと転換して行く。

お軽は、別にどうというつもりもなく、懐から昔のコンパクトである携帯用の《のべ鏡》を取り出して、「他人の恋文」と思われるものを覗き見ようとする――そういう「恋の情景」に移行しようとすると、《下家よりは九太夫が。》である。いつか出来上がってしまった「恋の情趣」に、床下で老眼鏡をかけて手紙を盗み読んでいる斧九太夫が、不協和音として割り込んで来る。神ならぬ身の由良助がこれを知るわけもないのだが、しかし、それを語るのは、お軽担当の太夫で、《神ならずほどけかゝりしおかるが玉笄。》である。矛盾もへったくれもない。《神》の後に続く《ほどけ》に「仏」を懸けて、九太夫のエピソードは素通りされて、「二階にいるお軽の挿す《玉笄》がその時落ちた」になってしまう。

慌てて由良助は、手紙を後ろ手に隠す――縁の下の九太夫は、笑壺《えつぼ》に入って、笑いながらこれを奪い取る。《下にははっと見上げて》→《縁の下に》→《上には》で、視点はパッパッと切り換えられ、地の文を語っていた太夫の語り口も《由良さんか。》《おかるか。》の会話に変わってしまう。パッと変わってしまうそのことが、「そこにはなにかがあったかもしれないが、しかし、何事もなく――」という〝全体〟を語ってしまっているのである。ただ言葉を続けるだけで、以上のすべてが立体的に表現出来てしまう浄瑠璃というものの日本語に、私はひたすらの羨望を感じて、「いいなァ、現代の日本語でどうしてこういうことがやれないのかなァ」と思って、ついつい癖のある日本語に走りたくなってしまうのである。

閑話休題と言うべきかもしれない。

12

九太夫はともかく、由良助にとってお軽は、思いもよらぬ伏兵である。《玉笄》の落ちる音に気づいた由良助は、「お軽に手紙を見られたか？」と思う。床下の九太夫の方に対してはどうかということは原文では触れられていないが、演出上、お軽に気づいた由良助が動揺する隙に九太夫が手紙を引っ張り、手紙は破れて、その跡を見た由良助が床下の九太夫に気づくことになっている。別に、そんなことを太夫が言葉で説明しなくても、「偉大なる善の知性は、卑小なる悪の企みくらい先刻ご承知」というのは、作劇のお決まりだから、どうでもいいと言えばどうでもいい。話はその先、由良助とお軽の不思議なやりとりへと移る。

由良助は、二階のお軽に「下りて来いよ」と言う。「いいわよ、ちょっと待ってて」と言うお軽に、「ここに梯子があるから、直接そこから下りて来いよ」と言う。由良助は、人に知られぬ内に事の黒白をつけたいのである。つまり、「お軽が密書を読んでいたのなら、殺す」である。

お軽と由良助は、同じ塩冶の家中だったのだから、当然顔見知りのはずである。既に五段目、六段目の段階で、由良助は逃亡した勘平と間接的なコンタクトを取っていて、勘平が刃傷の直後に姿をくらましたこともその以前に知っている。お軽も同様に行方不明になっているのだから、二人が夫婦になっていることを知っているか、あるいは推察していてもいいはずなのだが、後のお軽の言葉によれば、そのことは「知らない」のだという。宴席で客の由良助と会っても、「身売りされた」という事実は恥になるので言わなかったから、「由良助は知らないはず」だと、お軽は言うのである。お軽と勘平が夫婦になっていることを、由良助が知っていたか知らなかったかは結構重大なことであるはずだが、浄瑠璃作者はあまり問題にしない。だから私も、「由良助は、お軽が旧塩冶家の腰元であるということだけを知っていて、勘平の女房になったことは知らない」ということにする。

由良助は、「仇討ち計画は進行中」という秘密をなんとしてでも守りたい。矛盾したことだが、そのためには、同志である矢間十太郎、竹森喜多八、千崎弥五郎に対してさえも、嘘をつき通している。「敵を欺くためにはまず味方から」という極端から出たことだが、この方針を押し通すと、旧一家の元腰元であっても、「一味になりたい」と思って死んでしまった男の妻であったとしても、秘密を知られるのはまずいことになる。ここには、「女など論外」とする、由良助の男性優位主義もあるだろう。由良助は、「お軽が密書を見たのなら、口封じのために殺す」と決めているのである。だから、「人に見られないように、ここにある梯子を使って、窓から下りて来いよ」と言う。そして、自分の発散する危険な匂いをお軽に悟られないよう、「酒に酔ったバカな客」で一貫して通そうとする。そこで、お軽と由良助の「じゃらじゃらした」と言われるベタベタごっこが始まるのである。

お軽は、言われるままに梯子を下りる。「揺れるからこわいーん」「ほーら、下からノーパンが見えちゃうぞォ」というようなことを、二人は江戸時代の言葉で言い合って、下りて来たお軽を、由良助は抱き下ろす。そして、《なんとそもじは御ろうじたか。》とお軽に問う。「ご覧《ろう》じたか?」は、もちろん「手紙を」である。

お軽は、《アイいゝえ。》と言う。「はい」と肯定しかけての「ノー」である。ここら辺がおもしろいというのは、この二人のやりとりが、どこまでも「客と遊女の冗談半分」という口調になっていることである。お軽の《アイいゝえ。》は、「うっかり〝はい〟と言いかけて、あわててその後に否定した」でもあり、また、「え? 知らないわよ、バカーン」でもある。

お軽の《アイいゝえ。》に続けて、由良助は《見たであろ〳〵。》――つまり、「見たんだ、見たんだ、やだな、お軽は」で、それに対するお軽は、《アイなんじゃやら面白そうな文。》である。

《あの上から皆読《よん》だか。》
《オヽくど。》
《ア身の上の大事とこそはなりにけり。》
《何《なん》の事じゃぞいな。》
《何の事とはおかる。古いがほれた。女房に成ってたもらぬか。》
と言う。そうして、一力から連れ出して殺す算段である。
二人の間でこういう会話が続く。由良助は突然「惚れた」と言って、お軽に「身請《みうけ》をしてやる」
殺す殺さぬは別として、お軽はそんな話を信じられない。「嘘もいい加減にしてよ」と言うが、お軽をなんとしてでも連れ出さなければならないと思う由良助は、《間夫《まぶ》（情人）が有《ある》なら添《そわ》してやろ。》とさえ言う。「身請して、三日間くらい一緒にいたら、後は好きにさせてやるから、俺ののになれ」である。「金持ちのお大尽《だいじん》」ということになっている由良助は、気前よくお軽に「借金は全部払ってやる」と言うのである。そこまで言ったら「なおさら嘘でしょ」と言うはずのところを、しかしお軽は、「ほんと？　嬉しい」で、その気になってしまうのである。なんでそんなことになるのかと言えば、お軽が「勘平さんに会いたい、勘平さんのところに戻りたい」としか思っていないからである。
「勘平さんに会いたい」としか思っていないお軽は、《間夫が有なら添してやろ。》に反応してしまう。そうなるお軽は「勘平への一途な愛に生きる女」かもしれないが、しかし、由良助から見れば、「簡単に騙されるバカな女」である。
ということになって、「お軽は本当にバカな女か？」ということが問題になるのである。なんでそんなことを言うのかというと、それは、お軽の見た「手紙の内容」と関わって来るからである。お軽が見たのは、《敵の様子こま〴〵と。》である。旧主顔世御前の手紙である。前を思い出してほしいのだが、お軽は、顔世御前の手紙を刃傷前の塩冶判官に届けに行った女なのである。自分がなにに関わって、その結果、顔世御前がどうなったかを考える頭を持っていたっていいはずなのである。しかし、《間夫が有なら添してやろ。》の一言で、お軽は一切を吹き飛ばしてしまっているのである。ということになると、お軽は本当にパーな女で、由良助の読んでいた手紙の内容をまったく理解していなかったのかとも思われてしまう。ここまでのストーリー展開なら、どうあってもそうである。ところがしかし、後に再登場する兄平右衛門とのやりとりからすると、お軽は、由良助の読んでいた手紙の内容を、全部しっかりと承知していたのである。

平右衛門は、お軽の前でひとりごとのように、《ムウすりゃ本心放埓者《ほうらつもの》。お主《しゅう》の怨《あだ》を報《ほうず》る所存はないに極ったな。》と言うのだが、これに対してお軽は、《イエ〳〵これ兄様《さん》。有《ある》ぞえ〳〵。高うはいわれぬ。コレこう〳〵》と、手紙の内容を平右衛門に話してしまうのである。

ということになるとどうなるのか？　お軽は、旧主顔世御前と大星由良助がどういう状態にいてどういう計画を進行中かということをちゃんと理解して、そして一切の関心を持たなかったということになるのである。そう考えて、以前の由良助との会話を振り返ると、さらにとんでもないことになる。

《アイいゝえ。》で《見たであろ〳〵。》と言われたお軽は、《アイなんじゃやら面白そうな文。》と答えているのである。前後のシチュエイションから、これは「酔った客を相手にする遊女のふざけた口調」と解されるけれども、見ただけで「どうでもいい」と思った後に、ただ「勘平さんに会いたい」だけの彼女の口から出た《なんじゃやら面白そうな文》の一言は、本当にその通りのものなのである。「へー、由良さん、こんなこと計画してるんだ」である。「おもしろそう」の後、現代だったら「2ちゃんねるに書き込んじゃおかな」とか、「お金に困ったらマスコミにちくっちゃお」と続いても不思議がないような《なんじゃやら面白そうな文》の一言なのである。由良助が「殺すしかないな」と思うのは、当然だろう。彼女は、そのように軽いのである。驚くべきである。『仮名手本忠臣蔵』の最も有名なヒロインは、仇討ちにまったく関心を持たなかった女なのである。このお軽の夫の勘平が、「主人の仇討ちをしたい」と念ずる男ではなく、「なんであれ、自分の名誉の失地回復をしたい」と思っていた男だったことと考え合わせると、この夫婦は、すごいカップルである。「最も有名な日本人のドラマ」であり、現代でもまだこれをドラマ化しようとする人間がいくらでもいる、「忠臣蔵物の最高峰」でもあるような『仮名手本忠臣蔵』の最も有名なカップルは、こういう二人だったのである。

　歌舞伎の方には、お軽を演じるための有名な口伝《くでん》がある。「六段目のお軽は腰元の心で、七段目のお軽は女房の心で」である。非常に含蓄があり、しかし誤解をも生む言葉である。というのは、うっかりすると、「七段目のお軽は浮いた遊女ではなく、貞淑な人妻として演じ、六段目のお軽は、所帯じみて俗な女ではなく、格式高い武家勤めの女として演じろ」と解されてしまいかねないからである。しかし、お軽は、どう見たってそういう女ではない。では、「六段目のお軽は腰元の心で、七段目のお軽は女房の心で」というのは、なんなのか？　つまり、お軽という女は、「自分の現在が身にしみない、ワンテンポずれた女だ」ということである。それは、三段目のお軽を考えてみればいい。

シロート遊女のお軽が「女房」で、女房のお軽が「腰元」なら、腰元だった時のお軽はなんなのか？　彼女は、腰元であることの自覚があんまりない「勘平さんとの恋愛がすべて」の女なのである。職場に男を探しに来た、ＯＬとしての自覚のない女。結婚してもＯＬ気分が抜けない女。そして、結婚後パートに出ても、「私、ほんとは結婚してるからどうでもいいんだ」と思っているような中途半端な人妻――それが、お軽なのである。

私はそれを非難しているわけではない。十八世紀の江戸時代に、しかもあの有名な『仮名手本忠臣蔵』の中に、こんな現代女がいたことに驚嘆しているのである――「なんてすごいんだ」と。

それでは、『仮名手本忠臣蔵』の作者達は、なんでお軽勘平のような男女――特にお軽のような女を、この作品に登場させたのか？

一番単純な答は、「忠臣義士と言われるような武士達の行動を批判するため」である。お軽の夫である勘平は、既に死んでしまっている。七段目のお軽はまだそれを知らず、由良助に「身請してやる」と言われて喜んだその後に「夫の死」を知らされ、悲嘆のどんぞこに突き落とされるのである。だから、「忠義という狂信に突っ走った男達の犠牲になったお軽という平凡な女、恋に生きただけの純粋な女」という解だって、導き出せないわけでもない。しかし、それは違うというのは、「お軽と勘平の悲劇」によって、「由良助の行動の虚妄」なんていうものが、全然あぶり出されないからである。

お軽と勘平は、四十七士の討入行動とはまったく無関係に自身の悲劇を演じ、その一方、討入の中心にある大星由良助は、終始一貫「最高にカッコいい永遠のヒーロー」であり続ける。つまり、『仮名手本忠臣蔵』というドラマには、主人の復讐劇を演じる人達のカッコよさと、そのことをまったく理解しない人間達の悲劇という、水と油のような二つの価値体系が共存してしまっているのである。

なんでそんなことになるのかと言うと、『仮名手本忠臣蔵』というドラマが、既に言ったように、「そこに自分達の参加する余地はない」ということを自覚している町人達のために作られたドラマだからである。

「参加出来ない、でも参加してみたい」——そういう矛盾した受け手側の状況が、こういう不思議に素晴らしいドラマを作ってしまうのである。

「参加出来ない、でも参加したい」は、この後に登場するお軽の兄平右衛門によって、ますます明らかになる。

13

《間夫が有なら添してやろ。》でお軽を喜ばせた由良助は、「じゃ、身請の手続きをして来てやる」で姿を消す。後に残るのはお軽と、縁の下に隠れて姿が見えない九太夫だけである。

お軽が一人いるところに、奥の座敷からは歌声が聞こえて来る——。

《世にも因果な者ならわしが身じゃ。かわい男に。いくせの思い。エヽなんじゃいなおかしゃんせ。忍びねになく。さよちどり。奥でうたうも身の上とおかるは。思案取《とり》ゞの。》

なんとも微妙で絶妙な文言である。奥の座敷で歌われるのは、「好きな男でどれだけ苦労してんのよ、この世で一番哀れなのは私だわ。今晩もまた忍び泣きよ」といった歌詞で、ここに合の手として《エヽなんじゃいなおかしゃんせ（ちょっと、よしてよ、冗談じゃないわ）》というお軽のモノローグが入る。お軽は嬉しくて浮き浮きしているのだが、それと同時に、「私、今までずいぶんつらい思いしたもんねェ」の感無量の涙も入っている——がしかし、それはまた同時に、その後のお軽の運命をも暗示する。

お軽がしんみり浮き浮きしているところに、それとは無関係にひたすら元気よく現れるのが、「討入の仲間入りを」と望む兄の平右衛門である。

兄は妹を見つける。妹は、フーゾク勤めをする現在の境遇を恥じて、顔を伏せる。しかし、そんな妹の気持ちを、兄は一向に頓着しない。《苦しうない。関東より戻りがけ。母人《ははびと》に逢《おう》て委《くわ》しく聞《きい》た。夫の為お主《しゅう》の為。よく売られたでかした〳〵。》

これが昔の男で、妹なる女に対する兄貴のエゴイズムである。私も妹がいるから、時々は平気で平右衛門である。兄妹というものは、細かいところで頓着せず、遠慮もしない。《でかした〳〵》ととんでもないほめられ方をした妹は、「でも喜んで、兄さん。私も今晩で自由よ」と言う。平右衛門に「誰が身請するんだ？」と問われたお軽は、《お前も御存じの大星由良助様のお世話で。》と、初めて由良助にちゃんとした敬語を使う。そして「なぜ？」から最前の《ムウすりゃ本心放埒者。》という平右衛門の科白へ続く。

お軽は、由良助の手紙を盗み見たことを告げ、「それで急に、身請してくれるってことになったのよ」と言う。

お軽はその奥にある「事情」を考えないが、平右衛門はぴんときて、《妹。とても遁《のが》れぬ命。身共にくれよ》と、切ってかかる。

お軽は飛びのいて、《コレ兄《あに》さん。わしには何誤《あやま》り。勘平という夫も有り。急度《きっと》二親《ふたおや》有《ある》からはこなさんの儘《まゝ》にも成《なる》まい。》と言う。殺されそうになって、「勝手なことしないでよ（こなさんの儘にも成まい）」と言うのもすごい兄妹だが、由良助の代わりに妹の口封じをして、それで討入のメンバーにしてもらおうと思う平右衛門は、なにも知らないお軽に死んでもらおうと思って、「事実」を告げる。「観客は知っているのにドラマの中心人物だけが知らない悲劇」は、こうしてお軽の上にやっと訪れる。

《可愛や妹何にもしらぬな。親与市兵衛殿は六月廿九日の夜。人に切られてお果なされた。》

《ヤァそれはまあ。》

《コリャまだ恟《びっく》りすな。請出され添《そお》うと思う勘平も。腹切って死んだわやい。》

お軽は当然泣き崩れるが、「功」を焦る平右衛門は、妹に詳しい事情を告げない。なにしろ、勘平が死に至る事情はややこしいのだ。そこで平右衛門は、話を手っ取り早くすませようとする。

《オヽ道理／＼。様子咄《はな》せばながい事。おいたわしいは母者人《ははじゃびと》。云出しては泣《なき》。思い出しては泣。娘かる（軽）に聞《きか》したら泣死にするであろ。必《かならず》いうてくれなとのお頼《たのみ》。いうまいと思え共《ども》。迚《とて》も遁《のが》れぬそちが命。》と言って、「由良助殿はお前を殺そうとしている。だから、俺に殺されて、俺の功にさせてくれ」と続ける。

お軽はショックで気落ちしたのか、「勘平さんはなんで死んだの？」などと訊かない。激情の彼女は、勘平の死を突然ながらも受け入れる。そうして口にするのが、お軽の有名な嘆きである。

《便りのないは身の代《しろ》を。役に立《たて》ての旅立か。暇乞《いとまごい》にも見えそな物と。恨《うらん》でばっかりおりました。》

勿体《もったい》ないがとゝ様は非業《ひごう》の死でもお年の上。勘平殿は三十に成るやならずに死《しぬ》るのは嘸《さぞ》悲しかろ口惜《おし》かろ。》

お軽は、勘平から便りがないことを、「自分の身売りの金で仕官の旅に出たんだろ」くらいに解釈していたが、すごいのは《勿体ないがとゝ様は》以後の部分である。あまりにも率直すぎる述懐は、人を怒らせない。「お軽、よくぞ言った」で、全員がお軽の思いに共感してしまう。これは、それだけすごい科白で、であればこそお軽は、「仇討ちのことになんかなんの関心もない女」でかまわないのである。それで通してしまうのが、この戯曲のすごさである。

嘆きのお軽は死を受け入れる。「兄さんが私を殺したと分かったら、母さんが兄さんを恨むことになるから、私は自害します」と言ってのけてしまうところがすごくて、お軽は平右衛門の刀を取る――正しく「お軽の悲劇」ではあるが、そういうことになると、この七段目で繰り広げられていた「お軽登場以前の物語」はどうなるのか？　というのである。確か、由良助は敵の目を欺くために味方まで騙し、それを疑う斧九太夫は、まだ床下に隠れているはずなのだ。

そこを解決するために、奥で様子を聞いていた由良助が《やれまて暫《しば》し》と現れる。《ホウ兄弟共見上げた疑《うたが》いはれた。》で、平右衛門は一味に加えられ、刀を手にしたお軽は、刀ごと由良助に導かれ、これを九太夫のいる床下にズブッと突き立てる。《夫勘平連判には加えしかど。敵一人《いちにん》も討とらず。未来で主君に云訳《いいわけ》有るまじ。其云訳はコリャ爰《ここ》に》である。

お軽は勘平に代わって、敵に内通した斧九太夫を敵の一人として討ったことになる。由良助は、切られた九太夫になんだかんだ言って、《四十余人の者共は。親に別れ子にはなれ。一生連添《つれそう》女房を君傾城《きみけいせい》の勤《つとめ》をさする》と、お軽の胸中も代弁するようなことを言う。大星に怒っていた矢間、竹森、千崎の三人も出て来て、「誤解して申し訳ありませんでした」と言うから、この場は「めでたし、めでたし」で幕になる。が、肝腎のお軽がなにを考えていたのかとなると、浄瑠璃作者達はなにも言及しない。歌舞伎のお軽役者は「健気にも」という案配で、嬉しそうにしたり誇らしげな様子を見せるが、文楽の人形には表情の変化というものがない。太夫もお軽には言及しない。「それでお軽はどうしたのか？」の問いに対して、浄瑠璃作者はただ沈黙する——沈黙したことに関して、観客はあまり気づかない。「二つの価値体系の共存」とは、こんなことである。

14

勘平と、お軽の兄で討入への参加を許される足軽の寺岡平右衛門には、モデルがいる。勘平のモデルは「萱野三平《かやのさんぺい》」である。似ているのは、早野勘平の名前だけで、他に似ているところはない。実在の三平は、中途入社の浅野家家臣である。嫡男の弟として生まれた三平は、生家を継ぐことも出来ず、人の推薦によって浅野家の家臣となった。浅野内匠頭が江戸城で事件を起こした時、早駕籠で国元の赤穂に使いを出した——三平は、その時の使者の一人である。当然、三平は討入の仲間に入る気でいたが、端《はた》から見れば、三平は「せっかく就職した会社が倒産してしまった青年社員」である。討入の意志を隠して実家へ帰った三平に、両親は他家への再就職を勧め、しかもそれが現実化してしまう。仲間と共に計画されている吉良上野介への復讐のことは両親に打ち明けられず、決まってしまった再就職も受け入れられない。板挟みになった三平は、内匠頭の命日である

「十四日」を選んで、大石内蔵助に遺書を送って自殺してしまう。頑固で気弱なくせに真面目な親孝行息子であるところは現代的だが、しかし彼は、『仮名手本忠臣蔵』の勘平とはずいぶん違う。同じなのは、討入の意志があって、しかし出来ずに自殺してしまうところだけである。もっとも、自己回復を願う勘平に「討入の意志」というものがあったかどうかは微妙なところでもあるから、そうなると、早野勘平と萱野三平の似ているところは、「自死を選ばねばならなかった真面目な藩士」というところだけになる。

寺岡平右衛門のモデルは、やはり足軽の「寺坂吉右衛門」である。武士の最下層に属する足軽は、「家来のまた家来」のような存在であり、「正社員ではないパート」のようなものだから、主人の非業の死に対する忠誠心などあまり要求されない。大石内蔵助と同列の家老である大野九郎兵衛《おおのくろべえ》——劇中では斧九太夫——でさえ、さっさと「主君の復讐」などというものから脱退しているのだから、なにも足軽がへんな忠義立てをする必要はない。そういう状況の中で、寺坂吉右衛門ばかりが、足軽の身分からの討入参加を許された。そういう意味で、彼は「忠誠心の篤い男」なのだが、彼には「その後」もある。元禄十五年十二月十四日の討入に参加したところまでは確かなのだが、事が成就した後に彼は姿を消してしまう。「逃亡した」という説と、「大石内蔵助の了解の下、密使としてどこかへ行った」という説と、大きく分けてこの二つがある。寺坂吉右衛門がその後どうなったのか、私は知らない。ただ、寺岡平右衛門のモデルが、「討入に参加を許されたが、その後どこかへ消えてしまった足軽」だということにしか関心はない。

「赤穂浪士の復讐」を最大のテーマとして、その点において日本で最も有名な戯曲でありながら、『仮名手本忠臣蔵』が描く「浪士の受難」と「浪士の物語」は、この中心からはずれたところに存在する萱野三平と寺坂吉右衛門にインスパイアされた「早野勘平」と「寺岡平右衛門」だけだというところが、重要なのである。

「赤穂浪士の復讐事件」は、初演時で既に四十数年前の過去のものとして完結してしまっているし、「武士の世界の事件」として、町人達をシャットアウトしている。しかし、江戸時代の町人達は、これに参加をしたいのである。だから、その余地を探したのである。ついでに言えば、「お軽」にもモデルはあるという。妻と離婚した大石内蔵助のそばで面倒を見ていた妾が「軽」という名前だったというのだが、そんなことはどうでもいい。萱野三平、寺坂吉右衛門、軽という名前を取材によって知りえた作者達が、モデル達の事実関係を全部捨てて、「夫婦・兄妹」の一家に仕立て上げてしまった——そうして作り上げたドラマがすごいという、そのことが重要なのである。

「事実のあら方は知っている。しかし、そんなことはどうでもいい。我々に必要なものは我々のドラマである」として、さっさと「関係ない現実」を捨ててしまった、このドラマの作者達の意気込みがすごいのである。「現実を踏まえて、自分達に必要なドラマだけを拾い上げる」——江戸時代の浄瑠璃作家はそういうことをやって、しかもその通りに、この虚構だらけのドラマ『仮名手本忠臣蔵』は「忠臣蔵の最高峰」として残っているのである。その「虚構だらけの最高峰」という矛盾したものに対して、「事実はどうだ?」というリサーチは近代以後盛んに行われるが、結果はたいしたものではない。「虚構から出発して組み立てられた、身にしみる必要な真実」の方が、ずっと重要だというだけのことである。「参加」を拒まれた江戸時代の町人達が、そのことを前提にして別種の構築をしてしまった——忘れられているのは、その「別種の構築」で、今の我々が必要としているのもまた、忘れられながらもその存在だけは厳然としている「別種の構築」なのである。なぜかという理由は、そうむずかしくない。この「別種の構築」が、実は「知性」という名を持つものだからである。

というわけで、いよいよここから『仮名手本忠臣蔵』最大の眼目であり、最大の虚構のドラマである、加古川本蔵一家の物語が始まる。

15

加古川本蔵は、足利館で塩冶判官が高師直に切りつけた時、これを止めた男である。しかも、塩冶判官が高師直に怒りをぶつけざるをえなくなったのは、本蔵が彼の主君桃井若狭助と高師直の対立を回避させ、師直の怒りが判官へ向かったためである。判官刃傷とお家取り潰しの間接的な原因は、本蔵にある。しかも、本蔵の娘小浪と大星由良助の息子力弥は許嫁である。塩冶判官の家中がバラバラになってから、本蔵一家と由良助一家の関係はどうなったのか？　その間の事情に口を噤んだまま、『仮名手本忠臣蔵』の第八（八段目）は始まる。一力茶屋でのお軽の悲嘆に続くものは、加古川本蔵の年若い後妻戸無瀬と、その継娘の小浪による「道行旅路《みちゆきたびじ》の嫁入《よめいり》」である。

幕が開くと、舞台は浅黄《あさぎ》色の無地の幕で覆われていて、上手には太夫と三味線が複数で並んでいる。前段の一力茶屋は、複数の太夫が登場しての「掛け合い」だったが、この八段目は、三味線も複数になっての「音楽」になる。「音楽」を生かした、人形による舞踊の一幕である。「道行」も含めた舞踊の一幕を、歌舞伎では「所作事《しよさごと》」と言うが、人形浄瑠璃では「景事《けいごと》」と言う。歌舞伎では「所作＝するもの」、人形浄瑠璃では「景＝見るもの」である。

「音楽」が「見るもの」になってしまうのは不思議だが、そもそも人形浄瑠璃は「聴くもの」なのである。じっくりと耳を澄ませてドラマを聴く――主となるのはドラマを語る太夫で、動きを見せる人形は従である。それが、景事では逆転して、動きを見せる人形が主となって、太夫と三味線はＢＧＭになる。だから、三味線の数も複数になって音楽的効果を高め、太夫の方も「語る」ではなく「歌う」に近くなる。「聴く」の比重が低まって、「見る」の比重が高まる――他のシーンでは「聞き逃がせない重いドラマ」が語られるが、ここでは「軽く聞き流せる心地よい言葉」が続けられて「音楽」になる。「音楽」になるからこそ「見る」が可能になるのだが、そういう構造になっていて、しかし、昔の人のやることはそう単純ではない。人形による登場人物は、テンポよく流れる音楽によって踊るが、人形を踊らせる「音楽」の方は、踊っている人形の知りえない「運命」を語る。登場人物達は、状況が自分達の知りえない方向へ進んでいるのとは無関係に踊るのである。やがて悲劇が訪れるかもしれない――しかし、人（人形）はそんなことを知らず、自分の心持ちだけで動く。ＢＧＭの音楽となった太夫は、その人間達から距離をおいて、「あってしかるべき運命」を語る。つまり、一つの舞台で二つの別々のものが同時に進行するのである。だから「哀愁を帯びた明るさ」という複雑なものも出来上がってしまうのである。

　加古川本蔵一家と大星由良助一家の間には、既に「なにか」が起こっている。由良助一家がそれをどう考え、本蔵一家がどう考えているのかは分からないが、本蔵の妻戸無瀬は小浪を連れて旅に出る。行先は京都近郊の山科――そのままになっている小浪と力弥の仲を結ぶための「嫁入り」である。本蔵側はそのようなことを始めた。しかし、それは「どのような状況下の嫁入り」なのか？このことを語るために、ただ浅黄幕を広げただけの舞台の端で、太夫達はその「状況」を語り始める。
《浮世とは。誰《た》がいいそめて。飛鳥《あすか》川。ふちも知行《ちぎょう》も瀬とかわり。よるべも浪《なみ》の下人《したびと》に。結ぶ塩冶《えんや》の誤りは。恋のかせ杭《ぐい》加古川の。娘小浪が云号《いいなずけ》。結納《たのみ》も。取らず其儘《そのまま》に振《ふ》り捨《すて》られし物思い。母の思いは山科の聟《むこ》の力弥をちからにて住家《すみか》へ押《おし》て嫁入も。世に有《あり》なしの義理遠慮 妣《こしもと》つれず乗物もやめて親子の二人連《づれ》。都の〳〵空に。心ざす。》

「語り始める」とは言ったが、実はこれは「音楽」である。流れに身をゆだねて、「ふんふん」と聞き流せばいい——本来的にはそういうものである。ところが、その「音楽」を文字にして書くと、言葉だらけになる。言葉だらけの文章になってしまったものを「見る（読む）」ということになる——そして、「なんだこれは？」と意味を探ることになる。そうなったらもう「身をゆだねて聞き流せばいい音楽」ではない。ああ、厄介だ、である。というわけで、この文章を「音楽として読む」ということを考えなければならない。

言葉が始まる前、三味線の前奏は、アップテンポである。非常に力強くて景気がいい——聞きようによっては「危機的なニュアンス」が感じられるかもしれないが、「これはロックである」と考えてしまえば、なんの問題もない。日本の江戸時代に、こんなノリのいいアップテンポの音楽があったのかと思うと、感動してしまう。江戸時代の三味線は「粋」というようなところに入れられてしまうが、人形浄瑠璃——義太夫《ぎだゆう》節の三味線は、まだ瀟洒にならず野性味を残した太棹《ふとざお》だから、これが連弾で威勢よく鳴り始めると、たまらなく昂揚してしまう。三味線音楽の義太夫節を「義理人情の湿った世界」などと未だに考えている人は、こういう音を聞いてみればよいのである。びっくりするだろう。そういう威勢のいいアップテンポのヘヴィな音の中で、太夫達は《浮世とは》と語り始める——歌い始める。

義太夫語りの太夫達の声は、澄んだ声なんかではない。前近代の不純物をたっぷりと含んだ、低くて太い濁声《だみごえ》である。それが調子に乗って歌うと、歌詞が時々ぶれて聞こえる。《浮世とは》と言っているはずだが、これが「憂きやとは」と聞こえたりもする。《浮世》だと浮かれているが、「憂世」だと「いやな世」になる。浮かれているからこそ「定めない」のが「浮世」なら、この「浮世」は「憂世」にもなるから、意味的にそう変わるものではない。全然かまやしないのだが、威勢のいい音楽に乗って、「憂きやとは」と、声を揃えて楽しげに歌われたりするとどうなるか？　威勢のいい音楽に乗って、大の男達が声を張り上げているのである——十分に声を出すことの快感に従って、太夫達は歌っているのである。「調子に乗って歌う」の本来にのっとったその歌い方で、「憂きやとは」と歌われると、聞いている方は、「とても楽しそうに〝ああ、いやだなァ〟と言っている」と思える。この浄瑠璃は、まさしくそのようなものなのである。

《浮世とは。誰がいいそめて。飛鳥川。》が、「ああ、やだなァ——なんて、誰が言い出したんだよ、飛鳥川」になる。なにを言ってるのか分からない。嬉しいのか悲しいのかも分からない。はっきりしているのは、その歌声が、すべてを蹴散らしてずんずん先へ進むという、そのことだけである。

突然出て来た《飛鳥川》とはなんなのか？　「飛鳥川」と言えば、「昨日の深み（淵）が今日は浅瀬（瀬）になる」ということで有名な、変化の多い川である。『古今和歌集』の「世の中は何か常なる飛鳥川　昨日の淵ぞ今日は瀬になる」の歌以来、「世の常ならぬ姿の象徴」ということになっている。有名な『方丈記』の冒頭の「ゆく河の流れは絶えずして、しかも、もとの水にあらず」も、この和歌の影響下にある。その《飛鳥川》が出て来て、気持よく声を揃えていた太夫達が「無常観」を訴え始めるのかというと、別にそういうわけでもない。《飛鳥川》だから「淵」である——そう思って聞いていると、その後に《知行》というわけの分からない言葉が出て来る。《知行》と言えば、武士の給料である土地の支配権のことである。「無常」とも《飛鳥川》ともなんの関係もない。「なんだこりゃ?」と思って振り返れば、その前の《ふち》もまた、武士の給料である「扶《ふ》持《ち》」にも取れる。ということになると、太夫達が歌うのは、「飛鳥川、武士の給料も《瀬》と変わり」になる。なんのことだか分からない——そして、なんの意味もない。更に続けると、《よるべも浪の下人に。結ぶ塩冶の誤りは。》である。

《よるべも浪の下人》とは、「よるべがない」から「浪人」のことである。「浪人」となにかを結んだらしい。それはもしかしたら「縁」かもしれない。すると、「浪人と縁を結んだ塩冶判官の間違いは」ということになってしまう。またしても、なんのことやら分からない。こんな調子で話を続けても仕方がない。ここのところの文章の意味が取れないのは、文章が二重構造になっているからである。この文章が「歌」であることをもう一度考えた方がいい。この文章は、〝水〟というメロディに乗せて、これまでのあらすじを語る」という構造になっているのである。だから、「メロディ」を聞き流して、「歌詞」の部分だけを頭に入れればいい。すると、「浮世とは誰が言い出したんだ。扶持も知行も変わり浪人となった男と縁を結んだのは、塩冶判官の妨害をした加古川本蔵で、それは恋の成就の邪魔にもなる——その本蔵の娘の小浪は」ということになって、後がすんなり分かる。小浪と力弥の仲は、結納も取らずそのままになっていたから、母親は山科にいる力弥を頼って、娘を連れて行くことにしたが、相手の事情も考えて、親子二人だけで都へ出発した——である。

なぜここに「水」が登場するのかと言えば、一家の姓が「加古川」で、娘が「小浪」、母の名前さえも「戸無瀬――戸のない瀬、遮る岸のない広々とした浅瀬あるいは急流」という、「水」に縁のあるものだからである。そこから、浄瑠璃作者は「転変の象徴」である飛鳥川を持ち出す。「道行旅路の嫁入」の冒頭は、言葉によるイメージ映像のようなもので、二重の意味を持つ掛詞は「映像言語」というべきものである。まず「流れの速い川」がある。その映像に、勤務先を失った侍の姿が重なる。そこに「切腹せざるをえない塩冶判官」や「大騒動の中で彼を抱き止める加古川本蔵」の映像がオーバーラップして、そのまま「川の岸辺を行く親子連れ」になる。これが序章となる「これまでのあらすじ」である。

《都の〽空に。》の《〽》は、「ここで歌え」という指示である。だから太夫達は、「都のおお、おお、おお、おおおお、おおおおお、おお、おお……」と、やたらと声を伸ばす。そこに花やかな三味線の音がついて、舞台を覆っていた浅黄幕が振り落とされる。向こうに富士山のある東海道で、そこに旅姿の戸無瀬と小浪がいる。原文では、《雪の肌《はだえ》も。さむ空は。寒紅梅《かんこうばい》の色そいて。手先覚えずこゞえ坂。さった峠に。さしかゝり見返れば。》と続くのだが、今ではここを省略して次へ行く――。

《不二《ふじ》の煙《けぶり》の。空に消行衛《きえゆくえ》もしれぬ思いをば。はらす嫁入《よめり》の。門火《かどび》ぞと。祝《いお》うて三保《みほ》の松原につゞく。並松《なみまつ》街道をせましと打《うつ》たる行列は。誰としらねど浦山《うらやま》し。アヽ世が世ならあのごとく。一度の晴と花かざり。伊達《だて》をするがの府中過《すぎ》。城下。過《すぐ》ればきさんじに。母の心もいそ〳〵と。》

《雪の肌》云々は、女二人の白い肌が冬の寒さでぽっと紅らんでいる表現で、そんな二人は東海道の日本橋から十六番目の宿駅である由比《ゆい》を過ぎて、薩埵《さった》峠の難所に来かかっている。そして、振り返ると富士山が見える。《不二の煙の。》は、西行法師の「風になびく富士の煙の空に消えて　行方も知らぬわが思ひかな」の和歌から来ているが、嫁入りに行く二人は、漂泊の法師とは違うので、「行っても大丈夫かしら？」という不安な思いを、《嫁入の門火》ということにして一蹴してしまう。《門火》は、死者をあの世に送り出すために焚く火だが、江戸時代では嫁入りの時でも、「もう二度と帰って来ませんように」という祈り――つまり「離婚するな」の意味で焚いた。西行法師の歌は寂しいが、女二人はへっちゃらである――と思っていたら、街道を行く二人の目に、どこやらの家の嫁入り行列が見えた。《誰としらねど浦山（羨ま）し。》と思う女二人は、とても正直である。「水というメロディであらすじを歌う」という形で始まった「道行旅路の嫁入」は、ここでもういささか形を変えて、「〝東海道の旅〟というメロディで、女二人の心情を語る」というものになっている。

女二人は、もう「駿河の府中」に来ていて、その城下町を過ぎると、お母さんはいそいそとして、退屈しのぎの話を始める。それがなにかというと、新婚初夜のセックスについてである。

《二世《にせ》の盃済《すん》で後。閨《ねや》のむつ言《ごと》さゝめ言。親しらず子しらずと。蔦《つた》の細道。もつれ合《あい》。嬉しかろうと手を引《ひけ》ば。》

「式が済んだら寝室に入って、二人でもつれ合いよ」と、この年若いお母さんは、娘の手を取って言うのである。場所は、「蔦の細道」と言われる宇津谷《うつのや》峠。「親不知《しらず》子不知」は、既に通り過ぎてしまった薩埵峠にある場所だが、そんなことはどうでもいい。人気《ひとけ》がなく道幅の狭い山間の峠道を、「ほら危いわよ」と娘の手を引くお母さんは、そのついでに、「結婚したら、こんな風にもつれ合いよ。いいわね」と言うのである。

十代の娘は、「もう、やァね、お母さんは……」で、《アノ母様《はは》のさし合《あい》をわきへこかして鞠子《まりこ》川。》である。「差し合い」とは、「遠慮すべきこと」である。「もう、いやらしいんだから」と思う娘は、母の言うことをポンと鞠子川に捨ててしまう。再び「水」のイメージが登場するが、その先に待つのは大井川で、小浪の方は一人で、「でも、力弥さんにいい人が出来ていたら」と心配になる。《案じて胸も大井川。水の流れと人心《ひとごころ》。》である。《胸も大井川。》は、「心配で胸も覆われる（ふさがる）」である。初めにあった《飛鳥川》の水のイメージは、ここで小浪の胸の中に収められ、そして、「でも心配することない」という方向で旅は続けられる。

この道行で描かれるのは、「お母さんはとても前向きで明るい人である。娘はとても可愛いが恥ずかしがり屋である」ということともう一つ、三十分たらずの間に、鎌倉から琵琶湖の先にある山科までの東海道の道筋を、全部見せてしまうというところにある。つまり、バックの景色がバタリバタリと、曲の進行につれて変わって行くのである。そういう「東海道五十三次早替わりショー」でもある。女二人は、数十日の旅を行く。その間、いつまでも「嬉しいでしょ」「いやだ、お母様」はやっていられない。舞台の演出はショーと化し、二人だけの旅を行く義理の母娘は、その内に落ち着いて、黙々と旅のノルマをこなすようになって、心もしんみりと合って来るのである。

昔の東海道だから、名古屋からは海上になって、船で四日市方面へ向かい、そこから鈴鹿山脈を越えて琵琶湖の南へ出る。ある意味でこの道行は、後に歌川広重が『東海道五十三次』を描く原型ともなるようなもので、彼の絵の十三番目の宿駅「原」を描いたものでは、戸無瀬と小浪のような、旅姿の武家の母子が富士を仰ぎ見る様子が描かれている。そうなるように広重をインスパイアしてもおかしくないのが、この道行の畳みかけるような終盤である。

《七里の渡し帆《ほ》を上て艪拍子《ろびょうし》揃えてヤッシッシ。楫取《かじと》る音は。鈴虫かいや。きり〴〵す。鳴くや霜《しも》夜《よ》と詠《よみ》たるは。小夜《さよ》ふけてこそくれ迄と。限り有舟《ある》いそがんと母が走れば。娘も走り。空の。あられに笠覆《かさおお》い。船路《ふなじ》の友の。跡やさき庄野《しょうの》亀山せきとむる。伊勢と吾妻《あづま》の別れ道。駅路《えきろ》の鈴の鈴鹿こえ。間《あい》の土山。雨がふる水口《みなくち》の端《は》に。いいはやす。石部《いしべ》石場《いしば》で大石や。小石ひろうて我夫《わがつま》と撫《なで》つ。さすりつ手にすえて。やがて大津や三井寺の。麓《ふもと》を越て山科へ程なき。里へ〳〵いそぎゆく》

国語の試験になると論理的な読解力ばかりが問題にされるが、日本語にはもう一つ、情緒的にして叙景的な読解力を要求される文章もあるのである。こういうものを国語の試験に出して解釈を問うたらどうだろう——広重の『東海道五十三次』の絵も一緒に見せて。

桑名へは、船で渡る「七里の渡し」である。船頭達は、「ヤッシッシ」と声を合わせて船を漕ぐ。船頭の声、艪のきしむ音。黄昏近い港町の雑踏の中、「夜になったら舟はないし」と思う母娘は走る。空からは霰《あられ》。寒さに震える娘の身を案じて、母は黙ってそこに菅笠をかざす。庄野、亀山、関、そして鈴鹿越えで、土山、水口、石部。天気の変わりやすい鈴鹿峠を越えて雨もよいにもなったか。やがて琵琶湖が見えようとするところの石を切り出す石場で、小浪は小さな石を拾った。大石（大星）の子だから「小石」——それをじっと握りしめるところで、小浪の心は定まった。そして親子は、雪に覆われた山科へと向かう。

16

『仮名手本忠臣蔵』の第九（九段目）は「大曲中の大曲」と言われるものの一つである。原作通りに全段を上演すれば、動きのない一場で二時間は簡単に越す。しかし、それでなんだというと、別にどうということもない。このヘヴィな一場は、実のところ「いたって簡単なもの」を見せる一場だからである。

幕が開くと、雪の山科で、大星由良助の住居である。雪が「クライマックスの討入近し」の重厚さを感じさせはするが、しかし、この場の雰囲気は、七段目の一力茶屋や八段目の道行と続いている——つまり、あっけらかんとのんきなのである。

《風雅《ふうが》でもなく。しゃれでなく。しょう事なしの山科に。由良助が侘住居《わびずまい》。》——これが九段目の始まりである。

雪の山科に大星由良助一家が住んでいるのは、《風雅でもなく。しゃれでなく。》なのである。ということは、ここに住んで祇園に通うというのも、《風雅でもなく。しゃれでなく。》敵を欺く計画でもなく、《しょう事なし（しょうがないから）》なのであるということになってしまう。このようにして、九段目の最も重要なキイワード「しょうがないから」が、いともあっさりと投げ出されて、大曲中の大曲は始まる。

由良助は、祇園から雪の朝帰り。茶屋の人間達もぞろぞろついて来て、庭でまだ遊びの続きをやっている。そうなってしまうのももちろん《しょう事なし》で、由良助は復讐計画を忘れていない。茶屋の一行が帰った後で、鎌倉へ討入るため、堺の回船問屋天河屋義平と連絡を取るための手紙を書き出し、《飛脚がきたらばしらせいよ。》と言って、奥へ入ってしまう。由良助は《堺への状認《したた》めん。飛脚がきたらばしらせいよ。》と、家の下女に平気で言っている。由良助の進む方向が決まっている一家の中では、すべてがどうということなく、当たり前に進行しているのである。

そこへ、戸無瀬と小浪がやって来る。さすがに「親子二人きり」ではなく、白無垢の小浪を立派な駕籠に乗せて、とにもかくにも「婚礼」を演じようとしている。その加古川家側の訪問に対して、応対に出るのは、由良助の妻の「おいし（お石）」――八段目の《大石や。小石ひろうて我夫と》でも分かるように、既に「大星由良助とは大石内蔵助のことである」は、公然の秘密である。

《是《これ》は〳〵。お二方《ふたかた》共ようぞや御出《おいで》。とくよりお目にもかゝる筈《はず》。お聞《きき》及びの今の身の上。お尋《たずね》に預りお恥しい。》と、お石は言う。お石と戸無瀬は初対面だが、許嫁になった娘が白無垢の花嫁衣装でやって来たのを見たら、「用事」くらいは分かりそうなものである。だから、当たりはいいがどこか焦点をぼかしたお石の他人行儀な応対に、戸無瀬はこう言う――。

《あの改《あらたま》ったお詞《ことば》。お目にかゝるは今日始《こんにちはじ》めなれど。先達《さきだっ》て御子息力弥殿に。娘小浪を云号《いいなずけ》致したからは。おまえ也《なり》わたし也。娅同士《あいやけどし》御遠慮に及《およば》ぬ事。》

今ではあまり使わないが、娅＝相舅《あいやけ》＝相親家《あいやけ》は、夫婦それぞれの両親同士の関係である。そういう言葉を使う戸無瀬は、娘の結婚の正当性を疑っていない――であればこそ、八段目ではしゃぎ方である。戸無瀬は、「夫は来られないが、ここに夫の刀がある。これを持つ私が夫の代理。由良助殿に会って、両家の結婚を実現させたい」と言うが、お石は、《折悪う夫《おっと》由良助は他行《たぎょう》（外出中）》と、にべもない。じりじりと、両家の母同士の嫌悪が生まれて、お石は遠回しに、結婚が不可能な理由を言う――。

《云号《いいなずけ》致した時は。故殿《ことの》様の御恩に預かり。御知行頂戴《ちぎょうちょうだい》致し罷有《まかりあ》る故《ゆえ》。本蔵様の娘御を貰《もらい》ましょう。然《しか》らばくりょうと。云《いい》約束は申《もう》したれ共《ども》。只今は浪人。人遣《ひとづか》いとてもござらぬ内へ。いかに約束なれば迚《とて》。大身《たいしん》な加古川殿の御息女。世話に申提灯《もうすちょうちん》に釣鐘。つり合《あわ》ぬは不縁のもと。ハテ結納《たのみ》を遣わしたと申《もうす》ではなし。どれへなりと外ゝ《ほかほか》へ。御遠慮のう遣わされませ》

お石の論理は、「昔ならともかく、今は浪人中の貧乏世帯だから、立派なお嬢さんはもらえない」である――「由良助が家にいたら、きっとそう言うだろうから、お引き取り下さい」である。

それで戸無瀬は、珍妙なことを言う。彼女は、愛すべき現実主義者なのだが、「由良助は千五百石もらう家老だった。本蔵の給料は、同じ家老でも五百石だ。千石のサラリーの差を承知で受け入れてもらった結婚、今そちらが無収入でも、こちらは一向にかまわない」というのが、戸無瀬の論理なのである。こういう科白が出てしまうのは、いかにも商都・大坂製のドラマだが、この現実一本槍の単純な女にしびれを切らして、ついにお石は「本当の理由」を言う――つまり、「塩冶判官の切腹の原因を作ったのは、判官様を止めて、しかも師直に賄賂を贈っていたお前の亭主のせいだ。そんな家の娘を嫁にもらえると思ってんのか！　だめだ！」である。これを聞いて、さすがに能天気だった戸無瀬も、沈黙せざるをえない。

拒絶したお石は中へ去り、取り残された戸無瀬と小浪は、仕方なしに死を決意する。そんな二人の様子を知って、お石は改めて「結婚を承諾してやる」と条件を出す。それは、「引き出物として、加古川本蔵の首を渡せ」である。

戸無瀬は「冗談じゃない」と絶句するのだが、しかし、鎌倉にいるはずの本蔵はどういうわけか虚無僧姿で山科に来ていて、「ほしけりゃやろう。しかし、お前達みたいな仇討ちもしない腰抜け一家に、俺の首が取れるのか」と言って姿を現し、お石を挑発する。

武家の女房のお石は、槍を取って突きかかるが、本蔵に押えつけられる。母の危難を見た大星力弥が走り出て母の槍を取り、本蔵を突き刺す。本蔵が傷を負ったところで、いよいよ由良助の出番である。

《ヤァ待て力弥早まるなと。鑓引留《やりひきとめ》て由良助手負いに向い。一別《いちべつ》以来珍らしし本蔵殿。御計略の念願とゞき。聟《むこ》力弥が手にかゝって。嘸《さぞ》本望でござろうの》

由良助は奥にいて、すべての指図をしていた。やって来た戸無瀬と小浪に対して、「破談にしろ」と言ったのも由良助で、断られた二人が死のうとした時に誰とも知らぬ尺八の音が聞こえて来たのを「本蔵も来ている」と理解し、彼が「死ぬ覚悟」であることも了解した——そして、力弥に「本蔵を刺せ」と命令もした。由良助はそのように理解したが、では、肝腎の本蔵は、なぜ死を覚悟したのか？　本蔵の述懐によれば、それは「娘のため」なのである。

《約束の通り此《この》娘。力弥に添《そわ》せて下さらば未来永劫御恩は忘れぬ。コレ手を合《あわ》して頼入《たのみいる》。忠義にならでは捨《すて》ぬ命。子故に捨る親心推量あれ由良殿》

本蔵は、自分の主人桃井若狭助の危機を回避するために打った手が、どのような結果になったかをよく知っている。塩冶判官を止めたのも《相手死《しな》ずば切腹にも及ぶまじ》と考えたからだが、これが逆に師直を助ける結果になってしまった。本蔵一家と由良助一家の関係が、既に断絶してしまっていることを本蔵は理解しているが、戸無瀬や小浪は分からずにいる——だから本蔵は、自分の死と引き換えに、小浪の結婚を成就させようとした。そう思う本蔵は、「よかれ」と思って自分のしたことが、結果としては不幸をもたらしてしまっても、主君に仕える武士のやり方としては、間違ったことではないと思っている。間違ってはいないから、由良助も理解了解してくれると思っている——だから、「自分が死ねば娘は結婚出来るはず」と考える。自分のしたことは正しい。しかし、自分が死ぬことは、《しょう事なし》なのである。だから本蔵は、由良助が高師直へ対して復讐をするだろうことを、疑ってはいない。それが、《しょう事なし》ではあっても、後に残された塩冶判官の家臣の長の、やるべき正しいことだからである。

そして、同じ《しょう事なし》は、由良助の方にもある。本蔵が以上のようなことを考えているだろうことは、由良助だって知っている。どうしてかと言えば、それが「武士の考えるべきこと」だからである。分かっているのなら、文句を言わずに小浪を嫁にしてやればいい。本蔵も、主人若狭助のためを思う「忠臣」で、「忠臣の娘」を嫁にもらうことは、悪いことではないはずである。一味の人間は許さないだろうが、由良助はこれを黙らせることも出来る元家老のリーダーである。しかし、結果的に本蔵を死に追いやるように、由良助は小浪を拒んだ。なぜかというと、小浪を嫁にしても、自分と共に仇討ちに行く力弥は、すぐに死んでしまうからである。すぐに別れ、死地に赴く男と、友人の娘を結婚させても仕方がない――由良助もまた、小浪を哀れと思って、この結婚を拒否したのである。本蔵も由良助も、小浪という娘のことを考えているのである。

しかし、この結婚が成就しようとしまいと本蔵は当然「死」へと向かう。その死と引き換えに、小浪は力弥の妻となって、「ただちに」と言いたいほどの早さで、その「愛しい夫」を失う。すべては、《しょう事なし》なのである。だからここに来て、『仮名手本忠臣蔵』は、意外な終局を迎える。つまり、この長大なドラマは、主君に仕える二人の中間管理職の悲哀を描くドラマだったということである。

本蔵は、《忠義にならでは捨ぬ命。》と言う。「忠義でなければ捨てない命」を「娘のために捨てる」は、本気なのである。主人若狭助の危機を救うため、師直に賄賂を贈った三段目の本蔵を、この浄瑠璃の作者達はどう書いたか？　《金で頬《つら》はる算用に。主人の命も買て取《こうと》る。二一天作《にいちてんさく》そろ盤の。けたを違《ちが》えぬ白鼠《しろねずみ》。忠義忠臣忠孝の。》である。《忠》を鼠の鳴き声に引っかけて嗤っている。

それでかまわないとするのが、大坂的な現実主義者で、「〝忠義以外に命は捨てない〟という武士のセオリーを十分に理解している。自分の命の捨て方くらい、自分の意志で決定する」と思う本蔵は、あまりにも腰の据った現実主義者なのである。だから、逃げようがないと知った時、本蔵は逃げない。「娘のため」で、死への道を怖れない。あるいはそこに、「塩冶判官を抱き止めた自分の非」を公然とは認めにくいということもあるかもしれないが、しかしやはり《忠義にならでは捨てぬ命。》である。

対する由良助も同じである。《風雅でもなく。しゃれでなく。しょう事なしの山科に。》住む由良助は、死に行く本蔵から、師直の屋敷の絵図面を渡される。そうなった大星由良助は、「太平の江戸時代にいた大石内蔵助」ではない。「戦乱が当然の『太平記』の時代にいた塩冶判官の家臣・大星由良助」になる。だから、師直の屋敷の絵図面を手にして、《此絵図こそは孫呉《そんご》が秘書《ひしょ》。我為《わがため》の六韜三略《りくとうさんりやく》。》などと大時代なことを言って勇み立つ。

そうして、すべての討入の手筈を整えた由良助は、死んで行く本蔵から虚無僧の装束を借り、一人で堺へ下って行く。力弥を後に残すのは、新妻小浪のためである。だから、《今宵一夜《いちや》は嫁御寮《よめごりよう》へ。舅《しゆうと》が情のれんぼ流《ながし》。歌口《うたくち》しめして立出《たちいづ》れば。》ということになる。《れんぼ流》は尺八の曲名で、「鈴慕流」と書くが、ここはもちろん、「恋慕流」である。どちらのお父さんも、若い娘の幸福を願っていた。しかしすべては、《しょう事なし》である。

だから本蔵はぼやく。力弥に刺され、傷を負いながら、大星由良助が自分の信じた通り周到な人物だったということを知った本蔵はこう言う――。

《計略といい義心といい。かほどの家来を持《もち》ながら了簡《りようけん》も有《ある》べきに。あさきたくみの塩冶殿。口惜

き振廻《ふるまい》や》
　これに対して、由良助も異議を唱えない。
《御主人の御短慮成《な》る御仕業《おんしわざ》。今の忠義を戦場のお馬先《うまさき》にて尽《つく》さばと。思えば無念にとじふさがる。》
『太平記』の南北朝の武士である大星由良助は、「健在な主人に従って、主人の前で戦いたかった」と言う。その悔みはつまり、「塩冶判官」に擬された人——浅野内匠頭の《あさきたくみ》によるのである。
『仮名手本忠臣蔵』と言って、この「忠臣」である中間管理職達は、やっぱり、上司の悪口を言ってしまうのである。『仮名手本忠臣蔵』の九段目が「大曲中の大曲」であるのは、「本音を言うのはむずかしいから」で、それを承知してしまった以上、根本は大皮肉にしかならない。本音を言うのが命懸けであるにしろ、人生の大事はそこにしかないと、この浄瑠璃作者達は思っているのである。

17

　第十（十段目）、第十一（十一段目）となると、『仮名手本忠臣蔵』のドラマもだいぶ変わって来る。人形浄瑠璃劇の最後は「全体を終わらせるための段取り」に近いようなもので、あってもなくてもいいようなものである。しかし、赤穂四十七士の討入事件を題材にしてしまったこのドラマでは、討入こそが最大のクライマックスになる。それまでは「史実」などというものとは無関係に、奔放な想像力を働かせて「別のドラマ」を作っていた作者達も、史実に接近しなければならないからで、「フィクションであることのよさ」が薄められて、ドラマの質が変わってしまうのである。

十段目の舞台となる堺の天河屋では、大星由良助から武器の運搬を依頼された天河屋義平が《男気》を見せる。町人が存在する余地のない『仮名手本忠臣蔵』の中で、唯一町人の活躍を見せるところである。

天河屋義平は塩冶判官の恩を受けた町人の一人で、《武士も及ばぬ男気な者と。》大星由良助に見込まれて武器の輸送を担当したが、公序良俗に反するその行為の秘密を守るため、義平は妻の「その（お園）」を実家へ戻し、従業員達には次々と暇を出して、今や店には四歳になる一人息子のよし松と少しマヌケな丁稚の伊五《いご》しかいない。それはそれでいいのだが、お園の父は大田了竹《りょうちく》という「以前は斧九太夫に仕えてそれなりの収入を得ていた人物」という設定になっている。となると、「了竹は義平のすることを怪しんで公儀に訴え出て、義平を危機に陥れる」なんてことも考えられるが、そんなことはない。大田了竹——名前からすると「医者」のようにも思われるが——は、ただの欲深ジーさんでしかないのだ。

義平は妻を離縁したわけではなく、「病気」ということにして彼女を実家へ戻し、「病人らしく寝てろ」と言っただけなのである。お園はどこも悪くない。だからそれを見た了竹は、お園を金持ちの男に再婚をさせようと考えて、義平のところへ「離縁状を書け」と言って来る——ただそれだけの話で、「かつて斧九太夫に仕えた」にはさしたる意味がない。

秘密を守ろうとする義平は、お園の離縁状を書いて了竹に渡すが、そうなると今度はお園がやって来て、「あんまりだ。息子に一目会わせてほしい」と言って店先で訴え泣く。がしかしここで不思議なのは、どこも悪いところがないのに「お前は実家へ帰って病気になってろ」と言われたお園が、「私はどこも悪くはない。それなのに夫が〝病気だ〟なんて言うのは、私に隠してなにか都合の悪いことをしているからではないか？」と思わないことである。浄瑠璃の登場人物はバカではないので、普通だったらそれくらいのことは考えるが、お園はそれを考えない。

大田了竹は「ただの欲深ジーさん」で、お園も「一方的な離婚を言い出されて泣くだけの女」なのである。天河屋義平は、武器運搬の秘密を守ろうとするが、了竹もお園もそんなことに関心を持たない。その点でこの十段目は『仮名手本忠臣蔵』のドラマから離れてしまっているのである。

天河屋義平の夫婦間のドラマは、『仮名手本忠臣蔵』の大筋から離れて、妙にもったいを付けた段取りだけになっている——十段目がそういう方向に行ってしまったので、ここに登場する大星由良助も、加古川本蔵の大悲劇を見守っていた九段目の彼とはだいぶ違ってしまう。

夜になった天河屋の店先は、夕方になって運び込まれた荷物が置かれるばかりでガランとしている。そこへ「義平は討入の一味に加担《たのま》している」と察知した役人達が、義平逮捕にやって来る。《儕《おの》れ塩冶判官が家来大星由良助に頼れ。武具馬具を買調え大廻しにて（遠回りの海路で）鎌倉へ遣わす条。急召《いそぎ》捕り拷問せよとの御上意。遁《のが》れぬ所じゃ腕廻せ。》と言って、夕方に届けられたままの長持の梱包を開け、中を調べようとする。それをさせじとする義平は長持の上にどっかと座り込み、役人の方は役人の方で、幼いよし松の首に刃を突きつけて、「白状しなければ息子を殺すぞ」と脅す。しかし義平はこれに屈せず、《天河屋の義平は男でござるぞ。子にほだされ存ぜぬ事を。存《ぞんじ》たとは得申さぬ。》と大見得を切る。この科白は、江戸時代が終わると講談や浪曲の中で実名の

「天野屋利兵衛」に改められ、「天野屋利兵衛は男でござる」の名科白として定着してしまうが、義平にそれを言わせる役人は、実は偽者なのである。

それは、義平の覚悟を試すために大星由良助が送った偽役人で、実は討入メンバーの変装だった——ここまではまだいい。浄瑠璃のドラマでありがちのことだから。しかし、それを命じた大星由良助がどこにいたかとなったら、もう「お笑い」である。由良助は、義平が腰を下ろした長持の中にずっと隠れているのである。いつの間に大星由良助は、エスパー伊東のようなことをするお笑い系の人となってしまったのか——である。由良助がそこから現れるのをもっともらしくするために、まず初めに討入メンバーの原郷《はらごう》右《え》衛門《もん》と大星力弥が天河屋へやって来て、《由良助もお礼に参る筈《はず》なれ共。鎌倉へ出立も今明日《こんみようにち》。何角《なにか》と取り込み躮《せがれ》力弥を名代として失礼のお断《ことわり》。》という挨拶をさせる。「由良助は来ませんよ」の伏線を張って、この長持からの出現を効果的に見せようとしているが、それで効果的なんかになるのだろうか？

十段目は、伏線が空回りする内容の浅いドラマになっている。その代わり、ここには「赤穂四十七士討入の豆知識」が置かれている。既に言ったが、由良助達はこの家で義平にふるまわれた蕎麦を食う。義平の男気に感じ入って、その屋号を「天」「河」に分けて討入の際の合言葉にする。そういう「実録劇」のように持って行って、義平のあり方を称える——。

《義平殿にも町人ならずば。倶《とも》に出達《しゆつたつ》とのお望幸いかな。兼《かね》て夜討と存れば。敵中へ入込時。貴殿の家名の天河屋を直ぐに夜討の合詞。天とかけなば河と答《こたえ》。四十人余の者共が。天よ。河よと申なら。貴公も夜討にお出も同然。義平の義の字は義臣の義の字。平はたいらか輒《たやす》く本望。早お暇《いとま》と。立出る末世に天を山という。由良助が孫呉《そんご》の術（孫子と呉子の兵法）。忠臣蔵共云はやす。婆娑《しやば》の

言葉の定めなきわかれ。わかれて出て行》

「これが忠臣蔵です。天・河の合言葉は後の世では山・河だと理解されます」と結んで、後は十一段目の討入シーンだけを残す『仮名手本忠臣蔵』は、ひたすらに町人天河屋義平を称えることで終わる。いかに「参加への欲望」を根本に置くとはいっても、これはいささかやり過ぎの薄っぺらであろうと、私は思う。『仮名手本忠臣蔵』の通し上演でこの十段目が省かれることが多くなってしまったのも、上演時間が長くなりすぎるという問題だけではないように思う。

『義経千本桜』と歴史を我等に

1

改めてのご紹介は『義経千本桜《よしつねせんぼんざくら》』である。作者は、『仮名手本忠臣蔵』と同じ、竹田出雲《たけだいずも》、三好《みよし》松洛《しょうらく》、並木千柳《なみきせんりゅう》の三人。同じ作者の『菅原伝授手習鑑《すがわらでんじゅてならいかがみ》』と共に「三大浄瑠璃」とも言われる有名な作品で、初演は『仮名手本忠臣蔵』初演の前年に当たる延享《えんきょう》四年（一七四七）。『菅原伝授手習鑑』の初演は、更にこの前年で、優秀な三人の作者達は後に「傑作」と称されるようなものを、毎年生み出していたわけである。

『義経千本桜』の題材は、『平家物語』――あるいはその後日譚で、主人公はもちろん、タイトルにある源義経。「千本桜」の方は、桜の名所吉野山に由来する。『仮名手本忠臣蔵』にはなかったが、『義経千本桜』にはそのタイトルの上に「角書《つのがき》」と称されるものがある。二行の文字が角のように載っかっているから「角書」である。だから、『義経千本桜』の正式タイトルは『大物船矢倉《だいもつのふなやぐら》 吉野花矢倉《よしのはなやぐら》義経千本桜』というものになる。

後に「櫓」の文字を当ててもっぱら「高い建築物」を意味するようになってしまうが、「矢倉」は本来「武器庫」である。昔の戦闘の中心が「矢を射る」にあって、この武器庫は「矢を射るための拠点の建物」ともなる。戦国時代の船では、甲板上に矢倉を造った――これが「船矢倉」で、「花矢倉」はそこから連想される「花の山中での戦闘の拠点」である。つまり、この角書の伝えるところは、「大物の浦の船の合戦、吉野の山での花の合戦」である。そういうものを上に置いての『義経千本桜』なのだから、これが「満開の桜と共に登場する華麗なる戦争スペクタクル巨篇」であることくらいは、簡単に連想出来るだろう。『義経千本桜』と聞けば、すぐに「舞台一面の桜の花盛り」を思う人も多いはずである。そのようにタイトルは設定されているのだが、しかし意外というのは、この作品の本文に「桜の花が咲くシーン」がまったく存在しないことである。

『義経千本桜』の物語は、安徳天皇を擁した平家の一門が海中に没した年――元暦《げんりやく》二年（一一八五）の夏、旧暦の六月から始まる。青い梅の実が落ちてしまったような季節に始まり、翌年の初め、やっと梅の花が咲き始めたような時期に終わる。舞台が花の名所の吉野山へ移っても、《桜はまだし枝〻の梢淋《こずえさび》しき初春《しよしゆん》の空。》とあって、だからこそこの作品の幕切れは「雪の吉野山」である。《山〻は。皆白妙《しろたえ》に白雪の。》で、梅は咲いたがまだ雪は降る――「桜なんかはまだ先の話」という時点で終わってしまうのが、『義経千本桜』である。桜の花には出番がないのだから、題名に偽りありである。

「私は『義経千本桜』の舞台を見た。静御前と佐藤忠信《ただのぶ》の道行の背景は、確かに桜が満開の吉野山だったぞ」と言いたがる人はいくらでもいるだろうが、それは「演出」である。この道行のタイトルは「道行初音旅《みちゆきはつねのたび》」で、鶯の初音は梅の枝で鳴く。だから、《桜はまだし枝ゝの梢淋しき初春の空。》になるのである。まだ桜の季節なんかではないから、道行の後に続けて大雪のシーンが来る――であるにもかかわらず、人形浄瑠璃や歌舞伎の舞台では、平気で「桜が満開のシーン」を見せてしまう。だから、とまどう人はとまどうが、それは間違いではない。なぜかと言えば、「桜の花が咲く季節」を存在させない原作が、そもそも「桜の花盛り」を連想させるようなタイトルを平気でつけているからである。

「そこで桜は咲かない。しかし、そこに満開の桜はある」――そのように設定されているのが『義経千本桜』の原作台本なのだから、「満開の桜」を登場させてしまう演出は間違いではない。タイトルの上に「吉野花矢倉」の文字をのっけてしまう原作は、明らかに「ここに桜があると思え」と言っているのだから。

現実に桜はないが、理念として桜はある――これが『義経千本桜』である。つまり、ここには「満開の桜」とイコールになりうる「観念の桜」があるのである。それはなにか？　言うまでもない、源義経その人である。『義経千本桜』は、実は「義経＝千本桜」なのである。そう考えないと、ピンとこない。この作品の中で、タイトルロールの義経は「主役→主軸→狂言回しの脇役」という不思議なあり方をしている。具体的な各段の内容は後に譲るが、『義経千本桜』のドラマを担う主役は各段で分かれていて、肝腎の義経は、いつの間にか「ドラマの傍観者」になってしまう。だから、今のドラマを見る目でこの義経を見ても、とても「魅力のあるヒーロー」とは思えない。「人」としての魅力がないからである。「人」としての魅力はないが、しかしこの義経を、「世界全体を輝かせる背景として存在する満開の桜」と考えると、話は違って来る。『義経千本桜』の源義経は、

「光り輝く観念の桜」なのである。江戸時代の人間達は、源義経という人を、そういうものだと考えていた。だから、その名残りは今でもまだあって、NHKの大河ドラマで源義経を主人公にするにしても、ジャニーズ事務所系のアイドルのようなものを主役にせざるをえないのである。義経は、「桜」である。それで全然構わない。『義経千本桜』の昔から、日本人はそう思い込んでいるし、その思い込みは更にその以前からある——だからこそ『義経千本桜』という作品は登場する。

日本には「判官贔屓《ほうがんびいき》」という言葉がある。意味としては、「弱い方に味方する」だったりもするが、この「判官」は普通名詞ではない。「九郎判官義経《くろうほうがんよしつね》」のことである。だから、無念の内に死んで大星由良助以下の四十七士に仇を討ってもらう塩冶判官《えんやはんがん》は、同情はされても「判官贔屓」の対象にはならない。「判官」の文字は、江戸時代には「はんがん」と読んだが、古い読みは「ほうがん」で、江戸時代にこう呼ばれるのは義経だけである。そもそもの「判官贔屓」は、「義経が好き!」なのである。「判官贔屓=弱い方の味方」になってしまえば、義経の人気は「悲劇の人だから」になるが、悲劇だけで人はヒーローになれない。義経がヒーローになった最大の理由は、「カッコいいから」である。なにしろ義経は、日本文学史上有数の悪玉である「横暴な平家一門」を、「たった一人で」と言いたいくらいの手際よさで滅ぼしてしまった。だからカッコいい。そして、美しい。

その美しくカッコいいヒーローが、実は、子供時代にはあまり恵まれない環境で育った——ということになって、親近感を与える。なにしろ、父を失い母と別れた孤独な少年は、ヒーローたるべき運命を知らぬまま、鞍馬山でひっそり暮らしていたのである。

源義経のヒーローとしての日本文学への初出は『平家物語』だろう。平家追討の軍を挙げた頼朝のところへ突然現れ、破竹の勢いで平家を追って行く。そして、平家滅亡の後には兄の頼朝と不仲になって追われる身となる――『平家物語』の語るところはここまでで、平泉での最期は扱われない。同時期の『平治物語』では、母常盤《ときわ》との関係からその幼時も語られるが、こちらの「平治の乱の後日譚」として付け加えられる対平家戦の話で源氏側の主役になるのは、義経ではなく、源氏の棟梁《とうりょう》たる兄頼朝である。その義経がスピンオフして主役になるのが、室町時代になっての『義経《ぎけい》記《き》』。八巻仕立ての『義経記』で、『平家物語』に登場する以前の部分を語るのが三巻分。そして「対平家戦」の話はちょっとしかなくて、四巻目はすぐに「頼朝との不仲」を語り、その後は「落ち行く悲劇の人」である。「悲劇の人」になった義経は、あまり活躍をしない。その部分を忠実にドラマ化したって、陰惨な話にしかならない。だから、「美しくカッコいい義経をどう扱おうか？」という、アレンジメントが大きな課題になるのである。

そこら辺をめんどくさく考えれば、いくらでもめんどくさくなる。「めんどくさくて、しかも陰惨になるような考え方はしたくない」と思ってしまえば、話は簡単になる。歌舞伎の『勧進帳《かんじんちょう》』の原作に当たる能の『安宅《あたか》』では、弁慶に守られて平泉に下って行く義経を、子方《こかた》が演じる。なにも出来なくてただ守られるだけ――「守らなければならない」と人に思わせるような神聖さを持つ義経は、子供によって演じられるべきものなのである。そういう考え方が既に人形浄瑠璃以前にあるのだから、話は簡単になる。スーパーで美しい義経を「満開の桜」と思ってしまえばいいのである。「幼い義経（牛若丸）」は、「やがて花咲くことが予想される若木の桜」で、「カッコいい若武者の義経」は「満開の桜」である。その後の悲劇も、「美しい桜は散る時だって美しい」にしてしまえば、陰惨ではなくなる。室町時代の『義経記』で、その最期まで（虚実取り混ぜて）語られてしまった源義経は、「そういう存在をどう扱うべきか」という、日本的なアレンジメント処理を、その後に施される。だから、その後に確立される義経像は、「はっきりはしているが、伝説の靄《もや》――あるいはオーラに包まれた、美しく花やいだ曖昧な存在」になる。桜を登場させない『義経千本桜』が、それでも一向にかまわず「満開の桜の舞台面」を登場させてしまうのは、「義経＝桜」であることを、既に日本人が了承してしまっているからである。

ただでさえ「義経＝桜」なのに、その桜が「千本」にもなったらたまらない。たとえドラマの中身は陰惨だとしても、『義経千本桜』は、そのように花やかであらねばならないのである。

2

私の話は、「源義経の話」か「人形浄瑠璃の『義経千本桜』の話」かよく分からなくなっているが、人形浄瑠璃にとって、源義経という人物は、とても重要な存在なのである。たとえば、同じ作者達の筆になる「三大浄瑠璃」が三年連続で上演されたが、既に言ったように、その上演順序は、『仮名手本忠臣蔵』→『義経千本桜』→『菅原伝授手習鑑』ではない。これは、題材の有名さの順序で、実際の順序は逆である。一番有名な『仮名手本忠臣蔵』が最後に来る。まず『菅原伝授手習鑑』があって、しかし、これはそうそう客が来そうな話題性のある題材ではない。『菅原伝授手習鑑』は、実質的なドラマの内容でヒットしたのである。だから、その後に「もっと有名な題材をドラマにしよう、その決定版を作ろう」という発想も生まれるのだろう。その発想の中で、源義経は、四十七士の仇討ち劇よりも先に来る。そのように、源義経は、人形浄瑠璃と関係が深いのである。

そもそも「浄瑠璃」という言葉である。一体この言葉はどこから出たか？　なぜ「人形浄瑠璃」と言うのか？　元は仏教由来の「浄瑠璃」という言葉は、「薬師如来に〝子を授け給え〟と祈った結果生まれた子だから浄瑠璃御前」という形で、芸能史に入る。浄瑠璃御前あるいは浄瑠璃姫は、まだ牛若丸（遮那《しゃな》王《おう》）時代の義経の恋人なのである。

鞍馬山を出た牛若丸は、金売り吉次と共に奥州の平泉へ下って行くが、途中、三河の国でこの姫と出会う。たちまち二人は恋に落ちて、しかし奥州へ行かなければならない牛若丸と浄瑠璃姫は、ロミオとジュリエット的な離れ離れになり、ここに中世的なおどろおどろしいスペクタクルも加わる。やがて兄頼朝の挙兵に参加した義経は、上洛の途中三河の国を通り、浄瑠璃姫との再会を思うが、もう彼女は死んでいた。義経と恋に落ちて、結果としては「捨てられた」の状態になっていた浄瑠璃姫は、「せっかくいい婿を取ろうと思ってたのに、なんだい、あんな男に引っかかって。それでもまだあきらめきれないなんて、なんてザマだ、勝手におし！」と実の母親に追い出されて、哀れな最期を遂げていたのである。せっかく薬師如来に祈って授けられた娘を追い出してしまうのだから、この母親はとっても中世的で、そんな哀れな浄瑠璃姫の墓を義経が訪れるとその墓が砕け、成仏した浄瑠璃姫は金色の光となって天空遥かに飛び去って行くという、最後もまた、宗教色の濃い中世的なものである。

この『浄瑠璃姫物語』あるいは『浄瑠璃御前物語』は、応仁文明の乱が起こった戦国時代の初めには、既に「人によって語られる」という芸能化をしていたのだが、これが人気となって、以後そういういものを「浄瑠璃」と呼ぶようになる。『浄瑠璃姫物語』の主役は、恋に落ち実の母親にいじめられる浄瑠璃姫で、彼女の悲恋物語を成り立たせる花やかな存在が、源義経なのである。

源義経は「浄瑠璃」の成立と共にいて、ここでの彼は、もう「花やかな桜」である。というわけで、やたらと話を広げたがる私の悪癖は、『『義経千本桜』の話」をどっかにおいて、「源義経と人形浄瑠璃の成立史」なんてところへ行ってしまう——そういうことを頭に入れておいた方が、「なぜ『義経千本桜』という作品は出来上がったのか?」ということが分かると思うからである。

3

人形浄瑠璃には、四つの要素がある。まず、ドラマの台本を作る「作者」である。次に、そのドラマを語る「太夫」。舞台上でドラマを演じる人形を操る「人形遣い」。そして、ドラマを成り立たせる音楽を演奏する「三味線弾き」である。この四つがなければ、人形浄瑠璃は成り立たない。そして、最初の「作者」だけは文学史の管轄するところだが、後の三つは芸能史・音楽史の管轄である。そんな四つの脚があって、人形浄瑠璃というものは、そこから日本の歴史の中に根を広げている。ということはつまり、人形浄瑠璃とは、それ以前の日本文化のかなりの部分を統合して成り立っている、総合芸術だということである。もちろん、人形浄瑠璃の四要素は、それぞれバラバラにではなく、歴史の中で相互にからみ合って存在している。「歴史を我等に」という私の大仰なタイトルの「歴史」は、そういうものを含む歴史である。江戸時代の町人達は、自分達の前にある歴史を、「自分達の納得の行くものとして再構成しよう」と考えた。『義経千本桜』は、そういう十八世紀江戸時代の叙事詩文学で、再構成されようとする「源義経のいた歴史」は、その一方でまた、「さまざまな表現手段が混在してからみ合っていた時間の向こう」に存在するのである。「からみ合っている」と言えば、まずその典型となるのが、『平家物語』である。『平家物語』という文学が、実はその一方で、琵琶法師によって語られる芸能でもあったということは、もう多くの人が知っている。

琵琶法師は、撥《ばち》で琵琶を弾く。浄瑠璃の三味線弾きも、撥で三味線を弾く。当たり前のことである。しかし、戦国時代に琉球（沖縄）から三味線が渡って来た時、これは撥で弾く楽器ではなかった。だから、今でも沖縄の人は撥を使わず、三線《さんしん》を指で爪弾く。もちろん、日本本土にも「爪弾き」の奏法はあって、十七世紀前半の《風俗図（彦根《ひこね》屏風《びょうぶ》）》では、座頭や遊女達が撥を使わずに三味線を弾いている。しかし、日本で「邦楽」ということになると、撥で三味線を弾く方が、主流である。沖縄の三線はたやすくロックのリズムと一つになるが、邦楽系の三味線では難しい。どうしてかと言えば、撥で弾かれることによって、琉球渡来の新楽器三味線が、古くからある日本の音楽へ歩み寄ってしまったからである。

撥で弾かれる三味線の音は、それ以前からあった日本の音楽を、一挙にテンポアップしてメロディアスにしてリズミカルにした。テンポアップするのが近世で、私なんかは、「その三味線の音が近世を開いた」と言いたいところだが、問題は、「誰が三味線を撥で弾いたか」である。そうされることによって、三味線は一挙に日本化してしまうのだが、それをしうる人間の範囲は限られて来る。琵琶法師か、琵琶法師のすることを知っていた人間である。

琵琶という楽器が三味線に代わり、「語り物」という芸能も革新される。しかし、『平家物語』を語る琵琶法師の弾く琵琶の音は、かなりの部分で、「音楽」以前の「プリミティヴな音」なのだ。『平家物語』を語るための琵琶は、「語りの合間にリズムを取る音を入れる」というのに近く、一節語るとそこで琵琶をベンと弾く。そういうものである。うっかりすると、「琵琶が三味線に代わった」という一項で、人形浄瑠璃と『平家物語』は一直線につながってしまうようにも思われて、「琵琶法師の語る『平家物語』に合わせて、人形がそのドラマを演じていた」というようなこともあったように思えてしまうが、どうやらその事実はない。『平家物語』を語る琵琶の音で、人形は動けない。「楽器に合わせて語る」と、「人形がなにかを演じる」というのは、また系統が別なのである。

人形遣いの歴史は、鎌倉時代に成立した『平家物語』なんかより古い。傀儡《くぐつ》という人形遣いは、院政の時代にもうポピュラーになっている。日本の人形劇のルーツはそこにあるのだが、平安時代の傀儡が、後の紙芝居のおじさんのように、菓子を売るための人寄せで人形を操ったというわけではない。平安時代には、「子供にお菓子を売る」などという商行為が成り立たなかった。

では、平安時代の傀儡は、なにを目的として人形を操ったのか？　人形を操るだけで、これが芸能として成り立ったのか？　そんな疑問も生まれるが、その時代の傀儡は、今様《いまよう》を唄う「街角の歌手」だったらしいのである。

「あそび」と呼ばれた昔の遊女は、「歌手」を本来としていた。これが立って舞うと、「白拍子《しらびょうし》」になる。傀儡はこの系統の芸能者で、「楽器に合わせて語る」とは別派の、「歌を謡《うた》いながら舞う」という系統に属する——舞うのはもちろん人形だが。この系統にはなにがあるかというと、室町時代を代表する能がある。能のバックを勤める楽器は笛と鼓と太鼓だが、今様という歌の最大の伴奏楽器は、鼓だった。「弦楽器の音で語る」が『平家物語』なら、傀儡や能は「打楽器系のリズムで謡う」である。能と人形浄瑠璃というとなにか別物のようだが、室町時代には「能操《のうあやつり》」という人形芝居があって、これが人気を集めたという。人形遣いの操る人形が、能のドラマを演じるのである。

人形浄瑠璃の「人形がドラマを演じる」は、能の踏襲でもある。人形の向こうには、能があり、今様がある。三味線の撥の向こうには、琵琶法師の『平家物語』がある。しかし、それだけではまだ人形浄瑠璃は出来ない。人形は能のドラマを演じても、琵琶法師の声に合わせて『平家物語』を演じない。人形浄瑠璃は、人形と浄瑠璃が結びついた結果のものだが、では「人形と結びつく前の浄瑠璃」はどんなものなのか？　『浄瑠璃姫物語』の人気によって「浄瑠璃」という通称を獲得してしまったそれは、どういう芸能だったのか？

4

人形と結びつく前の「浄瑠璃」は、どうやら「もう一つの『平家物語』」といったものだったらしい。つまり、「テキストを読む＝語る」である。まず『浄瑠璃姫物語』という本があって、その内容を暗記してしまった者が、語るのである。「語る」はつまり、「読む」でもある。今でも人形浄瑠璃の太夫は、その語るべき内容を記したテキスト（床本《ゆかほん》）を見台《けんだい》の上に置き、始めと終わりにはこれを掲げて一礼さえする。「語る」は、つまるところ「読む」でもある。

「読む＝語る」は、不思議でもなんでもない。なにしろ「物語」は、「物を語る」なのだ。「物語」を「小説」と考えれば、「独りで黙って読むもの」にもなるが、だからと言って、「物語」そのものが沈黙を前提とするとは限らない。『平家物語』以前の『源氏物語』のような王朝文学にだって、「人に読ませて聞く」という、芸能的な一面がある。だからこそ、物語の地の文章は、「正体不明の語り手が不特定多数の人間に語り聞かせる」という前提に立っている。これが絵巻物になれば、「語る→聞く」の関係はもっと明確になる。絵があって、「物語の本文」である詞書《ことばがき》がある。絵を見る者が別の誰かに詞書を読ませれば、そのまま「語られるものを聞く」である。「読む」は「語る」で、これはたやすく口誦《こうしょう》の芸能になる。我々が、琵琶で語られた『平家物語』を、文学として黙って読むのは、無意識的に芸能を再構築しているのである。それは、本書のタイトルの『浄瑠璃を読もう』でも、同じことである。

「読む」は「語る」に転化する――それが当たり前だというのは、読まれるテキストが、そもそも「人の語るところを記したもの」であるからだ。そして、人の語るところには、そのリズムやメロディラインがある。「話にリズムがある」は当たり前に言いもするが、現代の日本人はしかし、「話にメロディラインがある」ということを忘れている。日本の音楽を聴けば分かるのだが、近代以前の音楽は、歌のメロディラインが伴奏楽器のそれと一致していない。それどころか、メロディラインは人の謡う声の方にあって、伴奏楽器はメロディなんか奏でていないということさえ、当たり前にある。メロディは「人の声」の方にあって、だからこそそれは「唄」で「歌」なのだが、伴奏楽器は、その「人の声」に対してリズムを整えるもの――あるいは、メロディ楽器でもある人の声と、対立融和するようなセッションを演ずるものなのである。西洋音楽の入った近代以降の、「楽器でメロディラインを演奏してもらって、それに合わせて歌う」というのは、それ以前の日本音楽では起こらない。その必要がない。それは、「語る」をする人間の声が、そもそも最大の楽器だからである。だから、「日本の古い音楽は単調で眠くなる」ということにもなってしまうのだが、日本音楽のメロディラインの基本は、「人が語るそのトーン」なのである。だから、「暗記している『浄瑠璃姫物語』を語る」は、そのまま音楽になってしまう。初めにそういうメロディラインがあって、伴奏楽器はそれを整えるものだから、別に大した楽器を使わなくてもいいのである。

「浄瑠璃」という名を得る前の、「『浄瑠璃姫物語』を語る芸能」には、伴奏楽器としての琵琶も使われたが、そういうもの抜きの、ただ「手にした扇で拍子を取る」という、扇拍子《おうぎびょうし》も「伴奏音楽」だった。『平家物語』を語る琵琶が「語りの合間にリズムを整える」という使い方をされていた以上、それは不思議でもなんでもない。

「楽器はどうでもいい」というくらいに「語りの芸」や「語られる内容」が芸能化していたから、ここに三味線も参加出来るし、人形も加われる——そうして、人形浄瑠璃は出来上がるのである。

それでは、どうして「人が語る」が、それ自体「音楽」であるような成熟を遂げられるのか?

重要なのは、「祈りの声」である。

「祈りの声」が音楽の原型になるというのは、別に日本だけの話ではない。グレゴリオ聖歌の「語る＝祈る＝音楽」は、西洋音楽の源流の一つでもある。日本で音楽を作った「祈りの声」の代表はお経で、これは自身にメロディラインを持っている。そのお経の内容を一般人に語り聞かせる説経《せつきよう》は、やがてメロディアスな語りの芸となり、院政の時代には「唱導《しようどう》」と呼ばれる半芸能化したものになって行くのだが、「一般人に信仰を説く」という方向性を持つものは、どんどん民衆化の方向へ向かって行く。『浄瑠璃姫物語』も、そのテキストの元となるものは、さすらいの唱導集団によって語られていたものではないかと言われているのだが、そういう救いを求める祈りの声は、もう一つの芸能（語り物）を生む。説経節《せっきょうぶし》である。

「浄瑠璃」の後に登場し、やがては「説経浄瑠璃」という別派の人形浄瑠璃になる説経節は、語りの伴奏楽器に簓《ささら》を使う。簓は、先を割った竹とギザギザになった棒をこすり合わせて音を出す。そうやって「スッチャカ、スッチャカ」と音を出す楽器は南米にもあるが、この日本のラテン系楽器は、民衆のものである。平安時代から「風流《ふりゅう》」とか「田楽」というものに使われている。田植なんかの時にも簓を鳴らす――日本のサンバ・カーニバルかもしれない。説経節の「メロディラインを持つ語りの声」は、「もう一つの『平家物語』」である「浄瑠璃」と変わらないが、伴奏楽器の出自が違うおかげで独自の進化を遂げる。説経節は大道芸で、江戸時代の初め頃には「簓乞食《ささらこじき》」とかとも呼ばれていた。簓という、由来の古い民衆的な楽器を使う説経節は、より民衆の下の方に降りて来るのである。

説経節は、「そもそもこの物語の由来を詳しく尋ぬるに」とか「ただ今語り申し候物語」と語り始めて、次に「国を申せば〇〇の国」という地名を挙げる形式になっている。物語の内容は、そうして挙げられた国にある有名な神仏の「本地《ほんじ》」を語るものである。この「本地」はもちろん「本地《ほんじ》垂迹説《すいじゃくせつ》」の「本地」だが、「本地」を「仮に〝その神〟として顕現した仏教の仏」とする本地垂迹説のそれと、説経節の「本地」は違う。説経節は、「神や仏の本地となる人間の物語」を語るからである。つまり、「その有名な神や仏も、前世では人であった」という前世譚（ジャータカ）に近い。前世は人で、それが死後に有名な神や仏となった――なぜなったのか？「それは、とんでもない苦労に堪えられた結果である」として、説経節は、「これでもか、これでもか」の「本地である人」の苦難の物語を語るのである。

説経節も、やがて三味線に伴奏楽器を変え、ドラマを演じる人形も加えて、「浄瑠璃」が人形浄瑠璃になったように、「説経浄瑠璃」という劇場で上演される人形芝居になる。そして一時は人気を得るのだが、やがて廃れてしまう。どうしてかというと、これがただもうひたすら「悲惨の連続」だからである。説経節の特徴は、なにかというと「あらいたわしや」と言って、登場人物の悲惨を語るところで、主人公はある程度以上の身分の人だが、どんどん落ちぶれて悲惨になる――後には神仏になるしかないくらいの悲惨で、それがどの演目でもワンパターンに繰り返されるから、落ち着いて「都市民」としての成熟が進んで来たかつての「民衆」――江戸時代の町人にはあきられてしまうのである。

人形浄瑠璃にとって、「浄瑠璃」――『浄瑠璃姫物語』は、直接の先祖である。その先には『義経記』があり、『平家物語』がある。そういう人形浄瑠璃にとって、説経節は、「親戚の叔父さん」である。やがて消えてしまうこの「叔父さん」は、人形浄瑠璃にある影響を与えた。一つは、「悲惨に見舞われる主人公のドラマ」である。もう一つは、「本地」という形式である。その主人公は、実はある神や仏の別の形なのである。そして、悲惨に地を這いつくばいながらも、元は、かなりの身分の人なのである。そういう、「別の正体を持つ主人公の設定」を、人形浄瑠璃の作者達は、説経節から受け継いだのだろうと、私は思う。

『義経千本桜』には、「渡海屋《とかいや》銀平《ぎんぺい》、実は平知盛《たいらのとももり》」とか「鮓屋《すしや》の弥助《やすけ》、実は平維盛《たいらのこれもり》」の類がやたらと登場する。そういう主人公の二重構造は、『浄瑠璃姫物語』の方にはない。死んだ浄瑠璃姫は、成仏して金色の光になってどこかへ飛んで行っただけで、どこかの名のある神仏になったわけではない。『浄瑠璃姫物語』は、「死んだら極楽に行けるから、苦しい現実も我慢しましょう」の、鎌倉新仏教的だが、その後に出て来る説経節は、もっと進んで、まず「これでもか、これでもか」の悲惨の肯定なのである。「それでもかまわない。自分は、ただ悲惨に翻弄されるだけの名もない存在ではない。もっと違う、崇高ななにかなのだ」という、仮想のアイデンティティを民衆に与えるのである。

「祈りの声」は音楽になる。そして、祈りの声を上げる者は、その声を上げざるをえない「自分の現実」を直視せざるをえなくなる。そこからの脱出、「この現実はもう少しなんとかならないのか？」という展望が、説経節を吸収した人形浄瑠璃のドラマ展開なのである。というわけで、こういうややこしくも膨大な「歴史背景」を前置きとして、いよいよ『義経千本桜』の開幕である。

5

『義経千本桜』とは、いかなる作品なのか？　初めに言ったように、これは『平家物語』に書かれた「対平家戦終結以後の源義経の物語」である。そこには「意外な展開」もあるから、『平家物語』の後日譚とも考えられる。

平家を壇ノ浦に滅ぼした義経は、元暦二年の五月に鎌倉へ向かう。しかし、頼朝に対面を拒まれ、腰越《こしごえ》で弁明の手紙を認《したた》めて頼朝へ送り、都へ戻る――それが六月である。『義経千本桜』は、ここから始まる。都へ戻った義経は、後白河法皇の御所に参って、対平家戦の報告をする。鎌倉からは土佐坊正尊《とさぼうしょうぞん》（『平家物語』では土佐房昌俊《しょうしゅん》）が討手として上り、義経の館に夜討ちをかける。義経は都落ちを決意して淀川を下り、大物浦《だいもつ》から九州を目指して船出をしようとして嵐に遭い、方向違いの住吉の浦に漂着して、そこから吉野へと入る。細かい違いはあるが、その後の義経の大筋は『平家物語』の語る通りである。ちなみに、『平家物語』からそこの部分を引用すると、骨子はこれだけである——。

《大物の浦より船に乗ッて下られけるが、折節《おりふし》西の風はげしくふき、住吉の浦にうちあげられて、吉野の奥にぞこもりける。吉野法師にせめられて、奈良へおつ。奈良法師に攻められて、又都へ帰り入り、北国にかゝッて、終《つい》に奥（奥州）へぞ下られける。》（『平家物語』巻十二・判官都落《ほうがんのみやこおち》）

『平家物語』は、落ちぶれ逃げて行く義経のその後を語らない。『義経千本桜』は、その部分を語って、「義経＝千本桜」にするのである。もちろん、『義経千本桜』の逃避する義経が惨めであってはならない——この前提で、『義経千本桜』は、『平家物語』に書かれた義経の物語を、書き換えてしまうのである。書き換えて、歴史を改変してはならない。だから『義経千本桜』の作者達は、既定の歴史を解釈し直す。「確かに、対平家戦の後、義経と頼朝は不和になった。そして、義経は奥州へ下った——それは確かだが、義経は、考えがあって奥州へ下ったまでのことで、それは惨めな逃避行ではない」——このように解釈するのが、「花の義経は立派で大好き」という日本人のための『義経千本桜』なのである。

　では、どうして都落ちする義経は、惨めにならないのか？　それは、義経が「追われて都を逃げた」ではなくて、「ある信念をもって、進んで都から身を退けたから」である。つまり、『義経千本桜』の作者達は、源義経を「出処進退をよくわきまえた、思慮深く正しい人」として設定し直すのである。だから、『義経千本桜』はこのように始まる——。

《忠《ちゅう》なる哉《かな》忠。信成《しんなる》かな信。勾践《こうせん》の本意を達す陶朱公《とうしゅこう》。功成《なり》名遂《とげ》て身退《しりぞ》く。五湖《ごこ》の一葉《ひとは》の浪枕《なみまくら》。西《せい》

施《し》の美女を伴いし。例《ためし》を爰《こゝ》に唐倭《からやまと》。》

「それは、とても忠であり、信である」とまず言う。なにが「忠で信」なのかというと、「越《えつ》王勾践を支えて憎むべき敵の呉《ご》王夫差《ふさ》を倒した忠臣——後に陶朱公となった范蠡《はんれい》」のことであると。中国春秋時代の「呉越の争い」は有名で、呉王の夫差と越王の勾践は、互に敵を倒すため「臥薪嘗《がしんしょう》胆《たん》」をして、ここはいまだに四文字熟語の宝庫でもあるが、勾践みたいに悔し泣きする人を励ますためには、「時に范蠡なきにしもあらず」という言葉だってある。その有名な范蠡——陶朱公を持ち出して、「義経もそういう存在だ」と言うのである。戦争が終われば軍人はいらない。「平家が滅んで平和になったのだから、僕の役割りは終わりました。失礼します」と言うのが義経で、だからこそ《忠なる哉忠。信成かな信。》と称えられる——源義経は、そのような人物として設定され直すのである。

越王の勾践は、夫差をたぶらかすために、西施という美女を贈った。魅力にまいった夫差はガタガタになったが、戦後に西施を取り戻したら、今度は勾践が危うくなって来た。それで、陶朱公の范蠡は、この西施を連れ出して小舟に乗せ、湖の底に沈めてしまったのだが、果してそこまで義経は范蠡かというと、違う。范蠡は、軍人というよりも財政再建に有能な手腕を発揮した内政官僚や経済人みたいな人だから、そんな「始末」もする。義経と范蠡はもちろん違うのだが、ここに《五湖の一葉の浪枕。西施の美女を伴いし。》が登場するのは、「義経は大物浦から船に乗った。義経は静御前という美女を連れていた」ということを言わんがためである。「そこまで似ているんだから、義経は《功成名遂げて身退く》の陶朱公なのである」と、作者は観客に訴えている。訴えられた観客は、「難しいことは知らないけど、なんか聞いたことはあるから、きっと本当なんだろう」と思って、「義経はそういう風にえらいんだから、この先安心してドラマに付いて行けるな」と思うのである。

《忠なる哉忠。信成かな信。》で始められて、《例を爰に唐倭。》になってしまえば、「なんだか知らないけど、物の手本の中国にも、義経みたいな人はいたんだ。じゃ、安心だ」になってしまう。それでいいのである。そういうことを言っておいて、その文章を書く浄瑠璃作者は、冒頭に《忠》《信》の二文字を置く。これは、作中で義経以上の活躍を演ずる「佐藤忠信」を暗示するもので、「義経は立派、忠信もいますよ」として、この『義経千本桜』は始まる。そして、始まった結果は、意外でもなんでもないのだ。

『義経千本桜』は、そのタイトルの見せかけに反して、かなり暗い話である。山場毎に人が死ぬ。だから、ちっとも明るくない大悲劇である。そして、そうなっても仕方がないのがなぜかというと、これが「戦いを回避して進んで身を退ける義経」を中心とする、反戦ドラマだからである。「反戦ドラマ」とは、これまた意外だろうが、義経の立った前提を考えれば、そうならざるをえない。義経は戦いを回避しようとして、他の人間達もこの世界観に従うのだから、「反戦ドラマ」になるのである。「反戦ドラマ」の常として、『義経千本桜』も、暗い。別に、不思議ではない。「明るく千本桜で、でも反戦だから暗い」——これが『義経千本桜』で、我々は、江戸時代の人が既に、「戦うのはよくない」を基本テーマに掲げていたことに感動すべきなのである。

戦いはよくない。でも戦いはある。だから、人は死ぬ——そういうものだから、反戦ドラマは暗いのである。

6

『義経千本桜』の冒頭部分をもう少し続ける——。

《忠なる哉《かな》忠。信成かな信。勾践の本意を達す陶朱公。功成名遂て身退く。五湖《ごこ》の一葉の浪枕。西施の美女を伴いし。例を爰に唐倭。四海《しかい》よう〲穏《おだやか》に寿永《ことぶきなが》き年号も。短く立て元暦《げんりやく》と命《みことのり》も革《あらたまり》。戸ざゝぬ垣根卯の花も。皆白旗と時めきて。武威《ぶい》はます〲。盛《さかん》なり。》

ここまでが全体の序文のようなもので、この後、《宝祚《ほうそ》八十一代の天子安徳帝。八嶋《やしま》の波に沈《しずみ》給えば。後白河の法皇政《まつりごと》を執《とり》行わせ給う。》として、話の本筋に入って行く。どうしてそういう区別がつくのかというと、「序文」の部分には具体的なことがなにもないからである。「東西南北四方の海——すなわち天下もようやく穏かで、〝平和が永続きするように〟との祈りのこめられた寿永《じゅえい》の年号も、短く立って、詔《みことのり》で元暦と改元され、戸じまりをする必要のない平和（戸ざゝぬ垣根）が訪れ、周りに植えられた満開の卯の花も、皆白旗のように見えるのだから、武威はますます盛んである」——寿永と元暦という二つの年号は登場するが、具体的なことはなにも語られていない。「時めく」のが《白旗》であることからして、《武威はます〲。盛なり。》と言われるのが源氏（清和源氏）の勢力であることだけは分かるが、それがなににによるものかも語られていない。寿永と元暦がどのような時期かを知る人だけが、その理由をぼんやりと分かる。なんか意味のあることを言っているらしいが、それがなんのことなのかは今イチよく分からないというのは、その前の《勾践の本意を達す陶朱公》云々の中国故事編と同じである。もちろん、カメラのピントが徐々に合って来るように、日本の記述になると「なんとなく分かる」度は増す——しかし、具体的なところにまだカメラは向けられぬまま「序文」は終わり、いよいよ具体的な記述になる——「八十一代の安徳天皇が八嶋（屋島）の海に没したので、後白河法皇は政事を行われる」と。だんだんピントが合ってきて、そして対象が明確に捉えられるという点で、この部分はかなり映像的な文章ではあるけれど、私が言いたいのは、「浄瑠璃の文章とはこのように装飾的でもっともらしい」ということで、「具体的になった途端、いきなり間違いをしでかす」ではない。

もちろん、八歳の安徳天皇を擁した平家の一門が飛び込んで滅んだ海は「壇ノ浦」であって、「八嶋」ではない。寿永二年（一一八三）の七月、源義仲の進軍に怯えた平家は、安徳天皇を擁して都を脱出する。逃げた平家は九州まで行き、そこからまた戻って、四国は香川県の八嶋（屋島）に本拠を構える。平家の本拠は、当分八嶋である。平家が逃亡した一ヶ月後の寿永二年八月、都の後白河法皇は安徳天皇の異母弟である四歳の後鳥羽天皇を即位させて、二帝併立の状況になっている。寿永三年になると、入京の源義経が義仲と戦って勝つ。八嶋の平家は、瀬戸内海の対岸である一の谷（神戸市）に砦を築いて、二月には義経軍と一の谷の合戦。敗れた平家はまた八嶋に籠る。四月になると、後白河法皇は元暦と改元、平家側は寿永のままで、元号も併立する。一の谷の合戦から一年たった寿永四＝元暦二年の二月、義経は八嶋を襲って八嶋の合戦となり、敗れた平家は西へ逃げて、三月に瀬戸内海の西の果ての壇ノ浦で滅亡する。勝った義経は、都から鎌倉へ向かうが、兄の頼朝に対面を拒まれ、腰越《こしごえ》で言い訳状を書いて六月には都へ戻って来る——これが『義経千本桜』へ至る前の『平家物語』が語る事実だが、始まるといきなり、『義経千本桜』は《八嶋の波に沈給えば。》と間違えている。

これを、「あ、そうなの」と呑み込んでしまえば、なんの問題もない。あなたは立派に、江戸時代の観客である。『平家物語』を読む前に『義経千本桜』と出合ってしまった昔の私なんかは、「平家は壇ノ浦で滅んだと思っていたけど、《八嶋の波に沈給えば。》って言うんだから、きっと、壇ノ浦は〝八嶋〟と呼ばれる地域の一部なんだな」と思い込んでいた。それでいいから、それでいいのである（平家が滅んだのは長門《ながと》の国の壇ノ浦で、四国の屋島付近にも「檀ノ浦」の地名はあるから、そう間違ってはいない）。『義経千本桜』の作者達は、ある意図の下で「平家は八嶋で滅んだ」ということにしてしまっているから、これを「間違いだ」と言ってもしょうがないのである。そもそもこの詞章は、《宝祚八十一代の天子安徳帝。八嶋の波に沈給えば。》になって、「間違いだ」と言われても動じないような仕組になっている——というのは、それ以前の文章がかなり怪しいからである。

「怪しいところを見逃して〝八嶋〟にだけ反応するあんたの知識はたいしたもんじゃない」と言わぬばかりの仕掛けが、その前の部分にある——それを気づかせないように文章を進める仕組が、「装飾的でもっともらしい」という浄瑠璃文体の特徴なのである。もっと正確に言えば、「装飾的であることによって、もっともらしさを完璧にしている」であるが。

どういうところが装飾的かというと、一つは、《四海よう〳〵穏に》で始まって、《武威はます〳〵。盛なり。》で締めるところである。この対句のような形は、音楽で言うところの「リフレイン」とか「サビ」みたいなものである。三味線の音に合わせて語る浄瑠璃は音楽の一種だから、「ただの叙述文」からすれば余分でもあるこういう装飾は、必須になる。そしてもう一つ、序詞《じょことば》、枕詞、縁語、掛詞《かけことば》を駆使する、王朝の和歌以来の常套的な装飾修辞もある——《寿永き年号も。短く立て元暦と命も革。戸ざゝぬ垣根卯の花も。皆白旗と時めきて。》の部分である。

「寿永」を《寿永き》と読んで、「永い」の縁語である反対の「短い」を出す。「戸ざさぬ垣根＝治安のいい平和」→「そこに咲いている卯の花」と続き、この部分全体を《白旗》を導き出す序詞のようにしている。展開するイメージの連鎖による装飾である。前章でも言ったが、浄瑠璃の文章は映像言語で出来ているのである。めんどくさい知識による展開ではなく、イメージによる展開だから、ぼーっとして聞いていてもなんとなく分かる。もちろん、イメージを展開させることが苦手な人にとっては「難解な文章」にしかならないが、前近代の人間にとって、「イメージを展開させる」もまた「知識」の内なのである。知識とはイメージを展開させるための基本であり、「イメージを展開させる能力がある」が「知識がある」であったりもする。そのように知識を転用させて行くから、前近代の人間の方がずっと感性人間だったりもするのだが、イメージというものがそのように「展開されるもの」である以上、《寿永き年号も》以下の部分は、もっと具体的にあることを語っていたりもする。それは、「これは元暦元年四月のことである」ということである。

　本文には「卯の花は満開だ」とは書いてない。しかしこの「卯の花」が《皆白旗と時めきて》で《武威はます〳〵。盛なり》なら、当然「満開」のはずである。「満開で盛りの卯の花」でなければ、後には続かない。そうすると、これが何月のことかは容易に想像出来る。四月である。旧暦四月の別名は「卯月」で、これは「卯の花の月」なのである。「満開の卯の花なんだから四月なんだろう」は、簡単に想像出来る。それが何年の四月かというと、《元暦と命も革》なんだから、「元暦と改元されたその四月なのだろう」ということになる。「せっかく〝寿が永いように〟の思いが込められた寿永も短く終わり、元暦と改元になった」と、読めるのだから。「改元になって平和で、白旗が一杯風になびいている。ああ、この四月は気分一新でめでたい、めでたい」と思ってしまうのが、イメージ系の人である。本文だって、「そう思え」と言っているようである。ところがしかし、これは間違いなのである。

寿永と元暦では、どちらの年号が長く続いたか？　寿永である。寿永三年に、後白河法皇は、元暦の年号を一方的に立てる——平家滅亡の前年である。そして、元号は二本立てになり、寿永四年＝元暦二年の八月、二つの年号は一つに統合されて文治《ぶんじ》と改元される。そういう事実を踏まえれば、《寿永き年号も。短く立て元暦と命も革。》はへんなのである。寿永は短くない。短いのは元暦だが、この文章は逆に読める。しかも、元暦の改元は前年で、『義経千本桜』の幕明き時期は、この元号が終わらんとする頃なのだから、《元暦と命も革》はおかしい。『義経千本桜』冒頭の文章は、どうあっても「今は元暦元年四月」しか指し示していない。そして、《宝祚八十一代の天子》になって、「え？　へんだよ」と思う。「八嶋じゃないだろ」と。しかし、よく考えるとへんなのは、その前からなのである。「へんかもしれないし、へんじゃないかもしれない。ともかくあんたはここまで納得してきたんだから、《八嶋の波に沈給えば》も納得しろ」と言わぬばかりの、作者の書き振りなのである。気がついたら後の祭りで、そうなってしまうのは、その前の部分が「装飾的であることによって、もっともらしさを完璧にしている」からである。

この作者達は、元暦の年号が実質「一年四ヶ月」の短いものだったことを知っている。だから、寿永に「永い」を思い出し、その対応として元暦に「短い」を使っている——使いながら、意味的には「皮肉にも寿永は短く、元暦に改元された」にしてしまっているのだけれど、この錯綜のさせ方が、「壇ノ浦ではない。平家は八嶋で滅んだのだ」という強引な断定と同じなのである。

「もっともらしいが、しかし正しくはない。しかし、もっともらしさに納得してしまえる人間が、なんで瑣末な〝正確さ〟なんてものを必要とするのだ？」――そう言わぬばかりの前提に立つのが、人形浄瑠璃という複雑怪奇なドラマの作者達なのである。だから、「元暦元年四月かもしれない頃――一の谷の合戦から一年もたたない時期に平家は八嶋で滅んでしまう」と言って、これが歴史的事実からはずれてはいないのである。「あなたは、それでいいと思ったでしょ？　だったら間違ってはいないのです」――これが、「私達の愛する源義経は、悲しく陰惨な最期へと至りませんでした」とする、歴史の改変を企てる浄瑠璃作者とその観客達の合意なのである。

では、『義経千本桜』の作者は、なぜ平家終焉の地を「八嶋」にしてしまったのか？　理由は二つあると、私は思う。一つは、京・大坂から見ると壇ノ浦はあまりに遠く、「淡路島の向こう」である八嶋の方が、遠近の度合いが適切であること。二つは「一の谷の合戦直後の八嶋なら、平家の主立った公達が全部揃っていた」ということである。

7

『義経千本桜』は、『平家物語』に書かれた「対平家戦終結以後の源義経の物語」――その書き替え《リライト》である。義経は「悲劇の武将」にはならない。越王勾践を扶《たす》けて呉王の夫差を倒した陶朱公のような、出処進退をわきまえた立派な人である――「そのように解釈しないと我々は納得出来ない」として、歴史を改変してしまったのである。『義経千本桜』は、そのようにストレートな歴史劇であって、「赤穂浪士の仇討ち」を『太平記』の枠組の中で劇化した『仮名手本忠臣蔵』のような二重構造を持っていない。だから、ストレートに「歴史を我等に」なのだが、そうなると、作者の側にはやることがいろいろあって、大変なのである。

義経が「陶朱公のような存在」なら、兄の頼朝は「勾践」である。勾践は陶朱公を狙わない——つまり、義経と頼朝との間に不和はなかったということになる。逐われる義経の悲劇には、都の後白河法皇と鎌倉の頼朝の対立もあって、義経は後白河法皇から「頼朝追討の院宣《いんぜん》」を受け取る。弟が歴然と「敵」に回った以上、頼朝だって義経を攻めるしかないのだが、『義経千本桜』では、これも違う。後白河法皇は舞台に姿を現さなくて、義経に院宣を渡すのは、法皇に近侍する左大臣藤《ふじ》原朝方《わらのともかた》という人物になっている。つまり「藤原朝方という悪い人物が画策して、頼朝と義経の仲を裂こうとした」というのが、『義経千本桜』における「義経を襲った悲劇の原因」なのである。

藤原朝方は実在の人物だが、『義経千本桜』が「左大臣兼左大将」とするほどの人物ではない。当時が中納言で後には権大納言になるが、彼の一族——「葉室《はむろ》」とも「勧修寺《かじゅうじ》」とも言われる藤原氏は、権中納言が相当であるような家格である。この一族の祖である藤原顕隆《あきたか》は、白河上皇の寵臣で、「お前を取り立ててやってもいいけど、公卿になるには漢文の読み書きが出来なきゃな」と言われた結果、発奮して権中納言にまでなった——そういう真面目な一族だから、代々は中級事務官僚で、「運がよければ権中納言にまでなれる」という形で、王朝社会を漂っていた。しかも、祖である顕隆には「夜の関白」という異名さえあった。「夜になったら絶大な権力をふるう」と人にやっかまれるような存在——つまりは、白河上皇の男の愛人である。朝方も、王朝の人事抗争の中で、あっち行ったりこっち行ったりして生き残って来た人物である。たいしたやつではなくて、ろくなものでもない——そういう人物を「義経の悲劇の元凶となる悪人」に設定してしまうのだから、

『義経千本桜』の作者達の歴史観は鋭いと思う。「なんの特性もなく王朝に寄生するだけの官僚貴族こそが、諸悪の根源である」という視点に立ってしまえば、「誰でもない藤原朝方」は悪の中心になるからである。しかも、この敵役が、「ちっぽけな悪」として設定されているところが、すごいのである。

人形浄瑠璃の演出でおもしろいのは、舞台に登場する人形の顔が、既にパターン化して決められていることである。「こういう役柄にはどの人形の首《かしら》を使う」という選択しかない。時代物の大きな敵役なら、「文七《ぶんしち》（あるいは〝口開《くちあき》文七〟）」という男性的な人形の首（頭）を使う。ところが、これは、三枚目の入った『義経千本桜』の左大臣朝方は、それではなくて「陀羅助《だらすけ》」という頭を使うのが普通である。これは、三枚目の入った敵役——敵役——半道敵《はんどうがたき》（半分道化の敵役）にも使われるものである。つまり「義経を陥れた悪は、卑小な王朝貴族である」ということが、はっきりしているのである。「義経は、巨大な政治対立や陰謀に巻き込まれた」ではない。義経が巻き込まれたのは、「えらそうにしているせこい男のくだらない陰謀」なのである。だから、どんなに大掛かりな事件が起きても、すべてはドメスティックに解決されてしまう。『義経千本桜』は、そのように、源義経のいる元暦二年＝文治元年の世界を改変してしまうのである。

これは、「いかにも江戸時代の町人らしい下世話な視点」であったりもするが、本当にそうか？　旧院政末期の朝廷や後白河法皇のあり方は、「下世話になってしまった高貴な人々」なのである。旧世界の下世話があって、義経はそこに入って行って翻弄される「普通の人」なのである。私は、寿永・元暦・文治の頃の政治現実をそういうものだとしか思わないから、藤原朝方一人に「悪」を凝縮してしまう『義経千本桜』の作者達を、「鋭い」と思うのである。

ということになると、どうなるのか？　『義経千本桜』は、「ちっぽけなやなやつが中枢近くにはいるが、その他はみんないい人」という設定で、平家滅亡以後の政治状況を組み立て直してしまったということである。つまり、「世の中には時々やなやつもいて、そいつのためにとんでもない目に遭わされてしまうこともありますが、でも、世の中というものは、根本のところで〝信じるに価するいい人達〟が作っているものです。だから、つまらないことに惑わされず、己れの信念に従って、出処進退を正しくして生きて行きましょう――その代表となるのが、我等の源義経公です」と語るのが、『義経千本桜』だということである。それで、各段で人が死んで行く陰惨な話が続き、「まだ桜は咲かない頃」と本文が言うにもかかわらず、舞台では「一面の花盛り」になってしまう。そうなるのは、義経の悲劇を構成するのが「えらそうでちっぽけな悪」で、そこに登場する源義経が「逃げ場のない閉塞状況の陰惨さに窒息させられる人」ではないからである。

それは、とても楽天的で、とてもシビアで現実的な世界観である。「大状況の悲劇」はなくて、悲劇とはみんな、個人の前向きな自助努力で乗り切れてしまうものなのである。シビアというのは、そういう前提に立ってしまうと、個々人にとんでもなく大きな負担がかかるということではあるけれど。「日本人には大哲学がなくて、その代わりに刻苦勉励の職人的努力しかない」というのは、もう『義経千本桜』の中で明白になってしまっているのである。

弟の義経を追う頼朝は、『義経千本桜』の中では、「思慮深く情宜《じょうぎ》に厚い人格者」である。頼朝は舞台に登場しないが、そのように設定されている。またこの兄弟の対立には、「鎌倉側の梶原景時《かじわらかげとき》が、頼朝に義経の悪口を言って不和を作り出した」という一面もあるのだが、『義経千本桜』の舞台に登場する梶原景時は、「そんなことをしそうなおっかない顔のジーさん」ではあっても、決して「悪人」ではない。思慮深い頼朝の臣下にふさわしい、「立派な人物」なのである。ちなみに、この人形の頭は「大舅《おおじゅうと》」というもの。

みんないい人だらけで、藤原朝方以外に「悪いやつ＝やなやつ」はいない。そうなってしまったら仕方がない、義経はひたすら「いい人」になって、己れの出処進退を正しくする努力をするしかなくなるのである。

8

義経は、武将である。しかも、平家を全滅させてしまった天才的な武将である。しかし、今や彼の周りには「いい人」しかいない。となると、「戦って状況を打破する」という選択肢がなくなる。なぜならば、「いい人」を相手にして戦いを始めるのは、「悪い人」のすることだからである。攻められたら戦う、しかし、自分からは戦わない——専守防衛で交戦権を放棄する憲法九条を持つ日本人のメンタリティは、アメリカに占領される遥か以前の十八世紀中頃において、既に出来上がっているのである。

戦えない。しかし、逃げることも出来ない。なにしろ義経は、勇敢な武将なのだ。だから、彼の逃避ならぬ撤退には、正当な理由がある——理由を必要とする。そして、彼が後にそういう対処の仕方をするのなら、その以前から「彼はそういう人物だった」ということにならなければならない。「負けたから変わった」ではない。だから彼の対平家戦にも、「正当な理由」はあったはずで、彼は「やみくもに戦う好戦的な人物」ではないのだ。

義経は、「この戦いには、戦うだけの正当な理由があるのか？」と考えて戦った人でなければならない。義経の「立派」は、そこまで周到になって完結する。「正義」とか「立派」を考えるに際して、昔の人はかなり執拗なのである。

では、なぜ義経は平家を滅ぼしえたのか？　平家が「悪の政権」だったのなら、この答は簡単である。「悪を滅ぼすため」である。しかし、平家は本当に「悪の集団」で「悪の政権」だったのか？　実のところ、これはかなりの難問なのである。

『平家物語』は、滅ぼされる平家の必然を語るため、「平家の横暴」をあれこれと挙げるが、私にはそんなに説得力があるとも思えない。私は、この件に関する王朝貴族の側に立った考え方を、あまり信用しないのである。『義経千本桜』の作者も、どうやら私と似ているらしくて、だからこそ作中で、「なぜ平家は悪かったのか」と、「平家が滅ぼされたのは本当に正しかったのか」という問いを投げ掛けるのである。

平家はなぜ「悪」だったのか？　『義経千本桜』の作者の言うところは簡単で、「天皇の外戚《がいせき》になろうとする野望を持っていた清盛が、本当は女だった安徳天皇を〝男〟と偽って帝位に即けた――その報いで一門は滅ぼされることになった」である――《是《これ》というも父清盛。外戚の望《のぞみ》有るによって。姫宮を御男宮《おんおのこみや》といいふらし。権威をもって御位《みくらい》につけ。天道をあざむき。天照太神《てんしょうだいじん》に偽り申せし其《その》悪逆。つもり〳〵て一門我子の身にむくうたか。》と、第二（二段目）で平知盛に言わせている。

近代以前に女帝はちゃんと存在するし、タブーではない。江戸時代にだって『義経千本桜』の登場以前に明正《めいしょう》天皇という女帝がいる。「女に家督権はない」とするのは、この時代の支配階級である武士の考え方で、だからこそ、「姫宮を偽って帝位に即けた」も、「なるほど悪いやつだ」で納得されるだろうと思うのかもしれないが、もちろん「安徳天皇は女だった」というのは、『義経千本桜』の作者達による虚構である。つまり、そんな虚構をでっち上げでもしないと、「平家＝悪」は成り立たないと、この作者達は考えているのである。

　ということになると、「平家には滅ぼされなければならない理由があった」は怪しくなる。ではなぜ、義経は平家を攻めたのか？　それは、後白河法皇から「平家追討の院宣」を受け取ったからである。では、なぜ後白河法皇は、「悪」である根拠薄弱の平家を「討て」と命じなければならなかったのか？　『義経千本桜』の作者達の答はこちらも明快で、「後白河法皇にはそんなお考えがなかった」である。「平家追討の院宣を出させたのも、実は、藤原朝方だった」として、すべては「朝方の陰謀」にしてしまっている。ということはつまり、滅ぼされてしまった平家の側にだって、「我々には滅ぼされなければならない理由はない！」と主張しうる権利があるということである。そして、このことを裏書きするように、義経の側にも「平家を滅ぼしたい」という動機はなかったことになっている。

　『義経千本桜』の中で、義経が平家追討に向かった理由は、「戦いをなくすため」である。だから冒頭に《戸ざゝぬ垣根卯の花》というような、平和の到来を称える一文が来る。義経の登場以前、京都では戦争が続いている。それは、源氏の義仲対平家の戦闘で、だから、義経は義仲を倒し、残る一方の当事者である平家も倒す。平家が倒れれば戦争はなくなり、平和が来る――「義経の戦いはそのためのものだった」と、『義経千本桜』の作者達は設定する。つまり、義経には平家への敵対心がないのである。だから、「平和でありさえすれば、平家の一門は生きていてもかまわない」

と義経は考えていたりもする。そして、まさにその通りで、元暦二年――本文に従えば元暦元年の戦闘終結以後も、平家の主立った公達、あるいは武将は、『義経千本桜』の中で、まだ生きているのである。

敗色濃厚な壇ノ浦ならぬ八嶋の合戦で、彼等は「死んだ」と見せて生きていたのである。逃げて生き延びているのは、もちろん、次の戦いに勝つためである。だから、滅亡寸前の八嶋から逃げ出すことは、卑怯ではない。なぜ、こんなもって回ったことを言うのかというと、八嶋には「卑怯にも逃げてしまった平家の重要人物」がいたからである。

逃げてしまった彼は、当然壇ノ浦にはいない。しかし、平家滅亡の地を「八嶋」にしてしまうと、彼がそこから逃げ出したのは「卑怯な腰抜け」ではなかったということになる。彼が逃げ出した理由はなんだか分からないが、平家の重要人物は、みんな「次の戦い」のために逃げたということにすれば、彼は卑怯ではなくなる。そういう重要人物が八嶋にいたからこそ、『義経千本桜』の作者は、八嶋を「平家滅亡の地」に設定してしまったのである。それが誰かと言うと、清盛の嫡男・重《しげ》盛《もり》の嫡男、平維盛《これもり》である。

江戸時代的な考え方をすれば、維盛は「平家の次代を担う若殿様」である。もちろん、鎌倉時代人もそのような考え方をしていて、維盛の子の六代《ろくだい》――都に基礎を築いた清盛の祖父正盛《まさもり》から数えて六代目――が捕えられて殺されて、それをもって『平家物語』は、《平家の子孫はながくたえにけれ。》とする。そんな重要な人物なのに、維盛は、大事な合戦以前に八嶋を脱出してしまう。『平家物語』の言うその理由は、「都にいる妻子が恋しいから」である。『平家物語』は、この維盛の人間的な理由を責めないが、大事な若様が妻子恋しさで合戦前に離脱してしまったら困るだろう。それでは「腰抜け」である。江戸時代の町人は、「町人のモラル」以前に、「武士のモラル」を第一に考える習性を持っているから、こういう人を持ち上げられない。せっかく平家の一門が頑張って生き残ろうとしているのに、肝腎の「お世継ぎの若様」が逃げ出してしまっては、平家の未来がない。ところが、平家の一門が八嶋で滅亡したということになると、どうなるだろう？ 維盛の脱出には問題がなくなる——なにしろ、みんなが八嶋で滅んでいるのである。維盛が逃げても、卑怯とか未練ではなくて、一門の当然に従った結果である。だからこそ平家の一門は「壇ノ浦へ行く前の八嶋で滅亡した」と人に信じられている——ということにならないと困るのである。

では、なぜ平家の一門は、戦闘終結後も生き残っていなければならないのか？ どうして『義経千本桜』の作者達は、そのように設定したのか？ それはつまり、作者達が「平家には追われる理由がない」と考えていたからである。平家が追われたのもまた、「藤原朝方の陰謀によるもの」という前提に立ってしまう以上、そういうことになる。だからなんなのか？ 『義経千本桜』の作者達が、「『平家物語』は偏向している」と考えたとしか思えない。源平の合戦一切が、京都の王朝貴族の、しかもさして知名度の高くない藤原朝方なる人物の陰謀だというのは、考えてみれば、妙なのである。

『義経千本桜』の舞台は、後白河法皇の御所に、鎌倉から戻った義経が参上するところから始まる。にもかかわらず、後白河法皇は気配さえ見せない。すべて、《君の御覚《おんおぼえ》よき儘《まゝ》に己《おのれ》に諂《へつら》う者には。官位昇進《しょうじん》申し下し。依怙贔屓《えこひいき》の沙汰《さた》大方ならず。》と書かれてしまう藤原朝方が一切を取り仕切る。「朝方の言うことは、もしかしたら、後白河法皇の言うことそのまんまじゃないのか？」と、考えられないこともない。『平家物語』を読めば、平家追討の院宣も頼朝追討の院宣も、後白河法皇が出していることは分かる。その両方の院宣が、平家を追い、義経を追うことになった元凶なのだから、『義経千本桜』はいたって遠回しに、そしてそんなことはおくびにも出さず、「すべての元凶は後白河法皇かもしれない」と暗示している（のかもしれない）のである。

『義経千本桜』は、「源義経を賛美する方向で書かれた『平家物語』の書き直し」だが、と同時に、「〝平家も悪くない〟という立場で書かれた、もう一つの『平家物語』」だったりするのである。

江戸時代人は、自分達の納得出来るような形で『平家物語』の後半部分を取り出して書き直し、受け入れた。『義経千本桜』は、「江戸時代の『平家物語』」でもある。『平家物語』を知らずに『義経千本桜』を見て、「なるほど、こういう話だったのか」と納得した人間は、とても多かっただろうと思われる。そして、もちろん、『義経千本桜』は荒唐無稽な話である。「『義経千本桜』はこういう内容である」といきなり説明して、どれほどの人が「なるほど」と納得するのかは分からない。「このわけの分からない話のどこが〝名作〟なんだ？」と首を傾げる人の方が多いんじゃないかと思う。断片的には有名で、「名作だ」と思う人も多いかもしれないが、全篇を通すと、実は、なにがなんだか分からなかったりもする。「これで作者はなにが言いたいのか？」が見えないからである。『義経千本桜』と言い、「吉野花矢倉」と言って、原作に桜の咲く季節は訪れない。源義経が主役のはずなのに、それもいつの間にか怪しくなる。「で、どうなるんだ？」と筋を追って行って、最後に納得が訪れるかというと、きっとそうではない。どうしてかというと、この作品は、「で、どうなるんだ？」と、話の先の納得を求めるものではなく、「で、どうだったんだ？」と、義経や平家一門の過去の真実を追うものだからである。

そのように、『義経千本桜』は理屈っぽくもある。だから、今までの長い長い前置きがあったのである——というわけで、ここからやっと本篇が始まる。

9

『義経千本桜』の構成は、次のようになっている——。

（第一）後白河法皇の御所
　　　北嵯峨庵室
　　　義経の堀川御所
第二　伏見稲荷の鳥居前
　　　摂津の国の渡海屋
　　　同　大物浦《だいもつ》
第三　吉野の里の椎の木
　　　同　小《こ》金吾《きんご》討死
　　　同　鮓屋
第四　「道行初音旅《みちゆきはつねのたび》」
　　　吉野山　蔵王堂
　　　同　河連法眼《かわつらほうげん》の館
第五　吉野山中

『仮名手本忠臣蔵』は、一段一場の「全十一段」という構成だったが、それは時代物としてはやや変則的な形で、人形浄瑠璃の王道はここにあるような「五段仕立て」である。特別に「第一」とは記載されない部分は普通「序段」と言われて、その最初の幕明きとなるところを「大序」と呼ぶ。ここでの大序は後白河法皇の御所（仙洞《せんとう》御所）の段である。序段の主役は義経で、八嶋の合戦で平家の一門を滅ぼした英雄義経が、いかにして鎌倉方と対立し、戦いを回避するために都を離れなければならなくなったかという、その経緯が語られる。

八嶋で平家を滅ぼした義経が鎌倉から戻って来て、後白河法皇の御所に参上する。供として従うのは、武蔵坊弁慶である。御所に法皇の姿は見えない。法皇に代わって義経を藤原朝方が迎え、義経に《此度《このたび》八嶋の合戦の様子。法皇委《くわ》しく聞《きこ》し召《めされ》ず。天皇の入水《じゆすい》一門の最期。御日次《ひなみ》（宮中の日誌）に記《しるさ》れん申上《もうしあげ》よ》と言う。「記録に残すからちゃんと語れ」である。

義経は、《はっと承《うけたま》わり。さん候《ぞうろう》今度の戦い。平家は千騎計《ぎばかり》と見え。八嶋の磯に陣を張《はる》。》と、壇ノ浦の合戦分まで込みにしたことを「八嶋の合戦」として語る。『平家物語』に語られる内容を要約し、義経の口から観客に伝えようという趣向である。これを語る義経は、もちろんカッコいい。しかし、義経にとっては、これが最初で最後のカッコいい見せ場である。この後になると、いいことはない。カッコよく語り終えた義経に、いやみな朝方がつっこむ――《夫《そ》れ程の功有る義経。頼朝に対面叶《かな》わず腰越より追っかえされた。其科《そのとが》をいえ聞《きか》ん》

江戸時代の観客は、『平家物語』を読んだり聞いたりしなくても、義経が頼朝に嫌われて腰越から引き返さなければならなかったことを知っている。なぜかと言えば、『義経千本桜』の以前に、義経を主役にした人形浄瑠璃の作品がいくらでもあるからである。「義経は、梶原景時の讒言《ざんげん》で鎌倉を追われた」は知っていて、しかし納得が出来ない。だから、朝方に《科をいえ聞ん》と言われれば、観客だって「聞きたい」と思うのである。

しかし、義経は黙っている——その前に、弁慶が進み出て《佞人原《ねいじんばら》が讒言》と訴える。しかし、義経はこれを斥ける——《ヤァだまれ弁慶。仮讒者《たとえざんしゃ》の業《わざ》にもせよ。一旦《たん》の兄の命《めい》申し開かず。腰越よりすご〳〵と帰りしは。弟の義経さえあの通りと世上の見ごらし。》

「なんであれ、兄に従えば〝弟でさえあの通りだ〟と人が納得して、兄頼朝の支配権が強まるのだから、私はその見せしめ（見懲《ご》らし）になったのだ」というのが、義経の論理である。「いいの、彼のためなら私は喜んで犠牲になるの」と言う女みたいなものだが、ここら辺から義経は、歌舞伎で言うところの「辛抱立役《しんぼうたちやく》」みたいな受け身一辺倒のキャラクターになる。義経役の人形の頭は「源太《げんた》」という美男の典型みたいなものだが、江戸時代の演劇で、美男というものは「無能の典型」みたいなものである。「無能でもいい。私達が支えてあげる」という信仰の対象みたいなあり方をするのが、江戸時代の美男だが、義経は『仮名手本忠臣蔵』の勘平とは違って、ずっとましな頭脳を持っている。だから、義経が頼朝に嫌われる理由は、ちゃんと別にあって、それは「人には言えないもの」なのである。後の堀川御所になってその理由は明らかになるのだが、八嶋から鎌倉に行った義経は、死んだ平家の人間達の首を持って行って、それが偽首だったという理由があるのである。

平家の主立った人間達は逃亡していて、海から引き上げた死体の内、知盛《とももり》と維盛《これもり》と教経《のりつね》の三人は偽物だった。義経はすぐこれに気づいたが、「この三人が生きていることが知れたら、平家の残党は勢いづいて、戦乱は終結しないだろう」と考えた。それで、三人を死んだことにして、偽物と承知の首を鎌倉に持って行った。「そうして、自分は逃亡の三人の行方を探し続けるつもりだったが、兄上は分かってくれなかった」と言うのである。だから、形の上で戦争は終結したが、義経一人が、なおも（ひそかに）戦争続行中となっている――《かく都に安座《あんざ》すれ共《ども》心は今に戦場の苦しみ。兄頼朝は鎌倉山の星月夜と。諸大名に傅《かしず》かれ。月雪花の翫《もてあそ》び。同じ清和《せいわ》の種ながら。晨《あした》には禁庭《きんてい》に膝を屈し。夕べには御代長久《みよちょうきゅう》の基《もとい》をはかる。いつか枕を安《やす》んぜん浅間《あさま》しの身の上》（堀川御所の段）

「兄さんは鎌倉で威張っていられるけど、僕は、朝廷に行って仕えて、その一方で逃亡の三人を探さなきゃなんない。兄さんはいいな」というのが、『義経千本桜』の中で義経がこぼす、唯一の愚痴――そして、江戸時代の町人達が見せる、唯一の権力者批判である。

愚痴はあるが、そうも言っていられない。なぜならば、平知盛、維盛、教経の三人は生き残っているからである。かくして、義経は主役のままその存在を希薄にして、話の中心は「逃亡の平家の公達」の方へ移って行く。だから、第二（二段目）は「安徳天皇を擁して大物浦に潜伏中の平知盛」、第三（三段目）は「八嶋から逃げて吉野に潜伏中の平家の若様維盛」が話の中心となり、第四（四段目）と第五（五段目）では「平家最強の豪傑の教経」が現れる。

知盛は大物浦（淀川の河口近く）で渡海屋という海運業者に身を変えている。『平家物語』以来、義経の船出に幽霊が現れるのは決まりだが、壇ノ浦からそこまで生きた人間がやって来るのは大変で、「淡路島の向こう」の八嶋からなら近い――生きた人間が幽霊のふりをするのもしやすい。だから私は、「『義経千本桜』の作者は、そういう利点も込みで〝平家は八嶋で滅んだ〟にしたのだろう」と思うのである。江戸時代の人間は、そのように、細かく合理的なのである。

10

源義経は、藤原朝方を通して、「頼朝を討て」という後白河法皇の院宣を受け取る——これが大序の「後白河法皇の御所」。この段階で、「平家の一門は義経に滅ぼされた」は動かない。それが微妙に怪しくなって来るのが、次の北嵯峨庵室の段である。王朝の時代で「嵯峨野」というと、「いわれのある人が隠れ住む所」であったりもして、『平家物語』の祇王、祇女や仏御前、更には高倉天皇の愛人だった小督《こごう》も嵯峨野に身をひそめた。『義経千本桜』で嵯峨野の尼の庵《いおり》に身をひそめるのは、平維盛の正室（御台所）である若葉の内侍《ないし》と、維盛の遺児六代《ろくだい》である。季節は、前段の法皇の御所からワンシーズンが過ぎた、七月の終わりか八月の初め——維盛の父重盛の命日だが、重盛の死は、『平家物語』では八月一日、実際は七月二十九日ということになっているから、こういうあやふやなことを言う。

若葉の内侍と六代は、重盛の姿が描かれた巻物を広げて、命日の供養をする。この重盛の姿が《惟盛様に生きうつし》ということになっていて、後へのさりげない伏線となるのだが、ここへ村人がやって来る——今で言えば警官の巡回訪問である。「表向きは〝尼の庵室〟ということにして隠し売春をやっているところがあるから、それの調査をしている」というのが、いかにも近世的な探索である。「なんだかここら辺も安心出来ませんわね」的な雰囲気が内侍達に醸し出されたところへやって来るのが、家来筋の主馬《しゅめ》の小金吾《こきんご》である。

笠売りに変装した前髪若衆の小金吾は、《主君惟盛卿の御身《おん》の上。いまだ御存命《ぞんめい》にて高野山に御入と。慥成《たしかな》る都の噂。》と告げる。維盛が壇ノ浦へは行かず、八嶋を逃げ出して高野山に入って出家したというのは、『平家物語』にもある事実である。維盛に会いたい若葉の内侍と六代は、主馬の小金吾を供にして旅立つことにするのだが、そこへやって来るのが、藤原朝方の家来である猪熊《いのくま》大之進《だいのしん》である。『仮名手本忠臣蔵』の高師直と顔世御前みたいに、朝方は若葉の内侍に執心《しゆうしん》だから、彼女を捕まえたいのである。小金吾は、猪熊大之進の家来を叩きのめして、若葉の内侍と六代は嵯峨野を脱出する。この一行の物語は第三（三段目）の「椎の木」以降に続いて、お話は、「一方、義経公は——」である。

続く序段の切《きり》の堀川御所の段は、今となってはちょっと苦しい。堀川御所は義経の住居だが、「九郎判官」と言われる義経の身分は、朝廷の下級武官でしかないのだから、その住居が「御所」なんかであるはずはないのだ。しかし、「義経＝千本桜」である。「花やかな世界の中心」をシンボライズする人間の住居が「御所」になるのも仕方がないだろう。その御所に義経は、平時忠《ときただ》の娘である卿《きよう》の君を正室として住まわせ、愛妾静も同居させている。妻妾同居だが、義経は完全無欠のヒーローだから、その家内に揉め事があるはずはない。卿の君は病気で、その気分を慰めるために静は舞を見せて、この二人はいたって仲がいいことになっている。

そこへ、「鎌倉方の土佐坊正尊《しようぞん》等が、兵を率いて攻め寄せる準備をしているらしい」という報告と、「鎌倉の重臣川越《かわごえ》太郎重頼《たろうしげより》が使者としてやって来た」という二つの報告が入る。「使者への返答如何では戦闘になる」というシチュエイションである。

義経が、高倉天皇の生母建春門院《けんしゆんもんいん》の兄で、清盛の正室時子の弟である公家平氏の平時忠の娘を妻としていたのは、事実である。後白河法皇の院宣を受けたことも、土佐坊等に攻め寄せられ「堀川夜討」という事態に遭って都を逃げ出したことも。だから、ここまでは一応、歴史の事実を忠実に踏まえてはいる。しかし、川越太郎が現れると、この踏まえられた事実がグニャッと曲げられてしまう。

「義経には鎌倉への謀叛の疑いがある」として川越太郎が指摘するのは、三点。時忠の娘卿の君との結婚や、後白河法皇の院宣がその重要な容疑の傍証であることは事実だが、川越太郎は、まったく意外なことを第一に言う。それが、「知盛、維盛、教経の首は偽物だった」である。なぜ義経がこの三人の首の偽物を鎌倉へ持って行ったか――浄瑠璃の作者がそのように設定したかに関しては、既に言った。だから、前場の北嵯峨庵室の段と合わせて、この後の物語は「生きていた平家の公達のその後」という方向へ進んで行くことになるのだが、別に「義経が平家方三人を討ち洩らした」という史実があるわけではない。こちらは物語を進行させて行くためのフィクションで、重要なのは残り二つの史実――時忠の娘との結婚と、後白河法皇の院宣を受け取ったという方である。この二つが「それは誤解です」と、きちんと説明されなければならない。なぜかと言えば、この『義経千本桜』という作品が、「義経のしたことにはなんの間違いもない。義経は悲劇の人なんかではない」ということを謳い上げることを目的とする作品だからである。

11

『義経千本桜』は、その花やかな見せかけとは裏腹に、かなり理屈っぽい。しかも、その理屈の質が、我々の知る「論理」とはかなり異なる。我々の知る「論理」は、それ自体で「論理的整合性」

を成り立たせていなければならないものだが、江戸時代の論理はそういうものではない。社会全体を覆う常識と合致して、「であればこそこの考え方は正しい」という結論を得る、「道理」という質の論理なのである。

なにしろ、民主主義の世の中じゃない。主権は、将軍様が握っている。「常識」というものも、「かくあれ」と統治者によって決められている。身分制度の下、人間達は各テリトリーの中で自己完結するような形で生かされている。それも、長い平和な時間の中で人のあり方がほぼ定まったその後に、「かくあれかし」と落ち着いたわけではない。長い戦乱の後に訪れた短期間の平和を前提にして、「かくあれば十分だ」と固定され、そして長い平和が続いた。続いたのだから、統治側の管理方針はそうそう間違っていなかったことにもなるが、改めて始まった長い平和の中で生まれる「誤差」は、あまり修正されない。

思考の大筋が決められている社会で「独自に主張をする」ということは、「治安を乱す可能性を持った不穏な考えを広める」ということになりかねない。だから、この時代の人達が「新しい考え方」を訴えるとなると、「この考え方は、既定の考え方にかくも合致している」という論証のしかたをしなければならなくなる。それがつまり「道理」である。「既に大本は定まっているけれど、ここにはそれからはみ出て位置付けを得られないものもある。しかしそれは、かくかくしかじかの形で大本と合致している。だから、そう間違ってはいないはずだ」という形での、論理の提出である。これに対する、提出された側の判断は、「ならぬ」という却下と、「道理だ」という受け入れの二つだけである。江戸時代の人間は、「道理だ」という体制側の納得を求めて、自分の主張するところの一々を、体制側の論理に合致させるという作業をする――だから、非常にもって回っている。

「簡単に言って通る」などという心得方を、論理を提出する側がしていない。「ただの自己主張は愚かで、社会を覆う大本の論理に合致しなければ、論理は論理として機能しない」という実際的な考え方をしている。

大本の前提は動かさない――動かせない。なにしろ、支配者への直訴は死へ直結する時代なのだ。訴えたい事情があっても、それが通るかどうかは分からない。管理者の側が「通さない」を前提にしている中で、訴える側が「通したい」と思ったものは、どのようにすれば通るのか？　どこかに譲歩がなければ通らなくて、譲歩は、訴える側がしなければならない――つまり、道理の世界は「自虐」に近いということである。「自虐」で終わってしまえば、通るものも通らない。だから、あらかじめ「自虐」も段取りとして計算しておいて、最終的には相手側の譲歩を目指す――これが、いともややこしくもって回った「道理」という江戸時代の論理である。「源義経にはかくかくしかじかの〝事実〟はある。にもかかわらず、彼は〝悲劇の人〟ではない」という収拾のつけ方も、これと同じなのである。

悲劇というのは、大体がところ、「破綻する自己主張」である。ところが、日本の近世の悲劇は、「完結した社会に受け入れられる自己主張」という質のものなのである。その主張が受け入れられた時、主張する側は相当以上のダメージを受けていて、にもかかわらず、その主張は「道理である」として受け入れられる。それが普通なのだ。受け入れられているのだから悲劇ではないが、「道理である」として受け入れられた時、受け入れられた側のものは、大体悲劇的様相を呈している。だから「自己犠牲」ではあるのだが、目的はあくまでも「論理を通す」なのである。通った論理が二流だと、それは「自己犠牲の悲劇」になるが、「自己犠牲を手段としてでも、通すべきものは通す」というのが江戸時代のドラマだから、これはこれでかなり高級なものである。
というわけで、ペンディングにされた「平時忠の娘」と「後白河法皇の院宣」問題である。

12

平時忠は、したたかなる王朝貴族である。したたかな王朝貴族の中でも、彼はよりしたたかで、いやな奴である。なにしろ有名な「平氏にあらずば人にあらず」というのは、清盛の科白ではなくて、『平家物語』によれば、平時忠の科白なのである。「虎の威を借る狐」的な形で権勢を追い求めるのが王朝貴族の常道で、私なんかは、「なんで『義経千本桜』の敵役を平時忠にしないで、藤原朝方なんて人物にしたのか」と思うのだが、義経が彼の娘を妻にしていたのは、当然「だまされて押し付けられた」である。王朝貴族の常套手段にはまってしまった義経は、ただ愚かなのだが、『義経千本桜』の作者は、それを「平時忠の娘卿の君は、時忠の娘であって、時忠の娘ではない」と解釈してしまうのである。卿の君は、「平時忠の養女になっていた川越太郎の娘」という設定にしてしまうのである。だから私は、「これはムチャだ」と思うのである。もちろん、義経も「ムチャだ」と言う。

「平家方の娘を妻にして平然としているのは、我々への謀叛を企てている証拠である」と、鎌倉側は言って来る。これを観客が「ムチャだ」と思うのは、卿の君がいい人で、静とも仲がいいということを、既に知っているからである。妻妾同居はともかくとして、一家はうまく行っている——そこにいちゃもんをつけて来る鎌倉側は、とてもやなやつらである。しかも、やがて将軍となる源頼朝を頭に戴く「鎌倉方」とは、この芝居の観客にとって、「江戸幕府と将軍様」と同質である。「支配者は、ムチャでバカげたいちゃもんをつける」という事実がさりげなく訴えられて、しかももっとバカげているのは、その糾問の使者としてやって来た川越太郎が、卿の君の「実の父」だということである。だから義経も、「なにバカなこと言ってんだ」と、あきれ返る。

《ヤアいうな〳〵。元《もと》卿の君は汝が娘。平大納言《へいだいなごん》（時忠）へ貰われ育《そだ》ては時忠。肉身血《にくしんち》を分けた親は其方《そなた》。なぜ夫《そ》れ程の事鎌倉にて云訳《いいわけ》せざるや。但し義経と縁有と思われては。身の瑕瑾《かきん》と思い隠し包《つゝん》だか。卑怯《ひきよう》至極《しごく》》

義経の言うことはもっともなのだが、川越太郎の言い訳は、「言おうとしても言えませんでした」という情けないものである。「別に隠すつもりはなかったんだが、鎌倉では反義経の勢いが強くて、今になって〝私の娘だ〟と言っても信じてもらえる状況じゃない」と、川越太郎は言う。川越太郎は、組織と人との間で板挟みになっている、哀れな中間管理職だが、そこはさすがに「昔の男」なので、義経に非を詰《なじ》られると、《卑怯至極と思しめす御心根も面目《めんぼく》なし。皺腹《しわばら》一つが御土産》と言って切腹しようとする。それで終われば話は簡単だが、ここに《ノウこれ待って》と言って卿の君が出て来てしまうから、話はいかにも浄瑠璃らしくなる。

卿の君は、川越太郎の持つ刀を奪って自害する。そして、「私の首を持って鎌倉へ行って」と言う。つまり、「義経様に鎌倉への謀叛のお心はないからこそ、妻である平時忠の娘を手にかけて、潔白を証明したのだ――そう言って下さい」というのが、卿の君の訴えである。川越太郎は《面目なし》と言って切腹しようとするが、ここで川越太郎が切腹をしたって、彼の言いわけになるだけで事態打開の役には立たない。だから、実の娘である卿の君が自分の命を捨てて、父と義経を救うことになる。

　瀕死の卿の君の周りで、関係者達は「えらい」だの「可哀想」だの、散々などたくを並べるのだが、今時こんなドラマに説得力はないだろう。卿の君の死は、「私が死んだ後、義経様をよろしく」ということで、静と義経の関係を肯定することになり、「実の娘の死の前で、川越太郎は立派に堪えました」という、川越太郎の男としてのあり方の肯定にもなる。私なんかは、「なに言ってんだよ」と思うので、「今時こんな設定はムチャだ」と思う。が、「道理」を論理の根本にせざるをえなかった昔の人は、こういうもって回った展開を許す。

　卿の君の自己犠牲は、所詮「自虐」でしかないものだけれども、明治の頃には、「義経のためを思い、黙って娘の死に堪える川越太郎の悲劇」は、第一級のドラマになっていた。明治の近代になってからの方が、「忠君愛国」の自虐は罷り通ってしまうのであるが、問題は、江戸時代の人間が、こういう川越太郎をどのように考えていたかである。江戸時代の論理は相当に息が長く、その一貫性も結構周到なのだから、《卑怯至極》と言われた川越太郎も、「娘の死を黙って堪えた」だけではすまされないのだ。

　川越太郎は「借り」を作った。それは、代わりに死んで行った娘への「借り」ではない。道理というものを信じている、観客に対しての「借り」である。

　娘の首を持って鎌倉へ帰って行ったって、川越太郎はずるい人である——「卿の君は平時忠の娘で、私の娘ではありません」で押し通してしまうのだから。「鎌倉でそれは言えません」は、やっぱり《卑怯至極》で、川越太郎の「つらさ」に共感は示しても、江戸時代の観客は、こういう男のあり方を許さない——許すべきではないと、作者達も考えている。だから、川越太郎は、義経の苦境を救うための決定的ななにかをやって見せなければならないのである。普通『義経千本桜』にそんな構造が隠されているとは思われていないが、実はそうなのである。江戸時代の論理は、そのように息が長くて、一貫しているのである。

13

卿の君の首を打った川越太郎は、首を持って鎌倉へ帰ろうとするが、それで事態が収拾されるわけではない。「頼朝追討の院宣」を、義経が受け取ったままだからである。それがあって、それを受け取った——あるいは受け取らされた経緯が明確にならない限り、義経は鎌倉方にとって「謀叛人」のままなのである。だから、土佐坊正尊と海野の太郎の軍勢が、すぐに堀川御所へ攻め寄せて来る。川越太郎は「亀裂が深まるから戦うな」と忠告するが、義経側の武蔵坊弁慶は、「待ってました」とばかりに飛び出して、海野の太郎をぶち殺してしまう。

江戸時代の弁慶は、大体「粗暴なバカ」で、「大男総身《そうみ》に知恵が回りかね」の典型のようなものである。弁慶が「智勇の人」になってしまうのは、幕末近くに登場する歌舞伎の『勧進帳』からで、『義経千本桜』ではまだそうなっていない。弁慶は「愛嬌のある大力のバカ」で、「反戦ドラマ」でもある『義経千本桜』では、この弁慶が「戦うまい」とする義経の足を引っ張ってばかりいる。だから、最後になると弁慶は、義経に先んじて奥州の藤原秀衡《ひでひら》の所へ行ってしまったことになって、舞台には登場しなくなる——その点で『義経千本桜』は、「みんなが知っている源義経の話」でもないのだ。

弁慶のおかげで、鎌倉との戦闘状態が歴然としてしまった義経は、川越太郎と別れて都を落ちのびることになるのだが、不思議なのはその時に、川越太郎が「後白河法皇の院宣を持って行きなさい」と言うことである。それが、川越太郎のなすべきことと関わっているから、それを言うのである。

川越太郎に別れを告げた義経は、亀井の六郎と駿河の次郎の二人だけを供にして、堀川御所を脱出する。静も弁慶も置き去りである。第二（二段目）の「伏見稲荷」で、静と弁慶はこれに追いつくが、「女には無理だ」と言われて、静はやっぱり置き去り。弁慶を加えた義経一行は、淀川沿いに下って海へ出る。今の尼崎辺である大物浦から九州に向かうはずが、嵐に遭って果たせず、方向違いの吉野へ行く――『平家物語』にある通りである。

大物浦には、平知盛が渡海屋《とかいや》銀平《ぎんぺい》という海運業者になりすましていて、安徳天皇はその娘のお安《やす》、乳母の典侍局《すけのつぼね》は銀平の女房「おりう（お柳《りゅう》）」ということになっている。史実の典侍局は、平時忠の妻なのだが、ここでは無関係の、ただの「安徳天皇の乳母」である。

『平家物語』で義経主従が九州へ行けなかった理由は、「折節西の風はげしく吹き」で、これを「平家の怨霊のゆゑとぞおぼえける」とするが、謡曲の『舟弁慶《ふなべんけい》』になると、「嵐の中から平知盛の怨霊が現れて、その進路を阻んだ」になる。もちろん、『義経千本桜』で知盛は死んではいないのだから、怨霊なんかにはならない。安徳天皇を擁する平知盛は、一門の再興を目指し、義経への復讐の機会を窺っていただけである。義経一行はそこへやって来る。もちろん、神のごとき頭脳ですべてをお見通しの義経は、徴候を察知して、知盛の計略を見抜く。義経一行を船に乗せ、嵐に乗じて討ち果たそうとした知盛は敗れ、安徳天皇を抱いた典侍局は入水しようとする――『平家物語』における壇ノ浦のシーンの、当世風再現である。

典侍局は自害し、義経は安徳天皇を保護する。《是というも父清盛。外戚の望有るによって。姫宮を御男宮といいふらし。権威をもって御位につけ。天道をあざむき。天照太神に偽り申せし其悪逆。つもり〱て一門我子の身にむくうたか。》と言う知盛は、《只今此海に沈んで末代に名を残さん。大物の沖にて判官《ほうがん》に。怨《あだ》をなせしは知盛が怨霊《おんりょう》なりと伝えよや。》と続けて、大碇《いかり》を体に巻きつけて海の底に沈んで行く。私なんかは、「世の中は今はかうと見えて候」と言って一門の入水を決意する『平家物語』の知盛なんかよりは、こちらの知盛の方が、ずっと好きである。

彼は「二度の死」を死ななければならない。その悔しさがあって、復讐に失敗したという恥もある。だからこそ《知盛が怨霊なりと伝えよや。》になる。先行の「知盛の怨霊が義経を襲った」を踏まえて、なお「俺は人間だ」という悔しさがある。「人として立派に生きて、人として立派に物事と対峙しなければ、それは最大の恥である」というのが、近世戯曲の最大の美学だから、この知盛はとても美しい。作者の側も、最大級の賛辞と弔辞を捧げる――。

《渦巻《うずまく》波に飛入てあえなく消《きえ》たる忠臣義臣。其亡骸《なきがら》は大物の。千《ち》尋《ひろ》の底に朽果《くちはて》て。名は引汐《ひくしお》にゆられ流《ながれ》。〱て跡白波《あとしらなみ》とぞ成にける》

《忠臣義臣》という、最も江戸時代的な美の称号を奉られた平知盛は海に沈むが、安徳天皇は、義経と共に残る。そうして義経は吉野へ行くのだから、行を共にする安徳天皇もまた、吉野へ行くことになる。あまり気づかれないことだが、『義経千本桜』の源義経は、安徳天皇を守って吉野へ行くのである。

第三（三段目）は飛ばして、そうして吉野に行った義経のその後を語るのが、第四（四段目）である。そこでやっと、「後白河法皇の院宣」がどのように処理されるべきものかが明らかになる。

14

『義経千本桜』に登場する「後白河法皇の院宣」は、文書ではない。一番初めの大序から明らかなように、これは《桓武天皇雨乞《あまごい》の時より。禁庭《きんてい》に留《とど》め置く初音《はつね》と名付けたる鼓。》である。藤原朝方《ともかた》を介して、後白河法皇はこの「初音の鼓」を義経に与える。風雅な心を持つ義経は、以前からこれをほしいと思っていたので喜んでいただくが、朝方は「これこそが院宣だ」と言う。「鼓には二枚の皮が張ってあって、それは〝兄弟〟を意味する。打つのは表皮だが、そちらは〝兄〟である。だから、〝兄の頼朝を討て〟と仰せられるのが、この鼓を授けられる院のお心である」というのが、そもそもの発端である。

「ほしい」と思っていた鼓に、とんでもない「意味」がくっついている。法皇からのお授け物だから、うかつに捨てるわけにもいかない。そして、堀川御所を脱出する義経に、川越太郎は「院宣の鼓を持って行け」と言った。川越太郎には、彼なりの考えがあったのである。

後白河法皇が、義経に「頼朝追討の院宣」を授けたのは事実である。しかし、こんなことを公然とは言えないのが江戸時代である。幕府と朝廷の二つがあって、朝廷は幕府の管理下でおとなしくしているのが江戸時代なのだから、ここに「将軍追討の院宣を出す」などという事実があってはならない。だから、江戸時代的な解釈では、「後白河法皇は義経に初音の鼓を授けただけで、これに余分な〝意味〟をくっつけた藤原朝方が一番悪い」になる。観客だって、このことは初めから分かっている。朝方は、義経に対して意地悪だし、平維盛の妻である若葉の内侍をものにしようとしているのは分かるが、法皇の御所の、観客から見えない「奥」でどんなやりとりがあったのかは分からない。もしかしたら、後白河法皇は、藤原朝方に「こう言って鼓を義経に渡せ」と言ったのかもしれないのだ——そこをはっきりさせないと、義経の無実、潔白は証明されない。しかし、義経は都から逃げなければならないし、義経を「謀叛人」と思う鎌倉方に、義経のためにそんなことを証明してやろうなどという親切心はない。となると、「藤原朝方が怪しい」の一件を調査する人間は、義経にシンパシーを寄せ、鎌倉方であり、しかも「あんたはずるい!」と言われてしまった川越太郎しかいないのである。だから、川越太郎は、これを調べる——そして、最後のハッピーエンドを構成するために、わざわざ雪の吉野山にまでやって来る。

《久しう候《そうろう》　義経公。給《たま》る鼓に事をよせ。頼朝追討の院宣と名付けしは。朝方がわざと事顕《あらわ》れ。義経に計《はか》らわせよと綸命《りんめい》を受けて参ったり》である。この時の川越太郎は、藤原朝方を縛って連れて来るのである。

雪の吉野山では、義経逮捕のためにやって来た鎌倉の軍勢を相手に、佐藤忠信《ただのぶ》が奮戦をしている。ここには、行方をくらましていた平教経も、横川《よかわ》の覚範《かくはん》という僧に変装して隠れていた。安徳天皇を連れて来た義経は、一旦教経に安徳天皇を引き渡すが、教経は八嶋の合戦で忠信の兄継信《つぎのぶ》を倒した人物だから、忠信にとっては「兄の敵」である。だから四段目の最後で安徳天皇を伴った教経は姿を隠し、その後の五段目の雪の吉野山で、改めて忠信と果し合いをする。

義経の忠臣である忠信は、鎌倉方と戦い、教経とも戦い、こんなことを書いてどれほどの人が舞台の状況を理解するか分からないくらいの混乱状況に陥っている――別の言い方をすれば、雪の降る吉野の「花矢倉」という場所で、源氏と平家と鎌倉方の三つ巴の大乱戦になっているのである。そこへ、川越太郎が藤原朝方を連行して来る。朝方の処分は「義経に任せる」ということになったのだが、それを聞くと教経は、《平家追討《ついとう》の院宣も。朝方が所為《しわざ》と聞く。きゃつを殺すが一門《いちもん》への云訳《いいわけ》》と言い放って、その首を落としてしまう。源平の対立も朝方のせいだから当然だが、これを処罰するのは義経ではなく、平氏の教経なのである。

　チープなる悪の元凶藤原朝方は処断され、そうなると、誰にも恨みは残らない。義経は冷静で、カッとなって朝方を殺すなんてことをしない。かくして『義経千本桜』は大団円を迎えるのである。

　敗軍の将であることを認めた教経は、義経に「俺の首を打て」と言うが、「教経はもう八嶋で戦死している」と言って、義経は首を打とうとはしない。代わって、教経を「兄の敵」としている忠信がこれを討つ。そして、安徳天皇は、母の建礼門院が待つ大原へ送られ、出処進退を正しくする義経は、争いを回避するために、進んで奥州の藤原秀衡の許へと下る――それは既定の方針だったから、弁慶はもうそちらへ行っている。静がどうなるのかは知らないが、かくして、《平家の一類《いちるい》討亡《うちほろぼ》し。四海太平民安全《たみあんせん》。五穀豊饒《ごこくふにょう》の時をえて。穂に穂栄《さか》ゆる秋津《あきつ》国繁昌《はんじょう》。双《ならび》なかりけり》のエンドマークである。

「平家が滅んで戦争は終わり、世の中は平和になりました。すばらしい義経公は、進んで出処進退を明確にされて、ちっとも悲劇の人ではありませんでした」というドラマの完成である。もちろん、どれだけの人が、これを「素晴しい名作だ」と言うかどうかは知らないけれども、『義経千本桜』

というのは、こういういう作品なのである。

15

私の今までの説明は、もしかしたら「最も分かりにくい『義経千本桜』の説明」である。有名な「静御前と狐忠信」や「平維盛をめぐる鮓《すし》屋《や》の一家の話」が全然出て来ない。しかし、『義経千本桜』がいかなる作品かと言えば、実のところ、今まで延々と述べて来たようなものなのである。そういう全体構造の大筋の中に、「静御前と狐忠信」や「吉野の鮓屋の一家」もいるのである。

『義経千本桜』が「名作」として存在しているのは、第二（二段目）、第三（三段目）、第四（四段目）の各段が、それぞれ独立したエピソードのようになって、充実して存在しているからである。二段目の「伏見稲荷の鳥居前」と「渡海屋／大物浦」は、謡曲『舟弁慶』の江戸時代的リライトである。三段目の「椎の木」から「鮓屋」までは、義経のあり方とは無縁の、独立した別エピソードでもある。四段目の「道行初音旅」から「河連法眼の館」は、吉野に潜伏する源義経を巡る人々のややこしい思惑話が主筋なのだが、そんなのはややこしいだけだから、「満開の桜の中の静御前と狐忠信の話」に焦点が合わさってしまうのである。だから、四段目と直接続くはずの五段目をそこに続けると、なんだかよく分からなくなったりもするのである。

『義経千本桜』がいかなる作品で、作者達がなぜこんな作品を作りたがったのかもはっきりしていて、それは初めに言ったように、「源義経のあり方を肯定するため」で、「自分達のルーツであるような『平家物語』を、〝自分達のもの〟とするために作った、人形浄瑠璃のための、もう一つの

『平家物語』」なのである。ところが、今やそんな考え方を誰もしない。それをする「道理」の必要を理解しないからである。

『義経千本桜』の作者達は、源義経のいた自分達のルーツでもあるような「過去」を、我が物としたいのである。なぜかと言えば、「道理」を設定しなければ通らない不自由な現実世界があって、それを我が物にしたいからである。もって回った「道理」をしつこく提出するというのは、実はそういうことなのである。

『義経千本桜』の大筋は、「源義経の合理的な位置付け」で、『平家物語』の納得の行く書き直しなのだが、そういう設定でこの浄瑠璃の作者達がなにを言おうとしているのかというと、それはしかし意外なものである。『仮名手本忠臣蔵』の九段目がそうでもあったように、『義経千本桜』で書かれるのは、「親子の情愛」だからである。

「頼朝追討の院宣」となった初音の鼓は、実は《千年功経牝《こうふる》狐牡狐》で、夫婦の狐である。捕まって鼓の皮にされてしまった夫婦の狐の子供が、両親を慕ってその鼓の音に寄って来るのである。伏見稲荷の鳥居前で置き去りにされた静を、土佐坊の手先である逸見《はやみ》の藤太《とうだ》が追いかけて来るが、これを救うために、佐藤忠信は忽然と現れる。静を置き去りにする義経は、彼女に初音の鼓を預けたのだが、その鼓が慕わしい子狐は、佐藤忠信に化けて現れるのである。

「忠信は静を守って吉野までやって来る」というのは、実は、「静の持つ鼓が恋しい狐は、鼓の後にくっついて来る」というだけである。だから、「頼朝追討の院宣」である初音の鼓は、川越太郎が藤原朝方を引っ立てて来る以前、狐の正体を知った義経が、「親が恋しいか。可哀想にな、親孝行しろよ」で、狐にくれてやってしまうのである。「頼朝追討」というややこしい意味が付いて、しかも「法皇のご下賜」であるようなものだから、そう簡単に捨てることは出来ない。川越太郎は「持って行け」と義経に言い、それでもやっぱり面倒な義経は、「大切なものだからそなたに預ける」で静に渡してしまうが、全篇の鍵を握って重要な「院宣」は、事件解決のその以前、いともあっさりと「お前のもんだ、親孝行しろよ」で狐に渡されてしまう。「道行初音旅」は、美男美女の華やかな道行と思われているが、この主役は静で、彼女は「子がなくて義経との恋に生きるしかない女」と設定されていて、彼女と狐の忠信の関係は擬似の「母子」なのである。

『義経千本桜』は、序段、二段目、三段目、四段目のそれぞれに「親子のドラマ」が隠されている。序段のそれは、川越太郎と卿の君である。「あれで〝親子のドラマ〟じゃ、娘があんまり可哀想」と思われるからこそ、川越太郎は「院宣の謎」を尋ねて、最後、雪の吉野まで藤原朝方を引っ立てて来なければならない。

二段目のそれは、安徳天皇である。知盛の計画が失敗して、典侍局は安徳天皇を海中へ導こうとする——。

《コレのう乳母《うば》。覚悟〳〵というて。いずくへ連れて行《いく》のじゃや。》

《オヽそう思召《おぼしめす》は理《ことわ》り。コレようお聞遊ばせや。此日の本にはな。源氏の武士はびこりて恐ろしい国。此波の下にこそ。極楽浄土というて結構な都がござります。其都には。ばゞ君二位の尼御を始め。平家の一門知盛もおわすれば。君もそこへ御幸《みゆき》有て。物憂《ものうき》世界の苦しみを。まのがれ（まぬがれ）させ給えや》

言われて幼い安徳天皇は立派な覚悟をするから、典侍局も《帝をしっかとだき上《あげ》て。磯打つ波にもすそ（裳裾）をひたし。海の面《おもて》を見渡し〳〵。いかに八大龍王ごうが（恒河）の鱗《うろくず》。安徳帝の御幸なるぞや。守護し給え》ということになるが、いかに立派に天子を演じても、まだ安徳天皇は幼いのである。だから、義経に連れられて吉野に行った安徳天皇は、そこで出会った平教経に、こう言う——。

《教経も知るごとく。八嶋の内裏を遁《のが》れ出《いで》。頼《たのみ》なき世を待ちつるに。義経にめぐり逢《あい》。源氏の武士の情有る。心に恥て知盛は。我事をくれ〳〵と。頼て海へ入ったるぞ。夫《そ》れより丸《まろ》も爰《こゝ》に来て今教経に逢《あう》事も。皆義経が計《はから》い。日の本の主《あるじ》とは生るれ共。天照《あまてる》神に背《そむき》しか。我治《おさめ》しる。我国の我国人《わがくにびと》に悩《なやま》され。我国狭《せば》き身の上にも。只母君が恋しいぞ。》

だから、安徳天皇は、生母建礼門院のいる大原の里へ行くのである。

壇ノ浦の入水シーンを再現する二段目で立派だった安徳天皇も、実は母が恋しい——四段目のことを強調せんがために二段目の「立派さ」があったと言ってもいいようなものである。鼓を追っかけて来た狐が正体を明かし、「親を慕う子の論理」を延々と訴えかけるのが四段目の河連法眼の館だったが、そうした「親子のドラマ」の頂点に位置するのが、三段目の「いがみの権太」の物語である。

下市《しもいち》の鮓屋の息子であった権太郎（権太）は、元服した十五歳の時に、売春婦だった女房と町で知り合う。親に内緒で金を使い込み、勘当された後、女房の方は堅気になって茶店をやっているが、道をはずれた権太は不良のまんまである。父親の弥左衛門《やざえもん》が許さないから、権太夫婦とその間に生まれた善太郎の一家は、親と断絶したままだが、母親だけは権太に甘い。老いた母親に金をせびって、権太は一向に働かない——ここまで現代的な設定が、『義経千本桜』の三段目である。

親父の弥左衛門は、昔平重盛の恩を受けたことがあって、それで八嶋を脱出して来た維盛を、「弥助」と名づけて店員にして匿まっている。弥助と権太の妹のお里は、いつか恋仲のようになるが、そこへやって来るのが、維盛の行方を尋ねる、若葉の内侍と六代である（主馬の小金吾は途中で討死している）。維盛親子の再会が近づく時、維盛探索の手も近づいている。頑固者の弥左衛門は、維盛を逃がすことしか考えていないが、ふとしたことで若葉の内侍の持っていた「重盛の絵姿」を見た権太は、自分の家でなにが起こりつつあるのかを理解する。

結局権太は、「親不孝者！」と父親に怒鳴られ、刺し殺されるところまで行くのだが、そうされる権太は、父親のために自分の妻と幼い息子を、若葉の内侍と六代の身代わりに差し出している。父の弥左衛門は、「重盛一家への忠義」に凝り固まっているが、現実主義者の権太は、「親父の計画は甘い」と見て、自分一人で勝手に事を進めてしまう——舞台で展開される「権太の悪事」はそのための段取りである。

しかし、その内実を知らない親父は、怒って息子を刺し殺してしまう。そして、親の怒りを買ってでも「親父のすることを助けてやろう」と思った権太は、真相を話して死んで行く。権太が「重盛一家への忠義」で妻や息子を差し出してしまうのなら、「ちょっと待ってくれよ」と思うが、この権太は、「自分と父親との和解」を願って、一方的に死を選択する。「そうまでしなけりゃならない断絶が、父と息子の間にある」——そして、「それでも息子は親を思っている」というのは、とっても現代的なテーマではあるまいか。

『義経千本桜』というのは、そういうとんでもない作品なのである。

『菅原伝授手習鑑』と躍動する現実

1

『菅原伝授手習鑑《すがわらでんじゅてならいかがみ》』は、延享《えんきょう》三年（一七四六）に初演された竹田《たけだ》出雲《いずも》、三好《みよし》松洛《しょうらく》、並木《なみき》千柳《せんりゅう》の合作によるものである。言わずと知れた三大浄瑠璃の一つだが、後に「三大浄瑠璃」と言われるものは、延享三年に大ヒットしたこの作品をきっかけとして生まれるのである。『仮名手本忠臣蔵』があり『義経千本桜』があって、『菅原伝授手習鑑』が生まれるのではない。いきなり登場した『菅原伝授手習鑑』が、八ヶ月にわたるロングランを記録するヒット作となったのである。「三大浄瑠璃」というブランド性にのっからずに大ヒットした、その理由はなにかと言うのである。

一番手っ取り早い答は「名作だから」である。しかし、「ヒットした」は結果であって、「ヒットしない名作」はいくらでもある。「名作だからヒットした」というのは、間違いなのである。

では、なぜヒットしたのか？　答は簡単である。「面白いから」である。私は、その「面白さ」

に関して、ちょっとびっくりした。『菅原伝授手習鑑』は、『義経千本桜』や『仮名手本忠臣蔵』よりも、ずっと充実して面白いのである。本書とは別に、私はイラストレイターの岡田嘉夫氏と組んで子供向きの「歌舞伎の絵本」を作っていた。西洋には「子供向きのシェイクスピア」や「オペラの物語絵本」が当たり前にある——それなのになぜ日本ではそうしたものがないのか？　だから、有名な『仮名手本忠臣蔵』や『義経千本桜』が「ホントはどういう話か」をみんなロクに知らないのだ、というところから始まった話である。「この江戸時代製のややこしいストーリー展開が子供に呑み込めるのか？」と考えて、「呑み込めるはず、呑み込ませてやる」とは思ったが、唯一その中で『菅原伝授手習鑑』だけが、私の中でひっかかっていた。理由は、その「名作性」である。「名作」と言われるものは、大体渋い。「名作なんだから」と思って無理して呑み込まなければいけないところもある。『菅原伝授手習鑑』の名作性は、歌舞伎の世界で最も上演頻度の高い第四の末（四段目の切）の「寺子屋の場」に拠っていること大である。これがちゃんと演じられれば、私は見ていて、いつも泣いてしまう。しかし、「子供を身替わりに殺す」が中心にあるこの作品の「涙のわけ」を、きちんと子供に説明出来るのかと問われれば、やっぱり、「ちょっと自信がない」だったのである。もちろん私は『菅原伝授手習鑑』がどんな話かも知っているし、文楽公演でこの全段が上演されるのも見たが、そんなに「面白い！」と言えるものだとも思わなかった。「仕方ない、〝名作を分かりやすく語る〟以外に手はないかもしれないな」と思って、改めてこれを読み始めたら、びっくりした。「お前は今までなにを知ってたんだ」と自分に言いたいくらい、面白かったのである。

第三の末（三段目の切）である「佐太村《さだむら》・賀《が》の祝《いわい》」は、言う人に言わせれば「陰々滅々とした話」である。第二の末（二段目の切）の「道明寺《どうみようじ》」は、荘重にして神韻縹渺《しんいんひようびよう》だったりもする。私にとっての「道明寺」はまた違うが、「賀の祝」の方はちょっといやだ——という気もしていた。しかし、これが全然違ったのである。「名作だと思うと、どっかでモタモタ悠長にやるから、それで通じにくいのかな」とも思うが、ともかく、『菅原伝授手習鑑』は、こういう話なのである——。

2

「いづれの御時《おほむとき》にか」と言えば、醍醐《だいご》天皇の御世である。史実に即して言えば、延喜《えんぎ》元年（九〇一）の一月、所は都の中枢「大内《おおうち》」である。醍醐天皇は「病気」ということになっていて、一貫して姿を現さない。朝廷の権力者は左大臣の藤原時平（今は時平《しへい》と読むが、原作は時平《ときひら》）。対する正義の右大臣が、菅丞相《かんしようじよう》——菅原道真《すがわらのみちざね》である。これは、延喜元年の正月に藤原時平の讒言《ざんげん》によって失脚し、二年後の延喜三年二月に九州の大宰府で死んだ——そして天神様になったとされる菅原道真にまつわる話である。

《蒼〻《そう〳〵》たる姑射《こや》の松化《け》して婥約《しやくやく》の美人と顕《あらわ》れ。珊〻《さん〳〵》たる羅浮山《らふさん》の梅。夢に清麗《せいれい》の佳人《かじん》と成る。皆是擬議《ぎぎ》して変化をなす。豈《あに》誠の木精《もくせい》ならんや。唐土計《もろこしばかり》か日の本《もと》にも人を以て名付くるに。松と呼《よび》。梅といい。或《あるい》は桜に准《なぞらう》れば花にも情天満《こゝろあまみつる》。大自在天神の御自愛有し御神詠《しんえい》。末世《まつせ》に伝て。有がたし。此神いまだ人臣《じんしん》にましまする時。菅原の道真と申し奉り。文学《ぶんがく》に達し筆道《ひつどう》の奥儀を極め給えば。才学《さいがく》智徳兼備《ちとくかねそなわ》り右大臣に推任《すいにん》有り。権威にはびこる左大臣。藤原の時平《ときひら》に座を列《つら》ね。菅丞相と敬《うやまわ》れ。君を守護し奉らる延喜の。御代ぞ豊《ゆたか》なる。》

『仮名手本忠臣蔵』や『義経千本桜』の大序には、作者の企図する作品内容への「意味」が込められていたが、この『菅原伝授手習鑑』の大序には、まだそういう複雑なものがない。いたってストレートである。冒頭は、「中国の仙境に生える松や梅は、時として美人に化ける」である。「日本でも、人の名前に松や梅や桜を付けることがあるから、花にも情は天満つる」である。なんのことやら分からないが、ここまでが「天満宮」を導き出すための序詞と考えれば、その意味のなさも納得出来る。つまりは、天満宮に祀られる天神様＝菅原道真の《御神詠。末世に伝て。有がたし》である。

菅原道真の御神詠として有名なのは「東風《こち》吹かば匂ひおこせよ梅の花　主なしとて春な忘れそ」ともう一つ、「梅は飛び桜は枯るる世の中に　何とて松のつれなかるらん」である。大宰府に流された道真は都を懐しんで「東風吹かば――」の歌を詠み、それに応えて都から道真遺愛の梅が飛んで来て花を咲かせた――これが太宰府天満宮に今も「飛梅《とびうめ》」として残る伝説で、二つ目の歌はこれを増補した形の伝説的詠歌である。「道真に呼ばれて梅は飛んで行ったが、並んで植えられていた桜は、自分が主人に呼んでもらえなかったことを悲しんで枯れてしまった」という話がまず出来て、「常緑の松はなにが起こっても知らん顔だ」というところから、「梅と桜は心を通わせてくれるのに、松ばかりは知らん顔だ――つれなかりけれ」と道真は詠み、それで慌てて松も大宰府まで飛んで来て「追松《おいまつ》」となったという話がくっつく――そして結局「何とて松のつれなかるらん」という歌の形になるのである。伝説の道真はちょっと自分勝手だが、「やがて天神様になるような人の見せた植物に関わる奇蹟」が、『菅原伝授手習鑑』の題材である。ということは、この作は一種の「宗教劇」だということなのだが、十八世紀江戸時代の町人にとって、「宗教劇」とはすなわち、セシル・B・デミル監督の映画『十戒』みたいな「宗教的奇蹟をバックにしたスペクタクル劇」なのである。『十戒』では海が割れるが、『菅原伝授手習鑑』では、時平の悪に憤った菅原道真が天に昇って雷になってしまうのである。そこに「梅・松・桜」を名に冠する三つ子の兄弟一家の家族ドラマが絡む。三つ子達は、観客と同じレベルの「名もない庶民」であって、彼等が奇蹟がらみの朝廷陰謀劇に参加して行く「超アクション巨篇」というのが、この『菅原伝授手習鑑』――まずはその陰謀劇の発端である。

3

醍醐天皇の病気に対して、譲位したその父宇多《うだ》法皇は、醍醐天皇の弟である斎世《ときよ》親王を宮中へ見舞に送る。これに付き添うのが院の御所の「判官代輝国《はんがんだいてるくに》」である（本当の読みは「ほうがんだい」だが、ここでは「はんがんだい」）。もちろん、この二人は善人。斎世親王が宮中の常寧殿《じょうねいでん》に入ると、渤海《ぼっかい》経由で日本にやって来ていた中国人の僧・天蘭敬《てんらんけい》の世話係を担当している式部省の下級役人・春藤玄蕃《しゅんどうげんば》（正式には春藤玄蕃允友景《じょうともかげ》）がやって来る。後の玄蕃は悪人だが、ここではまだ別にそうなってはいない。ただ、天蘭敬の希望を伝えるだけである。

天蘭敬は「延喜の聖代《せいだい》」と言われるものを実現させることになる聖王・醍醐天皇の肖像を描かせてほしいと申し出る。これは《唐土《もろこし》の僖宗《きそう》皇帝》の願いだというが、どうやらこれは、北宋の有名な文人皇帝・徽宗《きそう》のことであるらしい。徽宗はこの後の時代の人だが、そんなことはどうでもいい。有名な中国の皇帝までもが「延喜の帝」の盛名を慕うということが重要なのだが、あいにくその帝はご病気である。「だからお断りしろ」というのが、右大臣道真の言い分である。「それでよろしいと思うが、いかが?」と、道真が同席の左大臣時平に意見を求めると、この大悪役はとんでもないことを言う。《延喜の帝は聖王でも。ちんばかかんだかすぐちかいざりか。天皇らしうない形故《なり》。病気というは間に合いといわるゝ》である。極端なまでにストレートな悪口の表現が人形浄瑠璃の特徴ではあるけれど、このひらがな部分を現代語訳する勇気が私にはない。時平は、「帝が病気だと言っても、向こうは〝容貌に自信がないことへの言いわけだ〟としか思わないはずだから、私が天皇の代役として天蘭敬に会おう」と言う。地の文が語るのは《謀叛《むほん》の。萌《きざし》ぞ恐ろしき。》である。《謀叛の。萌》は、天皇に対してメチャクチャな悪口を言うことで既に歴然だが、これに対して判官代の輝国はクレイムをつける。

舞台は「公家貴族の世界」である大内で、ここには他に、時平の子分である三善清貫《みよしのきよつら》（三善清行《きよゆき》と藤原清貫《きよつら》という同時代人をごっちゃにしたものらしい）と、道真の書道の弟子である左中弁希世《さちゅうべんまれよ》がいて、どっちも「ロクでもない人物」なのだが、「公家貴族＝ロクでもないもの」と考えたがる江戸時代町人文化の中で、「判官代」を肩書とする輝国は武士で、であればこそ「立派な人物」である。

輝国の物言いもストレートで、《神武以来独《ひとり》の悪王。武烈《ぶれつ》天皇の名代《みょうだい》ならば時平公がさい（最）究竟《くっきょう》。当今《とうぎん》の御かわりとは鹿を馬《うま》との出そこない。ハ、、、、御無用とあざ笑う。》である。当然、時平は怒り、道真は止めに入る――「時平公の仰せは、天下の御為ではありましょうが、天蘭敬に人相見の能力があったら、臣下と君主の差は簡単に見分けられてしまいますぞ」と。そうなって、三善清貫と左中弁希世の出番で、「天蘭敬が人相見だなんて、どういう根拠で言うんだ」と騒ぎ立てる。昔から「弥次を飛ばすためだけに存在する体制側のえらいさん」というものは存在するのである。

かくして朝廷は紛糾する。そして、作中の菅原道真は「穏やかなる善」だから、調和的な解決を図ろうとする。『義経千本桜』の源義経もそうだが、江戸時代的な「正義の人」のやることは消極的かつ受動的で、一向に状況を切り開かない。そもそもが「悲劇の人」だから仕方がないと言えば仕方がないが、状況に流されることを是《ぜ》とするだけの日本的美意識は、今となっては「もうちょっとなんとかならないのかよ」である。

道真は時平の発言を根本のところで是として、「斎世親王を代役に立てる」という折衷案を提案する。病中の帝も、この騒ぎを聞こし召して、「斎世親王を代わりに」と仰せ出だされる。呼び出された天蘭敬の前に、帝の御衣《おんぞ》と金冠を着けた斎世親王が現れ、絵姿を写させる。天蘭敬は《ハ、ア天晴聖主《あつぱれせいしゆ》候や。我国の信宗皇帝 慕《したわ》るも理《ことわり》 也。》と納得してしまうのだが、時平は収まらない。天蘭敬が退出すると、《玉座《ぎよくざ》にかけ寄り。斎世の宮の肩先摑《つか》んで引ずり出し。御衣《ぎよい》も冠《かむり》もかなぐり〳〵。唐人が帰ったれば暫《しばらく》も着せては置《おか》れぬ。九位でもない無位無官に。着《きせ》た装束此冠穢《けがれ》た同然。内裏に置かず我が預かる。》として奪い去ろうとする。斎世親王は、官位を持たぬ「無品《むほん》の親王」ということになっているのでこうなるが、さすがの道真もこれは制止をする。時平は《頭《かしら》ゆがめて閉口す。》で、一旦はおとなしくなるが、助けられた斎世親王が、道真に対して「もう一つの帝の仰せ」を告げて、ドラマは新しい展開の道を開く。

妙に弱気になっている醍醐天皇は、《老少不定極《ろうしようふじよう》りなし。何時《なんどき》しらぬ世の中に名計《ばか》り残すは其身の為。道を残すは末世《まつせ》の為。》として、道真が達成した《妙を得たる筆の道》を誰かに伝授しておけと、仰せ出だされる。『菅原伝授手習鑑』のタイトルはここに由来するのだが、道真は別に病気ではない。それなのに《筆の道》を伝授せよとの仰せを受けるということは、「道真の身にいつ〝万一の事〟が起こっても不思議はない」ということにもなってしまう。もちろん話はそのように進んで行くのだが、「さて、いかなる次第と相成りますか――」である。

4

所は大内から移って、加茂神社のある加茂川堤である。帝のご病気平癒を祈って、左右の大臣と斎世親王が参詣に来ている。しかし、帝から「筆の道の伝授」を仰せつかった道真は自邸に籠っていて、弟子である左中弁の希世を代参《だいさん》させる。時平の方も三善清貫を代参させて欠席である。微妙に空気はだれているところへ、斎世親王は祈禱の途中を抜け出している。目的は、道真の娘の苅屋《かりや》姫との密会である。

道真は「聖人」みたいな人だが、娘（実は養女）の苅屋姫はちょっと違う。人形浄瑠璃に「お姫様」が登場すると、彼女の仕事は「恋をすること」になってしまうのが通り相場だが、この苅屋姫も同じである。十五、六歳の苅屋姫は積極的で、斎世親王にずっとラブレターを送り続けていたのである――なにしろ道真は書の名手だから、《文は。父御のお家がら。》と、道真はともかく、浄瑠璃作者や苅屋姫の周辺は決めつけている。斎世親王は、この苅屋姫のアプローチを、加茂堤でひそかに受けることになる。斎世親王は《十七のいとまだ若き初恋に。》というお人柄である。

使用人達に手引きをされた苅屋姫は、斎世親王のいる牛車に入ってしまう。十五、六と十七の初恋でも、車の中に入ってしまえば、やることは大人並である。若い二人は、状況を忘れて恋に没入し、手引きをした人間達も浮かれてしまう。そこへやって来るのが、時平の手先の三善清貫である。《今日は御《ご》脳平愈《のうへいゆ》の神いさめ。其場所へきて不浄《ふじょう》が有ると。親王でも東宮でも急度《きっと》捕えて罪に行う。》で、神事の席を途中で退席した斎世親王がなにをしているのかを察して罪に問おうとするのだが、斎世親王はヤバイ状況を察知して、苅屋姫と共にさっさと逃げてしまう。非は、どうあっても「若い情熱の赴くまま」をやってのけた苅屋姫と斎世親王にあるのだが、困ったことに、この二人は何処かへ逃げてしまう。後の始末というか災難は菅原道真に降りかかって、「道真は天蘭敬の前で斎世親王に帝の代役を演じさせた。道真には、斎世親王を帝位に即け、自分の娘をその后にしようとした野望がある」と時平側が言い出して、「道真の失脚」というその後へつながることになるのだが、しかしこの場で重要なのは、そういう主筋を展開するための脇の登場人物達の動きである。

加茂神社には、道真、時平、斎世親王の三人が「代参」も含めてやって来ている。その人間達を乗せる牛車のドライバー達が重要なのである。この十数年だか二十年ばかり前に、淀川沿いの佐太村では三つ子が生まれていた。「三つ子の誕生は珍しく、よいことである」と思し召された菅丞相＝道真が、三つ子の父を賞したのである。父親は税金を免除され、生まれた三つ子は、菅丞相の計らいで、「立派なお邸」に勤めることが出来るようになった――これが冒頭に言う《人を以て名付くるに。松と呼。梅といい。或は桜に准れば花にも情天満。》とされた、「菅原道真の奇蹟に関わる植物達」である。

三つ子の一人、梅王丸は道真邸に、もう一人の松王丸は時平邸に、残り一人の桜丸は斎世親王の宮に配属されてドライバーになった。これが「かたじけない菅丞相のご配慮」である。「身分のない百姓の息子が、名門貴族の邸に職を得る」――これが重要で、この三人の息子達は、王朝貴族のドラマに参加する観客の分身なのである。

大内から加茂堤に場面が移ると、まずは主人待ちのドライバー二人――梅王丸と松王丸が昼寝をしている。乗せる主人がどちらも「代参」でいないから、二人とも気楽であり、やがては対立が露わになってしまう道真・時平の間も、まだ「平安」ではある。がしかし、気が荒いのを取り柄とする「下々の子」である二人は、後の対立抗争を予感させるような会話を始める。梅王丸は、「お前の主人の時平は短気で、今日乗せて来た三善清貫だってロクなもんじゃない。さっさと迎えに行かないと怒られるぞ」と松王丸に言い、松王の方も、「お前が乗せて来た左中弁の希世だって、ロクなもんじゃない。あんな者をお弟子にする菅丞相の気が知れない」と言う。

梅王・松王・桜丸は三つ子なのだから、誰が「兄」というような区別はない。しかし、自分に「梅」の名が与えられて菅丞相邸に配属された梅王丸は、どこかで自分を「三人兄弟の兄」と思っている。一年で最初に咲く梅を「花の兄」と言うのは当時の一般だから、そう思われても仕方がないが、しかしそう思っているのは、梅王丸一人なのである。

「兄」で「仕切りたがり」になっている梅王丸は、「菅丞相の気が知れない」と言う松王丸を批判する。「三つ子が生まれたのはめでたいとして、過分のご処置を下されたのは菅丞相で、だからこそ我々はこうして舎人《とねり》でドライバーをやっていられるし、七十歳になった親父殿も佐太村で穏やかな老後を過ごしていられる。菅丞相の悪口を言ってはいけない」と。

『菅原伝授手習鑑』のすぐれているところは、登場人物の書き分けがしっかりしているところで、微妙なところではあるが、梅王丸は「体制的で上昇志向がちょびっと匂う人物」なのである。

これに対して松王は、《ア、くど〳〵と永談義《ながだんぎ》説《とく》》と言う。松王は、現実的なのである。「そんなの知ってるよ、うるせェな」と言わんばかりの松王は、「そんなことより、桜丸は来ねェのかな？」と言う。梅王は、「なんの用があるんだ」と言うが、松王丸は兄弟思いで、一家兄弟の幸福を考えている。《佐太村の親父殿から。来月は七十の賀を祝う程に。三《み》夫婦《みょうと》連《づれ》でこいと人おこされた。其事をいおうと思うて。》と松王は言うのだが、目が外に向いている梅王は、《ソリャ銘〻に人がきてよう知っている。》で、軽くいなしてしまう。ここら辺の微妙さは、とても重要なのである。

そんなことを二人で言っていると、桜丸が車を引いてやって来る。三人の中で最もイケメンである優男《やさおとこ》の桜丸は、実は「単純なるおっちょこちょい」でもあって、「斎世親王を乗せた車」を引いて来た桜丸は、「俺の宮様はちょっとご休息なさるからいいが、お前達のご主人はもう出発だから、早く行かないと怒られるぞ」と言って、二人を追い払ってしまう。桜丸の目的は、先に言った苅屋姫と斎世親王をこの場で密会させることにあるから、そこに梅王や松王にいられると困るのである。

桜丸は斎世親王を連れて来る。苅屋姫を連れて来るのは、桜丸の女房の八重である。「八重桜」の連関で桜丸の女房は「八重」なのだろうが、原作に特別の指定がない彼女は、演出上「振袖の娘」になっている。斎世親王と苅屋姫の仲立ちをする夫婦だから、「少年少女の前髪若衆と振袖娘の夫婦」がふさわしいと思ったのだろう。正しく二人は、そういう夫婦である——だから、はしゃいで、陽気で、思慮が浅い。苅屋姫を斎世親王の車の中に押し込んでしまって、刺激された桜丸はすぐ《女房共。たまらぬ〳〵。》と身悶えをする。八重は、《これ聞えるわいの。おふたり共に御機《ごき》嫌能《げんよく》嬉しい事ではごんせんか。》である。桜丸が積極的なのだから、八重だってくっついちゃえばいいのだが、この若い夫婦の妻は、興奮に巻き込まれるよりも、「やっぱり恋って素敵よねェ」というロマンチシズムに酔っていたいのである。そこら辺がリアルで、現代的だとさえ思う。

八重は、段取りよく苅屋姫を連れ出すだけの能力がある実際的な女（娘）だが、男の桜丸は、《追付《おつつ》けお手洗水《ちょうず》がいろぞよ。》で、「水汲んで来い」とまで言う。現代にすれば「ティッシュ持って来とけよ」である。セックスよりもロマンチシズムの八重は、《ナニいわんすやら。あのおぼこなおふたり。》と言うのだが、桜丸は《手洗は愚《おろか》お行水がいろもしれぬ。》である。「きっと、張り切って汗びっしょりだぞ」とまで言わせてしまうのが、近世の大衆芸能である。

かくして八重は水を汲みに行く。一人残って車の前で見張りをする桜丸の前に、三善清貫が配下の仕丁《じちょう》を引き連れて現れ、当然、桜丸との格闘シーンになる。桜丸は《生ぬるこい》と父親から言われるような顔付きだから、「美少年顔」でいいのだが、しかし公家の出身ではない。「農家の出」の桜丸は、「ジャニーズ顔のヤンキー」みたいなもので、この一党をさっさと追っ払ってしまう。それで、八重を「結婚しておとなしくなっているヤンキー系の娘」と思ってしまえば、彼女の「現代性」も納得出来るのである。

桜丸と三善清貫の配下達が争っている間に、斎世親王と苅屋姫は前述のように逃げてしまう。桜丸はその後を追っかけようとして、そこへ八重が戻って来る。桜丸は、「逃げた先に心当たりがある」と言って走り出し、八重に、「お前はこの牛車を引いて宮の御所へ戻れ。ここに車を置いておくと厄介なことの証拠になる」と言う。若い女に「車の付いた牛を一人で引っ張ってけ」と言うのである。八重は、言われてためらいもしない。「分かったわ」の八重は、女の大型トラック運転手みたいなもので桜丸の生家の佐太村は河内の国だから、この二人は「河内のヤンキー」の先祖かもしれない。

桜丸は威勢よく突っ走って行くが、菅丞相失脚の原因を作ってしまったのは、苅屋姫と斎世親王を引き合わせてしまった桜丸である。だから、桜丸は後に、その責任を取って切腹する。「桜は枯るる」で、その桜丸切腹のある第三（三段目）の「佐太村・賀の祝」のシーンは、陰々滅々としてしまう。そうなってしまう理由は、その場の桜丸と八重が「薄幸の年若い少年少女夫婦」になってしまっているからなのだが、実はこの二人、そうそう単純に「ひ弱で幸薄いカップル」ではない。

単独で牛を引っ張って行った八重は、桜丸に死なれて嘆くが、その後の第四（四段目）では、道真の妻である園生《そのう》の前（原作ではただ「御台所《みだいどころ》」だけで名前はない）を守って、討死をする。牛を引っ張った後は、長刀《なぎなた》での立ち回りである。そうして死んでしまうのだが、それだけでは収まらない。終局第五（五段目）の大内の場になると、雷になった菅丞相の加勢を受ける桜丸と八重の夫婦は、幽霊となって再登場するのである。夫婦の幽霊は、時平の体を引きずり出して庭に蹴落としてしまう。宮中に幽霊となって出て来る以上は、当然、高徳の僧に祈られて「怨霊退散！」なんてことを言われてしまうのだが、桜丸の幽霊は、《ヤア〳〵僧正。菅丞相を讒言《ざんげん》し。帝位を奪う時平を助け給うは心得ず。扨《さて》は貴僧も朝敵に力を添《そえ》給うか。》と抗議をするのだから、決して「おとなしい玉」ではないのである。あんまり「名作」にしてしまうと、登場人物の角々にヤスリがかけられておとなしくなってしまう傾向もあるが、『菅原伝授手習鑑』の登場人物達は、どうして、どうして、結構なヤンチャ揃いなのである。

5

加茂堤から場面は移って、序段の最後（序の切）は菅丞相邸での「筆法伝授」である。ここに登場する新たなる重要人物は、後の四段目寺子屋の場で一方の主役となる武部《たけべ》源蔵《げんぞう》とその妻の戸浪《となみ》である。

道真には嫡男の菅秀才《かんしゅうさい》がいるが、まだ七歳である。だから、弟子の誰かに伝授をしなければならない。左中弁の希世は、自分が当然伝授を受けるものだと思っている。そして、外界では「苅屋姫と斎世親王が不始末をしでかして逃げた」ということが明らかになっている。邸内でもそれは知っているのだが、精進潔斎して学問所に籠っている菅丞相は、それをご関知遊ばされないことになっている。そういう「慌しさの一歩手前」で、武部源蔵と戸浪は呼ばれる。

源蔵と戸浪は、かつて道真邸で働いていた人物だが、オフィスラブがばれた結果、追放されてしまった。二人はその後、都の北で寺子屋をやって生計を立てている。「大学の教員が女事務員に手をつけて、退職した二人は小規模な学習塾をやっている」というようなものである。菅丞相はそのように厳格な方なのだが、その娘の苅屋姫は自由奔放である。「どうなっちゃうのかな？」とかも思うのだが、菅丞相は「ご存じないまま」なのだから、こちらも「どうなっちゃうのかな……」のままである。

やって来た源蔵は、当然貧乏である。裃《かみしも》を着けて礼装をしているが、これはレンタルである。戸浪はかろうじて礼装の打掛《うちかけ》を着ているが、これは「お邸を出される時、奥様からいただいた物」だから、売ることが出来なかった――「他の衣類は、みんな生活のため売り払ってしまいました」である。御台所は、かつて情をかけた者の窮状に同情するが、セコイ悪人の左中弁希世は、嗤うばかりである。「ここはお前なんかの来るとこじゃない」と言うが、源蔵は、それまで誰も入室を許されなかった菅丞相のいる学問所へ招き入れられる。菅丞相は、武部源蔵に筆法の伝授をするために呼んだのである。源蔵は学問所内へ入り、これを「冗談じゃねェぞ」と思う希世も、後に続いて忍び込んでしまう。

菅丞相の前に出た源蔵は、緊張で汗だくになり、今の身のありようを語る。「子供相手に字を教えているだけなので、一向に手跡《しゅせき》は上がりません」と言う源蔵に対して、菅丞相の言うところは重要である。《子供に指南《しなん》致すとは。賤《いやし》からざる世の営《いとなみ》。筆の冥加《みょうが》の徳。申す所に偽《いつわり》なくば。手跡もかわらじ》である。「田舎の子供に字を教えて、その字を直しているだけの私の手跡は荒れました」は本当であってもしかるべきなのだが、「学問の神様」であるがゆえに「寺子屋の守り神」でもあるような菅丞相にとっては違うのである。《子供に指南致すとは。賤からざる世の営。》と言う――つまり、当時の観客達の現状を肯定するような形で、この神様は存在する。「そのような方であらねば〝神〟に価しないはず」とでも言いたげに、この浄瑠璃の作者達は「学問の神様＝菅原道真」を造形するのである。

道真は、自分で書いた和歌と漢詩を源蔵に提示して、「これを手本にして書け」と言う。源蔵は筆を執り、セコイ希世は、源蔵の腕を突ついたり机を揺すったりして邪魔をするが、源蔵は一向に動じない。このシーンはほとんど、「あなた達も昔寺子屋に通っていたなら、覚えがあるでしょう。でも、真面目な源蔵は動じないのですよ」と言わんとするようなものである。

源蔵は自分の書を認《したた》め、これを見た菅丞相は《出来《でか》したり〳〵。》と賞賛する。その根拠は、観客の耳にとって分かりやすく明らかである。

《惣《そう》じて筆の伝授といっぱ。永字《えいじ》の八法筆格《ひっかく》の十六点。名をそれ〳〵に云に及ばず人ゝのしる所。菅原の一流は心を伝《つたう》る神道口伝。七日も満《みつ》る今日只今。神慮《しんりょ》にも叶いし》なのである。書道の基本は、今でも「永」の字を書く——その一字に、必要な運筆のすべてが存在していると言う。道真は、その細かい所を全部すっ飛ばして、《菅原の一流は心を伝る》なのである。《神道口伝》は、この宗教劇に必要なドラマチックな設定＝修飾であって、根本は「理屈より心」なのである。「形式を整えているだけでは意味がない。必要なのは心をこめることですよ」と、この学問の神様は、観客である民衆に説くのである。「お稽古が第一、先生の善し悪しが第一、伝授があればなんでもＯＫ」とするしかないままにある新興の民衆に対して、『菅原伝授手習鑑』の神は、「まず心である」と説くのである。これこそが「近世ルネッサンス」と言うべき新しさだろう。

学問の神様に肯定された「地域社会の寺子屋の先生」は、かくして朝廷貴族の左中弁希世を押しのけて、筆法の伝授を受ける——このことによって、菅丞相の役割は終わるのである。

伝授を許された源蔵は、「だったら勘当も許して下さい」と訴える。しかし、菅丞相はこれに対してＮＯと言う。だから、源蔵と観客は、「やっぱり、戸浪とのオフィスラブは、相当まずいことだったのか」と思うしかなくなる。なにしろ「不義はお家のご法度《はっと》」が常識として定着している時代で、苅屋姫のあり方はともかくとして、菅丞相は「清浄なる神にも近いお方」なのである。「やっぱりあれはだめなんだな」と、観客達は我が身に宿る生臭さを噛みしめるしかないのだが、そういう風にしておいて、ここから菅丞相の「不思議な神秘性」が徐々に顕れて来るのである。

どうやら菅丞相は「外界のきな臭さ」を、うすうすご承知なのである。当時の罪は連座制だから、「もし自分に万一のことがあって、源蔵の勘当を赦していたら、源蔵も巻き添えを喰らってしまう」と思し召しのご様子なのである——そのことを隠しておいでだから、菅丞相は妙に厳格なのである。

伝授を終えた菅丞相に、「参内せよ」の仰せが届く。仕度を整えた菅丞相が出掛けようとすると、その冠が落ちる——周囲は驚くが、菅丞相は平気で、「源蔵を早く帰せ」と仰せられて、邸を出て行く。勘当が解かれぬままの源蔵夫婦は、希世に追い出されるようにして邸を出るが、それと引き替えるように走り込んで来て事態の急変を知らせるのが、菅丞相の牛車のドライバーを勤める梅王丸である。

参内の途中で菅丞相は捕えられ、邸に戻されて「閉門」ということになってしまった。その罪を問う役目で現れるのが三善清貫で、筆の伝授を得られなかった希世も、「これが見切り時」とばかりに、時平方へ寝返る。梅王は「こんちくしょう！」とばかりに喰ってかかるが、「勅定《ちょくじょう》である」の一言で、梅王も邸に閉じ込められ、手出しのしようがない——「ああ、悔しい」と観客が思うそのところへ戻って来るのが、武部源蔵夫婦である。「我々は勘当を受けているのだから、菅家とは関係ない。だからお前達をやっつける」で、いやったらしい公家達をやっつけてしまう。源蔵は「武士」だからそういうこともしようが、注目は戸浪である。《武部は戸浪に指添《さしぞえ》渡し寄らば切らんず勢也。》である。源蔵から脇差を受け取った戸浪も、立ち回りに参加してしまうのである。「穏やかなる名作」であるような『菅原伝授手習鑑』で、女達は結構な大活躍を演じてしまう。

源蔵と戸浪は「菅丞相の敵」を追い散らす。そうなっても、菅丞相邸の「閉門」は解けない。だから源蔵は、「このままではお家断絶になる」と思って、閉門の邸内からこっそり菅秀才だけを助け出そうと思うのである。

源蔵にそれだけの智恵はあって、しかし邸内にある舎人の梅王丸には、それだけの思案がなかった――「武士ではない民衆の子供だから仕方がない」というところである。言われて「そうか」と気づいた梅王丸は、塀の上から菅秀才を下ろし、外で受け取った源蔵と戸浪は、夜の中へと去って行く。かくして源蔵と戸浪は、菅秀才を「我が子」と偽って寺子屋経営を続けることになって、話は四段目の寺子屋の場へとつながる。

歌舞伎の舞台だとはっきり分かるのだが、この寺子屋の舞台では、座頭《ざがしら》役者が松王丸、それに拮抗する立場の役者が源蔵を演じて、立女方が松王の女房の「千代」に扮する。松王夫婦と源蔵夫婦という、二組の夫婦が真っ正面からぶつかるのが、「名作中の名作」とも言われる寺子屋の舞台だが、以上のような役の配分からだと、戸浪を務めるのは№2の女方で、「子を失った松王夫婦」と、「松王の子を斬らざるをえなかった源蔵」という大悲劇の後ろで、妙にセコセコと段取りめいた芝居をする役回りになってしまう。「子を失った嘆きの母」は松王の女房の千代の演じるところで、「子のない戸浪」はどこかで傍観者的になってしまう。ところが、この第一の「筆法伝授」から続けると、戸浪の性格――そして夫となった武部源蔵の性格がよく分かって、二人で寺子屋を経営する夫婦の「雰囲気」がよく分かるのだ。

「オフィスラブの結果、許されないまま夫婦になった二人」である。その後ろめたさと、それを気にしない前向きさの両方がこの二人にはある。つまり、子を持たないまま、夫と共に寺子屋経営に意欲を示す戸浪は、「社会参加を当然とするような自立系の女」なのである。だから、夫に刀を渡されると、「行くわよ！」で、立ち回りもしてしまう。高い塀から菅秀才を差し出され、手が届かない源蔵は、戸浪を抱き上げ、その戸浪が菅秀才を抱き留める。つまり、この二人は、強いパートナーシップで結ばれているのである。江戸時代的なベタベタした情よりも、「共に生きる」を明確にする現代的な夫婦である。この二人が寺子屋経営という「教育関係者」であるのもおもしろいが、ここに「我が子を失う母」という「生の感情」が転がり込んで来るのが、四段目の寺子屋である。

千代に「大悲劇」を演じられて、戸浪にはやることがない。「母に扮して菅秀才を育てていた」ということが、「生身の母ではない女」という感じを抱かせることにもなるのだが、しかし戸浪は、そのように設定されていた女なのである。「結婚して母になる」が当然のことのようにされている江戸時代で、職場恋愛の結果、自分の意思で夫を得、その結果子がないになっている戸浪は、「母じゃない女だってちゃんといる」ということを示すような存在なのである。そういう登場人物達の細かい設定が明確になっている――そこのところが、正に「面白い」の基本なのである。

6

序段が終わって、第二（二段目）の初めは「道行《みちゆき》詞《ことばの》甘替《あまいかい》」である。

苅屋《かりや》姫との密会がばれそうになった斎世《ときよ》親王は、苅屋姫を連れて逃げ出そうとしたが、行く当てはなかった。「それなら――」と苅屋姫は、菅丞相の伯母で、自分にとっては実母に当たる覚寿《かくじゅ》が住んでいる河内の国へ逃げようと持ちかける。既に言ったように、苅屋姫は菅丞相の実の娘ではなく、養女である。だから、二人の後を追おうとする桜丸も、「逃げる先は大方あの辺だな」と、その見当がつく。逃げる二人に追い付いた桜丸は飴屋に変装し、二人を振り分け荷物の屋台に隠して、淀川堤を河内へと下って行く——そこのところの道行である。行商人に扮した若者が荷物の中に高貴の人を隠して運んで行くという趣向は、翌年の『義経千本桜』の北嵯峨庵室の段でも繰り返される。

斎世親王と苅屋姫の二人を平気でかついでしまう桜丸がとんでもない大力だというのは劇的な虚構だからいいが、桜丸がなんで飴屋に変装するのかというと、おそらくは駄ジャレである。飴は「水飴」で、桜丸は斎世親王を、荷台の水飴容器の下に隠して運んで行く。《飴をば上に君を下。取りも直さずあめが下しろし召瑞相《めすずいそう》にて候》と、彼は言う。「飴の下＝天《あめ》が下」である。そういうのんきな設定だから、「既に菅丞相は邸に幽閉された」という情報を道の途中で得ても、斎世親王と苅屋姫は平気でベタベタしている。実は「飴の下＝天が下」というのんきさは、後に大きな意味を持つのだが、桜丸には分からない。道の途中で、子供のために飴を買いに来た男が、「菅丞相は筑紫に流されるそうで、淀川の河口に着いて船の風待ちをしている。お気の毒になァ」と言うのを聞いて、やっと、「これは大変なことになった」と、事態の緊迫を知るだけである。

続いては、「汐待《しおまち》の段」と言われる安井の浜の場である。場所は、今の大阪市天王寺区だが、昔は海辺である。中国、四国、九州方面へ都から行くには、陸路を鳥羽まで行って、そこにあった湊《みなと》で川船に乗り、淀川を下って河口まで行き、瀬戸内海を船で渡って行った。昔の船は天気が命だから、天気次第で出航は何日も延期される。桜丸達より後に都を出たはずの菅丞相護送の一行は、既に淀川河口に着いて、出航の天気待ちである。

あいにくと天気は悪く、《五三日（五×三＝十五日）》ほどは出航が出来ないということになって、護送に従って来た判官代《はんがんだい》の輝国《てるくに》は菅丞相に、「出航までしばらく時間があるから、この近くである河内の国の土師《はじ》の里まで行って、そこに住む伯母の覚寿と別れの挨拶をして来てはどうか」と奨める。菅丞相は、「そんなことをしたらあなたが罪に問われる」と固辞するのだが、輝国は、「これは私の考えではない。宇多《うだ》法皇の内々の仰せなのだ」と言って菅丞相を了承させる。そこへやって来るのが、苅屋姫と斎世親王を連れた桜丸である。

高貴の二人に代わって、桜丸は《菅丞相御流罪《るざい》と承わり。縁類《えんるい》の者暇乞《いとまごい》の願い。又一つには科《とが》の様子も承わりたし。》と進み出る。下っ端役人は「下がれ」と拒絶するが「情ある武士」である輝国は、《科の様子聞たくばいうて聞そう。》と言って、願いの後半だけを引き受ける。

菅丞相が謀叛の罪に問われた理由は、前段の筆法伝授の場で明確に語られている。

《斎世親王苅屋姫。加茂堤より行衛《ゆくえ》知れず。子細《しさい》御詮義《せんぎ》なされし所。親王を位に即《つけ》娘を后に立んとする。菅丞相が兼《かね》ての工《たくみ》。其罪遠島《そのつみえんとう》に相極《あいきわま》り。》である。

『菅原伝授手習鑑』の菅丞相に実の娘はいず、従妹の苅屋姫を養女にした設定になっているが、実在の菅原道真には、少くとも娘が二人いた。一人は宇多天皇の後宮に入り、もう一人は斎世親王の妻（その内の一人）になっている。菅原道真失脚の理由は、宇多天皇に用いられ、娘を後宮に入れるというところまで行って、藤原氏の婚姻政策の障害ともなりうるような存在になったというところにもあると思うのだが、「菅丞相に実の娘はない」とする『菅原伝授手習鑑』は、「神聖な菅丞相が生臭い婚姻政策などお用いになるはずはない、濡れ衣だ」として、そこのところを否定してしまう——否定するという形で、史実をへんな風にあぶり出してもいるのだが、婚姻政策などをお用いにならぬ菅丞相は、「苅屋姫と斎世親王の密通と出奔」もご存じない。なにしろその間、菅丞相は自邸の学問所に籠っていられたからである。だから、「罪の理由（科の様子）だけなら話してやろう」と言う輝国は、苅屋姫と斎世親王の前に立つ桜丸にこう語る——。

《上《かみ》より咎《とがめ》の条ゝ具《つぶさ》に云い開き給え共《ども》。斎世の宮とかりや姫密通《みつつう》の云訳《いいわけ》。御存《ぞんじ》なきとてあかり立《たた》ず是非なく科に落《おち》給う》

「他の言いがかりは払ったが、この件ばかりはだめだった」である。すると、斎世親王も苅屋姫も江戸時代製の人物だから、《何我ゝ故囚《ゆえとらわれ》とや。情なや浅ましや不義は二人が誤りぞ。流し成り共切《きる》成共《なりとも》罪に行い丞相を助得《たすけえ》させよ。》《父上に逢《あわ》せてたべ助けてたべ。》と、声を合わせて言う。だから輝国は、「そうじゃないんですよ」と、冒頭の大内の場にあった、「〝帝の肖像を描きたい〟と言う中国人の僧・天蘭敬の依頼によって、斎世親王が醍醐天皇の代役に立った——そうすべきと菅丞相が提案した」という事実を持ち出して、「だから、菅丞相には〝斎世親王を即位させたい、苅屋姫を后にして天皇の外戚になりたい〟という欲望があると、断定されたんですよ」と説明する。

「そう考える悪い人達はいたんですよ」という形で、江戸時代の浄瑠璃作者は、菅原道真失脚事件の背後にあった「婚姻政策の対立」あるいは「藤原氏の婚姻第一主義」に関する知識をちゃんと披瀝するのだが、「そんなこと言われても、どうすりゃいいの？」と思うのが、「飴の下」をのんきに受け入れていた、江戸時代製の王朝人——斎世親王と苅屋姫である。この二人は、どうしたらいいのかが分からない。舎人という低い身分の桜丸にだって、なんにも分からない。頼りになって、すべての指示を出すのは、道真とは近しい宇多法皇の家来である、判官代の輝国である。

輝国は、《此上菅丞相の為を思召ば。是よりかりや姫と御縁を切られ。二度禁庭《ふたたびきんてい》へお帰り有って。謀叛なき趣《おもむき》を仰分《おおせわけ》られ。丞相帰洛を御願い候えかし》と、斎世親王に進言する。「お父様に一日会わせて」と言う苅屋姫には、なんにもなしである。苅屋姫は、政争の起こる男の世界では無視されているのだ。

斎世親王は「輝国の言う通りにするしかない」と思い、苅屋姫との恋の取り持ちをしてしまった桜丸も「斎世親王付きの舎人」だから、自分の責任を重々感じつつも、《輝国殿の仰《おおせ》のごとく。是より姫君と御縁をお切なされ。》と言う。それで斎世親王は、《我恋草《こいくさ》の思いに迷い。丞相の帰洛を願わずば天道いかり給うべし。契《ちぎり》は尽《つき》ずかわらね共《ども》親の為と諦《あきらめ》て。別れてたもかりや姫》と、《涙と倶《とも》にの給》うのである。救いのないのは苅屋姫だが、しかしこの発端をたどると、恋を告《コク》ったのは苅屋姫が先で、事を積極的に進めたのも、苅屋姫なのである。「父」である菅丞相を失脚させてしまったのは彼女の不注意なのだから、泣いても仕方がない。しかし、ここで江戸の浄瑠璃作者は、苅屋姫に対して、「お前のせいだ！　天罰を思い知れ！」という糾弾をするわけでもないのである。

7

前にも言ったが、江戸時代の人形浄瑠璃に登場する「お姫様」の仕事は、「恋をすること」である。ただもう一途に恋をする。はたの迷惑も考えず、「逢わせてたべ」と泣きすがる。「お姫様」ばかりでなく、「若い娘一般」がそうである。江戸時代というと、「不義はお家のご法度」で、社内恋愛は厳禁である。だから、武部源蔵と戸浪は、菅丞相の邸を追放になってしまう。菅丞相の処置は江戸時代一般の常識を純化したものだが、その家のお姫様である苅屋姫は、自由奔放である。「厳格な父のあり方に反発して」という、現代にありがちの言い訳が、彼女の中にはない。彼女はただ「菅丞相の実の娘ではない」というだけだ。「それはそれ、これはこれ」という形で、モラルの規制と恋愛の自由は、たやすく分離して同居しているのである。

一体、「モラル第一主義」でもある江戸時代は、その制約からたやすく脱してしまう「恋愛への衝動」を、どう考えていたのだろうか？　果して江戸時代に、「恋愛は自由」だったのだろうか？　それともいけないことだったのか？

娯楽にうつつを抜かすのは、前近代段階でそういいことではなかった。あまり感心されない娯楽の雄《ゆう》である人形浄瑠璃や歌舞伎は、この「恋愛」を大きな主題として掲げるが、それは、窮屈な体制社会に対して、「恋愛は自由だからどんどんしなさい」と訴え続けた、思想運動の成果なんだろうか？　答は、もっと現実的である。江戸時代人は酸《す》いも甘いも嚙み分けた「大人」だから、そんな単純な考え方をしない。「恋愛の衝動は誰にでも訪れる。しかし、それが幸福な形で結実するかどうかは分からない」という、いたってノーマルなジャッジをするのである。

身分制社会の江戸時代、町人に参政権はない。そんなこと以前に、社会は支配者を頂点とするピラミッド構造で固定されている。固定されているから安定している。安定して結構長続きがしていたから、江戸の管理社会はそうそう悪いものではなかったのだが、それでも管理社会だから「窮屈」はある。これは、武士も町人も関係ないことである。なにしろ、恋愛への衝動は誰にでも訪れる。しかし、江戸時代の男達、あるいは女達の一部も、固定されて安定した社会を維持するのに忙しい——忙しくなくても、「社会の維持」と「恋愛の充実」は相互に矛盾するようなもので、たやすくは一致しない。だから、確固とした社会の安定に守られ、暇を持て余している「お姫様」の出番となる。

彼女達は、他の人間がそうそう没頭出来ない「恋愛」というものに手を染めて、「社会の維持」で身動きの出来ない人間達のために、「恋愛というすきま産業」を提示するのである。これが、「社会の維持」を第一としなければならない人達の代償行為となるのは当然で、だからこそ、人形浄瑠璃や歌舞伎のお姫様達は、その「恋の成就」をみんなに待望されて、周囲の助力を受ける。『仮名手本忠臣蔵』の小浪のあり方はその典型である。

完成された体制社会の中で「結婚までの時間待ち」をしているお姫様は暇で、その相手となるような若いイケメンは、建前上、「確定された社会の一構成要素として、しかるべき役目を与えられて存在している」という状態になっているから、そういうイケメンに「自分の方から積極的に恋を発信する」は、出来にくいことになっている。「自分から恋を仕掛ける男」は、ドラマの中では「女に無理強いをする悪」というカテゴリーに入れられ、恋とは「女の方から積極的に仕掛けるしかないもの」だから、善なるイケメンは、これを「受け入れる」という形で恋の担当者になるしかないのである。

「女に恋を仕掛けられて当然」という形で存在しているのが日本のイケメンなのだから、「草食系男子」は伝統に合致したあり方なのである。「過去に於いてそうだった」のだから、「今でもまだそう」であっても不思議はない。「もてる男」は、「男のありよう」とは関係のない、「女の胸の内」で設定されてしまっているから、日本の男の中には、「もてたい、もてる男になりたい」というパッシヴな衝動だけが根を下ろし、「自分から恋を仕掛ける」が及び腰になってしまっていたりもする。

というわけで、苅屋姫は斎世親王に対して一方的に恋を育み、桜丸夫婦はこれの後押しをし、斎世親王は苅屋姫を受け入れ、彼が存在する状況が「恋」を許さなくなったら、《別れてたもかりや姫》になってしまうのである。優先されるのは、男が担当する「社会秩序の維持」で、「そんなァ……」と思っても、苅屋姫はこれを受け入れなければならない。なにしろ、《我恋草の思いに迷い。丞相の帰洛を願わずば天道いかり給うべし。》なのだ。「この事態に恋なんかしてたら怒られちゃう」で、「社会の安定があってこそ、あなたの恋愛もある。私もあなたを受け入れることが出来る。しかし、あなたに〝恋愛の自由〟を存在させる〝社会の安定〟が崩れたら、そうはいかない」なのだ。

《お名《な》残惜《ごりおし》やと御顔を。見るも涙見らるゝも。涙。かた手に。又逢《あう》迄は随分まめで。おまえ様にも御機嫌でと。跡は涙のすがり泣《なき》わっと絶入《たえいり》給いける。》で、苅屋姫は泣き伏して気絶寸前だが、桜丸を供に従えた斎世親王は、《又逢迄は随分まめで》のお言葉だけ。御世の親王らしく、ただ澄まし返っている。

女の自由恋愛を持ち上げるだけ持ち上げて、いざとなると相手のイケメンは知らん顔をして去ってしまう。これを「男社会の女差別」と言っても仕方がない。そもそも、「恋愛の衝動は誰にでも訪れるが、それが幸福な形で結実するかどうかは不明である」という、動きがたい真理がある。女性差別を言うのなら、「女にだけ恋愛の自由が与えられている」という、その自由さが「差別」なのである。だから、「男も恋愛をすればいい」ということになるが、男には「社会を維持する」という役割があり、これを放棄すると社会は崩れる。「だったら、女も社会参加をして恋愛の自由を明確にすればいい」になるのかもしれないが、「社会を維持する」というのは片手間仕事では出来ないので、「社会維持の役割」を負った「社会参加をした女」は、恋愛が出来にくくなるのである。

今では「社会参加」という言葉の指し示す方向は違ってしまったが、昔の女の「社会参加」は、「結婚して妻となり、一家を支える」だった。「家」を社会の一単位とする形で世の中が出来上がっていたから、「専業主婦になる」は、安定した社会を維持するための社会参加だったのである。だから、立派な専業主婦になると、恋愛なんかしている余裕はなくなる――現代の社会参加を果たした女達が「出会いがない」と言うのと、同じ状況に陥るのである。「出会いがない」のではなくて、「社会の維持に努める人間には、恋愛なんかをしている余裕はない」である。昔の「貞女」というのは、そういうものだった。「恋愛の衝動だけは誰にでも訪れるが、それが幸福な形で結実するわけではない」は、社会と共に生きる人間にとって、不動の真理なのである。

というわけで、「不動の真理」に訪れられてしまった苅屋姫は、安井の浜に取り残されて泣くしかない。そこへ、立派な駕籠を供の男達にかつがせて、「しかるべき身分」と見える女がやって来る。これが、菅丞相の伯母覚寿が住む土師の里からやって来た、苅屋姫の実の姉に当たる立田《たつた》で、ここから物語は、不思議な「男と女の世界の対立物語」へと進んで行く。

8

立田がここへやって来たのは、菅丞相の左遷を聞いて悲しむ老母覚寿のために「一晩でも菅丞相を連れ帰って会わせてやることは出来ないだろうか？」という願いを述べるためである。警護の輝国は初めからそのつもりだから、条件付きで簡単にＯＫは出るのだが、おもしろいのは、やって来た立田と苅屋姫のやりとりである。

《いずれ共しらぬ女中の乗物つらせ（吊らせ）。おめず臆《おく》せず判官代に指向《さしむか》い。私事は土師の里立田と申て。菅丞相の伯母の娘と。》

《聞くに嬉しきかりや姫。コレ姉様ノウ立田様かいのと。》

《取り付き給うを突退《つきのけ》はね退け。母の覚寿左遷の様子を聞及び。年寄っての悲しみ御推量下さりませと。》

《いう内に又姫は取付き。其お歎きが身に取て猶《なお》悲しいと。》

《歎げくをふり切。何とぞ此所《このところ》の汐待《しおまち》を土師の里にて御一宿《いっしゅく》あらば。心よく暇乞《いとまごい》も致し度《た》き願い。あすをもしらぬ老の身の。少しは歎きも止度無《とゞめたくむ》躰《たい》な御訴詔《そしょう》。夫直祢《すくね》太郎《たろう》が参る筈なれ共。郡役《ぐんやく》も勤《つとめ》る身で身勝手な事申すもいかゞ。女の慮外は常の事と。ぶ調法も返り見ずお願に参りし。お役人の御了簡偏《ひとえ》に頼上ます》

恋する斎世親王はこの場を去るしかない。やさしい父親の菅丞相は、すぐそこに護送用の輿《こし》に乗せられていて、彼が罪に落ちた原因は、苅屋姫にあるという。斎世親王は都へ行って、その冤罪を晴らす活動をするというが、「元凶のあんたは付いて行くな」という言われ方をする苅屋姫は、なすすべがないを通り越して、生き地獄に落ちたも同然である。そこに、実の姉の立田がやって来るのだから、「地獄に仏」である。

パニック状態の苅屋姫は立田にすがりつく。これを「現実社会の維持」を自分の任務と心得る昔の専業主婦立田は、「うるさいんだよ！　うざいんだよ！」とばかり、一度も撥ねつける。これは、「家の体面を重んじて、犯罪者との関わりを拒む」ではない。苅屋姫が「罪を構成する重大な要素」として存在していて、菅丞相の罪が「無実」である以上、「一家の人間が苅屋姫と親しげにしている」というのは、よからぬことだからである。それをしたら、菅丞相の「無実」が成り立ちにくくなる——言ってみれば、裁判闘争の手段みたいなものである。もちろんそこには、「勝手なことして人に迷惑をかけて、それで人らしく泣くなんて図々しい」という、恋愛とは無縁のところにいる現実社会人としての姉の立場もある。《夫直祢（宿禰）太郎が参る筈なれ共》云々は、立田の置かれている立場——それを十分に心得ている立田のありようを明確に語っている。立田は、「女でも私は夫の代理だから、この場で発言する権利はあるが、苅屋姫にその権利はない」という前提に立って、「表立っては頼みにくい立場の姉だが、頼みたい。頼んでもいい正当性はあると思う」と言っているのである。

人形浄瑠璃のロジックのややこしさは、「表立っては成り立ちにくいが、成り立つ正当性はあるはず」という、現実社会のあり方をほぼ教条的に認めてしまっている前提の立て方に由来するのだが、しかし、現実というのはそういうものだから仕方がない。だから、菅丞相に「土師の里に行かれたらどうか？」と奨めていた輝国も、立田の頼みに対しては《叶《かな》わぬ事》と、いきなり拒絶する。

そうして、《大切な囚人《めしうど》浪打際の一宿心元《も》となく。只今用心の為土師の里へ立越る。一宿は覚寿のもと》と、持って回ったことを言うのである。「伯母と対面するためではなく、海岸で一泊するのは不用心だから、内陸のしかるべき場所で一泊する」である。「それならいい」なのだ。江戸時代は「道理」の時代だから、論理は道理に合致しなければならない。そのことをおそらくは「義理と人情」と言う。

かくして菅丞相は、罪人運搬用の輿から立田の運んで来た「普通の駕籠」に乗り換え、輝国の護衛付きで、土師の里へ行く。乗物を換えるのは、「伯母と対面するのに囚人用の乗物では気の毒だ」という、輝国の「情けある配慮」である。

またしても苅屋姫は、「私はどうしたらいいの?」だが、輝国の言うことは《立田殿はかりや姫を御同道は必《かならずむ》無用《よう》。》である。「連れて行くな」で、しかし同じ口で《土師の里の親元へ。急度《きっと》お預けなされよ》である。司直の担当者は、「不心得者は親元で謹慎」という指示を出すが、「そこで娘と母親が会うかどうかは関知しない」である。ややこしいと言えばややこしい論理展開だが、しかし「現実は確定されて、動かない」という前提を不動のものとして受け入れてしまうと、どうしてもこういうめんどくさいことになるのである。かくして舞台は、最終局面の二段目の切である覚寿の住居道明寺《どうみょうじ》へと移る。

「安井の浜」は、「今まで」と「これから」をつなぐ程度の短い場面で、たいして重要なものではない。観客は、「なるほどね、そうなんだ」とか、「ああ、可哀想に」と言ってればいい程度のものだが、それはあくまでも、当時の社会の論理を理解して生きている「当時の観客にとって」で、今の我々にとっては、そう簡単に「なるほどね」とは行きにくい。「なんかよくは分からんが、そういうもんなのか……」と、舞台上では簡単に片付けられる「回りくどい論理」を呑み込むしかない。呑み込もうとして、そう簡単に呑み込めないのが「当時の当たり前の考え方」で、重要なのは、「恋愛の衝動は誰にでも訪れるが、それが現実社会で幸福に結実するわけでもない」である。

次の「道明寺」へ移って、苅屋姫は「お父様に会いたい。お会いして申し訳をしたい」ばかりを繰り返して、そこでは「別れを前提とした親子の嘆き」が主題のようにもなるが、そう単純なものではないだろう。「すべての責任」を押しつけられて斎世親王から引き離された苅屋姫は、そのパニック状態に陥った心理をなんとか落ち着けたいはずなのだ。「一目お父様に会わせて」は、苅屋姫にとって、斎世親王と引き離された心の空白を埋めるための——パニック状態に陥った自分を落ち着かせるための、代償作用であるはずである。「野放しにされてもいい」とされた恋の衝動は、それほどの重さを持つはずのもので、であればこそ、夜の暗がりの中で展開される「土師の里の物語」は、妙に血腥《ちなまぐさ》くて、「闇の度合」が深いのである。どうしてここで「闇の度合」が深くなるのかというその理由を、当時の観客達は体の奥で理解していたはずである。

9

河内の国の土師の里、後に道明寺と呼ばれることになる邸の女主人である覚寿は、この地方の郡《ぐん》領《りょう》（郡司）の未亡人である。郡は「国」という単位の下にある行政単位で、覚寿は「地方の名門旧家の未亡人」というところだろう。その昔、郡領は地方の名家の世襲職だった。もちろん、この「昔」は平安時代以前で、河内国には十四の郡があった。立田の夫である直祢太郎＝宿禰太郎が

《郡役も勤る身》と言われているのは、覚寿の亡夫の後を継いだか、郡の役所でそれなりの地位を得ているかどっちかだろう。

覚寿は、江戸時代的に言えば「格式高い武家の後室」で、「菅丞相の伯母」の名に恥じない広大な邸を構えている。なぜ菅原道真の伯母が「河内の国土師の里の地方領主の未亡人」という設定になっているのかは、菅原道真自身の出自による。

宇多天皇に用いられ、醍醐天皇の時に右大臣になった菅原道真は「新興の人物」で、その祖先は四代前までしか溯れない。曾祖父の代に「菅原」の姓を賜ったが、この人は従五位下《じゅごいのげ》遠江介《とおとうみのすけ》という身分である。たいしたものではない。「菅原氏の祖」とされるのはこの人の父の宇庭《うきにわ》で、こちらも中級官僚である。この人の前には神話的な祖が存在するが、本姓は「土師宿禰《はじのすくね》」である。地方出身の人間がそこそこの出世をして、やがてその子が「菅原」の姓を得た。道真はその曾孫で、学問に励んだ家系の子である。藤原氏からすれば、「なんだ、あんな者」と思える程度の存在で、だからこそ左遷を仕掛けられてしまうが、日本人はこれを「神」とする。菅原道真が「神」となったのは、その死後に祟りをなして恐れられたからだが、家柄によらず、学問を得て実力で右大臣の高位にまで上った人を神とする——それも「受験の守り神」となる学問の神様にしている日本人の心性は興味深いが、菅原道真に「土師」と「宿禰」は関わりが深くて、この関わりの根は「地方の土に埋れるだけじゃいやだ」という、潜在的な民衆の欲望に届いていたりもするのである。というところで、土師の里に邸を構える覚寿一家の内情である。

娘の立田は結婚したが、母の邸で覚寿と同居している。となると、夫の宿禰太郎は「入り婿」のような存在である。しかも、しっかり者の立田に反して、この夫は、品のないエゴイストである。

立田が邸に連れ帰った苅屋姫を見たこの男は、「えれェ美人やんけ。こっちに乗り換えてェな」と、妻がいる前で言ってしまうのである。《夫直祢太郎が参る筈なれ共。郡役も勤る身で身勝手な事中すもいかゞ。》と、立田は輝国に言ったが、大事な用事を果たすために立田が安井の浜へ行ったのには、「私が行くしかないわね」というような、夫婦の事情もあったのかもしれない。宿禰太郎は、立派な郡領をこなせるような人物ではないのである。宿禰太郎がただのエゴイストなら、江戸時代のしっかりした人妻である立田には、まだ対処のしようがあったかもしれない。厄介なのは、この夫が「独り立ち出来ず親に依存する情けない男」の側面も持ち合わせていたことである。その親の名は土師の兵衛《ひょうえ》——この土地の在地武士の一人であることはその名で知れるが、こいつが「息子の出世を願う悪い奴」なのである。

道明寺の場は、今では「杖折檻《つえせっかん》の段・東天紅《とうてんこう》の段・丞相名残《しょうじょうなごり》の段」と三つのパートに分かれ、語る太夫も舞台装置も替わるが、ここでは「菅丞相の物語」と「苅屋姫の物語」と「立田夫婦の物語」が連鎖状態で展開される。このすべてを管掌する立場にあるのが邸の女主人である覚寿だが、三つの物語を統括する陰の中心軸となるのが、土師の兵衛・宿禰太郎父子なのである。逐《お》われる菅丞相の側に立つ女ばかりの旧家一族と、藤原時平に一味して出世を願う、ワンランク落ちた土豪の入り婿父子という、男女の一族対立が一つ家の中で繰り広げられる——それが道明寺の場なのである。

立田に誘《いざな》われて覚寿の邸に入った菅丞相は、一日の予定を延ばして三日滞在する——これも輝国の恩情によるものだが、その間菅丞相は一室に籠って、ひたすら自分自身の木像を彫り続けている。

覚寿が「形見に」と言ってねだったからである。自分のなすべきことに集中している菅丞相はひたすらにストイックで、仕事もはかどる。なにしろ三日の内に、菅丞相は自身の姿を写す木像を三つも彫り上げてしまう。《初手《しょて》に出来たは打破捨《わりすて》二度目に作り立てられしを。同じく是も打砕き。三度めに此木像作り上《あげ》ておっしゃるには。前の二つは形計《ばか》り。勢魂《せいこん》もなき木偶人《もくぐうにん》。是は又丞相が。魂残す筐《かたみ》とて下されし主《ぬし》の姿。》である。

「筆法伝授」の時でもそうだったが、菅丞相の教えは、ひたすらに「心を込める」である。菅丞相の彫った木像は、これから「奇蹟」を起こして、それゆえの「宗教劇」ともなるのだが、その奇蹟は「神となった菅丞相というスーパーな人ゆえ」ではなく、「心を込めることが第一」と教える人の、その実践ゆえなのである。奇蹟を待望して、しかしその一方で努力を怠らない、自助努力第一主義の敬虔にして真面目な江戸時代人は、奇蹟にさえも実際的な根拠を必要とする。

菅丞相は一室に籠りきりで、覚寿に内緒で連れて来られた苅屋姫も、別の部屋に匿われたまま。人前では妹を突きのける立田も、本当は苅屋姫のことを考えているのだが、母親覚寿の世話も含めて家内のことに振り回されている専業主婦の立田には、苅屋姫の様子を見に来る暇さえない。主人の覚寿は、《母様の堅《かた》くろしさ。お果《はて》なされた郡領様に少しもかわらぬ行義《ぎょうぎ》作法。》としか言われないような人物なので、立田は母親に、「苅屋姫を連れて来ました」とは言い出せない。独りで放ったらかされている苅屋姫は身の置きどころがなくて、「責任を取って死ぬべきか」とさえ考えてしまう。やっと顔を見せた立田は、「そんなこと考えないで」と励ますのだが、そこへ現れた夫の宿禰太郎は、「内緒でなにしてる」と言って、前述のように苅屋姫を舐め回すごとく見る。「放っときゃこの男は義妹に手を出すだろう」は明らかなのだが、夫婦の常で、立田の心境は「まさか、そんな……」である。宿禰太郎は去るが、事態は一向に進展しない。立田は「母親に内緒で苅屋姫を菅丞相に会わせてしまおう」と考えるが、そこへ「なにしてる！」と現れるのが覚寿である。厳格なお母さんの覚寿は手に杖を持っていて、これで娘二人をひっぱたくから、「杖折檻」である。

杖を振り上げた覚寿に、立田は「苅屋姫はもう他家の娘なのだから、お母様に叱る権利はない」と言うが、覚寿はそんなことを受け付けない。

《コリャ立田おりゃ他人には折檻せぬ。養子にやった丞相殿はおれが為には甥のとの（殿）。子にやった姫は甥孫《おいまご》。親も赦《ゆる》さぬ徒《いたずら》して。大事の〳〵甥の殿流され給うは誰《たれ》がわざ。憎うて〳〵コレ此杖折れる程たゝかねば丞相殿へ云訳《いいわけ》立ぬ。》

覚寿が問題にするのは《云訳立ぬ》である。「罪に落とされた菅丞相へどう言い訳をすればいいのか」という困惑を中心にして、「自分の生んだ娘だから自分にも責任がある。許せない」と、「誰の娘でも、そんなことをして迷惑をかけたことが許せない」が入り混っている。覚寿は、「体面を気にする頑固な旧家の女主人」なのである。菅丞相が「赦す」と言わなければ、覚寿は苦悩したまままである。だからここへ、問題解決の一声が隣の部屋から発せられるのだ。

《産《うみ》の親の打擲《ちょうちゃく》は養い親へ立《たつ》る義理。養い親の慈悲心は産の親へ立る義理。あまき詞も打擲も。子に迷うたる親心。逢《おう》てやろ》と、菅丞相は言うのである。

「実母の覚寿が怒るのは、苅屋姫の養父となった菅丞相への義理。私菅丞相が苅屋姫を許すのは、実母覚寿への義理。怒るのも許すのも、子供のために混乱する親心だから仕方がない」というのは、「義理・人情」の論理だが、どこかが微妙におかしい。しかし体面を気にする覚寿も、実は苅屋姫を愛しているから、菅丞相が「分かった」と言ってしまえば、問題は解決である。それで隣室との境の襖を開ける――が、そこには誰もいない。菅丞相の彫った木像だけがある。「心を込めた木像が口をきいた」という奇蹟である。だから、先に言ったこともへんに甘い。「木像でも菅丞相は口をきいてくれた。よかった、よかった」にはなるが、それで苅屋姫が「お父様、申し訳ありません」と言うわけでもない。ただ、「会えた、よかった」で、「奇蹟を起こすほどの神性を持たれた菅丞相は、木像となって許して下された」ですませてしまう。覚寿は、どこかで甘いのである。「自分に責任がある」と思えば娘二人に杖を振り上げ、「許された」と思うと、なにも追及しなくなる――そういう旧家の後室様を「いやなババアだ」と思う人間だっているはずである。そう思う人間が登場して、次の「東天紅」へと展開して行く。登場するのは、宿禰太郎を連れた父親の土師の兵衛である。

土師の兵衛の家は、河内の郡領である覚寿の家より、家格が低い。息子を婿入りさせた兵衛と覚寿は、昔の言い方をすれば「相舅《あいやけ》同士」の関係になる。覚寿はその対等感覚で兵衛に対するが、兵衛からすれば「えらそうなババアが一段低く見下したような言い方」にもなる。旧家の威圧に対する土着勢力の反発である。この反発が、「新興勢力になってやる!」というエネルギーになる。覚寿は、「菅丞相が言えばなんでもOK」状態になっているが、菅丞相は落ち目である。これを好機とする土師の兵衛は「息子の出世」のために都の時平と結び、菅丞相の暗殺を計画するのである。

夜明けの鶏が鳴けば、輝国が迎えに来て、菅丞相は出発する。その前に偽迎えを出して菅丞相をさらってしまう計画を立てた兵衛に対して、宿禰太郎は「どうしてそんなことが出来るよ、親父殿?」と言って、ここから話が具体的になる。「鶏が鳴けば本当の迎えが来る――だから、その前に別の鶏を鳴かせて、これに合わせて偽迎えを出せばいい」である。

そうして、庭に出た兵衛と太郎は鶏を持ち出す——「この鶏なら早く鳴く」である。太い竹棹に熱湯を入れてふさぎ、その上に鶏をとまらせると、足先で温度の変化を感じた鶏は「朝が来たか」と勘違いしてさっさと鳴く——という妙に科学的な説明を兵衛はするのだが、これを立田が立ち聞きしていた。「やばい」と思う兵衛と太郎は、「殺《や》っちまえ」である。

立ち聞きしていた立田も、さっさとこの悪企みを人に告げてしまえば殺されずにすんだのだが、それが出来ない。《なむ三宝《さんぼう》一大事。先へ廻って母様へおしらせ申てイヤそうしては。イヤいわいでは又こちらが。いうてはあちらがこちらがと。心迷いし》という混乱状態になって、「ともかく夫に話すのが第一。話せば分かる」と結論付ける。夫が「よからぬ人」の顔を持っていることを知ってはいても、妻にはそれが認められない——というところが、なんともリアルなのである。

旧家の跡取り娘の立田は、しっかりはしていても、土着の人間のどす黒い嫉妬なんかを理解出来ない——そこがセレブの難点で、土師の兵衛側としては、「バカめ」と言いたいところなのである。だから、立田は殺されてしまう。木像の奇蹟と夜の中の殺人で、河内の土師の里に、土着の闇は一挙に濃くなる。

夫に殺された立田の死骸は、舅の指示で池に落とされる。証拠隠滅のためではない。立田の死骸は水に沈み、土師の兵衛は鶏を、入れて来た挟箱《はさみばこ》の蓋に載せ、池の上に浮かべる。「水死人があって死体の場所が不明の時は、鶏を舟に乗せて水に浮かべればいい。鶏は死体のある場所に来たら鳴く」という、土着の伝承が利用されるのである。もう「竹棹に熱湯を入れて——」の処置は必要ない。立田は池に落とされる、《投込《なげこむ》死骸は紅の。血汐に染る池迄も。立田が名をや流すらん。》と語られる。秋になると水面が紅に染まる紅葉の名所龍田川がきかせてある（江戸時代の人間にとって、立田川も龍田川も同じである）――ということは、登場したその時から、「立田」と名をつけられた女の運命は定まっていたということである。果して、池に浮かべられた鶏は、夜明けのずっと以前に鳴く。鶏の鳴き声を「東天紅」と言うから、このシーンは「東天紅の段」で、その先が「丞相名残の段」となる。

鶏は鳴き、偽の迎えは現れ、騙されて菅丞相は出発し、その後に立田の死骸が池から発見される。「犯人は誰だ！」ということになり、悲鳴を上げる立田を黙らせるために突っ込まれていた宿禰太郎の襦袢《じゅばん》の端が立田の死骸の口から発見されて、真相を察した覚寿は、宿禰太郎を殺す。そこへやって来るのが輝国である。「え!?　丞相はもうご出発になりましたが」と覚寿がうろたえるところへ、先程の偽迎えが戻って来る――「ふざけんなよ、お前が渡した菅丞相は、人間じゃなくて木像じゃねェか」と言う。「木像の奇蹟」はまた現れて、土師の兵衛の計画は破綻。兵衛は輝国に捕えられて首を打たれ、本物の菅丞相は無事旅立って行く――と言っても、筑紫へ流されるのだけれど。

鶏は鳴いても、まだ明けの光は訪れず、辺りは暗い。出発の菅丞相と苅屋姫は、覚寿の計いでそっと別れの対面をするのだが、これは「めでたし、めでたし」なんかじゃ全然ない。暗い河内の土師の里に、娘と婿とその父親の死骸が転がって、後に残るのは、苅屋姫と覚寿ばかりである。私にはこの場が「哀切極りない菅丞相とその娘の別れ」を描くものとは思えない。水の中に沈められて「立田川の紅葉の錦」と言われてしまう立田と、宿禰太郎を刺し殺す覚寿のすごさ――なにしろ、苅屋姫の目の前で太郎を刺し殺した覚寿は、「輝国様のご到着」と聞くと、《心得ぬ事ながら此方《いかた》へ通しませい。かりや姫は奥へ行きや。こいつはまちっと苦痛をさすと。刀を其儘《まゝ》骸《からだ》押し退《のけ》出向えば》（傍点筆者）である。

《こいつはまちっと苦痛をさす》で放っとかれた太郎の姿を見て、戻って来た偽迎えの中にいる親の兵衛はうろたえる。

《コリャ躮《せがれ》。此深手はどいつが所為《しわざ》。相手をしらせと気をせいたり。》

《のう兵衛殿相手は 姑《しゅうとめ》ア、わしが手にかけた。》

《ヤァ聟《むこ》を手にかけ落付き自慢。何科《とが》有って身が躮を》

《ヤァとぼけさしゃんな婭《あいやけ》 殿。そいつが立田を殺した時。こなたも手伝い仕《し》やろがの。》

覚寿の怒りはもっともなのだが、それと同時に、瀕死の息子の姿を見せられる土師の兵衛の哀れさも浮かび上がる。一族を率いる男女それぞれの頼りない孤独があって、それが河内の土師の里の暗い暁に取り残されるのである。《夜は明けたれど心の闇路。照すは法《のり》の御ちかい。道明《みちあき》らけき寺の名も。道明寺とて今も猶――》と続いて行く段切れの文章はかなり重い。この場のテーマは、私にとって、「滅び行く旧家の悲劇」以外のなにものでもないのだけれど。

10

第三（三段目）の幕明きとなるのは、有名な「車曳《くるまびき》」である。歌舞伎に移されたこの場は、日本伝統芸能の様式美を代表するような一場となった。「様式美」だから、理屈はいらない。見るだけで分かる。一目瞭然で「すごいことやってる」と圧倒されてしまうから、「見るだけでは分からないことがある」というのが、見過ごされてしまう。それは、三人兄弟の性格と、これがその後の「佐太村」へと直接続く物語性を有していることである。

第一の「加茂堤」でも言ったように、梅王丸は、「自分は三人兄弟の長男だ」と自負していて、上昇志向がちょっぴり匂う「体制的な人物」である。「体制的」というのは、彼が仕える菅丞相が健在だった頃を前提にしてのことだが、その「体制」が失われるとどうなるのか？　ただ迷うのである。

これまで「無実の罪に落とされた菅丞相」ばかりが問題にされていたが、残された家族だって大変なのである。第一の「筆法伝授」の幕切れで武部源蔵夫婦に菅秀才を預けた梅王丸は、その時に菅秀才から《館《やかた》の父君母君を頼むぞ》と言われ、《心得た》と請け合っていたのだが、この《母君》の御台所はいつの間にか行方不明になっている。梅王丸も失職中である。それで、「車曳」の段は《鳥の子の巣に放れ魚陸《うおくが》に上るとは。浪人の身の喩種《たとえぐさ》。菅丞相の舎人《とねり》梅王丸。主君流罪《るざい》なされてより都の事共取り賄《まかな》い。御台《みだい》のお行衛《ゆくえ》尋んと笠ふか〳〵と深緑。》と始まる。「加茂堤」の一月後である。

梅王丸は都をうろうろしていて、吉田神社の近くで桜丸と会う。安井の浜から斎世親王を連れて都へ戻った桜丸も、浪人中である。なにしろ、事件のきっかけを作ったのは、斎世親王と苅屋姫の仲を取り持った桜丸で、斎世親王だって桜丸をそのままにしておくわけにはいかない。《斎世の宮様は法皇の御所へ供奉《ぐぶ》し奉り事治りしと云ながら。納《おさま》らぬは我身の上。》である。斎世親王の方は父法皇の庇護があるからいいけれども、桜丸への庇護はない。すべての原因は我が身の軽はずみな行為から出たことと理解している桜丸は、《きょう（けふ）や切腹。あすや命を捨うかと。》思い詰めてはいるのだが、《佐太におわする一人の親人《おやびと》。今年七十の賀を祝い。兄弟三人嫁三人。並べて見ると当春より悦びいさみおわするに。我一人欠るならば不忠の上に不孝の罪。》という理由があるので、その覚悟を先送りにしている。

次の場の「佐太村」で桜丸は切腹し、そうなることはもうここで明言されているのだが、作劇の巧みで、それが一時、観客から忘れられてしまう。この後に「どうしたらいいか分からない梅王丸の愚痴」があり、更には派手な喧嘩騒ぎがあるから、桜丸の覚悟があまり切迫して響かない――そうなるように作られているのである。

梅王丸はこう言う――《我とても主君流罪に逢給う上は。都に留まる筈なけれど。御館没落以後御台様のお行衛しれず。先《ま》ず此方《こなた》を尋うか筑紫の配所《はいしょ》へ行うかと。取っつ置いつ心ははやれど。其方がいうごとく。年寄った親人の七十の賀の祝いも此月。是も心にかゝる故《ゆえ》思わず延引《えんいん》。》

桜丸は「決断した行為」を延引しているのだが、梅王丸は「どうしようか」の選択を延引しているのである。微妙な差だが、この違いは大きい。

今となっては見過ごされたやすく忘れられてしまう「人形浄瑠璃を貫く価値観」というものがある。もちろん、当時の観客はこれを受け入れるのだが、その最大のものは、「きっぱりと決断出来ない人間はだめだ」である。ぐずぐずしているのはバカで、人は、きっぱりと決断すべき時にはさっさと決断していなければだめなのである――この前提があって、その先にもっと重要な「心構え」がある。それは、「バカはだめ」である。

きちんとした結論を出すのに必要なのは、情報収集とその分析である。江戸時代で情報収集などということは簡単じゃない。伝聞と噂話だけで、この確認が容易には出来ない。だから、情報分析の方が重要で、自分に関わりのある人物の情報であればこそ、その断片を耳にしただけで「核心」にピンとこなければならない――つまり「人に聡《さと》い」のである。

「人間一般に関する知識」ではない。自分と関わりのある個々人に関して、「あの人はこういう人だ」という把握がそれぞれにあって、そこに「人間一般に関する知識」の裏打ちがある――こういうことが、「人に聡い」なのである。「情報」という、どこから飛んで来るのか分からない「自分とは直接関わりのない人のありよう」を伝えるものとは、ほとんど無関係に生きている――そういう情報量の少ない社会で生きるには、自分が直接間接に関わりを持つ人の「ありよう」を把握しておかなければならない。それをしなければ、自分の生きている社会は、壊れるかもしれないのである。だから、情報分析が重要になり、「自分が経験したこと」を洗い直して、情報分析が可能になるデータベース化しておかなければならない。これが出来るのが「バカじゃない」で、出来なければすなわち「バカ」なのである。

バカじゃ困るから賢くなれ――これを観客に言い続けるのが、江戸時代の人形浄瑠璃である。だから、深い。『仮名手本忠臣蔵』の大星由良助と加古川本蔵は、山科と鎌倉に離れて住んでいても、「相手はきっとこう考えるはず――こう考えるべきはず。そうでなければまともじゃない」という分析判断をしている。その結果、「なんでもお見通しの超人的人物」になっているが、江戸時代人にとっては、これが「立派な人物」で、「人に関するスタンダード」なのである。だから、市井の名もない庶民だって、これをやる。状況分析の出来ない人間は、ドラマの主役にはなれないのだ。『義経千本桜』のいがみの権太がそうで、後の寺子屋の場の松王丸や、佐太村の白大夫《しらたゆう》も同じなのだ。

分かるべきことをきちんと分かっていなければ、いかなる判断も下せない。重要なのは、「決断を下す」の前にある、「明確なる状況認識と分析」なのだ。江戸時代の優れた人形浄瑠璃のドラマは、すべてこのことを踏まえている。だから、回りくどくてややこしいものになる。「明確な状況認識があれば、事態は必ず打開される」というのは幻想で、そうだったら、頭のいいサラリーマンは会社を変革出来ているのである。明確な状況認識があったって、事態は打開されない——これは、封建的な江戸時代管理社会でも、現代管理社会でも、同じである。

だからと言って、「明確なる状況認識」を放棄してもいいという理由にはならない。だから、「明確なる状況認識」をして分析し、その後に「覚悟」が訪れる。明確なる状況認識をして、その結論が「こりゃだめだ……」になっても、自分を包んでいる状況が動いている限り、なんらかの「覚悟」をしなければならないのである。状況認識の結果、「こりゃだめだ」をひそかに理解した人は、だからこそ、孤独の内に覚悟を決める。情報が流れない社会は、個人の認識だって、そう簡単に流通しやしないのだ。だから、人形浄瑠璃での悲劇は、突然かつ唐突にやって来る。十分な認識の結果、ある結論に達した人物は、「自分が理解してしまった決断へと至る肚《はら》の内」を、決して人に語らないからだ。だから、人形浄瑠璃の悲劇は、周囲の人間にとって、いつも「突然やって来る」になる。もちろん、観客だって「周囲の人間」の一人である。

それは、当事者にとっては、「かねて覚悟の上」である。覚悟はしてもどうにもならないから秘され、周囲の人間にとって、「悲劇は突然現れる」になる。「悲劇」は顕われ、そうなって当事者は、やっと周囲の人間に、自分の把握した悲劇状況を説明することが出来る。だからこそ、持って回ってややこしい。そして、そこからある一つの難点さえ生まれる。唐突に現れ出た悲劇の状況を当事者が説明しても、それがあまりにも唐突だから、周囲の人間――つまり観客の中には、この経緯が呑み込めない人間が出て来る。そうして、「重要なのは、まず決断、覚悟をすること――そうすれば、説明は後からついて来る（はず）」という短絡をしてしまうのだ。江戸時代が終わり、近代になる――近代になって軍国主義の総力戦へ日本が進んでしまうのは、この江戸時代に用意された、「決断すべきものは、つべこべ言わずにさっさと決断されなければだめだ」が、短絡して受け継がれた結果だろうと、私は思っている。そういうメンタリティがなければ、あんなに極端な方向へは行かない。

江戸時代の人形浄瑠璃の主人公達は、「きっぱりとした決断」をする前に、「考える人」になっていたのである。明確な状況分析をし、そして、「本当にこれで正しいのか？」と、進展する状況の中で分析判断を繰り返し、その、人からは「持って回った」と言われる思考の経緯を、一人で持ち堪えていたのである。それが「智力」というもので、「これがなければだめだ」ということが理解されていたから、「バカはだめ」という明快な判断があるのである。そういうモノサシがあるから、それで私は、「自分の決断した行為を〝事情〟によって延引している桜丸はいいが、すべき選択を先送りにして、桜丸の言った〝事情〟にのっかって、自分の認識の中途半端さを正当化している梅王丸はだめ」と言うのである。

話は、本筋に戻る――。

11

桜丸と梅王丸が《親人》である白大夫の《七十の賀の祝い》の話をしていると、貴人の行列の先払いをする人間がやって来て、二人に「邪魔だからどけ」と言う。追っ払われる二人が、「誰の行列なんだ？」と問えば、「時平公の行列」である。それで梅王丸は、《何と聞たか桜丸。斎世の宮菅丞相を憂目《うきめ》にあわせし時平の大臣《おとど》。存分いおうじゃ有るまいか》と、桜丸に持ちかける。桜丸は《成る程〳〵。》と答えて、二人は、時平が乗り、松王丸が牛を扱う車を進める行列に立ち向かい、暴力沙汰を仕掛ける（存分言う）ことになるのだが、これの提案者は、歴然と梅王丸なのである。「車曳」から「佐太村」まで、親や兄弟達の中にある「深刻な状況」を理解しないでドラマを引っ張って行ってしまうのが梅王丸だというのは、とても重要である――後の日本近代の悲劇を先取りするようで。

梅王丸と桜丸は、時平の行列を止めようとして飛び出す。そこへ出て来るのが松王丸で、彼の言う科白も微妙である。《ム、聞えた。主《しゅう》に離《はなれ》扶持に離れ。気が違うての狼藉か。但しは又此車時平公と知ってとめたかしらいでとめたか。返答次第兄弟とて用捨《ようしゃ》はせぬ》で、「この異常事態の原因はなんだ？」と、彼は見定めようとしている――と同時に、兄弟に「冷静になれ」と呼びかけているようにも見える。加茂堤での描写でも明らかなように、松王丸はあまり突出したがらない現実的な人間で、親思いで兄弟思いなのである。もちろん、そういう彼は時平に仕える人間だから、自分の職務のありように従って梅王丸、桜丸と争い、彼の悲劇を明確にして行くことになるのだが。

『菅原伝授手習鑑』は、菅原道真の絶対善と藤原時平の絶対悪の対立抗争を主題とするもので、この二人の善悪は揺るがない。時平が絶対の悪なら、道真は絶対の善である。そういう構図の中で、三つ子の兄弟の一人の松王丸だけが時平方になる。だから、「悪に仕えていいのか」ということになり、松王丸は菅原道真一家を救うために、自分の子供を見殺しにすることになる。

「主人が善であれ、悪であれ、主人に仕えることは、人が最優先しなければならない義務である」とする江戸時代の道徳があり、その一方で、「道真＝絶対善」という前提がある。「そのギャップの中でお前はどうするか？」というのが松王丸に課せられた問いで、結局松王丸は、「一家が恩を受けた菅原道真の善に従って子供を殺す」という選択をする。どこかすっきりとしない話なのだが、やっぱりこれは名作である。「名作」というのは、その悲劇に追い込まれてしまった松王丸一家のありようが、過不足なく表現されている、寺子屋の場の描写力によってである。そこはすごいのだが、微妙ですっきりしない靄がかかるのは、「松王丸はなぜ悲劇へ追い込まれるのか？」という、「寺子屋」へ至る前なのである。

「なぜ松王丸は、〝子供を殺す〟という悲劇へ追い込まれたのか？　自分から進んで入って行ったのか？」――問題は、これが十分に説明されているかどうかである。「なにかによってそこへ追いやられた」という説明がないと、「自分から進んで無茶の中に飛び込むことを、絶対の善に殉ずる忠義・奉公と言う」という、全体主義肯定のプロパガンダになってしまう。果して松王丸は、誰かに悲劇へ追いやられたのか？　自分から進んで悲劇へ突進して行ったのか？　松王丸を追いやった「誰か」がいれば、その「誰か」との関係は、十分に悲劇の因となりうるのだが、そんな「誰か」はいるのか？

いる。それがあまりにも自然に存在しているから「悲劇」とは感じられず、それを「悲劇」として感じさせないように作られているから、『菅原伝授手習鑑』という作品は、ハラハラするようなドラマとしての厚みを持つのである。では、その「真犯人」は誰なのか？

松王丸の感じるプレッシャーは、「悪に仕えていいのかよ！」という非難が飛んで来ることなのだが、これは誰から飛んで来るのかということである。「誰からもへったくれもなくて、そういうもんなんだろ」と、「江戸時代の封建道徳とはそんなもんだ」と考える人は思うかもしれないが、これをする犯人は、ちゃんといるのである。誰かというと、菅丞相に仕え、その主人を失った結果、「自分はどうすればいいのか」という選択を先送りにするような迷い方をしている、善なる旧体制派の梅王丸である。「俺こそは長男だ」と考えている梅王丸にこういう役割を与えるのは、すごい。『菅原伝授手習鑑』の作者は、「顔や性格はそれぞれに違うが、あり方としてはイーヴンである三つ子の兄弟」に、そういう性格設定をしているのである。考えてみればこれは、「民主主義だっていびつだぞ」の先取りでもある。

「車曳」の場は、三つ子に絶対悪の時平までも加わる派手なアクションシーンだから、「誰が悪い」ということはない。すごいことに、この場では、時平さえもそう「悪く」はない。

梅王丸と桜丸が乱入し、松王丸がこれを止める。行列の先頭がうるさいから、時平は車から姿を現すが、さすがに「絶対悪」で、半分化け物になりかかっている時平だから、その現れ方もすごい。

《車の内ゆるぐと見えしが。御簾《みす》も飾《かざり》も踏折《ふみおり》〳〵踏破り。顕れ出たる時平の大臣。金巾子《きんこじ》の冠《かむり》を着《ちゃく》し天子にかわらぬ其粧《よそおい》。赫ゝ《かく〳〵》たる面色《めんしょく》にて。ヤァ牛扶持《うしぶち》くらう青蠅《あおばい》めら。轅《ながえ》にとまって邪魔ひろがば。轍《わだち》にかけて敷き殺せ。》

時平は、怪力マッチョである。騒ぎに反応して、車の中でじっとしていることが出来ない。それで、自分から車をぶち壊して出て来る。そんな時平にとって、乱入した牛飼舎人の梅王丸と桜丸は、車の轅（牛をつなぐ棒）に止まる蠅同然である。だから、「さっさと叩き殺せ」にもなるが、それがまた「放っとけ」にもなってしまう。

時平が現れ、梅王丸と桜丸は、この車を引っくり返そうとする。松王丸はこれを止めて、「わっしょい！　わっしょい！」の《祭の御《み》輿《こし》にことならず。》になるのだが、すごいのは、これに乗っている時平である。《時平は上より金剛力《こんごうりき》。どうど踏んだる其響《ひびき》。車も心木《しんぎ》もこな微塵《みじん》。》と、車を踏んづけて壊してしまう。梅王丸と桜丸は時平に打ってかかるが、二人を《青蠅》としか思わない時平は、二人を睨みつけ、壊れた車を振り返りもせず、悠々と吉田神社の中へ歩いて入って行く。貴人はこんなことをしないもので、時平がいやなやつなら、半壊状態の車の上で「新しい車を持って来い！」と言うはずである。

睨まれた二人は《五躰《たい》すくんで働ず無念。〳〵と計《ばか》り也。》で、これを見た松王丸は、《何と我君の御威勢見たか。此上に手《て》向《むか》いすると御目通りで一と討と。刀の柄《つか》に手をかくれば》なのだが、時平は《ヤア松王待て〳〵と。車より飛んでおり。金巾子の冠を着すれば天子同然。大政《だいじょう》大臣と成って天下の政《まつりごと》を取り行う時平が。眼前血をあえす（流す）は社参の穢《けがれ》。助けにくいやつなれ共下郎に似《に》合《あわ》ぬ松王が働《はたらき》。忠義に免じて助けてくれる。ハレ命冥加《みょうが》ならず虫めらと辺《あたり》を。睨《にらん》ですゝみ行く。》である。

《青蠅》は《蛆虫《うずむし》》にランク落ちだが、梅王丸と桜丸は、松王丸の忠義によって命を助けられる。時平が命を助けるのは、「私は施政者だから、それなりのことをする」である。梅王丸には不満だろうが、今や時平が「体制そのもの」になっている。だから、その体制につながる松王丸は、《よい兄弟を持て両人共に仕合者《しあわせ》。命を拾うた有がたいかたじけないと三拝せよ》と、兄弟に言う。言われて梅王丸と桜丸がカッとなるのは当然だが、しかし松王丸は「俺を拝め」と言っているわけではない。この方向は「命を助けてくれた施政者を拝め」である。ここで、松王丸が梅王丸と桜丸をバカにしているのかどうかは分からない。

時平の手前、兄弟の命を助けようとして、あえて悪人めいた口のきき方をしているのかもしれない。「時代が変わったことを、少し冷静に受け止めろ」と言っているのかもしれない。まァ、喧嘩で頭に血が上っているシチュエイションだから、松王丸も平気で荒っぽい口をきくのかもしれないが、はっきりしているのは、ここで時平が、「なんで俺がお前達のありように関与しなけりゃならん？」とばかりに、さっさと姿を消してしまうことである。

梅王丸と桜丸の怒りは時平へ向けられていたはずなのだが、それが一方的にかわされて、松王丸へ向けられてしまう。憎悪の種は、《互に残す意趣意恨《いしゅいこん》(遺恨)》で、三つ子兄弟の内に留められてしまうのだ。

次の「佐太村」で、桜丸は「切腹」という自身の決断に専念するから、兄弟の争いには関与しない。争いは松王丸と梅王丸の間に留められて、二人は激しく罵り合い、またしてもの乱闘騒ぎになる。そしてそうなれば、当然、松王丸の方が分《ぶ》が悪いのである。

佐太村に住む三つ子の父親白大夫は、菅丞相の恩顧にあずかっている。松王丸が時平のところへ就職したのも菅丞相の斡旋によるものだから、白大夫一家は、全体として菅丞相側なのである。そこで松王丸と梅王丸が争えば、松王丸は「善に抗する悪者」に見えてしまう――松王丸が仕える時平は、歴然たる「悪」でもある。しかし、一家内で起こる兄弟の争いの因となったものがなにかと言えば、どうしたらいいか分からなくてイライラしていた梅王丸が、無謀にも、時平の行列に対して争いを仕掛けたことである。梅王丸の演技を荒事で処理する歌舞伎は、この梅王丸のあり方を全面的に支持して、彼への批判を「なにが悪い」とはね返してしまうが、緻密な本文を持つ人形浄瑠璃は、そう単純に考えない。梅王丸がどのような状態にあるかを、明確に指摘する——それが「車曳」の冒頭にある《鳥の子の巣に放れ魚陸に上るとは。浪人の身の喩種。》である。

浄瑠璃作者は、梅王丸と桜丸を、明確に《浪人》と規定しているのである。だから松王丸も、《主に離扶持に離れ。気が違うての狼藉か。》と言う。松王丸は一貫して、梅王丸が荒れているのは彼が「失職中だから」と理解している。今の観客にこのことはピンとこないかもしれないが、江戸時代の観客は、「失職中の落ち着かなさ」を理解していたはずなのである。でなければ「佐太村」の松王丸だって、梅王丸に対して《扶持放され（浪人）》を連発しない。松王丸、梅王丸兄弟の争いは、現実主義者の松王丸にとって、「失職中の梅王丸の欲求不満が原因」なのである。しかし、梅王丸にとって、これは違う。

菅丞相に仕えていた梅王丸は、どうしていいのか分からないのだ。このことは、父親の白大夫から指摘されることにもなるのだが、どうしていいか分からない梅王丸は、「正義」であることに過剰になる——つまり「欲求不満の正義」なのである。だから、梅王丸にとっての松王丸は、「時平に仕える男」で「時平そのもの」ともなる——時平自身は、「お前等のことなんか関知しない」として、自分から車を壊し、梅王丸や桜丸の前からさっさと去ってしまうにもかかわらず。そして、そういう時平による無視《シカト》の屈辱が、松王丸に対する怒りを倍加させる。「自分は正義の側にいる」

と過剰に思い込まなければいけない梅王丸は、現実主義者の松王丸を、「正義」で裁こうとするのである。これが、松王丸の悲劇の因である。

梅王丸が仕える「絶対善」の道真は、「何とて松のつれなかるらん――つれないはずはない」として、松王丸の立場を容認している。考えようによってはこの歌も、松王丸に「お前はつれないはずはない――だから、私のためになにかしろ」と、何事かを強制しているようにも思えるのだが、松王丸はそう考えない。松王丸は、「菅丞相は私を許していて下さる」と考える。そうでなければ、菅丞相が「絶対善」になるはずはなく、だからこそ第四（四段目）の寺子屋で、松王丸は《菅丞相には我性根《しょうね》を見込給い。何とて松のつれなかろうぞとの御歌を松はつれないつれないと。世上の口にかゝる悔しさ。》と嘆くのである。

本来なら「松がつれないはずはない」であるものを《松はつれない》と囃し立てる《世上の口》とは、何者達なのか？　それは、梅王丸と争う佐太村の松王丸を否定的に見る、観客である――その観客を味方につけた「欲求不満の正義」である梅王丸である。浄瑠璃作者は、佐太村の一家から排除されてしまう松王丸を、当然のこととして書いている。それを当然のこととして、後の寺子屋になって引っくり返す――これをすごい言い方で言い直せば、「〝全体主義に加担する者は、全体主義に加担していることを自覚していない〟ということを、やんわりとあぶり出す」である。松王丸は、「正義に過剰になった者から放逐される個」なのである。

近代の軍国主義の時代に、『菅原伝授手習鑑』は堂々たる「名作」だった。人は、そこにある「忠義」と「悲劇」を疑わなかったが、この「忠義」と「悲劇」を連結させるものがなにかは、あまり考えなかっただろう。この作品の中には、「全体主義を成り立たせる要素となりかねない、正義に過剰反応をする身内」というものも、ちゃんと、しかもさりげなく描出されているのである。

12

「車曳」に続くのは、佐太村に住む三つ子の親白大夫を中心とするホームドラマを描く佐太村の場である。元の名を「四郎九郎《しろくろう》」とする彼は、七十歳になった今年の春に、菅丞相から《産《うまれ》月産れ日。産れ出た刻限違えず七十の賀を祝え。其日から名も改《かえ》》と言われて、白大夫と名乗ることになった。昔の人は数え年だから、年の初めに一斉に年を取るが、「誕生日」という発想がないわけではない。ちなみにこの時期は、春の終わった「四月以降の夏」である。「車曳」の冒頭で《笠ふか〳〵と深緑。》とあるのもこのことを示すが、「車曳」の場では舞台に梅の花が咲いていて、この場では梅と桜の花が一緒に咲いている。舞台を見ている限りでは「春」の景色だが、『義経千本桜』に満開の桜が登場するのと同じで、これは季節を無視した演出である。

ついでに言ってしまえば、七十歳になった白大夫の子供達は、全員前髪立ちの三つ子である。しかし、十代か、行っても精々二十歳そこそこだと思われる三人は、全員が妻帯者である。桜丸の妻の八重は「振袖の娘」だが、梅王丸の妻の春や、松王丸の妻の千代は、「年増」に足を踏み入れていて、千代にいたっては《八つや九つ》と言われる息子——小太郎までいる。「この三つ子は、白大夫がいくつの時の子なんだ？　三人を産んだ白大夫の女房は出て来ないが、ずいぶんな高齢出産で死にでもしたか？」などと余分なことまで考えて、「この三つ子は、本当に二十歳前後の少年なのか？」という疑問も生まれてしまうが、あまり突っ込んで考える必要はない。これは、彼等の職業に関わるのである。

梅王丸・松王丸・桜丸は、「牛飼の舎人」ということになっているが、これを平安時代風に言えば「牛飼童《わらわ》」である。フランス語の「少年《ギャルソン》＝給仕《ギャルソン》」と同じで、「牛飼童」も「童《ギャルソン》」なのである。「中年のギャルソン」がいるように、この三つ子も「若かろうと若くなかろうと前髪立ちの「童《ギャルソン》」だから、実年齢は「二十五、六」と思ってもいいだろう。白大夫が《生ぬるこい桜丸が顔付き。理屈めいた梅王が人相。見るからどうやら根性の悪るそうな松王が面構《つらがまえ》。》と言うがごとく、顔が違うから年齢も違って見えるのであるが、桜丸が一番若く見えて、松王丸が老けて見える。そして梅王丸は《理屈めいた》なのである――下手に「考える」をするのも、不幸のもとである。

というわけで、今日はその「賀の祝」の当日である。白大夫は、嬉しくて仕方がない。独り暮らしの彼の所へ、三人の息子とその嫁達がやって来る。日はうららかで、近所の家に配り物もした。もちろん、白大夫は三つ子の兄弟が吉田神社の前で大喧嘩をしたことも知っている――が、当人達からまだ事情を聞いていない以上、「それはそれとして」である。佐太村で「菅丞相家の別荘番」みたいな存在になっていた白大夫の家の庭には、松・梅・桜の菅丞相の《御愛樹》三本が植えてあって、白大夫はこの世話をしている。菅丞相は流罪だが、三つ子の親の白大夫は《三つ子産《うむ》と扶持下さる。》――しかも、菅丞相の私的な計らいではなく、朝廷経由の公的な手続きによることだから、菅丞相の没落以後も安泰なのである。そういう白大夫の家だから、この場の幕明きは、今までとはうって変わった、平和で穏やかな農村風景である。

穏やかな春――ではない初夏の日差しの中で、白大夫は子供達がやって来るのを待っている。そこに「堤端《つつみばた》の十作」という近所の百姓が、野良仕事を終えてやって来る。「四郎九郎、いるかい？　今日はなんかめでたい祝い事があるんだってな？　ウチの嬶《かかあ》が、〝小さくて食った気がしない餅を七つ入れただけの、でっかい重箱持って来た〟って言ってたぞ」と言う。十作に「なんの祝いだ？」と問われて、白大夫は、先に述べたようなことを説明し、「菅丞相が災難に遭われたから、村内への披露もこぢんまりとやった」と言う。そして、「俺は今日から〝白大夫〟だから、〝四郎九郎〟とは呼ばないでくれ」と言うと、十作は「改名披露なら、賀の祝とは別に酒持って来いよ」と言う。白大夫は、「だから――」と言って、「こぢんまりさせなきゃいけないんで、改名披露分の酒は、餅の上に茶筅《ちゃせん》でふりかけた」と釈明をする――ここから、佐太村の冒頭を「茶筅酒の段」とも言うのだが、白大夫は、そういう人物なのである。

　どういう人物か？　「普通のジーさん」である。菅丞相とその一家の不幸に心を痛めてはいる。しかし、自分の暮らしは変わらずに安泰なので、そういう面倒なことにはあまり深入りをしない。「菅丞相は〝白大夫と名乗れ〟と言った」と十作に説明するにしても、《伊勢の御師《おし》か何ぞの様に白大夫とお付けなされた。》と言う。《伊勢の御師》は、伊勢神宮に所属する下級の神職で、「ありがたくもあり俗っぽくもあり」というニュアンスがあるから、「なんだかへんな名前を下さった」にもなる。俗にしてインテリではない――であればこそ、自分の息子の一人を《理屈めいた》とも言ってしまう善なる老農夫は、絶対善のえらい人に対してもかしこまらない、自由人なのである。だから、近所への配り物をするのにも、本当に「自粛してこぢんまり」なのか、「自粛をいいことにするケチ」なのかは、分からないのである。そのように、梅王丸の信奉する「善」と、白大夫の体現する「善」は、微妙に違う。であればこそ「茶筅酒の段」は、ほのぼのとして、善人の体臭が漂うようなホームドラマになる。

十作との話の途中に、桜丸の女房の八重がやって来る。八重は、「遅くなっちゃいけないと思って、船に乗っちゃった」と、明るく言う。佐太村は淀川沿いだから、八重の言うことは、「遅くなったら困るなと思って電車待ってたら、ちょうど特急が来たんで乗っちゃった」でもある。八重が来たので、十作は「お客みたいだから帰るわ」で去る。入れ代わって、梅王丸の妻の春と、松王丸の妻の千代が連れ立ってやって来る。「あら、八重さん来てたの？　待ってたのに、どうして寄ってくれなかったのよ」と春がいい、「でもいいわ、途中で千代さんと会って、一緒に野草摘んでたから」と続けると、千代も言葉少なに、「本当に春さんに会ってよかったわ」と言う。ここら辺の女三人のあり方は、後の息子達のあり方と対応するものなのだが、そんなことはまァどうでもよくて、嫁達は三人揃って祝い膳の仕度を始める。白大夫はのんきに昼寝をして、目を覚ますと食事の用意が出来ている――ここら辺は、細かい日常描写の積み上げで、近代小説の原型はもうここに完成している。

目を覚ました白大夫は、三人の嫁に「吉田神社での喧嘩の様子」を尋ねるが、女房達は口を合わせて、「大したことではない」としてしまう。その場で口を合わせられるのだから、「三つ子の不仲」はまだそう深刻になってはいない――少くとも妻達にとっては。しかし白大夫は若干心配である――にもかかわらず、「言わなきゃ言わんでいい」にして、息子達がやって来ないのに、自分一人で食事をすませ、村の氏神様へ参りに行く――「八重はまだ氏神様に行ったことないから、知らないな。一緒に来い」と言って、八重だけを連れて。

ここまでが「茶筅酒の段」で、白大夫を中心にしたなごやかな日常劇である――がしかし、この時既に、白大夫は「桜丸の切腹の意志」を知っている。観客はまだ知らないが、三人の妻達がやって来るずっと以前、桜丸は一人でやって来て「自分の責任」を語り、「自分の出さねばならない結論」を父親に語っているからだ。それを聞いて、それを受け入れて、腹の奥に鈍い痛みを感じ続けている状態で、白大夫は「普段の自分」を演じ続けている。そうしているのは、「喧嘩をした」と言われている兄弟の様子を知らず、状況が明確に理解出来ず、そうである以上、もしかしたら桜丸の「自死」という責任も、回避させてやることが出来るかもしれないと思っているからである。「茶筅酒の段」が、日常的なディテールの積み上げでほのぼのとしたユーモアを漂わせるようになればなるほど、この「佐太村」の持つドラマの重層性が際立つようになっている。

13

白大夫と八重が出掛けると、松王丸がやって来て、それから少しして梅王丸がやって来る。「喧嘩の段」「桜丸切腹の段」と言われる部分である。《時平様の御用有って夫《そ》れ仕《し》廻《まわ》ねばいごかれぬ(うごかれぬ)。》と言う松王丸は、どこかイライラしている。「悪に仕える悪人だから、菅丞相系の一家団欒がいやでイライラしている」と考えたい人は考えればいいが、松王丸は、時平に仕えることがいやなのである。「もう人に仕えたくない」と思っているから、浪人になってしまった桜丸や梅王丸が羨ましいのである。だから、千代に「どうして遅いのよ?」と言われた松王丸は、梅王丸がまだ来ていないことを知って、《ソレ見いな。遅いというおれは主持《しゅうもち》。梅王も桜丸も主なしの扶持放され。用もないわろ達(あいつら)が遅いのがほんのおそいの。》と言う。人を罵る言葉は、そのまま「身動きの出来ない自分」を呪うための言葉である。

そこへ梅王丸がやって来る。桜丸がいないのを見て、《待ち兼《かね》る者はこいで。胸のわるい見とむない頬構《つらがまえ》》と、梅王丸は松王丸に当てつける。苛立つ松王丸は《扶持放され》をテーマにして梅王丸を罵り、梅王丸は松王丸に《心汚れた時平が扶持有がとう思うはな。人でなしの猫畜生。》《畜生〳〵どう畜生。》と言い返し、ここで二人のつかみ合いの喧嘩が始まる。なにかがねじれているのだが、なにがねじれているのかが分かっていれば、喧嘩にはならない。さすがに刀は抜かず、取っ組み合いになった二人は庭へ落ち、植えてあった松・梅・桜の三本の木の内、桜を折ってしまう。そこへ、白大夫と八重が帰って来る。

慌てた梅王丸と松王丸は、親父の手前おとなしくする。菅丞相の御愛樹である桜の木が折れているのを知ったにもかかわらず、白大夫はなにも言わない。ここで「なにか変だ」と感じ始めるのは、八重である。

梅王丸と松王丸は、「お願いがあります」と言って、白大夫にそれぞれ書状を差し出す。白大夫は、「親子の仲で手紙たァなんだ」とばかりに、笑う。なんかへんだ。《春と千代とは夫の心知って居る筈跡先を。知らねば案じる八重一人《ひとり》》である。

松王丸がなにかへんなことを始めて、妻の千代はその事情を知っているだろう。梅王丸に関してだって、春は知っているだろう。でも、八重は夫のことをなにも知らない。「一体、桜丸さんはどうしたんだろう？　なぜまだ来ないんだろう？」と、八重は思う。進行中の状況に未来の状況を重ねるのは、浄瑠璃劇の常套でもあるが、のどかな初夏の日が黄昏に近づいて、「夕暮れになれば花が散る」という風情をここで匂わせるのは、巧みである。「加茂堤」の八重がどんな娘だったかを知る人間にすれば、ここでスポットの当たる八重は、なんとも哀れでいじらしい。

八重のことはとりあえずおいて、二人の手紙である。梅王丸の手紙は、「旅立ちたいから暇をくれ」と書いてある。白大夫は、すぐに「菅丞相の所へ行くんだな」と理解する。《恩をしらねば人《にん》面獣心《めんじゅうしん》というてな。顔は人でも心は畜生。》と、白大夫はかなりきついことを言う。これはもちろん、時平に仕えたままでいる松王丸に当ててのことだが、白大夫は梅王丸にも怒る。「菅丞相の所へ行きたいはいいがよ、お前、御台様の行方は分かったのか？　それを放っといて、なにが〝筑紫に行きたい〟だ。菅丞相のお世話なら、俺でも出来る。お前は、自分の任務を放っぽり出すんじゃない！」と、なにをすればよいのか分からずに迷っていた梅王丸の選択ミスを怒鳴りつける。梅王丸は、「分かりました。すいません」と言うしかない。

松王丸の手紙には「勘当してくれ」と書いてある。白大夫は嘲笑うようにして了承し、松王丸はこのことを《主人へ忠義。推量有っての事成るべし。》と受け入れる。この一言にとんでもなく深い意味と幅はあるのだが、ここではそれが問題にされない。松王丸は、「分かってくれているんでしょう？」と白大夫に問うてもいるのだが、これを理解しない白大夫は、《親の心に背くをな。天道に背くというわい。望叶《かな》えて取らする上は人外《にんがい》め早帰れ。》と松王丸を追い出し、《そこな馬鹿者。御台若君の御行衛尋にいかぬか。うせぬか》と梅王丸も追い出してしまう。善なる白大夫は聡くもあるが、その思慮は「松王丸の置かれた状況」にまでは及ばない。白大夫の中にある思慮の浅いエゴイズムは、とても哀しい。

松王丸夫婦、梅王丸夫婦が去った後、日も傾いた家の中に、それまで隠れていた桜丸が姿を現す。そして息子に代わって、白大夫が八重にこれまでの事情を説明する。

八重はびっくりするが、後の祭りである。嘆き悲しむ白大夫の前で桜丸は腹を切り、八重はその血刀を取って後追いをしようとする。そこへ飛び出して来るのが、「なんかへんだ……」と思って様子を窺っていた梅王丸夫婦である。八重は助けられ、桜丸は梅王丸夫婦に「八重をよろしく頼む」と言って、息を引き取る。白大夫も八重も嘆き悲しむが、「自分こそが正義」と気負っていた梅王丸にとっては、格別にこたえるショックでもあろう。正義は正義で、悲しくもまた哀れなのだ。

14

続く第四（四段目）で中心となるのは最後（四段目の切）の「寺子屋」で、歌舞伎ではほとんどの場合この場だけが独立して上演されるが、この場を除くと、四段目とその後の五段目は、三段目までの流れを踏まえた「大アクションシーンの連続」みたいなものでもある。

四段目の幕明きは、「佐太《さだ》村」のどうやら二年後。《君を思えばよやヨホイホむすぼれ糸のハリナ。とけぬ心がつろござるいよつろござる。つらき筑紫に立つ年月。御いたわしや。菅丞相。讒者《ざんしゃ》の業《わざ》に罪せられ。垣生《はにゅう》の小家《こや》の起臥《おきふし》も。きのうとくれてきょうは早。延喜《えんぎ》三年如月半《きさらぎなかば》。》という、なんだか分からない不思議な詞章で始まる。場所は九州（筑紫）で、ここに流罪の菅丞相がいることだけは分かるが、分からないのは《君を思えばよやヨホイホ》云々の部分である。《御いたわしや。菅丞相。》の前に、なんだってこんな文句があるのかというと、このわけの分からない言葉が在郷《ざいごう》歌《うた》――在郷《ざいご》歌とも言われる「田舎」を表現する歌、つまりは民謡の歌詞で、河内の佐太村から菅丞相のいる筑紫の大宰府へ渡った白大夫が、これを唄いながら菅丞相の乗った牛を引いて、春の野原をピクニック気分で出掛けているからである。四段目の最初は「筑紫配所《はいしょ》の段」とも「天拝山《てんぱいざん》の段」とも言われる。

この場で白大夫は、《此太宰府へ参ったは去年の三月。》と言っている。私は勝手に「佐太村で松王丸と梅王丸が喧嘩したのは、春が過ぎた初夏の頃」と理解しているのだが、だとすると、白大夫が大宰府へやって来たのは「桜丸切腹の一年後の三月」で、四段目の幕が明いた「現在」は、三段目の「二年後」ということになる。ずいぶん細かいことを問題にしていると思われるかもしれないが、その「現在」が《延喜三年如月半》と言っているところが、重要なのである。

私が佐太村での騒ぎを「初夏の頃」と理解しているのは、その前の「車曳」で《笠ふか〳〵と深緑。》の文句があり、桜丸が梅王丸に向かって《佐太におわする一人の親人《おやびと》。今年七十の賀を祝い。兄弟三人嫁三人。並べて見ると当春より悦びいさみおわするに。》(傍点筆者)と言っているからである。明らかに「春＝一月〜三月」は終わっている。ところが、「佐太村」の冒頭は《春さきは。在ゝ《ざい〳〵》の鋤鍬《すきくわ》迄も楽々と。》で、ここではまだ「春」が終わっていない。だとすると、桜丸が切腹した直後に佐太村を出た白大夫が、その三月の内に九州の大宰府へ着くのは不可能でもない——しかし、大阪から九州までその日の内に行ける時代ではないから、白大夫が春三月の内に大宰府へ行き着けるかどうかは微妙である。もし、桜丸切腹の直後に白大夫が旅立っていたのなら、この「筑紫配所の段」あるいは「天拝山の段」は、三段目の「一年後」ということになるのだが、どうもはっきりしない。曖昧にしているのか、いい加減なのか、私の読みがおかしいのかは知れないが、ここはやっぱり三段目の「二年後」と考えるべきだろう。というのは、「菅原道真が失脚して大宰府へ送られたのが延喜元年の正月から二月にかけてのことで、大宰府で死んだのは延喜三年二月二十五日」という史実があるからである。

『菅原伝授手習鑑』の序段から三段目までは、同じ年の内の一続きの出来事である。史実に充てはめれば、菅丞相の筑紫への出発を描く二段目の「道明寺」は二月の出来事で、三段目はその後の三月か初夏の頃である。これが四段目の「二年前」なら延喜元年のことで、そうであっていいはずなのだが、しかし、この物語を語り出す大序では、《延喜の。御代ぞ豊《ゆたか》なる。》とだけ言って、「延喜元年である」とも、「その正月である」とも言わないのだ。

『義経千本桜』の時もそうだったが、この浄瑠璃作者達は、物語が始まった時点で「これはいつの話である」と明言しない。ただ匂わせる。その後の時間経過も曖昧である。にもかかわらず、『菅原伝授手習鑑』は、四段目の冒頭に於いて、《延喜三年如月半》を明確にする。つまり、この場で菅丞相は死ぬ――人間としての存在をやめて「天神様」になるということを、明らかにしているのである。そして、その「明確」を踏まえてさかのぼると、どうもこの物語は「延喜元年の正月」に始まったと覚しいのである。覚しいだけではっきりしないが、それは「分からないから曖昧」ではなく、この浄瑠璃作者達が、分かった上で曖昧にしているからとしか、考えられないのである。

　こんなことを書いておいてなんだが、実のところ私自身は『菅原伝授手習鑑』の始まりが、延喜元年であろうとなかろうと、どうでもいいと思っている。白大夫が大宰府へやって来たのが《去年の三月》なら、「この場は佐太村の一年後だな」と、単純に思う。その点で私は、あまり学のない江戸時代の町人観客と同じだろうと思っている。菅原道真の政治的失脚が何年だろうと、そんなことはどうでもいい――もしかしたらそれは、現代の観客でも同じかもしれないが、江戸時代の人間とは違って、高等教育を受ける機会に恵まれている現代の観客には、「菅原道真の失脚は何年の出来事」という知識を得る可能性もあるのである。だから、「間違っている」とか「正しい」という突っ込みを入れることも出来る。しかし、寺子屋の初等教育しか受けることがまず出来ない江戸時代の町人観客には、正確な歴史の知識なんかないのだ。その突っ込みようのない観客を相手にして、江戸時代の浄瑠璃作者は《延喜三年如月半》という歴史的事実を、明確に告げているのである。私はそのことを、すごいと思う。

　人形浄瑠璃は、近代以前の日本人のメンタリティを決定してしまったものである。今の日本人は昔のことなんかみんな忘れてしまったので、こう言われてもピンとこないかもしれないが、そうなのである。だから、近代になった日本人は、「本当の歴史的事実はどうだったんだ?」と考えて、へんてこりんな道に入って行く。たとえばの話、「赤穂浪士の討入」を南北朝時代の話に置き換えて、大石内蔵助を「大星由良助」にしてしまったから、「忠臣蔵とは、本当はどういう歴史的事件だったのか?」という詮索が(今でも)続いている――そしてそのくせ、大石内蔵助の人物像は、『仮名手本忠臣蔵』のそれからあまり動いてはいないのだ。『平家物語』の中の一登場人物でしかなかった源義経を「歴史上有数の大スター」に仕立ててしまったのも、人形浄瑠璃のドラマである。だから、その最期まで追いかけても悲惨にしかならない源義経は、そのような形で改めて近代の歴史の中に位置を占め、「どうして源頼朝は義経を殺したのか?」が歴史上の重要問題だとも思われるが、頼朝は、義経以外の兄弟も始末していて、「源義経の死」は、実のところ「鎌倉幕府創設の頃の血腥いエピソードの一つ」でしかないのである。本当はたいしたことでもないのにそれを重要視してしまうというのは、実は彼等が「人形浄瑠璃のドラマによって有名になった人物」でもあるからである。近代は、「有名になったスターの実像」を、有名であるからこそ追い求めるが、それを有名にしたのは、江戸時代の人形浄瑠璃だったりもする。

江戸時代の人間は、人形浄瑠璃のドラマによって、歴史の知識を得たりもする。その一つが、「菅原道真が天神様になったのは、延喜三年の二月半ば」である。人形浄瑠璃は、江戸時代に日本人のメンタリティ——特に「人間関係にどう対処すべきか」を決定づけた。それを端的に表す言葉が「義理人情」で、人形浄瑠璃ドラマの根本をなすようなものである。そして、それと同時に、江戸時代の日本人は、人形浄瑠璃から多くの歴史的知識を仕入れた。人形浄瑠璃ドラマの大成者である近松門左衛門《ちかまつもんざえもん》は、それ以前の日本の「歴史」と信ぜられるものを、片っ端から題材にして、後のあり方を決定付けた。『菅原伝授手習鑑』だって、近松門左衛門作の『天神記《てんじんき》』をルーツとするようなものである。それはいいのだが、ここに問題が一つある。日本の歴史を題材にしていながら、人形浄瑠璃のドラマは「当世風」で、とても歴史の教科書にはならないことである。別の言い方をすれば「荒唐無稽」なのである。だから、このドラマに深く影響された後の近代は、「本当はどうなんだ?」を探らなければならない。しかし、私が問題にしたいのは、「人形浄瑠璃のドラマは本当に荒唐無稽なのか?」ということである。

確かに、菅原道真のいた平安時代に寺子屋なんかはない。菅原道真を主役とする『菅原伝授手習鑑』は、顔も性格も違う三つ子を主役にしたドラマでもあるが、この「三つ子」という設定は、初演当時の大坂に「三つ子が生まれた」というワイドショー的ネタがあって、それを取り込んだものだと言われている。ある部分では「平安時代とまったく関係ない話」なのだが、じゃ「題材となった史実を無視しているのか?」ということになったらそうでもない——そこが重要なのである。

15

大宰府の野っ原を、白大夫の引く牛に乗って菅丞相は近くの安楽寺《あんらくじ》というところまで行く。これを白大夫は、半分ピクニック気分で、「菅丞相は寺に行って〝都へ戻れますように〟と祈るのだろう」と思っているが、そうではない。前の晩、床へ就く前に菅丞相は都を思い出して、「東風《こち》吹かば匂ひおこせよ梅の花　主なしとて春な忘れそ」という有名な歌を詠んだ。すると夢の中に《妙《たえ》なる天童》が現れて、《汝憐愍《なんじれんみん》の心深く。仁義を守る忠臣の功《いさおし》。心なき草木迄情を受けし主《しゅう》をしたい。花物いわねど其験《しるし》安楽寺へ詣《もう》で見よと。》告げたのである。それで菅丞相は、安楽寺へと向かっている。

行くとどうなるのか？　安楽寺の《観音堂の左の方》に、一晩で梅の木が生えて、花を咲かせているのである。それを白大夫も見てびっくりする。なにしろ彼は、佐太村でその梅の木の管理をしていた人間だから、一夜にして生えた梅の木が、佐太村にあったのと同じものだと分かるのである。するとそこへ、旅姿の人間二人が戦いながら現れる。一人は梅王丸、もう一人は藤原時平の家来の鷲塚平馬《わしづかへいま》という人物で、こちらは「道真を殺せ」という密命を時平から受けてやって来た。「菅丞相に仕えたいから九州に行かせてくれ」と言って、父の白大夫から「御台所の行方も探さずになに言ってやがる！」と怒られた梅王丸は、都に残って菅丞相の御台所の行方を探し当てた。菅秀才の方なら、梅王丸が武部源蔵夫婦に預けたのだから、こちらの行方は分かっている。菅丞相夫人はどうやら病身なのだが、梅王丸の妻の春と、死んだ桜丸の妻の八重が付き添うことになった。その菅丞相夫人に《配所の様子見て参れ》と言われて九州行きの船に乗った梅王丸は、船の中で鷲塚平馬と会って、彼の「密命」を知る——そして、菅丞相のいる所まで、立ち回りをしながらやって来たのである。

梅王丸は鷲塚平馬を捕え、菅丞相は「梅の木ばかりでなく梅王丸もやって来た」と喜んで、「梅は飛び桜は枯るる世の中に　何とて松のつれなかるらん」という歌を詠む。菅丞相は「松＝松王丸」に同情的だが、白大夫と梅王丸は違う。白大夫は《つれなかるらんと有る松王めは。時平に追《つい》従《しょう》しておろな。》とまだ控え目だが、正義のアクションスターである梅王丸は《ホヽ親人の推量違《たが》わず。兄弟というもけがらわしい。畜生めは指し置いて。》の相変わらずで、彼は、自分が捕えた鷲塚平馬を絞り上げて「時平の悪企み」を聞き出そうとする。

鷲塚平馬は、《時平殿は王位の望《のぞみ》。邪魔に成る菅丞相首取て立帰れ。軍陣《ぐんじん》の血祭して大望《たいもう》の旗《はた》を上。天皇親王院の御所。片端仕舞《しもう》て天下を一と呑《のみ》。》と、計画の一部始終を白状。これを聞いた菅丞相は、「醍醐天皇の命が危い」と理解して烈火のごとく怒り、安楽寺から見える天拝山に登って「雷になる！」と決心するのである。

大宰府で「憤死した」とされる菅原道真は天に上り、雷となって都に祟りをなし、これを恐れた都の連中が菅原道真を神として祀った——これが太宰府や京都の北野その他にある天満宮の由来だから、怒りの菅丞相が「雷になる！」と決心するのはいいのだが、おもしろいのは、この場に居合わせる白大夫の反応である。白大夫の反応は、「今頃なに言ってんですか？」だからである。

《時平が叛逆《ほんぎやく》一ヽ残らず。聞し召れし菅丞相。柔和の形相　忽《たちまち》変り。御　眥《まなじり》に血をそヽぎ。眉毛逆立ち御　憤《いきどおり》。都の方を睨《にらみ》付け物狂《ぐるわ》しく立給えり。》であるのに対して、《白大夫　恂《びつくり》し。しれて有る時平が工《たくみ》。今聞たか何ぞの様に。ついど覚えぬこわいお顔。爰《こゝ》から睨《にらま》しゃましても。都へは届きませぬ。御持病の痞《つかえ》が発《おこ》れば。セエン（一種の間投詞）悲しうござりますと老のぐど〳〵物案じ。》である。

後の方だけ見れば、「物を知らない百姓のジーさんは、天下の大事より菅丞相の体の心配しかしていない」だが、その前がすごい。「時平がそんなこと考えてんの、初めっから分かってるでしょ。今更ここで睨んでも、都になんか届きませんよ」である。白大夫の本音は、「怒るんならもっと前に怒ってくれよ。責任はあるかもしれないけど、ウチの桜丸は腹切ってんだぜ」で、もしかしたら「松王丸だって、仕えたくない時平に仕えてんだぜ」もあるかもしれない。大宰府に来て一年、菅丞相は怒りもしないし、「私は潔白だから、帝もいずれお分かりになるはず」――《讒者の業とし ろし召さば罪なき事も世に顕れ。》と言って、神仏に帰京を願うこともない。白大夫でなくしても、「今更なに言ってんだよ」であろう。

この菅丞相が一年か二年の間おとなしくしていた理由は一つしかない。歴史上の菅原道真が、二年間おとなしくしていて死んだからである。話を荒唐無稽にするのなら、『菅原伝授手習鑑』の菅丞相は、別に一年以上もおとなしくしている必要はない。すぐに雷になってしまえばいいのである。しかし、この浄瑠璃の作者達は史実にのっとった――その結果、うっかり白大夫に「今更なに言ってんだよ」の本音を吐かせてしまったのである。

江戸時代の町人達にとって、「歴史」というものは、自分達とはまったく関係ない世界の「えらい人達」によって構成されているものである。これをそのままにすれば、歴史は神話と同じような「雲の上のもの」になってしまう。しかし、自分達の存在余地のない歴史を、江戸時代の町人達は、

「自分達の理解しうる、自分達と関係のある歴史」にしようとしたのである。だから、平安時代のそこに「寺子屋」があり、江戸時代の農民とその三人の息子達がいる。歴史を自分達と関係づけるために、自分達を丸ごと歴史の中に投げ込んでしまう――それが、江戸時代の町人達の歴史理解だったのである。だから、「自分達」が投げ込まれる舞台となる「歴史」は、彼等の知りうる限りの史実にのっとっていなければならない。そうでなければ、そこに存在する「自分達のドラマ」がいい加減なものになってしまうからだ。それが荒唐無稽だったりシュールに見えてしまうのは、後の目で見た結果論で、江戸時代の町人達は、歴史を彼等なりに正確に捉えようとしているのだ。

菅原道真は延喜元年の正月に政治的に失脚し、二月に大宰府に流され、二年後の延喜三年二月二十五日に死んだ――その歴史的事実の中に「河内の農民と三人の息子」を投げ込んだ時、一つの矛盾が見えた。それが、「二年の間あなたはどうしてなにもしなかったの？」という、菅原道真への批判である。もちろん、『菅原伝授手習鑑』は、神格化された菅丞相を批判するためのドラマではない。「今更なにを？」という気のつき方をするのは、「天下の大事を理解しない無学な老人」ではあるのだけれど、白大夫という「知性」を創出してしまう知性は、かなりすごい。

白大夫の目から見れば、菅丞相という人は、「自分は無実だと信じてなにもしない人」で、「なんだかよく分からない仰せ言を口にする変わった人」でもあるのだ。神格化された菅丞相の「立派さ」は動かない。しかし、白大夫の目で見れば、歴史というもの自体が「なんでそうなっているのかよく分からない荒唐無稽なもの」にもなりかねない。江戸時代の浄瑠璃作者はそういう両義性を備えていて、「歴史は歴史として動きがたいものではあるけれど、だからと言って、それをそのまま鵜呑みにしてよいわけでもない」という、透徹した歴史批判の芽――歴史を主体的に解釈しようとする芽を持つ。それは、とても重要なことだ。近代がこれをどれだけ受け継いだのかは知らないが、近世の人間は、一方でとても合理的なのである。

(余分なことばかり書いてしまった)

16

怒りの菅丞相に対して、白大夫は「なにを今更」と思うが、怒りに目覚めてしまった菅丞相は本気である。かたわらの梅の木から枝を折り取ると、これで捕えられていた鷲塚平馬の首をスパッと刎ねてしまう。もう人間の領域を超えている。《親子は恐るゝ計《ばかり》也。》の状態になっている白大夫と梅王丸に向かって、《ヤァ汝等。かゝる大事を聞からは片時《へんし》も早く都に登《のぼり》時平が工《たくみ》奏問《そうもん》せよ。》と言って、菅丞相は天拝山に駆け登ろうとする。「その頂上で三日三夜の荒行をし、梵天《ぼんてん》と帝釈天《たいしやくてん》と閻《えん》魔《ま》大王に祈って雷になる」と言って走り出した菅丞相は、もう雷そのものになっている。声を出すとそれは烈風になって、安楽寺の庭や建物を吹き飛ばし、梅の花を口に含んで吐き出すと、それが炎になってしまう。遠い筑紫の地で菅丞相はそういうことになってしまうのだが、電話も新幹線もない時代、梅王丸と白大夫は、歩いて、そして船に乗って、これを都へ知らせに行かなければならない。

四段目になって筑紫に舞台が移った時、前場から一年も二年もたっているというのは、筑紫がとても遠いからである。だから、せっかく菅丞相の変貌を急テンポで見せて、これがそのまま続くのかという疑問もある。都にいる人間達は、これをどのようにして知るのか? たいしてむずかしくもない。同じ頃、都は北嵯峨の家に隠れ住んでいる菅丞相の御台所が、夢を見るからである。前日は菅丞相が「夢のお告げ」を受け、今度はその御台所。そして、四段目の舞台は都の北嵯峨へと移る。

そこで、春と八重に守られた菅丞相の御台所は病身を養っているのだが、ここに山伏が来かかって、螺貝《ほらがい》を吹く。「ああ、うるさい。奥様が寝てるんだからやめて下さいよ」と言っても、この山伏はやめず、笠をかぶったまま家の中に入って様子を窺う。「女ばっかりだと思ってふざけないでよ!」と、可憐な顔はしていてもヤンキーの血が入っているとしか思えない八重は、これを追い出してしまうが、案の定で、御台所はうなされて目を覚す。八重と春は「今の山伏がいけない」と思うが、大宰府の様子を夢で見た御台所は、「梅は飛び——」の歌から、菅丞相が雷になった様子とその経緯までも話す。しかし、俗な女二人は、その夢の話にピンと来ない。彼女達が心配するのは、「へんな山伏までやって来て、ここらももう安心出来ない」という現実的なことで、御台所と方向は違うが、八重、春の二人は、「どうしよう?」と考え始める。梅王丸の妻の春は、「菅丞相とは師弟の約束をしている比叡山の座主、法性坊《ほっしょうぼう》の阿闍梨《あじゃり》がこの嵯峨に来ているから、頼んで匿ってもらったらどうか」と提案をする。「じゃ、そうしましょう」と八重も賛成して、春は法性坊の阿闍梨のところへ出掛けて行くが、女二人になったその留守へ、時平の家来の星坂源五《ほしざかげんご》が、御台所を捕えるために現れる。

当然、「さっきの山伏は時平の回し者だったんだな」と、誰もが思うはずで、八重もそう思っただろう。敵の侵入に対して、八重は長刀を取って立ち向かうが、残念ながら殺されてしまう。「御台様、逃げて」と言って死んで行く八重の死骸に御台所は取りすがり、星坂源五の一行はこれを捕まえようとするのだが、ここにさっきの「謎の山伏」が再び現れて、星坂源五を投げ飛ばし、御台所を引っさらって逃げて行く。「この謎の山伏は何者だ？」と思えば、大方の見当はつく。松王丸である。「何とて松のつれなかるらん」と言われた松王丸は、ひそかにかつ独自に動き始めていたのである。

それでどうなるのかというところで、話は次の「寺子屋」へと移る。

17

京都の郊外――大原方面の芹生《せりよう》の里で寺子屋を経営している武部源蔵と戸浪の夫婦は、菅秀才を「自分達の子」ということにして匿っている。先生は厳しく、先生の奥さんはやさしいが、生徒は田舎のわんぱく揃いで、ろくに勉強（習字）もしない。先生が出掛けて「自習」ということになればなおさらで、戸浪が一人で忙しくしている。「今日は新入生が来る予定があるっていうのに、ウチの人はなにしてんのかしら」とぼやいていると、上品な武家女房が子供を連れてやって来る。これが新入生（寺入り）の子で、まだ正体は明らかにされないが、母親は松王丸の妻の千代、子供は彼女と松王丸の間に出来た小太郎である。なぜ小太郎がここにやって来なければならないのかという理由も、また語られない。

戸浪と千代の女二人は細やかに挨拶を交わす。「生憎、主人は留守なので」と戸浪が言って、「なんなら呼んで来ましょうか？」と問うと、千代は「私も用事があるので、そちらを済ませてからまた伺います」と言って、重箱に詰めた料理を「寺入りのお礼の土産」として置いて、出て行く。ここら辺の日常描写は、例によってとても細かい。そして、《コレ小太郎。ちょっと隣村迄いてくる程に。おとなしうして待って居や。悪るあがきせまいぞ。御内証《ないしょう》様往《い》てさんじましょと。》、千代一人が表に出ると、《かゝ様わしも行たいと。》小太郎は追って出る。母親にすがりつくのを、《嗜《たしな》めよ。大きな形《なり》して跡追《おう》のか。》と叱った千代は、戸浪に対して《御ろうじませまだがんぜ（頑是）が御ざりませぬ。》とお体裁笑いをするが、戸浪は《ソリャ道理いな》と小太郎の肩を持ち、《ドリャおばがよい物やりましょ。》となだめて、「この隙にご用を済ませてらっしゃいな」と、千代に目で知らせる。千代は《アイ〳〵ついちょっと一走《はしり》と。跡追う子にもひかさるゝ振返り見返りて下部《しもべ》引連れ急ぎ行。》である。子供をめぐるいたって日常的な、そして詳細なやりとりがあって、そこにチラッ、チラッと「異様なもの」が顔を覗かせる。千代が小太郎をこの寺子屋へ連れて来たのは、小太郎を菅秀才の身替わりにするためなのである。

戸浪はなにも知らないが、千代はこの先に起こることを全部知っている。源蔵が留守にしているのは、村の庄屋の家に呼ばれて、「お前の所に菅秀才がいると訴人があった。首を打って渡せ」と命令されているからである。庄屋の所へ来て命令するのは、藤原時平の家来の春藤玄蕃《しゅんどうげんば》と松王丸である。

時平の側で菅秀才の顔を知っているのは、松王丸しかいない。時平のために働くことがいやな松王丸は、ずっと仮病を使って休んでいるが、「菅秀才の首を実検する役を了えたら辞職を了承してやる」と言われて、芹生の里までやって来ている。もちろん松王丸には、「菅秀才の死と引き換えに自分一人の自由を得る」という発想はない。松王丸は、なんとしてでも菅秀才を助けたい。しかし、「菅丞相の後継者はなんとしてでも抹殺する」と考えている時平は、大量の人数を動員して包囲網を敷いている。逃がすのは困難だし、ただ逃がしても、命の危険はある。「だったら――」と考える松王丸は、自分の子供を身替わりにして殺し、「菅秀才は死んだ」ということにして、その隙にどこかへ逃がそうと考えているのである。こんな時に雷になった菅丞相がやって来てくれれば世話はないのだが、菅丞相はまだ天拝山の上で「雷になるための祈願中」なのだろう。小太郎を身替わりにするしかないと考えた松王丸は、源蔵のいる寺子屋へ小太郎を送った――それをしたのは、「菅秀才の命を救いたいと思う源蔵なら、身替わりになりそうな子供を見たら、その首を打つだろう」と考えたからである。小太郎は（どうやら）覚悟して、源蔵の寺子屋へやって来た。でも、母と別れる段になって、《かゝ様わしも行たい》と後を追う。千代も我慢して小太郎を置き去りにして来たが、やはりつらいので、《跡追う子にもひかさるゝ振返り見返りて》急いで逃げるように寺子屋を離れた――ここまでが、まだ語られていない「松王丸一家の事情」なのである。

千代が去ると、源蔵がこわい顔をして帰って来る。生徒の子供達を見回して、《氏《うじ》より育《そだち》というに。繁花《はんか》の地と違い。いずれを見ても山家育《やまがそだち》。世話がいもなき役に立ず》と、八つ当たりをする。《山家育は知《しれ》て有る》と思う戸浪は、「庄屋さんの所に呼ばれてお酒をご馳走になったせいかもしれないけど、子供の悪口はやめて。顔色だって悪いわよ」と言って、新入生の小太郎を源蔵に紹介する。その顔を見て《扨《さて》〳〵器量勝れてけだかい生れ付き。》と思う源蔵は、機嫌を直す。小太郎は松王丸と千代の子なのだから《けだかい生れ付き》ではないが、《氏より育》で、松王丸は時平から結構いい給与を得ていたのだろう。

「この子を連れて来た母親はどうした？」と問うと、「隣村まで用事があると行きました」と戸浪が言うから、ますます上機嫌になった源蔵は、子供達に「遊んで来い」と言って自由にさせる。夫と二人きりになった戸浪は、「どうあっても夫の様子はおかしい」と思って、「なにがあったの？」と尋ねる。夫は「庄屋の家での出来事」を話し、寺入りの小太郎を身替わりにする計画を話す。子供を殺し、もし母親が迎えに来たら、その母親まで殺すと夫に言われて、戸浪はびっくりして、そして覚悟を決める。《気よわうては仕損ぜん。鬼に成ってと夫婦はつっ立ち。互いに顔を見合せて。弟子子《でしご》といえば我子も同然。きょうに限《かぎっ》て寺入したはあの子が業《ごう》か母御の因果か。報いはこちが火の車。追っ付け廻って来ましょうと。妻が歎けば夫も目をすり。せまじき物は宮仕えと倶《とも》に。涙にくれ居たる。》

《せまじき物は宮仕え》というのは、非常に有名な文句で、追い詰められた武部源蔵の苦衷を表すものだが、源蔵夫婦ばかりが追い詰められる状況を描きながら、もっと苦しい「松王丸側の事情」の一切は伏せられている。

やがて、松王丸と春藤玄蕃が大勢の捕り手を引き連れてやって来る。大事件で村も大騒ぎになり、子供を寺子屋に預けている親達も、「子供に万が一のことがあったら大変だ」として、引き取りにやって来る。家の中に子供は、菅秀才と小太郎しかいない。検分役でやって来た松王丸は、奥に入った源蔵の様子に耳を澄ませる。

源蔵は、小太郎の首を打って松王丸の前に差し出し、松王丸がなにを考えているのかを知らぬ源蔵は、《贋《にせ》というたら一と討ち》と、松王丸に切ってかかる用意をしている。ところが松王丸は「菅秀才の首である」と断言し、去って行く。一難が去った夫婦は、《凡人《ぼんにん》ならぬ我君の御聖徳《せいとく》が顕われて。松王めが眼が霞《かすみ》若君と見定めて帰ったわ。》と、「悪者松王」を罵るが、そこへ、小太郎を預けた千代が帰って来る。

千代は、「様子はどうだったのかな？」と辺りを窺い見て、源蔵はこれに切りつける。千代はこれをかわして、《若君菅秀才のお身がわり。お役に立てて下さったか。まだか様子が聞たい》と言う。源蔵と戸浪がびっくりするところに、松王丸が戻って来て、《梅は飛《とび》。桜はかるゝ世の中に。何とて松のつれなかるらん。》と言って、《女房悦べ。世悴《せがれ》はお役に立ったぞ》と告げる。千代はわっと泣き出し、「悪者」と言われ続け、親の白大夫からさえも《見るからどうやら根性の悪るそうな松王が面構《つらがまえ》。》と言われる松王丸は泣きもせず、二人は交互に事情を話す。泣き続ける千代を見て《コリャ女房も何でほえる。覚悟した御身がわり。内で存分ほえたでないか。》と言う松王丸も、実は小太郎が気にかかっているから、《イヤ何源蔵殿。申付てはおこしたれ共。定《さだめ》て最期の節。未練な死を致したで御ざろう。》と尋ねる。源蔵は、《イヤ若君菅秀才の御身がわりと云い聞したれば。いさぎよう首指《さし》のべ。アノ逃隠れも致さずにナ。にっこりと笑うて。》と言って、そこら辺から松王丸の様子もおかしくなる。

《ム、ヽヽヽヽでかしおりました。利口なやつりっぱなやつ。健気な八つや九つで親にかわって恩送り。お役に立は孝行者手柄者と思うから。思い出すは桜丸。御恩も送らず先達《さきだち》し嘸《さぞ》や草葉のかげよりも。羨《うらやま》しかろけなり（羨しいの同義）かろ。世悴が事を思うに付け思い出さるゝ〳〵と。流石《さすが》同腹同性（姓）を忘れ兼《かね》たるひたんの涙。》

前半は、悔しまぎれの建前である。自分から子供に「死ね」と押し付けておいて、それで泣くわけにはいかない。しかし松王丸は、「なんだって俺一人こんな目に遭わなきゃならないんだ」と思って、泣きたいのである。しかし、子供のためにも泣けない。自分のためにも泣けない。だから、一人で責任を取って死んで行った桜丸を引き合いに出して、「空しく死んで行ったあいつが可哀想だ」と、泣くのである。これは、「自分の悲劇」を「自分の悲劇」として受け止めることが許されない――そんな状況に置かれた男の悲劇なのである。社会の約束事でがんじがらめにされ、その中で生きて行かざるをえない男は、「自分のため」に泣けないのである。「昔の男は」ではなく、やはり「今でも」であるはずである。しかし、これだけで『菅原伝授手習鑑』は名作中の名作である」と言っていいものかどうかは分からない。二つばかり、疑問が残る。

まず、松王丸が切羽詰まった状況に置かれているのは分かるが、どうして子供を殺すのか。子供を見殺しにしなければならないことが、「悲劇の核」となるのかということが一つ。もう一つは、こういう話を、なんでまた「菅原道真の左遷劇の中に紛れ込まさねばならないのか?」ということである。松王丸は実際の人物ではないし、平安時代の菅原道真を巡る政変劇の中に、こういう「事実」があったわけではないからである。

なんのために、作者はこういうドラマを作り出すのか?

答は難しいようで、そう難しくはない。事件によって「人の悲劇」は生まれるが、「事件」という契機がなければ明らかになれない、「隠された悲劇」というものもあるからである。

18

松王丸の物語が「菅原道真を巡る政変劇」の中に仕組まれた理由は、おそらく簡単である。菅原道真が「梅は飛び――」の歌を詠んだからである。そこに「何とて松のつれなかるらん」があって、「きれいな花が咲くわけでもない松が〝ごっつい〟という理由だけで憎たらしく思われるのって、可哀想だよな」と、この作者達が考えたからである。「ごっつい松」とは、「自分のために泣くことを容易に許されない、社会にがんじがらめにされた男」である。

では、なぜそこに「子供の死」がからむのか？　答は「子供がよく死ぬから」である。子供の死亡率が高い江戸時代に、「子供を見殺しにせざるをえなかった」と思う親達は、多かったはずなのである。その親達を、千代と松王丸が代表する。四段目切の「寺子屋」は、「子供に死なれるのはとても悲しい」というドラマなのである。

松王丸は、武部源蔵夫婦に一切の事情を話し、北嵯峨で保護した菅丞相夫人をここに連れて来て、菅秀才と対面をさせる。ここで観客が「よかった、よかった」と思うかどうかは分からない。私なんかは、「お前はそれでいいのかよ？」と、平気な顔をしている菅丞相夫人に八つ当たりをしたくなる。

松王丸は「自分のするべきことは終わった」として、小太郎の遺骸を葬るために、妻と二人で去って行く。松王丸は小太郎の遺骸を抱え、それを見た源蔵は、《野辺《のべ》の送りに親の身で子を送る法はなし。我ゝ夫婦がかわらん》と申し出るのだが、松王丸は《イヤ〳〵是は我子にあらず。菅秀才の亡骸《なきがら》を御供申。》として、この申し出を拒む。なんであれ松王丸は、自分の子供の遺骸を、もう手放したくないのだ。「私のことは放っといて、皆さんは、小太郎を送り出す門火《かどび》の用意をして下さい」と、松王丸は言う。ここから先が有名な「いろは送り」と言われる部分である。

《御台若君諸共にしゃくり上たる御涙。めいどの旅へ寺入の。師匠はみだ仏しゃかむに仏。六道能化《りくどうのうげ》（地蔵菩薩）の弟子に成《なる》さい（賽）の川原で砂手本。いろは書子《かく》をあえなくも。ちりぬる命。ぜひもなや。あす夜たれか添乳《そえぢ》せん。らむうゐめ（憂い）見る親心。剣《つるぎ》としで（死出）のやま（山）

けこえ。あさき夢見し心地して跡は。門火にゑひ（酔い）もせず。京は故郷と立別れとりべ（鳥辺）野。さして連帰る》

「いろは――」は、寺子屋で子供が習う文字の手本で、それを詠み込んだ部分は、幼くして死んだ子供のための鎮魂のお経のようなものである。これは、小太郎に捧げられるというよりも、「幼くして死んだ子供全般」に捧げられるような詞章である。歌舞伎だと、この部分は舞台上の登場人物がそれぞれに割って「科白」として口にするが、文楽の舞台になると、ここはもう完全に「子供なるものへの鎮魂歌」である。一体の人形は三人で遣われていて、その三人の人形遣いの内の一人は「足の操作」専門である。この人がいるから、人形浄瑠璃の人形は舞台の上を「歩いている」ように見えるが、人形そのものは宙に浮いている。だから、「寺子屋」に限らず、人形浄瑠璃の段切れは、三味線の音が高まり、太夫の声が「歌」のようになって、人形が宙を舞い飛ぶような様相を見せることが多い。人形の足は地に着かず、音楽の流れの中を揺られさすらうのである。その段切れの演出がこの「いろは送り」の部分に用いられると、今迄の舞台で展開されたドラマは、なんでもなくなる。そこにいるすべての人が、無常の世をさすらう、「運命に身を委ねるしかない存在」に見えて来るのだ。

様々なドラマはあった。しかし、人は死ぬ――その運命の中で、我々はさすらうしかない。そういうところにまで行ってしまっているから、この作品はすごいのだ。

そして、そういうところへ行って、それでもまだこの作品は終わらない。次の第五（五段目）の一幕がある。

19

五段目は再び「大内」である。菅丞相の雷が荒れ狂い、藤原時平一味が退治されるのだが、そうなると、「時平は雷に撃たれて死ぬ」と思われるだろう。菅丞相は雷になって荒れ狂っていて、被害者も出るのだが、悪の張本である藤原時平を倒すのは、桜丸と八重の幽霊なのである。雷騒ぎの中、桜丸と八重夫婦の幽霊が姿を現し、これを四段目の北嵯峨で春に頼られた法性坊の阿闍梨が、「物の怪よ！」とばかりに祈禱で追い祓おうとする。すると、桜丸夫婦の幽霊は抗議をして、《ヤァ〳〵僧正。菅丞相を讒言し。帝位を奪う時平を助け給うは心得ず。扨《さて》は貴僧も朝敵に力を添《そえ》給うか》と言う。法性坊の阿闍梨は、「そうだったのか……」と気づいて祈禱をやめる。そして、幽霊夫婦の出番となる。夫婦の幽霊は時平を追い回し、時平は《もぬけの骸《からだ》》になる──《扨こそ恨《うらみ》晴《はれ》たりと死霊は時平を庭上に。どうど蹴落し嬉しげに。形は花のちるごとく。消て見えねば丞相の。霊もしずまり空晴て日輪。光り輝けり。》である。

最終的に時平を倒すのは桜丸と八重で、菅丞相は雷になっても、あまり主役としての活躍を見せてくれない。それで私は、やっぱり「天拝山」での白大夫の言葉を思い出してしまう。《しれて有る時平が工。今聞たか何ぞの様に。ついど覚えぬこわいお顔。》──もしかしたら、陰の主役は、この学のないとぼけたジーさんなのかもしれない。

『本朝廿四孝』の「だったらなにも考えない」

1

人形浄瑠璃のドラマ——ことに時代物のそれは複雑である。複雑と同時に、ワンパターンでもある。悪人だと思われていた誰かが、「あえて」とでも言いたいくらい、自分から進んで殺されていく——あるいは、平然と刃物を手にして自害をする。そして、その苦しい息の下で、「実は、これこれしかじか」と、「自分の置かれていたつらい立場」を語る。「別に死ななくてもいいのに」と思うのだが、「自分のしていたことは、逃れられない危機から大切な人を守るためにしていたことなのだ」と、秘められていたつらい胸の内を語って、その告白がドラマのクライマックスとなるから、放っておけば、人形浄瑠璃の舞台の上では、いつでも血みどろの誰かが「つらい告白」をしたり、あるいは、大切な誰かの身代わりになって死んで行った子供の「不憫さ」を嘆くことになる。
「悪人」と思われていた人間が実は善人で、その死に際に「悪人」を装っていた事情を告白する

――そのことを呼ぶ「もどり」という専門用語さえもある。その面倒なドラマを周到に進行させるように、随所に伏線が張りめぐらされていて、気を抜くことが出来ない。「ずいぶん無茶な設定だな」と思わなくもないが、死んで行く人間が必死になって「実はこれこれ――」と語るから、「バカらしい」と言って投げ出すことも出来ない。

なんでそんな無茶なドラマばかりが作られるのかというと、時代物の浄瑠璃というのが、既に確定された過去の歴史に題材を取っていて、江戸時代的人物はその改変しようのない「過去」に放り込まれて、のたうち回るしかないことになっているからである。過去のドラマを現在に引き寄せようとして、現在的な人物達は、かえって動きようのない――本来なら自分達とは無関係なドラマに引きずり回されるようになっている。『仮名手本忠臣蔵』も『義経千本桜』も『菅原伝授手習鑑』も、その基本構造はみな同じで、そのことによって我々は、現実的な政治参加を禁じられている江戸時代町人の自虐的にならざるをえない実態に思いを馳せることも出来るのだが、よく考えてみれば「なんでそんなものばかり見ていなくちゃならない？」という疑問だって生まれる。

前記の「三大浄瑠璃」と言われる作品は、過去の時代に放り込まれた江戸時代的人物のあり方が生き生きと描かれているから「名作」ということになるが、その「名作」の登場によって、観客と同じ地平に立つ登場人物達の描かれ方が確立して、これがステロタイプ化してしまったらどうなるか？　血の海の中でのたうち回っている人物達を見て、観客が「またか――」とぼやくことになる。そしてそうなって、この近松半二《ちかまつはんじ》作の『本朝廿四孝《ほんちょうにじゅうしこう》』、あるいは「『本朝廿四孝』を書くような近松半二」の出番となる。

近松半二は、近松門左衛門の友人でもあった儒学者穂積以貫《ほづみこれつら》の息子で、近松門左衛門の死の翌年に生まれた。近松半二は、近松門左衛門の血筋でもないし、弟子でもないが、近松門左衛門を尊敬して「近松」を号した。近松半二と近松門左衛門の間には、三大浄瑠璃の作者の一人である竹田出雲《たけだいずも》がいる。半二は出雲の弟子で、出雲は近松門左衛門のアドヴァイスを受けた人だから、近松半二は近松門左衛門の孫弟子のようなものでもある。

近松門左衛門の死後に生まれた近松半二は、二十代の初めに三大浄瑠璃の出現を目の辺りにする――三大浄瑠璃最後の『仮名手本忠臣蔵』の初演（一七四八年）は彼が二十四歳の年。『本朝廿四孝』はそれから二十年近くがたった一七六六年に登場し、彼は四十二歳になっている。

彼が若い頃には、三大浄瑠璃の登場によって人形浄瑠璃界は全盛期を迎えているが、彼がいよいよその世界の作者であろうとする頃には、もう衰退期と言われるようになっている。歌舞伎が人形浄瑠璃のドラマを取り込み、完璧とも言えるようなドラマを生み出した人形浄瑠璃の方は、「またか――」のワンパターンに落ち込んでしまうからである。人形浄瑠璃の人気はドラマの人気で、歌舞伎の人気は役者の人気でもある。台本がイージーなものでも、役者に人気があれば歌舞伎に客は入る。その歌舞伎が人形浄瑠璃のすぐれた台本を取り入れて上演してしまえば、人形浄瑠璃に勝ち目はない。そこに登場するのが近松半二で、彼は人形浄瑠璃の人気を盛り返した人だから、「彼は人形浄瑠璃のドラマを革新してしまった」ということにもなる。

人形浄瑠璃では、三味線を相方にした太夫が物語のすべてを語る。作中人物を演じる人形達のありようは、ある意味で「運命に翻弄される」に近い。しかし、歌舞伎の舞台では、ドラマを語る太夫と作中人物のあり方は逆転する。役者の方が地位はずっと高くて、ドラマのすべてを語るはずの太夫は「ト書き語り」にまで落ちてしまう可能性があるからだ。同じドラマを演じるにしても、歌舞伎の舞台では、登場人物達がかなりの部分で、太夫の語る「運命」に抵抗してしまうのである。

おとなしくドラマを演ずるだけではなく、相応以上に自己主張をしてしまう——それが役者の魅力でもあって、近松半二のドラマは「人形浄瑠璃のドラマを取り入れた歌舞伎」を、もう一度人形浄瑠璃の中に取り入れ直しているのである。どういうことかと言えば、それ以前の人形浄瑠璃のドラマに比べて、近松半二のドラマは、作中人物が野放しになっているということである。

2

『本朝廿四孝』は、数ある人形浄瑠璃のドラマの中でも、ストーリーの複雑さで有名な作品である。別に妖怪変化が跳梁するわけでもないが、このストーリーを「複雑怪奇」とさえ言う人までいた。その複雑さが「怪奇」の域にまで達しているというのである。しかし、複雑だからはやらないというわけではない。武田勝頼《かつより》と八重垣《やえがき》姫のロマンスを描いた舞台は、今でも上演頻度が高い。よく出来たおもしろい舞台なのであるが、しかし「ではこれはどのような物語なのか?」と問われるといささか困る。あまりにもややこしくて、「このストーリーを語ることに果してどのような意味があるのか?　果して、このストーリーは辻褄が合っているのか?」と思われてしまうからである。がしかしで、ものは考えようでもある。「辻褄を合わせることがそんなに重要か?」と考えてしまえば、その面倒や難解は氷解してしまうからである。

時は、室町幕府の十二代将軍足利義晴《よしはる》の頃――当然「戦国時代」であって、『本朝廿四孝』のタイトルの上には「武田信玄 長尾謙信」の二行が角書《つのがき》になっているが、しかし一向に「戦国時代」ではない。徳川幕府の支配下にある江戸時代のドラマは、「天下麻の如く乱れ」というような形容では始まらない。「徳川将軍の下、この天下は平和である」という現在時間の前提は崩されないので、江戸時代のドラマはいつだって、「某帝、某将軍の下、治まる御世はめでたけれ」という始まり方をする。だから、室町幕府の支配体制はガタガタになって、各地に戦国大名の割拠はあっても、『本朝廿四孝』に於ける足利十二代将軍の御世は太平なのである。

その太平の世を、長尾（上杉）と武田の有力大名が幕府の執権として支えているのだが、今やこの二人がどういうわけか争っている――「それが困った問題なのだ」というところで『本朝廿四孝』は始まる。「もう余分な歴史知識は全部捨てなさい。この時代のことであなたが知っておくべきは〝武田信玄と長尾＝上杉謙信が川中島で戦った〟というそのことだけである」で始まるのが、この「複雑怪奇」と言われるドラマ『本朝廿四孝』である。

放っておけば「戦国時代」で、甲斐の武田と越後の上杉は争っている。ドラマのネタには事欠かないようだが、これを「戦国時代じゃない。平和な時代だ」にしてしまったからややこしくなる。なぜかと言えば、「その平和な時代に、なぜ武田と上杉は何度も川中島で戦わなければならないのか？」という謎が生まれてしまうからである。見方によっては、「別に争う理由もない武田と上杉は、なにか深い理由があって、あえて〝不仲〟に見せているのではないか？」という疑問さえも生まれてしまう。なるほど、上杉謙信も武田信玄も、何度もＮＨＫの大河ドラマに登場するような有名な武将で、「そういう有名な人が悪いことをするはずはない」というのが、これまた江戸時代人の共通理解なのである。
「そういうエライ人達は、常人の及びもつかない深い洞察力を有しているから、なにを考えているのか分からない」ということになって、ここに「謎」がぽっかりと口を開ける。武田信玄か上杉謙信かのどちらか一人だったらまだいいが、大物二人が揃って登場してしまうのだから、きっと「その謎は深い」なのである。このようにして、ロクに始まりもしないその以前に「謎」が生まれてしまっているのが『本朝廿四孝』で、「そんなに話を勝手にいじってもいいものか」と思われてしまうかもしれないが、なにしろこれは「歌舞伎の繁栄に押されて人形浄瑠璃が衰退に陥った時期の作品」で、「ワンパターンのマンネリ化したドラマから脱して、歌舞伎を圧倒するおもしろいストーリーを生み出さねばならない」という使命を負っていた近松半二の作品だから、それでいいのである。

そのことはもう、始まった瞬間に明らかなようでもある。なぜならば、『本朝廿四孝』はこのような詞章で始まるからである——。
《春は曙ようやく白くなり行くまゝに。雪間の若菜青やかに摘出でつゝ。霞たちたる花のころはさらなり。さればあやしの賤《しず》までもおのれ〳〵が品につき。寿《ことぶ》き祝う年の兄。ましてやいともやんごとなき。大樹《たいじゅ》の下《もと》の梅が香や。先ず咲き初《そ》むる室町の。御所こそ花の盛なれ。》
ご存じ『枕草子』冒頭のいただきである。足利将軍や甲斐の武田、越後の上杉と清少納言の『枕草子』との間には、なんの関係もない。「花の御所」と言われた室町将軍の館の「花」の一字を導き出すための序詞のように、『枕草子』の冒頭は使われているのである。
「大序」と呼ばれる人形浄瑠璃序段の冒頭部分は、しかつめらしい漢籍の文句を引用して「全篇のテーマ」やら「教訓めいたこと」を語るのが通例だが、『枕草子』の冒頭を引用して改変したことにはそれがない。つまりは、「全篇を貫くテーマ」も「教訓めいたこと」もないということである。『枕草子』は平安時代の格式高い古典で、まだ『桃尻語訳枕草子』などというへんなものが存在しない時代には、一部の知識人にしかこれを享受することは出来ないが、しかしこれは、かな文字で書かれた女流文学だから、響きは優美である。格式高く優美な古典の文章が「春→花」の縁続きでいつの間にか室町幕府につながり、甲斐の武田と越後の上杉に武田方の軍師山本勘助《かんすけ》が絡む、堂々たる「アクション巨篇」に変わってしまう。その「いつの間にか変わってしまう」というドンデン返しの連続が『本朝廿四孝』で、これは理屈なしの「あれよ、あれよ」を享受すればいい作品なのである。

話を順を追って説明すれば「ドンデン返しの連続」だから「なにがなんだか分からない」にもなってしまうが、話はそう面倒臭くもない。種を明かしてしまえば簡単である。「平和な花の御所に素姓を隠した斎藤道三《どうさん》がやって来て、将軍義晴を暗殺してしまう」である。武田信玄と上杉謙信は、その素姓の知れない「犯人」の探索を命じられ、「大方それは斎藤道三」という目星を付けた二人が、斎藤道三をおびき出すために「様々のドンデン返しを仕掛ける」という、それだけの話である。話としては「真犯人斎藤道三を騙す」だが、観客は隠れている「斎藤道三の立場」に立たされて、テンポよく騙されて行くのである。それがこの作品の眼目なのである――こう言われて「そうか」とうなずいてしまうと、『本朝廿四孝』の複雑怪奇に巻き込まれて、「なにがなんだか分からない」ということになってしまうが、複雑怪奇の元は、この突如として登場する戦国の雄、斎藤道三の設定なのである。

山城の国の油商人から成り上がって美濃の国を支配し、織田信長に娘の濃姫を贈った斎藤道三だが、織田信長の「お」の字も登場しない『本朝廿四孝』の中で、斎藤道三は「太田道灌《どうかん》の子孫」ということになっている。知らない人は幸いだが、そんな無茶な設定がどうして可能になるのかというと、斎藤道三と太田道灌の名に「道」の一字が共通していることと、「太田道灌が無学を恥じた」という故事で有名な「七重八重花は咲けども山吹の　みの一つだになきぞ悲しき」という和歌の「実のない＝雨具の簑がない」という部分を、「美濃がない＝美濃の領地を奪われた斎藤道三」と解釈してしまっているからである。

この作の太田道灌は上杉謙信の先祖に滅ぼされているから、子孫の斎藤道三としては上杉謙信に恨みがある（ことになる）。また斎藤道三は、この物語の三十年前に足利将軍の兵に攻められて美濃の国を失い、浪人していることになっている。浪人中の斎藤道三は、「まだ日本に渡来していない鉄砲」を《種が島》で手に入れ、これを「献上する」という名目で室町の御所に正体を隠して参上し、将軍義晴を銃撃してしまう。その道三はまた、相模の国にあって甲斐と越後に野心を持っている北条氏時《うじとき》（この名前も実は怪しい）をたきつけて、武田と上杉を滅ぼそうとしている——そういう大悪人の斎藤道三の企みを、智将上杉謙信と武田信玄が力を合わせておびき出し、退治するというのが、『本朝廿四孝』なのである。

「どこまで本当なの？」とか、「斎藤道三て、そういう人なんですか？」と言ったら、もう作者近松半二の罠にかかっている。「斎藤道三は知っているが……、太田道灌も知ってはいるが……、〝山吹の歌〟も聞いたことはあるが……」程度の人は、作者の嘘八百に騙される。なにも知らない人間は、ただ「へー」と言って「あれよ、あれよ」である。

近松半二の功績は、「斎藤道三と太田道灌は名前の一文字が同じだ」ということと、「山吹の歌の〝蓑がない〟は〝美濃を失った〟にも解釈出来る」と考えてしまったことだけである。それだけでこういう作品を作ってしまうのが近松半二で、さすが「春は曙」から川中島の合戦を導き出してしまう人である。そういう作品だから、ここから「人の世のあり方」というようなめんどくさいことを引っ張り出そうとしても、無駄である。「人の世を覆う運命に従おう」などというパッシヴな考え方も無意味である。ドラマを見て、そういうウエットな「教訓じみたこと」を引っ張り出したがる日本人の習性とは正反対のところにいる、「だからどうした！」と言いたがるドライで挑発的な作品が『本朝廿四孝』で、「ウエットな感慨を引き出すのは無駄だから、そうならないように、ややこしい道具立てを並べ尽した」というのが「複雑怪奇」を言われる『本朝廿四孝』の「ややこしさ」なのである。

まともな頭の人間からすれば「なんだこのストーリーは？」と言いたくなるような「複雑怪奇」も、見方を逆にして「なんだって人形浄瑠璃のドラマは持って回ったものばかりなの？」と考えてしまえば、『本朝廿四孝』は、「うっとうしくも常識的な考え方を、次から次へと蹴倒して行く、爽快なるアクション思想劇」にもなってしまうのである。

3

『本朝廿四孝』の第一（序段）は三場から成る。大序の足利館（室町御所）、同日の京都誓願寺《せいがんじ》、翌日の足利館奥御殿である。たった一字の語呂合わせでどんどん発想を飛躍させてしまう近松半二はまた、「二つの似たようなものを対峙させる」という構成法が好きで、この作が「面倒臭い段取りをどんどん蹴倒して行く」という進み方をする以上、序段ではやたらの数の人間がダブルで登場して、「蹴倒されるための段取り」を作ることになる。

まず、やがては銃殺されてしまうのんきな十二代将軍足利義晴——彼には、しっかり者の正妻手弱女《たおやめ》御前がいるが、ここに子は生まれず、側室の賤《しず》の方が懐妊中である。

梅の花咲く室町御所ののどかな日に将軍義晴公とその北の方がおわしますのなら、室町幕府の執権である上杉謙信と武田信玄は同座していてもよさそうなものだが、不在である。代わりに上杉謙信の息子の長尾景勝《かげかつ》がいる（景勝は子のない謙信の養子だが、そんなめんどくさいことにこの作は触れない）。

景勝は上京して将軍のために働き、懐妊中の賤の方の世話をしたりしているのだが、父親の謙信の方は、一向に将軍の前に参上しない——そういう「謎」がありつつ、「平和なはずの世の中に、最近では諸国に合戦が起こって、その中でも見捨てておけないのは、上杉と武田の争いである。両家はなぜ争うのか？」という「謎」にもなるのだが、それを「謎」と思うのは、「謎だ」と言われて真に受ける観客だけで、それはただ「そういうものだ」というだけである。なぜかというと、「それは謎だ、なんか理由があるはずだ」と言うのが、武田と上杉を滅ぼそうと考える薄っぺらな悪役の北条氏時だからである。

武田と上杉が不仲になって争うことになった理由は、武田家に伝わる家宝の諏訪《すわ》法性《ほっしょう》の兜——《諏訪明神より夢のうちに賜わって。明神の使わしめ八百八狐《ぎつね》これを守護す。神通力《りき》加わってこれを著《ちゃく》するたびごとに。合戦勝利を得ざることなし。》というものを、上杉謙信の方が《隣国の誼《よしみ》》を言って「ちょっと貸して」と持って行ったまま返さない、というところにある。これを「ホントかよ？」と観客が思ってしまえば、「謎の多い上杉謙信は悪いやつなのかな？」ということにもなるが、これもまたどうでもいいミスリードの一つで、ここで重要なのは、後に登場する「諏訪法性の兜」のイメージを観客に記憶させることだけである。

なんだか分からないが「武田と上杉の争い」に関して北条氏時と長尾景勝がゴタゴタ揉めている。と、そこへまだ出家前の武田晴信《はるのぶ》＝信玄がやって来る。晴信は大人物だから、「上杉と揉めるのはよくない」と手弱女御前に言われれば、「いかにも左様でございます」と了承して、彼女の提案による両家和睦の縁組——景勝の妹の十七歳になる八重垣姫と、同じ年の信玄の息子勝頼の縁談が成立することになる。「兜を持って行かれた〝被害者〟の側である武田信玄の晴信が、この益のない和睦を了承するのはへんだな。北条氏時が言うように、信玄と謙信は裏で手を組んでなにかを企んでいるのかな？」と観客が思えばしめたもので、なんだか釈然としない雰囲気を漂わせたままで大序は終わる。

続く誓願寺は「家来筋の話」で、妊娠五ヶ月の賤の方は、長尾景勝の家来である直江《なおえ》山城之《やましろの》助《すけ》を供にして、満開の梅の花見に来ている。「直江山城之助」に該当するのは、ＮＨＫの大河ドラマ『天地人』で有名になった直江兼続《かねつぐ》である。「愛」の字を付けた兜をかぶって妻夫木聡が演じたこの男は当然の色男で、賤の方の腰元の「八つ橋」と恋仲になって、こちらも「妊娠五ヶ月」になっている。華やかな梅見の席に美男美女の恋人同士がいると、ここに邪魔者が登場するのもこうしたドラマの常だから、大序にも登場した村上義清《むらかみよしきよ》がここに現れる。

村上義清は、元は甲斐と越後の中間にある信濃の武士だったが、越後から攻め寄せて来た上杉謙信に降伏してその家来となり、やがてはそのまま京に上って北条氏時の家来になってしまったという、安っぽい敵役である。これが誓願寺へやって来て、「主人の北条氏時はあなたにぞっこんだから、主人のものになって下さい」と賤の方を口説き始める。将軍のお胤を懐妊中で、しかも《左《ひだり》孕《はらみ》は御男子のしるし。》ということで、この腹の子は生まれる前から「男子」と決められている。その「将軍の後継ぎ」となる子を懐妊中の側室に平気で惚れて、「妻になってくれ」と家来に言わせてしまうのが北条氏時——似た設定は近松門左衛門の『国性爺《こくせんや》合戦《かっせん》』の冒頭にもあるが、北条氏時みたいな奴がいるのだから、もう室町幕府も将軍の権威もガタガタである。しかも、その無茶な要求をする家来の村上義清は、直江山城之助と出来ている八つ橋に惚れている。「主従揃って横恋慕」というのもまた、お定まりである。

賤の方は「無礼な」と怒りながらも、村上義清を連れて、誓願寺の内へ参拝に入る。後には直江山城之助と八つ橋が残って、「ねェ、いいでしょ、ここでちょっと——」と言って、八つ橋は山城之助を誘う。しかも誘う先は、賤の方が乗って来た駕籠の中である。こうした人形浄瑠璃の常套でもあるような色模様になって、事態は微妙におかしいのだが、八つ橋はさっさと駕籠の中に入って、山城之助がちょっと迷っているところへ、賤の方の一行が戻って来てしまう。禁断のオフィスラブが見つかりそうでやばいことになるのだが、賤の方はこれを見逃して二人は救われる——「ただそれだけですよ」というところで誓願寺の段は終わるが、続く翌日の足利館奥御殿になって、事態はへんてこりんなことになる。

近松半二の特徴である「二者対峙」は、この奥御殿になって目立って来るのだが、そのまず初めは、将軍の正室手弱女御前と側室の賤の方である。

「手弱女」の名を持ちながら、この本妻は非常にしっかりした女で、将軍義晴が目の前で殺された時も長刀《なぎなた》を取って単身立ち向かうし、死後の騒ぎの中でも冷静に事に対処して行く。『本朝廿四孝』の中には「名は体を表さず」という皮肉なテーマも隠されていて、手弱女御前はそうした一人でもあるのだが、そういう女だから、妾が夫の子を孕んだといっても、嫉妬なんかしない。「本妻の自分には子がないから」という前提で、懐妊の妾にやさしくする——「あなたの生む子は足利の世継ぎで、私の子も同然なんだから、あなたは大切な存在なんですよ」と言うのだが、対する賤の方は、この心遣いが苦しくてならない。

名が「賤の方」である以上、この女はかなり身分の低い女だということが推測されるが、そういう存在だからこそ、北条氏時も「あれを奪い取って、自分の妻にしてしまおう」などということを考える。ある意味で賤の方は、「色気のある手の出しやすい女」なのである。だから、賤の方を手に入れようとする北条氏時は手弱女御前に向かって、「あの妾を大切にすると、かえって増長して、あなたの敵にもなりかねませんぞ」と忠告をする。困ったことに、「武田と上杉の不和はなんかおかしい。裏があるんじゃないか」というところから始まって、まともに考えれば、敵役である北条氏時の言うところは、一々「ごもっとも」なのである。

本妻に子はなくて、身分の低い妾が後継ぎの男子を生めばどうなるか？——ここからいくらでも厄介な話は生まれるのである。しかし、そんな「ありそうな可能性」を示唆しながらも、悪人の北条氏時は、手下の村上義清と共に、賤の方をさらって行く算段をしているのである。奥御殿の庭には館の外へ抜ける井戸があって「そこから運び出せばいい」と計画をしているのだから、その犠牲者となる賤の方が悪い女であるはずはないと、観客は思う——ところがさにあらずで、しばらくすると、とんでもないことが起こる。

人気《ひとけ》のなくなった奥御殿の一室では、昨日中途半端に終わった直江山城之助と八つ橋のラブアフェアが再開されているのだが、ふと見ると、これが八つ橋ではなく、彼女のふりをした賤の方だった。やっぱり、昨日の誓願寺で八つ橋と山城之助の不義を黙認してしまったのも、賤の方には下心があってのことか——ということになる。「あんた達のこと黙っててあげるから、私のものになりなさい」と、賤の方が山城之助の手を引っ張ると、ここに「不義者見つけた！」と、怒りの表情をあらわにした将軍義晴が刀を提げて現れる。北条氏時も現れる。「二人まとめて切ってやる！」とばかりに将軍が刀を振り上げると、「お待ち下さい」と言って手弱女御前が現れる。

しっかり者の手弱女御前は、「これは不義ではない。なにか事情があること」と看破して、賤の方も「実は——」と白状する。賤の方が心にもなく山城之助に恋を持ちかけたのは、手弱女御前の心遣いがつらくて、「いっそ死んでしまおうと思ったから」ということになる。いい迷惑なのは、その道連れにされかかった直江山城之助で、更に大問題なのは、足利家のお世継ぎを懐妊中の女が「いっそ死んでしまおう」と思い、カッとなった将軍様が大切なその女を殺してしまおうとすることである。「一体、足利家はお世継ぎ問題をどう考えているのか？」というところへまで行ってしまうが、このことによって作者の近松半二は、「黄昏れた室町幕府はこのように内情がガタガタでした」と批判しているわけではない。この賤の方のエピソードは、これから始まる「意表を衝く展開」のプレリュードでしかないのだ。

賤の方は、「髪を切って尼になれ、そして、無事に出産をしろ」ということで許される。だから、

「その賤の方は、この先どうなるのだろうか？」という疑問も生まれるが、実のところどうともならない。もう少ししたら賤の方は、突如として現れた「謎の男」にさらわれて、その後、この物語の中に姿を現さない。「無事に男の子を生みはしたが、産後の疲労で死んでしまった」と言われるだけだから、「賤の方のその後」も「賤の方という女はどういう性格の女だったんだ？」ということも、問題にはならない。そして、この「賤の方の描かれ方」は、『本朝廿四孝』という作品の作劇法を象徴するようなものでもあるのだ。

「悪人を装いながら、しかしその胸の奥には深い思慮を隠している」というヘヴィな人物を主人公にして、「もどり」という専門用語さえも存在させている人形浄瑠璃のドラマでは、その人物の胸の内に収斂する「伏線」が大きな意味を持つ。随所に張り巡らされた伏線は、「決して底を割ってはならない。これを明かしたらドラマそのものが成立しない」ということになっている。それを抱え込んだ中心人物は当然ヘヴィな存在になって、張り巡らされた伏線は中心人物の胸の内に還る。それがあるから、人形浄瑠璃のドラマはしつこく、執念深くさえもあるのだが、『本朝廿四孝』の伏線は、その逆なのである。ある意味で「なにを考えてそんなことをするのかよく分からない」と言いたいようなことをする賤の方の描かれ方は、「もどり」という性格を隠し持った人形浄瑠璃ドラマのパロディでもある。だから、「心正しい賤の方は、手弱女御前の厚情に堪えかねて、心ならずも偽りの不義を仕掛けました。でも、それでどうだというわけではありません」ということになってしまうのだ。

『本朝廿四孝』の中に張り巡らされる伏線は、言ってみれば、四方八方に飛び散る矢である。その矢のすべてを目で追うわけにはいかない。そして、『本朝廿四孝』という作品の構成は、「この四方八方に飛び散る矢のどれか一つが、最後まで続く正解の矢なのです。それを当ててごらんなさい」ということになっている。矢は、どこからどう飛んで来るか分からない——そのために「矢が飛び出して来そうな場所を至るところに設定した」ということになっている。だから、前置きが長くてしつこい——私の文章みたいだ。

そのように設定された前置きは、「賤の方の偽りの不義」へ至るまで続く。そしてこれからが、物語の矢が次々と繰り出される「本当の始まり」なのである。

4

賤の方自作自演の密通騒ぎが収まると、いよいよ鉄砲を持った斎藤道三の出番である。白髪頭の道三は「種が島出身の浪人井上新左衛門」と名乗って登場するが、この偽名の「井上」は、徳川幕府に仕えた砲術の「井上流」から出ているらしい。そんなところからでも、この上杉、武田の両雄が登場する戦国の室町幕府は、上演当時の「平和な徳川幕府」とイコールなのである。

斎藤道三の井上新左衛門は、「この新兵器があれば、戦場で敵は皆殺しに出来る」と言い、まぬけな将軍義晴は「じゃ、射ってみろ」と言う。そしてその通りに、道三は将軍義晴を射殺してしまう。この時、将軍の御前には手弱女御前と北条氏時と「その他大勢」くらいの人間しかいない。突然の惨劇に「その他大勢」の諸大名は「遁《のが》すな！」と言うが、鉄砲を構えた道三をこわがって、誰も近づかない。そこに勇敢なのが、たった一人長刀を持って立ち向かう手弱女御前で、彼女は道三の持った鉄砲を長刀で叩き落とす。鉄砲を落とした道三は、抜け穴となっている庭の井戸へ飛び込んで逃げ、またしても「これを遁すな！」と館の内は大騒ぎになる——とそこへ、謎の覆面男が賤の方を抱えて出て来る。「こりゃ大変」と思う長尾景勝がその後を追って、謎の男と共にいずこかへ去って行く。「賤の方の一件」までひたすらに謎めいた話だけがあって、そこに鉄砲を持った白髪頭の浪人と、賤の方を誘拐するもう一人の「謎の大男」が現れて舞台は一挙に騒がしくなるが、更にそこへ武田晴信（信玄）と、ついに上京した長尾（上杉）謙信が同時に現れる。ダブルにダブルの登場で舞台の上はごったがえして、当然ここではあることが欠落させられる。それは、「夫の死を嘆く正妻の手弱女御前の姿」である。

　のんきな将軍は殺される。気丈な正妻は長刀で敵に立ち向かう。敵は逃げて、手弱女御前は、「御遺骸を奥の間へお運び申せ！　残った鉄砲で敵の正体を探れ！　四方を固めて敵を逃がすな！」と号令するのに忙しい。将軍の遺骸と共にこの正室も奥へ入ると、今度は別の曲者《くせもの》が賤の方をさらって逃げる。だから、手弱女御前には「将軍の死を嘆く暇」なんかがない。その暇があっても、もしかしたら手弱女御前は「将軍の死」を泣かないかもしれない——そういう女性として描かれている。だからなんなのかというと、あきれたことに、この『本朝廿四孝』では、「誰かが死んだことによって嘆き泣く」という愁嘆場が、ほとんど存在しないのである。

「大事な人が死んだ」——そういうことになって泣くのは、人形浄瑠璃の大事なクライマックスで、見せ場で、ドラマの眼目であってもいいはずなのに、この『本朝廿四孝』ではそれがない。あったとしても、いたってぞんざいに扱われる。そうなるのは、次から次へと意想外の事件が目白押しで、泣いている暇がないからなのである。

　手弱女御前は奥へ引っ込んで、泣いていたのかもしれないが、すぐに武田と上杉の両雄が姿を現し、敵役の北条氏時が「将軍殺害の大事件が勃発していたのに、なんでお前達はその場に居合わせなかった！」と文句を付けるから、将軍亡き後の幕府を仕切る手弱女御前は、その事態の収拾を図らなければならない——というわけで、泣いている暇はない。そして、そういうことにしてしまって、『本朝廿四孝』の作者は、「将軍暗殺」の大事件というものから「愁嘆」をはぶき、いともあっさりこれを「これからの物語の発端」に変えてしまうのである。

既に斎藤道三と意を通じている北条氏時は、「この機会に武田と上杉を叩き潰してしまえ」と思って、「足利幕府の執権でありながら、将軍殺害の場に居合わせなかった責任をどう取るんだ。お前達二人が将軍暗殺を仕組んだんだろう」と武田、上杉の二人に吹っかける。

安い喧嘩を売られた信玄の晴信は、「そんなことは企んでいない。無実だということを証明するために、息子の勝頼の首を打って差し出す」と言い、謙信の方も「謎の男を追ってどこかへ行ってしまった息子の景勝を探し出して、その首を打つ」と言う。それを聞いた手弱女御前は、「そんなせっかちなことをしなくてもいい。将軍の三回忌までに将軍暗殺の犯人を探し出せばいい。それが出来なかったら、二人の息子の首を打ちなさい」と言う。この辺りは、「我死して後三年、その喪を秘せ」と言った武田信玄の遺言を響かせてもあるのだろうが、そういう段取りを踏んで、話はいよいよ「本篇」である甲斐、信濃の方面へと舞台を移すことになる。

「物語の中に踏み込まず、序段の段取りに終始するこの文章は何事」と思われるかもしれないが、「将軍殺害事件」を語るこの序段は、いつの間にか「手弱女御前を中心とする足利幕府の話」に移り、それが「武田信玄と上杉謙信の物語」へ移行しようとしている。語られた話は、いつの間にかみんな「どうでもいい」で消えてしまうのである。「そうなってもしかるべし」というのが、この冒頭である。

「春は曙」の『枕草子』が、いつの間にか《室町の。御所こそ花の盛なれ。》に変わっている。優美な女の文章が、「気丈なる手弱女御前」を中に置いて、いつの間にか勇壮な男達の物語へと変わって行く――それを不自然にしないテクニックが、この『本朝廿四孝』を「無意味なドンデン返しの連続」ではあっても、「鑑賞にたえる作品」にしているのだ。つまり『本朝廿四孝』は、うっかりすると自虐的なことを考えて鬱々たる感動にひたってしまう江戸時代観客のために投げ出された、「そんな厄介なことは考えなくていい」と言う、良質のエンターテインメント作品なのである。

「ただのエンターテインメントの出現」を説いてこれほどくだくだしい説明を要するのが日本だ、ということでもあろうか――。

5

『本朝廿四孝』の第二（二段目）は、諏訪明神と武田信玄館の二場からなる。五段仕立ての人形浄瑠璃の一段は、普通「端場《はば》」と「切場《きりば》」の二部構成で出来上がっていて、「端場」は時として「口《くち》」と「中」の二つに分かれている。「端場」はクライマックスである「切場」への導入部だから、諏訪明神での物語は武田信玄館へと続く（と同時に三段目、四段目へも続く内容を持っている）。構造的にはそれだけの話だが、黙って見ていると二段目口の諏訪明神では、なにが起こって、それがなんの意味を持つのかがさっぱり分からない。

《今日》の下諏訪神社は《卯月の初め御神事の宵《よ》宮《みや》》ということになっているので、《力石《ちからいし》》と呼ばれる大石の置かれた社前は、人で賑っている――「だから色んな人物が現れる」というのが、この端場である。

まず現れるのが「荷車引きの簑作《みのさく》」で、舞台を見れば彼が「前髪立ちの美少年」であることは分かるが、浄瑠璃の詞章は「彼はいかなる人物か」を語らない。ただ「簑作」と言うだけで、「なにかを感じる人間は感じるだろう」と投げ出しているのだが、まだ「太田道灌の歌」は劇中に登場していないから、ここで「なにか」を感じ取れる人間などいないだろう。

仕事帰りの簑作は、疲れて力石に腰を下ろす。それを見咎めた悪い仕事仲間が、「それに腰掛けた奴は、その大石を持ち上げなきゃいけないのだ」と脅し、ようやく簑作が《日ごろから女たらしで。生《なま》じらけたしゃっ面《つら》》をしている人間だと、周りで思われていることが知らされる。

簑作と仲間が揉めていると「武田家の奥家老板垣兵部《いたがきひょうぶ》」という人物が現れて、亀を救う浦島太郎のように簑作を救う。諏訪明神は武田家の領内だから板垣兵部が出て来ても不思議はないが、不思議なのはこの奥家老が《其方へちと頼みたいことがある。旅宿まで来てくれまいか。》と言うことで、「この御家老はそういう趣味なのかなァ」と思われなくもないが、なんの説明もなしに、夕暮れ時に板垣兵部は、簑作を連れて去って行く。

その後に《年もようよう十七か》と言われる《武田の腰元濡衣《ぬれぎぬ》》が、《お百度参り》にやって来る。そこにもう一人、後に「横蔵《よこぞう》」とその名を告げられる無頼漢も現れる。博打に負けた横蔵は、濡衣にちょっかいを出しはするが、そうそう悪い奴でもないらしく、「襲いかかって犯す」ということもない。横蔵も簑作同様、「ああ、疲れた」で力石に腰を下ろし、お百度参りの濡衣の様子を見ている――濡衣は百回の往復を終えて、社の鈴を鳴らすのだが、その鈴の引き綱が切れてしまう。

《私《わし》がお百度は大事の〳〵お主《しゅう》様の命乞。鈴の綱の切れたのは。お命の無いと言う。明神様の知らせかと。涙ぐめば。》になるが、横蔵は結構気のいい男で、濡衣を励まし、切れた鈴の綱――というか紐を見て、《この鈴の綱に書いてあるは十七歳の男子。息災延命とあるからは神も納受。》と教え、「この綱を持って帰れば大丈夫」だと言う。《息災延命》と書いてある綱が切れて、どうして「大丈夫」になるのかは分からないが、言われた濡衣は喜んで帰って行く――ここまではっきりするのは、濡衣という年若い腰元の仕える若い主人は、病気だかなんだか知らないが、命が危いらしいということだけである。

一人になった横蔵は、夜の中で賽銭泥棒を始める。当人は《コレ盗みゃせぬ。相対《あいたい》ずくで勝った銭。》と言うが、神様相手に一人でサイコロ賭博をして、「俺が勝ったからもらって行きまっせ」というのだから、横蔵は「気のいい悪党」でもある。

賽銭箱を根こそぎにした横蔵は、神様相手に「もう一番」と言って、拝殿に掛けてある立派な奉納の太刀までいただいてしまう。その太刀を奉納したのは謙信の息子の長尾景勝で、その横蔵の様子を景勝の家来が見ていた――それで、《御主人の奉納の太刀。盗取るには仔細ぞあらん。》とつかみかかるが、横蔵は手にした太刀で、この首をスパッと刎ねてしまう。大騒ぎの大捕物になって、長尾の家来に囲まれた横蔵は逃げて行く。そこに現れるのが、この社に籠って何事かを祈っていた長尾景勝である。

景勝は灯籠の火で、自分の家来の首が落ちているのを発見する――そこへ、「切った首をそのままにしておくと厄介だ」と思う横蔵が戻って来る。歌舞伎の「だんまり」じみた展開だが、そこら辺は「歌舞伎に勝ってやる」と思う近松半二である。

やって来た横蔵に、《汝が尋ぬる心の一品。今神前で某が。拾い取ってコレこゝに》と、景勝は切られた家来の首を差し出す。再び景勝の家来に囲まれる横蔵は、抵抗をやめておとなしくなる。景勝はその顔をつくづく見て、「家来の敵だが赦してやる」と言う。さっきには、武田の奥家老が「許してやれ」と簑作を助け、今度は長尾の若き当主が、横蔵に「赦してやる」と言う。近松半二的な「二つの対比」だが、それを言われなければ、雑然としてなんだか分からない。武田の板垣兵部は簑作を連れて行ったが、長尾景勝は《面魂《つらだましい》に見所あるやつ。性根を改め。その首の胴についてあるように。慎みおれ》と言って去って行く。ここで一つ「チョン」と柝《き》が入ってしまえば歌舞伎の短い一幕だが、なにかがテンコ盛りのこちらはまだまだ続く。

夜の中に一人残った横蔵は、田舎の兄《あん》ちゃんの本性を出して、「ああ命拾いした」と、またしても力石に腰を下ろして煙草を喫い始める。するとまたしても、簑作にからんでいた奴等が現れて、「その力石に腰を下ろした奴は——」を言う。横蔵はそのチンピラを投げ飛ばして追っ払い、「こんな石、たいしたこともあるめェがよ」と言って、一人で持ち上げてしまう。すると、その石の下には穴が隠されていて、そこから《白髪《しらが》交りの有髪《うはつ》の老人身には菅簑《すげみの》異相の体《てい》》というものが現れる。「この作の中心は斎藤道三」と知っている人間なら、ここで「待ってました」と言いたくなるだろう。なんだか分からない展開の中に現れたこの謎の老人になら、おおよその見当がつくからだ。前段で将軍義晴を撃って姿をくらました、まだ「斎藤道三」の正体を明かしていないジーさんであろうと。

うっかりすると、「京都の室町御所から諏訪明神まで、地下には長いトンネルが通っているのか？」と思ってしまうが、そんな風に勘違いしてもらえば、作者の近松半二も大喜びだろう。実はこの二段目が始まってまだ一言も言われていないことがある——この場は前段の「三年後」なのである。「死んだ将軍の三回忌がすむ前に、信玄と謙信は犯人を探し出せ。それが出来なかったら二人共、息子の首を打って差し出せ」と言われた、その期限が過ぎた後なのである（ここでの三回忌は〝三年後〟である）。

そうなると、すべての布置は明確になるだろう。武田の家老が簑作を連れて行ったのは、命が危うい武田の嫡男勝頼の身代わりにするため。濡衣が祈っていた《お主様》も、その勝頼なのである。だから、こちらの話は後の武田信玄館に続くが、「勝頼の命が危い」であれば、当然「長尾の嫡男景勝」だって同じなのである。だから、景勝は意味深なことを言って、横蔵を赦す——《その首の胴についてあるように》云々と。横蔵と景勝は、よく似ているのである。横蔵が刎ねた家来の首を景勝が拾うのも、後の展開を暗示しているのだが、それもすべては「三年後の話です」がはっきりしてのことである。「京都から長野まで続くトンネルを三年間歩き続ける」なんてことをしていたら、いかに不敵な斎藤道三だって、飢死してしまうかもしれない。

言えば分かるが、言われなければ分からない。現代でこんなことをしたら、編集者に怒られる——「初めに〝三年後の話である〟って言わなかったら、読者が混乱しませんか？」と。ところが江戸時代のドラマ作者は、観客を混乱させて「謎」を醸成することを目的としているから、これでいいのである。「伏線はすべて提出した。謎はいずれ明らかになる。明らかになった時、アッと驚きなさい」が、『本朝廿四孝』の構成なのである。だから、横蔵と「謎の老人」の出会いでも、意味のない伏線が張られる。

穴から出て来た老人はわざわざ《菅簑》を着けている。それも、「みの一つだになきぞ悲しき」の太田道灌の歌を踏まえてのことで、それを活かすために、冒頭に登場する若者も「簑作」なのである。そして、それに気がつかない観客は愚かなのだが、この謎の老人と横蔵は、既にどこかで見知っている――というのは、序段で「懐妊中の賤《しず》の方」をさらって逃げた謎の人物が、この横蔵なのである。そんなことを言われても無理だと思うかもしれないが、序段と二段目で遣われる人形の首《かしら》は同じだから、「言われりゃそうかもしれないけど――」になってしまうが、主立った人形の首はそう何種類もあるわけではないから、「そう言われても無理だよ」ではある。しかし、「既に手掛かりはすべて提出されている」になってしまうのだ。

謎の老人・道三の方は、「以前の経緯」を知っているから、「賤の方をさらって行った奴」と思われる横蔵に、「仲間になれ」と言って連判状を差し出す。言われた、「正体不明のなにか」を隠し持っているらしい横蔵も、だからこそやっぱり、道三へ「仲間になれ」と言って違う連判状を差し出す。そして、夜の中で出会った二人は別れるのだが、その前に道三は着ている菅簑を脱いで、横蔵に投げ渡す――《我も定めぬ旅の空。志す方は六十余州雨宿りする天《あめ》が下。人目を凌《しの》ぐ雨具をくれんと。着たる菅簑ぬぎ取って。七重八重。花は咲けども山吹の。みの一つだになきぞ悲しき。》と。

これだけで、「美濃を失った斎藤道三は、〝簑がない〟の歌で有名な太田道灌の子孫」という無茶な設定を呑み込めるわけもないのだが、簑を投げられた横蔵は《ム、天晴《あっぱれ》餞別。受けました。》と返すのだから、「伏線は見事に観客へ提示されました」になる。「これが分からない人は、〝あれよ、あれよ〟と進むドラマの展開に翻弄されなさい」である。そういうものだから、「え？　なにがどうなってるの？」と思っても仕方がない。作者は順を追って「周到に仕掛けられた（ことになっている）伏線」を解き明かし、観客はひたすらに、「えー!?」と驚くのである。

6

この調子で続けると『本朝廿四孝』の話はなかなか終わらず、私も編集者に怒られてしまうので、この先は話をトントンと進める――と言っておいてなんだが、続く武田信玄館には、「朝顔上使の段」と称される美しくも哀切極まりない場面があるから、そうトントンとはならない――。

命が旦夕《たんせき》に迫った十七歳の美少年、武田勝頼は、悲しいことに盲目なのである。であればこそ、母の常磐井《ときわい》御前は、息子が愛おしくてならない。なんとかその命を助けたいと思い、家老の板垣兵部が《勝頼公に寸分違わぬ御身代り。兵部が存じて罷り在れば今日中に連れ帰らん》と言ったのを頼りにして待っているのだが、肝心の板垣兵部はまだ戻らない。諏訪明神での簒作と兵部の意味不明なやり取りが、この常磐井御前の言葉で、「ああ、そうか」とぼんやり理解される。そして、同じ諏訪明神へ行って《十七歳の男息災延命》を手に入れた濡衣は戻って、「大丈夫ですよ」と奥方を励ましているのに、家老はまだ戻らない――そこへ、序段に登場したエラソーで安っぽい敵役村《むら》上義清《かみよしきよ》が「首受け取りの上使」としてやって来る。

常磐井御前は「ちょっと待って下さい」と言い、「待てねーよ」と言う義清は、庭に咲いている朝顔をちぎって、「この花がしぼむまでは待ってやる」と言う――それがつまりは「朝顔上使」である。

ほんのわずかの時間稼ぎをした常磐井御前と濡衣は、「どうしよう——」と泣くばかりだが、もちろん濡衣と勝頼は恋人同士である。女二人は泣いているが、さすがに武田信玄の嫡子である勝頼は、潔く切腹の覚悟をする。「武士の家に生まれて眼が見えない私だから、将来無残な死に方をするよりも、今腹を切る」と勝頼は言うが、十七歳の盲目の美少年が長袴の裾を踏んで出て来てそんなことを言ったら、女二人はたまらない。常磐井御前は、「濡衣、あんたと勝頼の仲は知っている。不義は許して夫婦として認めるから、勝頼を連れて今の内に逃げなさい」と言うが、律義な勝頼は、「家の不名誉になること。そんなことは出来ません」ときっぱり拒絶をする——がしかし、「だったら私が先に自害をする」と母親に言われて、仕方なく逃げることを承服する。そこへ村上義清が現れて、「逃げようたって逃がさねェぞ」と、しぼみかかった朝顔の花を突きつける。《ヤァしぼまぬかしぼんだか脈の上った死人花。これでも生きるか生けて見るか。》と迫られて、勝頼は思い切って刀を腹に突き立てる。

ここまでには、なんのトリックもない。観客は、「眼の見えない美少年の勝頼が、まさか殺されるはずはなかろう」と思うだろうが、彼はあっさりと死んでしまうのである。

《我先立ちなば亡き後にて。さぞ御歎き御物思い。逆さまな追善供養。受ける不孝の勿体《もったい》なくながらえありし今日たゞ今。親子の縁も。朝顔と共に散り行く御名残。》である。朝顔の花の短命に、「親子の縁も浅かった」がかけてある。勝頼は「私が死んだ後でも母上を助けてあげてくれ」と濡衣に言って、首を打たれて死んでしまう。『仮名手本忠臣蔵』の「判官切腹」のようなもので、頼みの板垣兵部はやって来ない——そこへ、駕籠に乗せた簑作を連れた兵部がやって来て、話は一転するのだ。

濡衣は諏訪明神からもう戻って来ているのに、彼女より先に簑作を拾った兵部の方は駕籠を使っているのになかなか来ない。それでもやっと信玄の館へ戻って来た忠臣兵部は、「秘密厳守」を第一として簑作を運んで来た駕籠屋を切り殺してしまう。出て来た簑作は、「とんでもないところに連れて来られた」と震え出し、兵部の到着に気づいた奥方は、「遅かりし由良助」のノリで嘆き、上使の村上義清は、勝頼の首を持って、嘲けるようにして去って行く。

「忠なる家老」の兵部は、「大事の若君を殺して、泣いてすむか！」と我が身を責めて悔み泣き、簑作は「おお、危ね」とばかりに逃げ出そうとするが、「秘密厳守」を第一にする兵部は、その簑作に切ってかかる。逃げ回る簑作の科白はなんともリアルで、《ハテ身代りを遣うたというではなし。正真《しょうしん》の首渡したを誰《た》が知ったとてなんの大事。そしてマァ人の命を沢山そうに。瓜か茄子《なすび》切るようにお赦しあれ》と言うのだが、実はこのとぼけた科白に重大な意味が隠されている。

簑作は逃げ、兵部はこれを追い回すが、兵部は何者かが障子の向こうから突き出した刀で殺されてしまう。兵部を殺したのは、この館の主人の武田信玄。なぜ兵部を殺すのかと言えば、「若君のお命を救わなければ——」で奔走していた兵部が、実は「お家乗っ取りを企む大悪人」だったからである。

盲目の勝頼は、実は偽者で、同じ時期に生まれた板垣兵部の息子だった。自分の子供と主君の子供を入れ替えた兵部は、実の勝頼を信濃のはずれに養子に出して知らん顔——その子供が簑作だったというわけで、そのために兵部は、必死で身替わりを探していたのである。

智将信玄はこの企みをすぐに知ったが（どうして知ったかは不明）、そのままにしておいた——《憎《にっく》き逆心一分だめしと思いしが。いま戦国のときに至って。人の子を我が子とし。我が子を他家に育つるは智謀の一つ》と考えたのである。妻の常磐井御前にそのことは知らされず、信玄はこっそり裏から手を回して、「真の勝頼」である贋作を育てていた——「だから、偽者の勝頼が死んだといって、嘆く必要なんかどこにもない」ということになるのである。

『本朝廿四孝』の特徴は、「人が死んでも誰も悲しまない」というところにあって、序段の切で将軍が殺された時でも正妻の手弱女《たおやめ》御前はケロッとしていた。死んだ盲目の勝頼は、本当に「いい息子」だったから、常磐井御前も「死なねばならない我が子」の哀れさを思って嘆いたが、そのことにはなんの意味もなかったというのが、この信玄館の結論なのである。だから、「いかにドンデン返しの連続で、観客の意表を衝くことを眼目にしていたにしても、そんなドラマになんの意味がある？」と思う人はいるだろう。しかし、この作品は『本朝廿四孝』——「日本の親孝行の物語」なのである。

7

江戸時代のドラマにはよく登場して、しかし現代人の我々には一向にピンとこないものに、「取り替え子」というのがある。武田の家老の板垣兵部のしたことである。「主人の子」と「自分の子」をこっそりと取り替えて「主君」として育てる——それをして「若殿」とか「殿」と言われるようになった「我が子」に、こっそり「実はあなたは私の子なのです」と言って、そのまま「主人の家」を自分のものにするのだが、そう思い通りになるのか、ということである。

なにも知らずにスクスクと育った子が、ある時に「悪い奴」から「あなたは私の子なんですよ」

と言われて、平気でいられるのかということである。子供は懊悩してグレるだろう。そうなったら「お家の一大事」である。「あなたは私の子なんですよ」と言った段階で、それまでは「忠実な家来」だったものが「大悪人」になる。「自分はこの家の本当の子ではない。実の親は大悪人だ」と知ったら懊悩の極致であるはずだが、「取り替え子」を計画する親は、そんな危惧をまったく感じていないらしい。「大丈夫、大丈夫、実の親子なんだから言うことを聞く」と信じていられるらしいのだが、「親子」というDNAにはそんな超越的な力があるのか？——と言ったら、そんなことはない。しかし、そんな信じられ方をしてしまうのは、江戸時代に「親たる者の子に対する絶対の優越性」が信じられていたからである。それは当然、「建て前として信じられている」であるはずだが、この「建て前としての信じられ方」は、じわりじわりと効いて来る——だから「取り替え子という方法は有効なのかもしれない」という信じられ方もしてしまう。まァ、ドラマの場合、これはほとんど「見破られて終る」ではあるけれど。『本朝廿四孝』は、「どうしてそこまで手の込んだドンデン返しが必要なんだ？」と思われて、実は、このじわりじわりと効いて来る「子に対する親の絶対性」を突つき出す、皮肉な作品なのである。

　親が「絶対」だから、「親孝行」というのも、動かしがたい大徳目になる——そこを支えるのが、中国由来の『廿四孝』という極端な「親孝行物語」である。江戸時代に伝わって一般化したこの物語集は、既に井原西鶴の段階で「そんなバカげた話があるか」と批判されて、『本朝二十不孝』という作品になっている。冬の最中に「筍《たけのこ》を食べたい」と言い出した老親のために、雪の中を筍掘りに行く息子の名前は「孟宗《もうそう》」で、だからこそ今の一般的な筍用の竹には「孟宗竹」の名がついている。

「この季節に筍なんかまだ出ていない」という反論は存在しえないという前提で、哀れな孝行息子の孟宗は雪の中を出掛けて行き、別の息子は、冬の最中に「魚を食べたい」と言う親のため魚釣りに出掛け、川の表に張った氷を体温で溶かすため、氷の上に腹這いになったりもする（氷なら割ればいいのに）。そんな「極端な親孝行の無茶」を知りながら、なんとなく受け入れてしまうのが、江戸時代人である。『本朝廿四孝』は、その「なんとなく」性に対して突っ込みを入れる、皮肉な「親孝行論」でもある。

健気な「武田勝頼」は、「親のため、家のため」を思って死んで行くが、彼は「偽の勝頼」でしかない。だから、彼の死はなんの意味も持たず、嘆かれる理由もない――そういうドンデン返しを持ち合わせて、偽の勝頼の「親のエゴによって偽の人生を歩まされた子の哀れさ」がうっすらと浮かび上がる。「親孝行とはなんと皮肉な徳目であろう」というテーマは、次の第三（三段目）に於いて、ドンデン返しに次ぐドンデン返しという形で公然と浮かび上がるのだが、話をそちらに続けると『本朝廿四孝』の話は別方向に入り込んで更に分かりにくくなるから、「真の勝頼」である簑作と濡衣のその先を先に片付けておく――。

8

哀れなのは濡衣である。さっきまでは「悲劇の勝頼を支えるしっかり者の腰元――許されてその正式な妻」だったのが、「実は悪人板垣兵部家の嫁」になって、「姑となった常磐井御前を裏切る女」になってしまうからである。事実はそうだが、しかし濡衣は「心正しき女」で、死んだ偽の勝頼だって、「親の悪企みを知らなかった善なる男」なのである。だから濡衣には、「死んだ夫＝偽勝頼の潔白を晴らす、妻としての責務」が与えられる。濡衣がどういう素姓の女かはまだ分からないのだが、「生まれは信濃」ということになっているので、「故郷の信濃へ戻り、謙信のところにある諏訪法性の兜を取り戻せ」ということになる。これを言い出すのが「真の勝頼＝蓑作」で、彼は「将軍義晴暗殺犯の探索」を目的として、濡衣と共に信濃へと向かう——そこが第四（四段目）の初めとなる「道行似合女夫丸《にあいのめおとがん》」である。

濡衣と勝頼は「女夫丸」という夫婦《めおと》の薬売りに身をやつして、信濃へと向かう。《偽りの。文字を分くれば。人のため。身のためならず恋ならず。心なけれど濡衣が亡き夫《つま》の名も。勝頼に伴なう人も。勝頼というてよしある蓑作が。散らし配りて薬売。》である。「偽」の文字は、なるほど「人十為《の》」だが、それを言われてなにが嬉しかろうというのが、濡衣である。

濡衣と蓑作の勝頼は信濃へ向かい、その後に「和田別所化性屋敷の段《わだべつしよけしようやしきのだん》」というのがある。安っぽい敵役の村上義清が、諏訪明神の使わしめである白狐に化かされて、化け物屋敷で散々な目に遭うという息抜きの場である。そういうエンターテインメントのテンコ盛りがあって、話はいよいよ「武田勝頼と八重垣姫のロマンス」で有名な、謙信館の場——「十種香の段《じゆしゆこうのだん》」となる。

上杉（長尾）謙信の娘八重垣姫は、許婚《いいなずけ》になっていた武田勝頼の「死」を聞かされ、その絵姿を前にして、嘆きの内に回向《えこう》をしている。そこに新しく召し抱えられた蓑作が長裃《ながかみしも》姿で現れ、八重垣姫はポーッとなり、これも新参の腰元である濡衣に「知り合いなら仲立ちして」と積極的に頼み込む。「人形浄瑠璃のお姫様は恋をするのが仕事」ということを最もよく表すのがこの八重垣姫で、だからこそ『本朝廿四孝』のこの場は人気が高く、独立して上演されることも多いが、その歌舞伎や文楽での上演ではたいてい省略されてしまう部分がある。それは、「薬売りになってやって来た濡衣と簑作が、どうして簡単に謙信館の家来になれているのか？」という部分である。

実は濡衣は、信濃に住む「関兵衛《せきべえ》」という人物の娘で、関兵衛は謙信館でガーデニングを担当する「花作り」なのだ。その伝《つて》があるから濡衣は腰元になり、簑作は関兵衛のアシスタントとなって、やっとその名の「簑」の一字が意味を持つようになる。どうしてかと言えば、その関兵衛が、初めは「井上新左衛門」を名乗っていた「斎藤道三」だからである。濡衣は「斎藤道三の娘」なのである。そうなると話は一層ややこしくなるが、おそらく濡衣は、自分の父親が「斎藤道三」だということを知らないのだ――原作ではそこら辺がぼかしてあるが、「なにも知らない子供が親に振り回される」が『本朝廿四孝』の隠されたテーマである以上、「濡衣は父親の悪事を知らない」が相応だろう。

悪い親父の関兵衛は、自分の素姓がバレていないと思って、館の主人謙信に、「簑作は勝頼ですよ」とバラしてしまう。「そうか――」と思う謙信は、簑作を家来に取り立て、用を言い付けて館の外に出して殺してしまおうと考える――だから、「そうとも知らず、八重垣姫は――」になる。《今日はいかなることなれば。過ぎ去り給いし我が夫《つま》に。ふたゝび逢うは優曇花《うどんげ》と悦《よろこ》んで居た物を。またも別れになることとは。なんの因果ぞ情なや。父のお慈悲にお命を。どうぞ助けて給われとくどき。歎くに》だが、父謙信は聞き入れない。それで八重垣姫は、狐が守護する諏訪法性の兜を手にして、「勝頼様をお助けする！」と走り去って行く――普通はここまでしかやらないが、実は、このすべてが「関兵衛＝道三の策にのったと見せかけた、上杉・武田の共同作戦」で、これに引っかかった道三は捕まり、娘の濡衣は、この館に来ていた手弱女御前の身代わりとなって、父の放った鉄砲の犠牲となって死んで行くのである。「将軍暗殺の犯人探し」というメインテーマはそうして片が付くのだけれども、狐と一緒に兜に引っ張られるようにして走り出した八重垣姫はどうしているのだろうか？　今でも「おみ渡り」と言うが、氷の張った諏訪湖は、諏訪明神の使わしめである狐が「渡った」と思われると、やっと歩いて渡れる厚さになるのである（と信じられている）。それで八重垣姫は、狐頼みで兜を持って、氷の湖を渡って甲斐へまで行こうとするのだが、それが全部「偽の計略」だとどうなるのか？　湖の手前で、「あれ？　私はなにをしているのかしら？」ということになるのかもしれないが、「あれよ、あれよ」で近松半二の術中に陥っている観客は、（きっと）そんなことを考えない。

『本朝廿四孝』は、ドンデン返しを成り立たせるために「途中のドラマをキチッと作り上げる」というのを鉄則にしているから、二段目の「勝頼切腹」もそうだが、「え!?」と思って、後はそのまゝまなのである。

というわけで、本作の眼目である第三（三段目）へと戻る。

9

三段目は、「善意の人の申し出が、ことごとく打算から出たエゴである」ということを語ってしまう、とんでもなく素敵な物語で、だからこそスピーディなドンデン返しの連続となる。端場となる三段目の口は、甲斐と越後――信濃の国境で、武田と上杉のいずれも「弾正《だんじょう》」を名乗る二人の家来が、妻と共に「一人の捨子」をめぐって争う「桔梗原《ききょうがはら》」――私としては大好きな場でもあるが、話すと長くなるから省略して、話はいきなり切場の「勘助住家」である。

この「勘助」はもちろん、武田信玄の偉大なる軍師山本勘助だが、「勘助住家」と言いながら、ここに山本勘助は存在しない。中国製の兵法書「六韜三略《りくとうさんりやく》」を所持していた軍師――初代の山本勘助は死んで、その未亡人である老婆が「山本勘助」を名乗っているのである。この一筋縄ではいかない婆さんの家には、二人の息子がいる。一人は、二段目に登場した「気のいい無頼漢」の横蔵。もう一人の弟の方は、かつて室町御所にいたイケメンの直江山城之助――長尾景勝に仕えていながら「謎の男」に賤の方を奪われ、腰元の八つ橋とオフィスラブをしていた困った山城之助は、主人謙信から勘当をされ、「お種」と名を改めた八つ橋と共に「慈悲蔵」と名を変え、この実家に戻って来ていた。桔梗原に捨てられていたのは、この慈悲蔵とお種の間に生まれた子である。山城之助の慈悲蔵は、その名の通り「心やさしい善人」で、横蔵の「横」は「横車を押す」とか「横道者(ロクでなし)」の「横」である。どこかの女に生ませたらしい子供を連れて来た横蔵は、弟夫婦に「そんなガキは捨てて俺の子を育てろ」と言って捨てさせたのである。おまけに、慈悲蔵が外出すると、その隙にお種に「俺の女房にしてやるぞ」などと言い寄る。

なぜ弟がそんな兄の言いなりなのかというと、一家の主である母親が長男の横蔵べったりで、母親が持っている六韜三略の巻物と「山本勘助」の名義を得て再び頭角を現したいと思う浪人中の直江山城之助＝慈悲蔵は、母親の機嫌を取るため彼女に従い、そのムチャクチャな状況を受け入れているのである。慈悲蔵は善人で、親孝行ではあるけれど、その動機の中には不純なものもある。だから母親は、「このへなちょこが」と、慈悲蔵をいたぶりもする。

季節は冬で、雪の降る山の中である。婆さんのためにと慈悲蔵は川で魚を釣って来たが、その婆さんが家の外を歩いている。《申し〳〵この大雪にさりとては冷えまする。》と、慈悲蔵は言うが、婆さんはこうである――《七十に余って愚鈍にはなったれど。子供に物を教えられぬすべて親に仕えるに起臥《おきふし》の介抱は誰もする。何ごとによらず親の心に背かぬようにするのが誠の孝行。寝てばかり居るも気詰りさに。雪の景色も見ようと思う。母が心を妨げるは何と不孝であるまいか。》である。

更には、「魚なんかいらない。裏の竹藪で筍を取って来い」と言い、「この季節にとても筍は――」と慈悲蔵が抗うと、《ある物を取って来るは子供でもすること。ない物を取寄するがほんの孝行。》と言う。だんだん本場の『廿四孝』の無茶に近づいて来る。しかも、「山本勘助」を自称する婆さんは、《この位の難題に困るような器量では智者と呼ばれて人に知らるゝ。弓取にはなれぬぞよ》という前提に立っているから、言いたい放題でもある。理屈はなんであれ、この母親のありようは、「跡継ぎの長男には甘いが、次男以下には冷淡」という、昔によくあった俗なものでもあるが、ここでおもしろいのは、その母親を横蔵が嫌っているというところである。

雪の中を横蔵が帰って来ると、母と弟は競うようにして出迎え、慈悲蔵が兄の前にかがんで脚の洗《すす》ぎを取ろうとすると、母親は《イヤコリャ〳〵。孝行な兄が体に不孝な弟が手をさえるは穢らわしい。母が洗うてやりましょ》としゃしゃり出る。すると横蔵は、《エヽ若い女子《おなご》の手のさわるはよいものじゃが乾物《かんぶつ》のような母じゃの手で》と不快がる。横蔵がえらそうにしている根拠は、「自分が快適にしていると母親が喜ぶ――だから好きなように威張っていることが親孝行なのである」というものである。「皮肉な展開」である以前に、昔の閉鎖的な家の中はこんなもんでもあったということなのだが、横蔵が「母親なんか屁《へ》とも思わない」というのも道理で、母親もまたメチャクチャなのである。

横蔵が帰ってくる以前、この雪の中へ、謙信の息子長尾景勝がやって来る。やって来た景勝は、「名高い山本家のご子息を家来として召し抱えたい」と言う。息子の慈悲蔵は、かつて景勝に仕えていたのだから、よく考えれば「なんのことやら？」でもあるのだが、作中でまだ「慈悲蔵＝直江山城之助」は明かされていない。だから、下の息子がかつて何者であったかを知らぬはずでもない母親も、素っとぼけて、「息子は二人おりますが、どちらを？」なんてことを言う。景勝は「兄の横蔵を」と言って、母親もうっかり《孝行な弟慈悲蔵を差置き。不孝な兄の横蔵を。》などと、本音をもらして問い直すが、景勝は「諏訪明神の境内で、しっかり横蔵の顔を見ていた——こう言えば分かるはずだが」と言う。母親は《そうおっしゃれば思い当る。》と納得してしまうのだが、武田の勝頼と同様に、室町幕府への申し訳に腹を切らねばならない景勝は、「自分の身代わり」を求めているのである。

そのことをさっさと理解してOKを出してしまう母親は、「横蔵なら景勝の身代わりになって首を打たれてもいい」と言ってしまったも同然なのである。つまり、「お前は可愛くない。兄の方が可愛い」と言っている母親の本音は逆で、実のところは「兄のことなんかどうでもいい」なのである。

この母親の考えは、「兄を景勝の身代わりにして、弟の方には六韜三略の巻物を与え（元の通り）長尾家に奉公させる」なのである。そういうつもりがあるから、無茶を装って、「裏の竹藪で筍を取って来い——竹藪にはなにか大事なものが埋めてあるらしいから、それを掘り出してお前の手柄にしろ」などと慈悲蔵に匂わせるのである。そういうとんでもない婆さんだから、横蔵の方だって、「このクソ婆」くらいの思い方をしてもいいのである。

更にはそこへ、前段の桔梗原で捨てられた慈悲蔵の子を拾った武田方の女唐織《からおり》が、これを抱いてやって来て、「信玄公が慈悲蔵を召し抱えたがっている」と言う。婆さんは「その手に乗るんじゃないぞ」と慈悲蔵に言って、使いの唐織は慈悲蔵や子供を恋しがる母のお種をおびき出す罠のようにして、幼い子供を雪の中に置いて行く。その子がどうなるかと言うと、これがどうともならないから、こんな話をするだけでややこしい。

『本朝廿四孝』の三段目の切場は、「大曲中の大曲」とも言われ、「皮肉に満ちた至難な場面」とも言われているのだが、実はここには、悪人が一人も出て来ない。出て来るのは善人ばかりで、その善人達が「山本勘助」の名と、それよりも重要な六韜三略の巻物をほしがって、みんなして横蔵を「愚かな乱暴者」扱いして追いつめて行く——この計画の先頭に立つのが母親で、これに抗する横蔵が「二代目山本勘助」としての自立を果たすというのが、その物語なのである。まさか、江戸時代の昔に「賢くみえて愚かな母親の裏をかく息子の自立物語」などというものがあったとは思われないだろうが、勇壮な三味線の撥音がすべてをバッタバッタと薙ぎ倒して行くような大曲中の大曲——ドンデン返しに次ぐドンデン返しでなんだかよく分からなくなるような『本朝廿四孝』三段目の切場は、実はそういう物語なのである。

もちろん、横蔵は誰よりも頭がよくて、すべてを了解している。室町御所から賤の方を救い出したのも横蔵で、彼が連れて来た「どこかの女に生ませた子供」というのは、賤の方が生んだ「足利家の若君」なのである（賤の方は出産後に死亡している）。しかも横蔵は、「このままでは足利家の存亡の危機になる」と推測する智将武田信玄と組んで、彼の軍師になる約束さえしているのである。武田信玄が「このままでは足利家も――」と推測するのは、もう忘れられているだろうが、村上義清を従えた北条氏時が「上杉武田の不仲」を言い立てて、なにかを狙っているからである。そうした全体状況を危惧する横蔵は、「生まれる若君」と、その正統性を証明する「源氏正統の白旗」を抱えて、室町御所から姿を消したのである。裏の竹藪に埋めてある「なにか」は、その白旗だったのである。「そういうややこしい事情も知らず、我が家の人間は長尾に臣従することしか考えていない大バカヤローだ!」というのが、「大曲中の大曲」を成り立たせる横蔵の「怒れる動機」なのである。

横蔵は、「ここで景勝様のお身代わりになりなさい」と切腹を迫る母親の目の前で自分の片眼を潰し、「これで景勝の身代わりなんかにはなれないぞ」と言ってすべてを明かし「隻眼の軍師」である山本勘助としての名乗りを上げる。後の四段目で、斎藤道三をおびき出す段取りを仕掛けたのも、実はこの「信玄の軍師」である二代目山本勘助=横蔵だった、というわけである。

以上、『本朝廿四孝』はこういう作品であると言って、おそらく「なるほど」と納得してくれる人間はそうもあるまい。『本朝廿四孝』は、相変わらず「分かりにくくややこしい作品」ではあるのだけれど、そこのところは考えなくていいのである。なにしろこれは、うっかりすると自虐的な考え方をしてしまう日本人に対して、「そんなめんどくさい考え方をしなくてもいい」ということを明らかにするために作られた「無意味かもしれないドンデン返しが連続するドラマ」だからである。そうしておいてしかし、この「ドンデン返し」は、あるものの存在をあぶり出す――つまり、

「親孝行って、そんなにたいしたもんなのか?」という疑問である。なにしろ、ここに登場するすべての親は、ある意味で「メチャクチャなことを考えている人間ばかり」だからである――濡衣の父親である斎藤道三しかり、横蔵の母親しかり、偽の勝頼の存在を黙認する武田信玄しかり、その家老の板垣兵部しかりである。

『本朝廿四孝』というタイトルは、うっかりすれば「日本版親孝行のすすめ」である。しかし、その元になる中国の『廿四孝』が、子供に自虐をすすめる無茶なものだということも、日本人はまた一方で理解している。そこを踏まえて、『本朝廿四孝』は、黙って「親孝行ですよ」と笑っているのである。だからこの作品は、ちょっとばかり変わっているのである。

『ひらかな盛衰記』のひらがな的世界

1

言うまでもなく、浄瑠璃のドラマは複雑である。「一体どういうストーリーなのか」ということがなかなか呑み込めない。呑み込んだつもりで、これを人に説明しようとすると、なかなかうまく行かない。「実は」というドンデン返しが要所要所に隠されていて、しかも、「実は」に至るまでの物語と「実は」以後の物語が、それぞれ別箇でもあるかのように周到に仕組まれているからである。だから、『本朝廿四孝』のように、ストーリー進行の理解を阻むことを目的にしたかのような複雑な作品も出来上がる。人形浄瑠璃のドラマは、そもそもが「あまり単純ではない」という性質を持っている。だから、それが受け入れられ、観客がその複雑に順応してしまうと、屋上屋的な複雑さが当たり前になってしまう。

では、どうして人形浄瑠璃のドラマは、「そもそもがあまり単純ではない」になるのか？　それは、人形浄瑠璃のドラマが「過去の歴史」に依拠していて、しかもその上で「歴史を理解しよう」などとは考えないからである。

題材となる「歴史」によっかからず、現在を題材とする人形浄瑠璃オリジナルのドラマを作った最初は近松門左衛門の『曾根崎心中』で、この作品によって「世話物」「世話浄瑠璃」というカテゴリーが出来上がる――そういうカテゴリーが出来上がったから、「歴史の過去」を題材とする「時代物」「時代浄瑠璃」というカテゴリーも出来上がるが、だからと言って世話物が時代物を圧倒するわけでもなく、世話物と時代物が勢力半ばで均衡するというものでもない。ただ単に「浄瑠璃」と言ってしまえば、それは普通「時代物」を指して、私が取り上げて来たのも、今までのところはすべて「時代物」である。つまり、ややこしい歴史的背景を除いた世話物はマイナージャンルだということである。

どうしてそういうことになってしまうのかは別として、ややこしいのは、「そういうこと」がなにを指すのかもまたよく分からないことである。「現在を題材にするオリジナルのドラマを作らない」というのは、「現在を見ない」ということになりそうだが、江戸時代の人間は、そんなに単純で不器用ではない。困ったことに江戸時代の人間は「歴史の過去」を題材にしても、そこに「現在」しか見ないのだ。だから「歴史を学ぶ」とか「歴史を理解する」ということが起こらない。「歴史」というのは、ドラマの枠組であり背景であって、「そこで有名な人物は誰か。その人物はなにをしたことによって有名になったか」という、テレビのクイズ番組的知識を得てしまえばもうおしまいで、後はその有名人達を勝手に動かす――「史実」などというものはどうでもよくて、「史実」でさえ恣意的なのである。

だから、江戸時代の観客は大変でもある。「その歴史的事実を知らないから、それを題材とするドラマを上演する劇場へ行って勉強しよう、教えてもらおう」などということが起こらない。歴史を題材にする時代浄瑠璃は「歴史劇」なんかではない。「観客はもうその知識を有している」ということを前提にして、「歴史という題材」を勝手にいじくり回しているだけだから、「歴史のお勉強」なんかにはならない。舞台に登場するのは、実在の人物と虚構の人物の入り混ったドラマだから、「余分な知識」まで押し付けられる。そこで得られるのは歴史に関する瑣末《トリビアル》な知識で、それを知っていれば、もう歴史は「分かった」なのである。江戸時代を通して日本人はそのような「歴史理解の態度」を身に付けてしまったから、その後の我々は大変なのである。

明治になってシェークスピアをマスターした坪内逍遥は、「日本にはちゃんとした歴史劇がない」ということを理解して「史劇の創造」ということを始めるが、困ったことに、歴史の事実に立脚した史劇は、歴史の中で勝手に遊んでいる江戸時代製のドラマに比べれば、退屈なのである。近松門左衛門を「日本のシェークスピア」という言い方もある。それはそれで構わないが、シェークスピアは、彼のいる「平和な時代」に至る前の、英国王室のヨーク家とランカスター家の薔薇戦争の時代を題材にした史劇を書いているが、近松門左衛門はそんなことをしていない。歴史的な過去に入り込んで、自分が興奮出来て共感出来るような人物造形をしているだけだから、近松門左衛門の時代浄瑠璃を読んだって、「歴史」なんかは分からない。

そしてだからと言って、人形浄瑠璃のドラマが「過去に寄っかかっている」とも言いがたい。というのは、『平家物語』の世界を題材とした浄瑠璃作品はいくらでもあるが、『源氏物語』を題材にした作品ということになると、ろくに思いつかないからだ。既に大古典である『源氏物語』なんだから、いくらでも好き勝手に脚色していたってよさそうなのだが、それがない——だから、第二次世界大戦後になって初めて歌舞伎役者が『源氏物語』を演じると「初の劇化上演」ということになって大騒ぎになるのだが、江戸時代の演劇界が『源氏物語』に関心を示さなかった理由というのがなんなのかを考えると、かなり下らないものである。「いづれの御時にか——」で始まる『源氏物語』は、それゆえに「いつのことだか分からない話」で、「歴史」として扱えないのである。登場人物の名前だって明確に記されてはいない。江戸のドラマ作家は、「いつの時代で、何家と何家の人物の話」というものでないと反応しないし、観客も受け入れない。だから、『源氏物語』は幕末近くになって、これを室町時代の足利将軍家内の話にしてしまった柳亭種彦《りゅうていたねひこ》の『偐紫《にせむらさき》田舎《いな》源氏《かげんじ》』が登場するまで、大衆には浸透しないのである。

「なんでそうなのか?」と考えて、それが私にはよく分からないのである。

(また例によっての余分な話ばかりしていると話が進まないから、さっさと本題に入ろう)

2

江戸時代の観客は、あらかじめ「歴史に関する知識」を有していなければならないのだが、別に義務教育があるわけでもない。テレビがあるわけでもない。「歴史に関する知識」を学べる機関は、特殊な高等教育機関で、「歴史に関する入門書」などもない。それなのにどうして、大衆演劇である人形浄瑠璃の観客は、「歴史に関する知識」などを有していられたのかというと、それは「どこでどうマスターしたのか」というのとはまったく別の問題で、「江戸時代の観客は大人だったから、それでよかった」というだけの話である。

今の観客は、自分の知識外のドラマを与えられると、平気で「分かんない」と言ってしまうが、江戸時代の観客は大人だから、そんなことを言わないのである。自分の知らないことでも平気で付き合って、「知っている」という顔をするのである。江戸時代の学習法は「マニュアルを与える」ではなくて、「まず実地に体験する――そうして分かる」だから、「知らない」ということは障害にならない。それを言いわけにすることが出来ない――そういう前提の上で、江戸時代のドラマ作者達は、なにも知らないかもしれない観客を、とりあえずは「知っているはず」という形で持ち上げて、「それはこうこうこういうことなんですよ」と、いつの間にか分からせてしまうテクニックを持っているのである。観客もまた、そういうものでなければ容認しない。

だから、江戸時代の人形浄瑠璃は、「歴史に関する知識がないと分からないが、知識がなくてもかまわない」になり、「ろくに知らない人間にでも、こっちは分からせてやることが出来るんだ」と作者の方が思っているから、「細かい歴史知識」がギューギュー詰めになって、「改めて現代人に説明しようとするとややこしいことだらけ」ということにもなる。だから、「人形浄瑠璃のドラマは複雑」ということにもなるのだが、ここに登場する『ひらかな盛衰記《せいすいき》』は、その点で少し変わっている。なにしろ「ひらかな」で「盛衰記」なのだ。

「ひらかな」と書いて「ひらがな」と読む。つまりこれは『源平盛衰記』の分かりやすい「ひらがな版」ということである――まァ、少し前までならこの説明で通った。しかし、かつては『平家物語』と肩を並べて存在していた『源平盛衰記』も、今やマイナーな存在で、「国文学の研究者が読むようなもの」に変わり、「盛衰記」の読み方さえも、江戸時代より前の「盛衰記《じようすいき》」になってしまった。今となっては「江戸時代の人間にとっては当たり前に有名で（読んだか読まないかは別にして）親しまれていた『源平盛衰記』とはいかなるものか」というところから始めるしかないのだが、まァ、それはテキトーにというところである。

『ひらかな盛衰記』の初演は元文《げんぶん》四年（一七三九）――三大浄瑠璃の最初の作品『菅原伝授手習鑑』初演の七年前である。作者は「近松門左衛門に師事した」ということ以外は詳細が不明な文耕《ぶんこう》堂《どう》（本名は松田和吉）を中心とする合作チームで、ここには三大浄瑠璃の作者である三好松洛や竹田出雲も加わっていたが、「文耕堂作」と言ってしまってもそう間違いではない。

『菅原伝授手習鑑』『義経千本桜』『仮名手本忠臣蔵』は、浄瑠璃に必須の複雑さを備えた完成品だが、その少し前の『ひらかな盛衰記』は、だからこそ複雑性が薄い――「漢字の多い『源平盛衰記』を分かりやすいようにひらがなで書いた」と言っても嘘ではないような分かりやすさを持っている。持ってはいるが、だからと言って、『ひらかな盛衰記』を観たり読んだりして『源平盛衰記』の内容がよく分かるのかというと、そうではない――そこが浄瑠璃というドラマである。

3

『ひらかな盛衰記』が扱うのは、『平家物語』で言えば巻九の部分――都の法住寺《ほうじゆうじ》合戦に勝って後白河法皇を幽閉した源義仲の追討を、鎌倉にいる従兄の頼朝が命じて始まる、有名な「宇治川の先陣争い」から「一の谷の合戦」までの物語である。頼朝からのゴーサインを得た義経軍が宇治川を渡るのが一月二十日、その日の内に源（木曾）義仲は討死して、一の谷の合戦は翌二月の七日——三週間にも満たない短い期間の話で、全五段を普通の形式とする時代浄瑠璃の中では、その扱う時間経過が短い方である。だからこそコンパクトにまとまってもいるが、これを観たり読んだりする方は、おそらく「そんな短い間の物語」とは思わないだろう。

まず「余分な話」から片付けておく。『源平盛衰記』を題材にした『ひらかな盛衰記』の物語を説明するのに、なぜ『平家物語』を持ち出すかである。それはつまり、『源平盛衰記』が『平家物語』の異本の一種でしかないということである。

こんなことを断言すると国文学の専門家に怒られてしまうかもしれないが、私の『平家物語』——というか『平家物語』群に関する大雑把なテキスト理解は、「語り物系の『平家物語』と『源平盛衰記』は、より古い『延慶本《えんきよう》平家物語』から生まれた兄弟」というようなものである。語り物系の『平家物語』は『延慶本平家物語』のダイジェスト、『源平盛衰記』は『延慶本平家物語』の潤色版である。『延慶本平家物語』が注目されずにいる間、『平家物語』と『源平盛衰記』は別物とも考えられていた。どうしてかと言うと、「滅亡へと向かう平家」を主軸にする『平家物語』は、これに戦いを挑む源氏方の動きをかなりカットしてしまっていて、「平家の話は『平家物語』、源氏と平家の合戦の話は『源平盛衰記』」という棲み分けのようなものが出来てしまっているのである。たとえば、この『ひらかな盛衰記』の中で大きな位置を占める梶原平三景時《かじわらへいぞうかげとき》の重要性を語るエピソードが、『平家物語』の中にはない。梶原景時に関する重要なエピソードというのは、「頼朝の命を景時が助けた」というものである。

伊豆の山木館を襲撃させて兵を挙げた頼朝は、小田原近くの石橋山に進んで、大庭《おおば》景親《かげちか》率いる大軍と戦って敗れる。この頼朝挙兵の重要なエピソードでさえ、語り物系の『平家物語』は「伝聞」として伝えるだけで、直接的には描写しないが、『延慶本平家物語』や『源平盛衰記』はしっかりと語る。敗れた頼朝は山中に逃げ、洞窟（臥木《ふしき》の洞）の中に隠れている。梶原景時は、大庭景親と祖を同じにする「一族」でもあって、大庭景親と共に逃亡の頼朝を追って、洞窟に潜む頼朝の一行を発見するが、あえて見逃してしまう。だから頼朝にとっては「命の恩人」となる。このエピソードは、『延慶本平家物語』の潤色版である『源平盛衰記』にしかない。そして、この梶原景時は、義経が平家を滅ぼした後で、義経のことを頼朝に讒言《ざんげん》する——そのことによって「義経を悲劇に追いやった敵役」として定まってしまうのだが、景時には景時で複雑な性格もあるのである。

「無教養な田舎者揃い」と言いたい東国武士の中で、梶原景時はそれなりの教養人である——そのことは『延慶本平家物語』の一の谷の合戦部分を見れば分かるが、この景時に対して義経は、「合戦の方法をよく知らない無茶苦茶なヤンキー上がり」というような存在なのである。だから、平気で突進して平家を倒してしまう。そのやり方が、景時からすれば「ちょっと問題がありますよ」で、これが「頼朝への讒言」ということになるのだと、私は思っている。頼朝は、「都貴族の端に連なる私は、東国武者とはちょっと違う」と思っている人間だから、景時とはウマが合うのだろう。だから景時の「讒言」を受け入れもするのだが、その以前に頼朝は、かなり以上に景時を信用している。「命の恩人」だと思うから、景時を用いて、それが景時の息子に対しても現れる。

景時の息子、梶原源太《げんだ》景季《かげすえ》は『ひらかな盛衰記』の主役の一人だが、不思議なのは、彼が「源太＝源氏の血を引く家の長男」という名乗りを持っていることである。梶原の家は桓武平氏の血筋で、だから景時は「平三（三男）」、景季の弟は「平次（次男）景高《かげたか》」である。本来なら景季も「平太景季」であってしかるべきだが、これが「源太」になっているのは、彼の元服式で頼朝が烏帽子親《えぼしおや》になったからである。「梶原の子なのに頼朝の子にもなっている」という性格があるのが、やがては「鎌倉一の風流男」として定着してしまう梶原源太景季なのだが、彼は頼朝から特別の寵遇を受けている。『ひらかな盛衰記』では、頼朝の着用した「産衣《うぶぎぬ》の鎧《よろい》」まで彼のものになっているが、それよりも有名なのは、宇治川の先陣争いで彼が乗った馬である。

頼朝は「いけずき」と「する墨」と名付けられた二頭の名馬を持っていた。鎌倉から京に向かって出陣する景季は、頼朝のところにやって来て、「いけずきを下さい」とねだる。どういうわけか頼朝は、「いけずき」ではなく「する墨」の方を景季に与えて、もう一人景季の後からやって来た佐々木四郎高綱《ささきしろうたかつな》に「いけずき」を与える——この話は『平家物語』にもある有名な話で、「頼朝から名馬を与えられた二人は、その名誉にかけて宇治川を真っ先に渡って功名を果たさなければならなかった」ということにもなるのだが、しかし『平家物語』を読む限りでは、突然登場する梶原景季と佐々木高綱の二人が、どうして頼朝から名馬を与えられるのか、その理由が分からない。梶原景季も佐々木高綱も、後には「源平合戦時の有名人」になってしまっているから、それを知る人は、ここに突然景季や高綱が出て来ても驚かないだろうが、景季の方は「命の恩人の息子」で、高綱の方は、挙兵の初めのろくに人が集まらなかった山木館襲撃に際して真っ先に駆けつけた人間達の一人で、高綱の兄の盛綱《もりつな》は、伊豆の蛭《ひる》ヶ小島《こじま》に流されていた頼朝のそばに仕えていて、頼朝の前で元服をしたという人物でもある。頼朝というと、どうしても「冷血な政治家」ということになって、その人間的な側面が見えなくなる——『平家物語』は、頼朝の具体像なんか無視しているに等しいが、『延慶本平家物語』の流れを引く『源平盛衰記』はそうじゃないというところで、江戸時代の人間にとっては、「源氏方の具体的なエピソード」に満ちた『源平盛衰記』の方が好かれていたのだろう。
『源平盛衰記』も『平家物語』も同じ時代の同じ状況を扱っているのだが、江戸時代ではこれが別物で、だからこそ、「『源平盛衰記』を題材にした浄瑠璃作品はいくらでもあるが、『平家物語』を題材にしたものはそうでもない」ということになってしまう。ここまでがまァ「余分な前置き」である。

4

『ひらかな盛衰記』全五段の構成は、次のようになっている——。

（第一）射手明神《いとどの》
　　義仲館
　　粟津《あわづ》合戦
第二　楊枝屋
　　梶原館
第三　道行君《みちゆききみ》後紐《がうしろひも》
　　大津宿屋
　　笹引《ささびき》

松右衛門内より逆櫓《さかろ》
第四　辻法印《つじほういん》内
　　　神崎揚屋《かんざきあげや》
第五　生田《いくた》の森

もちろん、これだけ見ると、なにがなんだか分からない。「宇治川の先陣争いから一の谷の合戦」までと言って、どこにもそれらしきものがないからだ。実は、そこのところが浄瑠璃ドラマの特徴なのである。「〝有名なこと〟はもう有名なんだから、それをそのまま提示するような能のないことはしない」というのが浄瑠璃のドラマ作者の美意識だから、そういうものはみんな「裏」に隠されてしまう。その代わりに、「有名なこと」の裏にある話が表に出て、そのエピソードによって「有名なこと」が語られるというのが、浄瑠璃ドラマの基本なのである。

有名な「宇治川の先陣争い」は、第一（序段）の射手明神と義仲館の間で終わっている。だから、舞台には登場しない。第五（五段目）の生田の森は、搦手《からめて》の大将である義経軍が敵の背後から攻め寄せて平家軍を潰走させるという一の谷の合戦の、それと同時進行で進む生田の森での大手軍と平家軍の戦いを描くものである。宇治川の先陣争いで梶原親子は義経軍の中にいたが、その後は義経の異母兄である蒲《かば》の冠者範頼《かんじゃのりより》率いる大手軍の中にいた。だから一の谷ではなくて、あまりパッとしない「生田の森の合戦」が描かれる。主軸は、義経なんかではなくて、梶原景時の一家にあるのである。

だから、こういう作劇法によるものは、「まともな歴史劇」にはならない。しかし、正面からではなく側面から描くというひねくれ方をして、この『ひらかな盛衰記』は、『源平盛衰記』や『平家物語』ではあまり追究されない「歴史の真実」を模索しようとしていたりもする——つまり、へんなことをしているわりにはまともなのである。だからこそ、「まともではない歴史把握」をする人形浄瑠璃は、「つまんない歴史ドラマ」よりも長い生命を持つのである（持っていても忘れられれば世話はないが）。

では、『ひらかな盛衰記』が模索する「歴史の真実」とはなんなのか？　それは二つある。一つは、既に言った梶原景時の複雑な性格——つまり、義経を讒言する景時は、本当に「いやな敵役」なのか？　ということである。もう一つは、鎌倉からの源氏軍に攻め滅ぼされるもう一人の源氏のリーダー——後白河法皇を幽閉して「朝日将軍」を名乗った木曾義仲は、本当に「ただの乱暴者」なのか？　ということである。先の全五段の構成を見て、「どこにそんなことが書いてある？」と思われるかもしれないが、話は逆で、「梶原景時と木曾義仲の善悪」を問題にするために、先の全五段は出来上がっているのである。

既に話は十分にややこしくなっているはずで、「『源平盛衰記』のひらがな版だから、これを知れば『平家物語』の巻九くらい簡単に分かるのかと思った」などと思われても、そうは問屋が卸さない。「ひらがなだからって、そう簡単ではない。『平家物語』や『源平盛衰記』よりも、もっと高度な歴史解釈をしているのだ」というのが『ひらかな盛衰記』で、江戸時代の人間はそうそう単純ではない。そういう人間達の使う「ひらがな」は、そうも単純な「分かりやすさ」を志向したりはしないのである。

『ひらかな盛衰記』には、中心軸が二つある。「梶原景時の話」と「源義仲の話」である。「宇治川の先陣争いから一の谷の合戦まで」ということになると、「いよいよ登場した義経軍の快進撃」という一本線の話になるかと思うところで、『ひらかな盛衰記』はそんなことをしない――だから「複雑」にもなりかねないのだが、江戸時代の浄瑠璃作者は、これをいともあっさりと「一つ」にまとめてしまう。まとめてしまう方法が浄瑠璃作者にはあるのである。

『義経千本桜』や『本朝廿四孝』にもあった、タイトルの上に存在する二行のコピー――角書が『ひらかな盛衰記』にもある。だから正確に記すと、そのタイトルは『逆櫓松 矢箙梅ひらかな盛衰記』になる。「逆櫓松《さかろのまつ》」と「矢箙梅《えびらのうめ》」が一対になっている。

既に第三（三段目）に「松右衛門内より逆櫓」とあるのはご承知だろうが、「逆櫓松」とはこれである。陸上の合戦では馬に乗るが、海上では舟に乗る。馬は操り方で前後に向きを変えられるが、舟では櫓が後ろにしかないから、そう簡単に進行方向を変えられない。それを容易にするために、舟の前後二ヶ所に櫓を取り付ける――それを「逆櫓」という。『平家物語』の巻十一の「逆櫓」では、一の谷の合戦の翌年に屋島攻めをしようとして舟の用意をする義経に、梶原景時が「逆櫓の必要」を進言して斥けられる話が登場するから、これは「梶原ゆかりの話」だが、それが梶原一族とは別の形で登場する。逆櫓の操縦法に熟練した船頭が松右衛門で、彼の家の前には松の木が一本立っている――だからこその「逆櫓松」である。

「矢箙＝箙《えびら》」は、鎧に付けて矢を挿す道具だが、梶原源太景季は、生田の森の合戦に出陣する時、この箙に梅の花を挿し添えていた——そこから彼は「鎌倉一の風流男」と言われることにもなるのだが、「矢箙梅」とはこのことである。戦闘に備える「逆櫓」と「箙」は、どちらも「梶原ゆかりのエピソード」で、それに植物の「松」と「梅」——どうやら「一対」にはなっているが、この両者を結び付けて「一対」にする要素がまだ足りない。だから、ここでようやく「本筋」が登場するのである。

三段目では、船頭松右衛門の所に、ある重要な用を持った女が訪ねて来る。この女の名前を「お筆」と言って、彼女には「千鳥」という名の妹がいる。彼女は木曾義仲の妻の山吹御前に仕える腰元なのだ。そして、彼女と恋仲になっている。こちらは、鎌倉の梶原景時の館に仕える腰元になっていて、嫡男の源太景季と恋仲になっている。しかし、景季の源太は宇治川の先陣争いで佐々木高綱に負け、勘当されてしまう。千鳥も源太と共に館を出て、源太を養うために遊女となり、名も「梅が枝」と改めている。つまり、梶原源太景季の「矢箙梅」を人格化すると、「千鳥＝梅が枝」になる。「逆櫓松」と「矢箙梅」は、お筆と千鳥の姉妹を表すもので、お筆が「木曾義仲のストーリー」を表すのなら、千鳥は「梶原景時の物語」を掌る——そのような構造になっている。最早贅言《ぜいげん》は要すまいが、『ひらかな盛衰記』の「ひらかな」とは、女のことでもあるのである。

歴史の表舞台で活躍することもあまりない、時としては、名さえ持たない女達に重要な役割を与えてドラマを構成する。「ひらかな」とは、「男達の物語」でしかないような歴史に、女達も存在する「家族」という要素を持ち込んで、俗化し、立体化する作業でもあるのである。「歴史に依拠する物語」ばかり作っている人形浄瑠璃では、これが「当たり前の手法」で、だからこそ人形浄瑠璃のドラマでは「恋をするのがお姫様の仕事」のようにもなっている。そうなのだから、わざわざ「ひらかな」を銘打ったこの作品では、歴史とも史実ともあまり関係のない女達が活躍して、「宇治川の先陣争いから一の谷＝生田の森の合戦まで」を血肉化し、ドラマ化するのである。それをして、「木曾義仲の物語」と「梶原景時とその息子の物語」を一つに収めてしまうのだ（しかし、なんという長い前置きだろう）。

というわけで、『源平盛衰記』を分かりやすく語るはずのひらがな版『ひらかな盛衰記』に、源義経や木曾義仲は登場するが、ただ登場するだけで、重要人物らしい働きはしない。この二人は、「語られる物語の背景」として存在するだけで、実際のドラマは女達によって進められるのだ。

6

木曾義仲には、巴《ともえ》御前という有名な愛人が存在する。しかし、彼女が単純に「愛人」としてくくられるような存在だったかどうかは疑問で、義仲の時代の北陸には、男と同様に乱暴な「女武者」というものがいたという。巴もそうした「女武者」の一人で、言ってみれば、「義仲のそばにいる戦闘仕様の腰元」というようなものだったのだろう。「北陸のレディース」か「北陸の女子プロレスラー」である。

その巴は、もちろん『ひらかな盛衰記』に登場して、ここでの彼女は「陽気なマッチョ系の美女」――第一（序段）の切の粟津合戦の段は、彼女の一人舞台である。

ここに義仲は登場せず、巴が戦っている間に「義仲が討たれた」という声が聞こえる。「最早これまで」と観念して戦いをやめて巴は捕えられるが、別に悲惨にはならなくて、巴はそのまま鎌倉方の和田義盛と結婚することになる。だから、木曾義仲の凄絶な最期で有名な粟津合戦の『ひらかな盛衰記』に於ける終わり方は、「めでたい結婚」というとんでもないものに変わる――《せめては是で色直し追っ付け和田と祝言《しゅうげん》の印。今打つ人礫《つぶて》。身がるき働《はたらき》蝶花形《ちょうはながた》。出合うた敵は三〻九度むら〳〵ばっとにげちったり。猶《なお》もすゝむを引とゞめさのみ長追《ながおい》長柄《ながえ》の銚子《ちょうし》。かえせ戻せは無益《むやく》ぞと。いさめる駒に小角《こかく》を入れ。時に近江の鮒盛《ふなもり》や乗。しずめたる義盛が二葉のひれに相生の。松の栄えやえい。この。〳〵〳〵。此　寿《ことぶき》をよろ昆布。敵に勝栗のっし熨斗《のし》つれて。陣所《じんしょ》へ帰りける》

なんだかよく分からない文章かもしれないが《蝶花形》とか《長柄の銚子》《よろ昆布》という婚姻のめでたい決まり文句の中に巴の戦いぶりを織り込んだものである。どうして粟津合戦がこんなものになってしまうのかというと、それは死んだ木曾義仲が「いかなる人物」であったかという、『ひらかな盛衰記』の下す判断に関わって来る。

頼朝が義仲追討の兵を進めたのは、義仲が後白河法皇軍と戦って法皇を幽閉した結果、「謀叛人、朝敵」と言われるようになってしまったからだが、しかしそれをした義仲には「深い理由」があったというのが、『ひらかな盛衰記』の解釈なのだ。

この作品の木曾義仲は、彼に追われ逃げた平家一門が持っている三種の神器を取り戻すことこそが、自分に課せられた最大の任務だと考えた人物になっている。『平家物語』では「単純粗暴な木曾の山猿」になっていた義仲が、ここでは「源氏の武将」にふさわしい思慮深い人物になっていて、

「三種の神器奪回のために平家を攻めたら危険なことになる」と考えている。攻められた平家が逃げて、朝鮮や中国に渡ったら、三種の神器は「異国のもの」になってしまうし、また海にでも沈められてしまったらとんでもないことになるというのである。実際に、壇ノ浦で三種の神器は海に沈められるのだから、これはそう無茶な考え方でもない。だから、そうさせないためにも、義仲は、あえて法皇側と事を構えて、「朝敵」の汚名を着た――そうして平家を油断させて、平家を自分の方におびき寄せようとしていた、というのである。このことが、捕えられた巴の口から義経に語られる。義経は、義仲のことを「法皇の法住寺御所に火をかけて高位高官の人達を苦しめた謀叛人」と考えていたのである。

いかにも浄瑠璃作者の考えそうな、持って回った突飛な考え方ではあるが、法住寺合戦の後、「自分は追い詰められてしまった」と自覚した義仲が平家と同盟を結ぼうとしていたことや、義仲自身がそうそう単純な「乱暴者」でもなかったということを考えると、あながちに「メチャクチャだ」とも言えないことではある。

木曾義仲の位置付けは現代でもむずかしいが、江戸時代だともっとむずかしい。というのは、彼
頼朝にとっての敵となり、源義経に追われて死んだ人物だからである。
時代に於ける源頼朝は、徳川家の将軍と同様の処遇を受けている。彼に対して批判がましい
えない。だからいきおい、源頼朝の人間像は漠としたものになる。そして、江戸時代人は、
対善の悲劇のヒーローにしている。江戸時代人の義経贔屓《びいき》は「判官《ほうがん》贔屓」という四字熟
いるが、義経が悲劇の人になったのは、兄の頼朝に憎まれたからである――それは分
「将軍様」と等しい頼朝にその非を問うことは出来ない。だから「梶原景時の讒言

のせいだ」ということにして、梶原の敵役性は揺がない。

そこまではまァいいが、むずかしいのは義仲である。義経の敵であり、頼朝の敵でもある。そうなってしまったら、いくら「平家を都から逐《お》った」という功績があっても、「鎌倉殿の敵」は動かない。木曾義仲の悪人性は、実は「後白河法皇に敵対し幽閉した」という朝敵性ではない。「朝敵」というのは「朝廷に対する敵」だが、木曾義仲は、「頼朝のいる幕府の敵」なのだ。

「木曾義仲＝謀叛人」は、政治的に動かない——それが江戸時代である。しかし、「それはどうも違うんじゃないか？」と考える人間は江戸時代にもいる。だから、『ひらかな盛衰記』という作品も出来上がるのだ。そして、木曾義仲に関するその理解は、「当たらずといえども遠からず」である。もしかしたら木曾義仲は、源義経より理性的で勇敢な人物だったりもするのだから。

登場するだけでたいした活躍もしない『ひらかな盛衰記』の木曾義仲は、「気品ある悲運の武将」である——そのように描かれて、対する義経は、半ば神格化されてもいるが、「梶原景時をせっかちに怒鳴りつける短気な若大将」でもある。『ひらかな盛衰記』は「背景であるような重要人物」を、このように位置付けているが、これはおおよそのところで「正解」なのではないかと、私は思っている。浄瑠璃のドラマは、平気で「実は——」のドンデン返しを持って来るが、『ひらかな盛衰記』の義仲と義経の造形は、きわどいところでドンデン返しにならない「ギリギリのセーフ」的な正解でもある。その前提があってこそ、ドラマを動かす女達の働きもある。

日の丸模様の軍扇を取り出した景時は、《見給え殿原《とのばら》扇に書きし日の丸は。取《とり》も直さず朝日将軍木曾義仲。此景時が一矢《ひとや》にて。朝日の直中《たゞなか》射通さん》と言って、これを的に仕立てて矢を放つ。

源平の合戦時に弓矢は第一の戦闘手段で、梶原家の先祖は強弓で知られた英雄——歌舞伎十八番の『暫《しばらく》』では今でも主役を担当している鎌倉権五郎景政《かまくらごんごろうかげまさ》だから、言い出しっぺの景時は、自信たっぷりに弓を引く。ところがこの矢が、義仲に見立てた日の丸の軍扇には当たらず、御大将義経の後ろに立てられた源氏の白旗に当たってしまうので、「さァ、大変だ」というところから、『ひらかな盛衰記』全段の物語は始まる。

人形浄瑠璃の世界で、悲劇のヒーロー源義経は「絶対善の象徴」でもあるのだけれど、この作の義経は微妙に違っていて、すぐに景時を怒鳴りつける。

《やおれ梶原。義経が下知《げじ》をも受《うけ》ず。鎌倉殿の出頭《しゅつとう》を鼻にかけ。出かし顔の采配立試《さいばいだてこころみ》の的を射損じ。味方に気おくれさせつるは言語同断の曲者《くせもの》。》——これから戦場へ向かおうとする神前で「負け」の結果を引き出してしまった梶原景時に義経が怒るのは、仕方がないと言えば仕方のないことだが、義経の言い方はどうもひがみっぽい。

この段階の梶原景時は、所詮「いい年をこいたおっちょこちょい」でしかないのだが、それを義経は「鎌倉殿（頼朝）の信頼をいいことにして、俺をバカにしている」と解釈してしまう。ここまでなら「梶原景時はそういう人物でもあるのかな？」ということになるのだが、《言語同断の曲者》と言った義経は、この後に「そもそも軍扇の日の丸というものは、射ってはいけないものだ。狙うのなら、扇の要《かなめ》を射ろ。俺が正しい作法に則《のっと》ってやってやる。こうやって、義仲をバラバラにするんだ」などとくどい弁説を並べ立てて、梶原が狙い損ねた扇の要を射当ててバラバラにするというところまで行く。この義経は、美化されたヒーロー像とはいささか違って、妙に苛ついた気短な男である。うがった見方をすれば、「兄の頼朝から軽んじられている義経は、八つ当たり気分で梶原景時をいじめにかかった」というようなもので、『ひらかな盛衰記』の作者は、そうした形で「梶原景時の讒言が義経に悲劇をもたらした」という通説に疑問を呈しているのである。

義経の出方がそういうものだから、仕方がない、「恥を知る武士」でもある梶原景時は、《義経公への申訳《もうしわけ》たゞ今切腹仕る。》で、腹を切ろうとする。この景時に介錯を頼まれるのが、宇治川の先陣争いで景時の息子源太景季に勝つ佐々木四郎高綱で、高綱は、「それはいけない」と景時を止め、義経の怒りをなだめる。そういう設定を置いて、『ひらかな盛衰記』の物語は始まるのだが、それはつまり、「義経のいじめに端を発する梶原家の悲劇」というものでもある。

息子の源太景季は、この射手明神に居合わせない。後に「父親は佐々木高綱に命を助けられた」ということを知って、その恩義に報いるため、宇治川の先陣争いで、こっそり高綱に勝ちを譲ってしまう。この結果に激怒した景時は、不甲斐ない息子を鎌倉へ戻し、源太の母である妻の延寿《えんじゅ》に「源太を切腹させてしまえ」と言いつける手紙を送る――それが語られるのが二段目切の梶原館で、息子を死なせたくない延寿は源太を勘当。恋仲の腰元千鳥＝梅が枝と共に家を出された源太はさすらって、話は更に四段目の神崎揚屋へと続いて行く。その神崎揚屋で、梶原一族は更なる悲劇に出合ったりもするのだが、考えてみればその発端は、射手明神に於ける「苛ついたヒーロー義経からのいじめ」にあるのである。

もちろん、『ひらかな盛衰記』は義経批判を目的とした作ではなく、複雑な人同士の心理劇でもない。『ひらかな――』の名の通り、話はいともあっさりトントンと進み、ドラマの色彩は「悲劇」

とは正反対の様相を呈したりもするから、「梶原景時と源太父子の対立」というようなことは問題にもならないのだが、そうではあってもやはり、『ひらかな盛衰記』の義経は、ちょっとおかしいのである。

9

人形浄瑠璃のドラマの中心には、「なんでも知っている思慮深く洞察力に富んだヒーロー」というものが存在する。こういう人物がいるから、支離滅裂に近い展開をするドラマも、最後にはなんとなく収束する――そのような形になっていて、この『ひらかな盛衰記』でそれに該当する人物は源義経であってもよさそうなのだが、そうではない。この作品でそうした役割を担うのは、義経と対立する立場の人間で、木曾義仲や、源太の母親の延寿がこれに該当する。義経は、イライラしているばかりで、あまり判断力がない。それでいいのかというと別にかまわなくて、義経のそばにはすぐれた判断力を持つ人物がいて、義経は彼等の言うことを聞いて、「分かった」と言っていればいいのである。

義経のそばにいる聡明な人物というのが、一人は佐々木高綱で、もう一人は浄瑠璃作品の中では「智勇を兼ね備えた武士」というのが通り相場になっている畠山重忠《はたけやましげただ》である。義経は、この二人の取りまとめた判断結果を「おお、そうか」と言って聞いていればいい。射手明神の段が、既にそうである。

源義経は、名ばかりのヒーローで、イライラの結果、梶原一族に悲劇をもたらす。義経とは対照的に聡明な木曾義仲は、義経の鎌倉軍に滅ぼされる。『ひらかな盛衰記』のドラマは、義経と対立する側の梶原一族と木曾義仲周辺の人物が担当し、その中心部にお筆と千鳥の姉妹がいる。だからこそこの姉妹は結構な苦労もするのだが、しかし『ひらかな盛衰記』はその苦労話でもない。それとは反対の「喜劇的要素」に満ちているのがこの作品だから、これを考えると「『ひらかな盛衰記』とはいかなる作品か」ということが分からなくなる。それで、この私の話も以前のものとは違って「一向に本筋に食い込まない」という様相を呈するのだが、そこがミソで、実は『ひらかな盛衰記』は、あまり深いことを考えてはいけない作品なのである。

『ひらかな盛衰記』の源義経が魅力的であるかどうかは別にして、この義経像は『義経記』以前の『平家物語』群にある義経像に近い。源義経は、せっかちで喧嘩っ早く、権威に弱くて、戦争に関する直感的な判断力を除いて、まともな判断力があるのかどうかはよく分からない人物である。その点で、『ひらかな盛衰記』の作者は『源平盛衰記』をちゃんと読み込んでいるとも思えるのだが、しかし、そうであっても、人形浄瑠璃の源義経は「魅力的なヒーロー」であらねばならないのだ。イライラして梶原景時をいじめても、彼が魅力的な「永遠のヒーロー」であることに変わりはない――ということはつまり、そもそもの設定が矛盾しているということである。我々は近代人だから、これを「矛盾」と考えるが、『ひらかな盛衰記』を享受する前近代人は、これを「矛盾」と考えない――すべてはここからスタートするのである。つまり、「いい男と決まっている男は、どうあってもいい男である」という公理があって、すべてはそこから始まるのである。

「色男、金と力はなかりけり」と昔の人は言ったが、そういう色男にはまともな知性だってないかもしれない。しかしそんなことを言ったって、「色男」は「色男」なのである。これは動かない。

金と力がなくて、まともな判断力もない色男《イケメン》がいて、これが困っていたらどうするか？　これを「色男」と思う人間は、色男を助けるのである。「なんでそんなものを助けるのか」と言われても、これは信仰のようなものだから仕方がない。昔は、それが前提として通っていたのである。

　だから、源義経が判断力を失っていても、佐々木高綱や畠山重忠はこれを支えて、しかるべき助言をするのである。それで万事はOKなのである。そういう世界観を根本に据えて出来上がっているから、『ひらかな盛衰記』は「複雑な心理劇」なんかではなく、劇中に「厄介な障害」が設定されてはいても、話はトントンと進んでしまうのである。まともなことを考えてもだめなのである。『ひらかな盛衰記』のドラマを支える二人の女――お筆と千鳥の姉妹には、明白なある一つの違いがある。お筆は独身で、忠義と封建社会の徳目に従って生きる真面目な女で、だからこそ刀を振り回して立派に立ち回りも演じるが、妹の千鳥は梶原源太に惚れ、「梅が枝」を名乗る遊女になって源太を支え、困ったことになっても手水鉢《ちょうずばち》を叩くだけでなんとかしてしまう（!?）、恋と夢に生きる女なのだ。

　お筆が担うのは、木曾義仲の遺族の物語で、千鳥は梶原源太景季の物語の中にいる。並行して進む二つの物語がどのように収斂するのかと言えば、当然のことながら、千鳥＝梅が枝のいる梶原源太の物語の中にである。金と力と、もしかしたらまともな判断力もないかもしれないイケメンの梶原源太に話が収斂してしまう――『ひらかな盛衰記』とは、実のところそういう「どうでもいい物語」なのである。

10

大序の射手明神の段で、梶原景時は主君の源義経によって屈辱を味わう。続いての義仲館と粟津合戦は、義経の所属する鎌倉軍に滅ぼされる木曾義仲方の物語である。梶原と義仲と二つのストーリーが出揃って、二段目へ移る。

二段目の口は楊枝屋、切は前述の梶原館だが、楊枝屋の場はあってもなくてもいいような場である。

京都のはずれの桂の里に、老いた浪人のやっている楊枝屋がある。その浪人がお筆、千鳥姉妹の父親である鎌田《かまた》隼人《はいと》——ということになれば、義仲の妻の山吹御前と忘れ形見の駒若丸を連れたお筆が、追手の目を逃れてここへやって来るのは決まっている。もちろん、幕が明くと、もうお筆と山吹御前、駒若丸の三人はこの家の中に隠れている。そこへ、義仲の余類を探索する敵の手が伸びて来て、隼人とお筆父子は山吹御前と駒若丸を守って逃げて行くというだけのことである。

逃げて行く四人に関しては、この後の三段目の口に「道行君《みちゆききみが》後紐《うしろひも》」というシーンがあるから、ここで「四人が逃げ出す経緯」などということを示す必要もそうはない。楊枝屋の場が必要になるのは、「鎌田隼人は源氏に由縁のある人物で、もう一度仕官をしたいがために、姉のお筆を源義仲のところへ、妹の千鳥を梶原景時のところへ奉公に出して、コネが出来るのを待っていた」ということと、「山吹御前と駒若丸を追う〝敵〟は、梶原景時の郎等の番場《ばんば》の忠太《ちゅうた》なる人物である」ということを説明するだけである。

『ひらかな盛衰記』は、ストーリーを辿って行けば「源平合戦裏面記」になるようなもので、それはそれなりに一貫性を持ったシリアスな話でもあるが、『ひらかな盛衰記』はこれを半分笑いながら語ってしまう。「シリアスな話」でありながら、これを「どうでもいい」と笑ってしまうのんきな態度が同居している――つまりは、「遠い昔の源平合戦に背景を借りた、若い男女のおとぎ話」でもあるのだ。

お筆が「父の敵」と狙う番場の忠太は、「鎌田隼人を殺した人物」ではあるが、同時に「マヌケな三枚目」である。どうして番場の忠太が義仲の遺族を追うのかといえば、その初めに梶原景時が義経に怒られたからである。「名誉挽回」を思う景時は、自分の家来に「なんとしてでも義仲の遺族一味を捕えろ！」と命令をする。これは戦争の結果だから仕方がなくて、「木曾と梶原のどっちかにコネがつながればいいな」と思っていた浪人の鎌田隼人は、これに巻き込まれた程度のもので、そこのところを、「梶原は父さんの敵なんだから！」と真面目な独身の姉さんに血相を変えられて詰め寄られても、恋に生きる梅が枝の千鳥としては困るだけだろう。

そしてもちろん《鎌倉一の風流男》と言われるイケメンの梶原源太景季には、そんな千鳥のためになにかをしてやろうという発想がない。《鎌倉一の風流男》は、「僕のためなにかしてくれ」と言うだけの存在で、それがもう世界中から約束されている。「それがイケメンである」という世界観は確固としているからしょうがない。「だってあの男は父さんの敵よ！」と言うお筆と、「ちょっと待ってよ」と思う千鳥の姉妹の前に源太の母の延寿が出て来て、「私に免じて許してね」というカタのつけ方をするしかない。延寿の自害はシリアスなものではあるけれど、「そういうカタのつけ方はありか？」とも思えてしまう。「なんというイージーな御都合主義か」とも思うのだが、仕方がない。『ひらかな盛衰記』はそういうとんでもないお話なのである。

11

『ひらかな盛衰記』には笑いの要素が多い。勘当された梶原源太が、ケロッとしたプレイボーイぶりを示す四段目の辻法印の段や終局に至る前の神崎揚屋は、ほとんど喜劇のようなものでもある。ということは、『ひらかな盛衰記』が源平合戦とは無縁の当世的な色彩を強くする娯楽作品だということで、当世的であればこそ、源平の合戦とは無縁の江戸時代人がよく描かれている。さっさとストーリーを進める上では、なくてもいいような楊枝屋の段が存在するのもそのためで、「活躍はしないがよく描かれている庶民」の代表となるのが、三段目の道行の後に続く、大津宿屋と、「松右衛門内より逆櫓」に登場する、老いた船頭の権四郎《ごんしろう》である。

桂の里を逃げのびたお筆の一行は、大津の宿屋に泊まっている。そこへ、三井寺に札を納めた帰りの西国巡礼――権四郎と娘のおよしに孫の槌松《つちまつ》がやって来る。

権四郎は、かつては「松右衛門」を名乗った有力な船頭だが、今はその名を婿に譲って隠居状態。しかもその婿は二人目で、およしとの間に槌松という子を作った婿は三年前に死んでしまった――その婿の「菩提を弔うため」に、娘と孫を連れて西国巡礼に出た。それをする理由は「金がかからず功徳《くどく》がある」というものだから、権四郎は「率直で遠慮のない田舎のジーさん」である。

街道沿いの宿屋の客引きに足を止め、遠慮なく料金を値切って、「よし、上がろう、上がろう」で娘と孫を急き立て、お筆や山吹御前の泊っている続き部屋の隣に腰を落ち着けても、まだ大声で喋り続けている――。
《扨《さて》歩いたわ。今日は大道《おおみち》そちも草臥《くたびれ》。おりゃ猶の事道下手《べた》で気計《ばかり》いらくら。船頭と鼈《すっぽん》は。陸《くが》で埒《らち》の明《あか》ぬ物。やれしんどや腰いたや。ドレ其枕取てたも。ア、やい〳〵コリャ槌松よ。其襖明《あけ》んものじゃ恐いぞ〳〵。コリャこゝへこい爺《じい》かんでやろ。エ、穢《きたな》い洟《はなたれ》では有ぞ。》ときて、まだまだ喋り続けている。

一般的に、人形浄瑠璃に登場する「田舎のジーさん」というのは、魅力的な存在である。『菅原伝授手習鑑』の白大夫もそうだった。隠居状態にあったとしても、「自分は家長だ」という自負を持っているから、ああだこうだと人の世話を焼く――今ではオバさんやバーさんのものになってしまった「遠慮のなさ」を持ち合わせて、そういう存在だからこそ「窮屈なドラマの枠組」から自由になって、好き勝手に生きている――でありながらも「社会的責任」は自覚しているから、「いい、悪い」の区別もはっきりと持ち合わせている。わずかばかりの引用でも、ハタ迷惑に騒ぎ立てるジーさんの魅力的な人間像は窺えるだろう。

「ああ、疲れた、疲れた」で騒ぎ立て、「枕取ってくれ」で横になってもじっとしてはいない。自分の大声が隣座敷の迷惑になっているとも考えず、ウロチョロする小さな孫に「隣との境の襖を開けたら失礼になる」と注意して、しかもこれを「開けたらお化けが出るぞ」の体にして、振り向いた孫が洟《はな》を垂らしていると、「こっち来い、かんでやろう」になる。ぶっきら棒で図々しくて、いいジーさんである。落語というものがまだ存在しない時代に「よき庶民像」というものを刻んだのは、浄瑠璃なのである。

権四郎は素っ頓狂な声で喋り続け、襖一つを隔てた隣座敷では、逃避行に疲れた山吹御前が体調を崩して病臥中。お筆と鎌田隼人がお主《しゅう》の大事を看病して、放っておかれた駒若丸は泣き始める。駒若丸と槌松は同年の三歳で、権四郎はその声を聞きつける――《およし。あちらの旅人も子が有《ある》そうなが扨《さ》てもせがむは。わやくいうなァ。瞞《だま》しても賺《すか》しても怒りおるとどこにも迷惑。ハア、なんぞやりたいものじゃが》と思いついて、《オ、夫《そ》れよ。童賺しはこんな時。今跡で買うた大津絵一枚やろ》と取り出す。

当時の大津絵は、近辺で売られていた子供騙しの土産物で、子供が喜ぶ「おもしろい絵」だった。道の途中でこれを槌松に買ってやった権四郎は、泣いている隣の子供に一枚やろうとする。

子供が泣けばはた迷惑なのは、権四郎も分かっている。しかし権四郎は現代人ではないので、隣室で泣き騒ぐ子供の声に知らんふりをしない。「うるさいぞ！」と叫ぶこともしない。「誰にとっても迷惑。気の毒に」と考えて、隣室の子供が泣くのを収める算段をする。十分に自己中心的でありながら、と同時に周囲との調和をも考えるのが、人形浄瑠璃に登場する善なるジーさんと、その家族達である。

「いいじゃないか、隣の子に一枚やれ」と言われて、槌松は「いやだ」とだだをこね、権四郎はその孫をなだめるために、「これはつまんない絵だぞ、隣の子にやっちまえ。でもな、こっちの絵はおもしろいぞ、いいか――」とあやしにかかる。その隙に槌松の母のおよしは境の襖を開けて、「坊ちゃんがお気の毒。よろしかったらこれをどうぞ」と言って、大津絵を渡す。そうして、木曾義仲の遺族の一行と、『源平盛衰記』の世界とはまったく関係のない船頭の一家は、同じ年の子供を介して知り合いになる。およしは、「この子の父親は三年前に死んだ」と、自分達が巡礼をしている理由を語り、素姓を隠す山吹御前も、「私も夫に死なれました」とだけおよしに語る。

「それはそれは、お気の毒に」から、権四郎は体調を崩した山吹御前の心配を始め、人の気を晴らす陽気な権四郎を見た真面目一本槍の鎌田隼人も、「よろしければ御前《ごぜん》のお気晴らしにでもなる話をしてくれないか」と進み出て、二つの旅人グループは打ち解けてしまう。親達が打ち解ければ、泣いたりぐずったりしていた子供達もキャッキャッと遊び始める。「父を亡くした同じ年の子供」以外に接点を持たない二つのグループが仲良くなって、それでどうなるのかというと、当然ここに「危機」が押し寄せて来る。

　山吹御前と駒若丸の行方を探す番場の忠太の一行が宿屋に踏み込んで来て、明かりの消えた夜の道を、お筆と鎌田隼人は山吹御前と駒若丸を守って逃げ出して行く。お筆が刀を振るって追手を相手に立ち回りを演じるのがここで、大勢を相手の立ち回りの内にお筆は山吹御前や駒若丸とはぐれ、その隙に、鎌田隼人は番場の忠太に斬られて後の敵討ちの必然を作り、山吹御前と駒若丸は捕えられて、「木曾義仲の遺児」である駒若丸はその場で首を打たれてしまう。

　駆け戻ったお筆に、息も絶え絶えの山吹御前は事情を話し、お筆は闇の中で首を失った駒若丸の遺体を探す。そして、触わってみるとこれは不思議というのは、着ているものの手触わりが違う。胸にはエプロンのようなものが掛けられていて、これをお筆は「巡礼の笈摺《おいずる》」と理解して、逃げ出す騒ぎの中でお互いの子供を取り違えたことに気づく。

　お筆は「よかった！」と喜ぶが、ショックの山吹御前は息絶えて、主人の遺骸をそのまま道端に置き去りに出来ないと思うお筆は、道端の笹を切って、この葉の上に山吹御前を載せ、ソリの要領で引っ張って去って行く——だからこその「笹引の段」である。

「主君の子」ではない、首を打たれた槌松の死体は放ったらかし。後には「父さんの敵」と騒ぎ立てる鎌田隼人の死に対しても、「忠義の死だからしょうがない」と納得して山吹御前の死体だけを引っ張って行ったお筆が次にすることと言えば、死んだ槌松の着けていた笈摺に書かれている住所を頼りに、間違って連れて行かれた駒若丸を、権四郎のところへ取り戻しに行くことであるが、果して「筋の通ったエゴイスト」でもある田舎のジーさんの権四郎が、「お宅の坊ちゃんは殺されました、私共の若君を返して下さい」と言われて納得するのか——という話が、後に続く三段目の切、「松右衛門内より逆櫓」の段である。

12

もちろん、権四郎はお筆の言うことなんか聞かない。笈摺に書かれた住所を頼りにやって来たお筆から事の次第を聞かされ、母親のおよしは泣き喚くが、権四郎は冷静で、《娘ほえまい。泣けば槌松が戻るか。よまい言《ごと》いや二度《ふたたび》坊主めに逢《あわ》れるか。兼《かね》て愚痴なと祖父《じい》が呵《しか》るをどう聞いて》と、亭主に死なれて以来愚痴っぽいおよしを叱る。これを聞いたお筆は、「チャンス！」とばかり、《夫〻《それ〳〵》こう申《もうす》私も女子《おなご》じゃが。愚痴では済《すま》ぬ祖父様のおっしゃる通り。いか程お歎きなされたとて。槌松様のお帰りなされるというではなし。二度逢るゝというではなし。さっぱりと思し召明らめて。此方の若君を御戻しなさって下さったら。》と、ムシのいいことを言う。

封建世界の徳目に忠実で、忠義に一途である江戸時代のキャリアウーマンお筆は、「駒若丸を返してくれたら、槌松の供養のためにどれほどのことでもする」と言う。しかし、「物じゃないんだよ！　まず謝れ！」というのは昔も今も同じで、自分の世界観に忠実になりすぎているお筆は、それゆえに自分がエゴイストになってしまっていることに気づかない。だからこそ、「泣くのはみっともない」と思って黙っていた権四郎は、ここでついに怒りの口を開く。

《女子だまれ。何の顔《つら》の皮でがや〳〵頤《おとがい》たゝく。恥をしれやい我子を我が育るには。少〻の怪家《けが》させても不調法が有ても。親だけで済めども人の子にはな。義理も有り情けも有る。主君の若君のとお言やるからは。夫れしらぬまんざらの賤《いやしい》人でもなさそうな。此おれは親代〻楫柄《かじづか》を取て。其日暮の身なれども。お天道様が正直。大事にかけて置たそっちの子見しょうか。いや見せまい。見やったら目玉がでんぐりがえろうぞ。人の子をいたわるは。こっちの子をいたわって貰うかわり。大《たい》砥《てい》大事にかけたと思うかい。コリャそんなら又なぜ。尋て来ぬとへらず口ぬかそうが。尋て行こうにも何もしるべの手がゝりはなし。そっちには笈摺に所書《ところが》きが有。今日は連て来て取換えるか。明日は連てきて下さるか。あうたら何と礼いおうと明ても暮れても待ってばっかり。》

そう言う権四郎は、槌松が帰って来たら喜ぶだろうと思って、以前の大津絵を襖に貼って待っていたと言う。

これだけ筋道の通った話というのはそうそうないし、これを言う権四郎がいかなる人物であるかということは、前の大津宿屋の段で描写されているから、お筆としては返す言葉がない。だから、止《とど》めとばかりに権四郎は、《夫《それ》になんじゃ。思い明らめて若君を戻して下され。町人でこそ有れ孫が敵《かたき》。首にして戻そうぞとつっ立あがる。》ということになってしまう。

「お前の言い草が気に入らない！　他人様の子だと思って大事にしてきたお前のところの若君を殺してしまうぞ。孫の敵だ！」と言われてしまえば、お筆の忠義どころか、これまで続いて来た、「木曾義仲が悪人ではない以上、この遺児は助けられて当然である」という『ひらかな盛衰記』を成り立たせる根本ロジックさえも壊れてしまう。権四郎が言うのは、「我が孫が可愛いのは当然で、名のある武士の子は大事だが、名もない庶民の子などどうでもいいという理屈はない！」という、江戸時代の根本原理を覆すようなことでもある。「こんなことを一介の船頭のジーさんに言わせて、この物語はどのように収まるのか？」と思っていると、ここで人形浄瑠璃ドラマのドンデン返しが登場する。

既に大津宿屋の段で、槌松の父であるおよしの夫が死んでいることは明らかにされているが、夫を失ったおよしは二度目の婿を迎えて、これが先夫と同じ松右衛門を名乗っている。その輪郭だけははっきりしていて、しかし焦点は妙にぼかされていた現松右衛門がここに登場して、事態は一挙に「本筋」へ戻ってしまう。

お筆に向かって権四郎が「お前の若君を殺してやろうか！」と向き直ると、後ろの戸がガラッと開いて、駒若丸を抱えたその松右衛門が現れる。松右衛門は、実は行方の知れなくなっていた木曾義仲の忠臣の一人、樋口《ひぐち》の次郎兼光《かねみつ》で、船頭に身をやつして、舟で海に乗り出すであろう源義経を待ち構えていたということになっている。

樋口兼光は、義経軍が宇治川を越えて来る時、義仲を裏切った彼の叔父・源行家《ゆきいえ》を討つために別行動を取っている。義仲が最期の時そばに居合わせなかったから、樋口兼光は、「義経を討つために潜伏していた」ということも可能になるらしいが、義仲が死んだのは何年も前の話ではないから、冷静に考えると無茶な設定なのだが、駒若丸を抱えて現れた婿の松右衛門が、自身の舅である権四郎に向かい、《権四郎頭《ず》が高い。天地に轟《とどろ》く鳴《なる》雷《いかづち》の如く。御姿は見ずとも定めて音に聞つらん。是こそ朝日将軍。義仲公の御公達《きんだち》駒若君。かく申す我は樋口の次郎兼光よ》と大声で怒鳴りつけると、もう些細なことはどうでもよくなってしまう——そうなるように三味線の音は響いて、太夫は声を張り上げるから、これに異を唱えていたら、人形浄瑠璃というものは成り立たなくなってしまうのだ。

一つ家で毎日を過ごしていた婿から「権四郎、頭が高い！」と言われると、権四郎はなにも言えなくなってしまうし、言う必要がなくなる。「え!?　家の婿は立派な武士だったのか？　家は武士の一族で、槌松はご主君の身替わりになった忠義者だったのか——」という瞬時の理解が訪れてしまうからである。

なぜこんな理解と納得が瞬時に訪れてしまうのかと言えば、松右衛門の樋口兼光が、義経や梶原源太と同じ、有名な歴史上のスターヒーローだからである。そういう「輝けるいい男」が身内として登場してしまったら、もう一般人の方はこれに献身するしかない。ほとんど宗教上の恍惚に近いような約束事だから、まともな人間には逆らいようがない。人形浄瑠璃のドラマは、歴史上のスターヒーローを自分達の現実の上に登場させることによって成り立っていて、それが出現する予定調和的なカタストロフを体験することが、快感なのだ。

「その快感を客に実感させる」という大前提がまずあって、ドラマの細部はその大前提から逆算される——だから「よく考えると無茶な矛盾だらけ」になっても仕方がない。逆に、「義経には若干問題があるかもしれない」と思わせ、「権四郎の言うことは封建秩序を突き抜けかねない内容を持っている」と思わせてしまう『ひらかな盛衰記』の作者は、その大本の予定調和の中で、かなり理詰めに物事を考える人間だということにもなるだろう。

13

理屈はともかくで、いよいよ物語のすべてが落ち合う四段目——梶原源太のその後である。

家を追われた源太と千鳥は西へ向かい、源太を養うため、千鳥は大坂湾沿いの港町神崎で遊女となり、名を梅が枝と改めている。源太は神崎の近くの町に住む占い稼業のインチキ山伏、辻法印の家に居候となっていて、平家が拠点とする一の谷はこの西にある。権四郎と松右衛門の樋口兼光の家があるのもこの大坂湾沿いの地だから、駒若丸を樋口兼光の手に委ねてほっとしたお筆も、「さァ、父さんの敵討」とばかりに、「妹がいるらしい」と聞いた神崎の地にやって来る——時は、一の谷の合戦を翌日に控えた日である。状況は切迫しているのかもしれないが、しかし事態は、妙に緊張感を欠いたへんなものである。

家と自身の名誉挽回のため、梶原源太は翌日の一の谷の合戦に参加しなければならない。ところが、その出陣に際して身に着ける源頼朝から拝領の「産衣の鎧」がない。源太はこれを、妻となった梅が枝に預けてあるのだが、梅が枝がいるのは神崎の廓だから、源太は辻法印の家からそこへ出掛けなければならない。そして、遊女に会いに揚屋へ行くのだから、おしゃれをしなければならない。既に状況はへんてこりんな三段論法だが、身を売って源太の生活費を捻出した梅が枝は、源太の身を預かる辻法印の夫婦に「これで源太さんをよろしく」と金も渡してあるのだ。その源太は毎日梅が枝に会いに行って「遊女と遊ぶ」ということをしたがために、その金がなくなった。源太は「紙子《かみこ》」という和紙製の着物一枚の貧乏浪人になっているから、「梅が枝に会いに行くための着物」

――それを得るための金を用意しなければならない。「明日出陣なんだから、廓へ行くファッションなんかどうでもいいでしょ」という話が通る源太ではないのだ。

そのファッション費用を得るために源太はなにをするのかというと、近在の農民相手に、「明日は一の谷の合戦で、そのために義経公は食糧を必要としている。ちょっと貸せ」という寸借り詐欺を考える。気弱でマヌケな辻法印に、「お前が武蔵坊弁慶になって百姓を騙せ」と言って、贅沢な羽織衣装を手に入れる――そういうお笑い場面が辻法印のこの段であり、そういう梶原源太がやって来るのだから、次の神崎揚屋がまともで理性的な展開をするはずはない。

明日が名誉回復の合戦であろうとなかろうと、廓へ行くとなったらルンルン気分の梶原源太で、見方を変えれば、彼はそれほど自分の戦闘能力に自信がある――そのように《鎌倉一の風流男》は設定されているから、粋なメンズファッションに身を包んだ源太は、なにも悩まない。梶原源太は、《夜ごと〳〵に通くる梶原源太景季。》と語られて登場するが、これを語る太夫は、まるで「ここが一番の踏ん張りどころ」とでも言うように力んで語る。その語り方は「さァ出陣」というような勇ましいものだが、そう語ってしまうのは、もちろん「男の照れ」である。そうでなければ恥ずかしくてしょうがないというのが、まともな頭の考える、この場の梶原源太である。

ところが、梅が枝の千鳥はそうではない。売れっ子になった彼女には《東国のさるお大名》から身請《みうけ》の話が出ている。「冗談じゃないわよ」と思っているそのところへ、何年も会わなかった姉のお筆がやって来て、《とゝ様はお果《はて》なされたわいのう。》と、突然の敵討の話になる。「ったく、冗談じゃないわよ」と思っているところに、恋しい梶原源太がやって来て、「あの産衣の鎧どうなった?」とくる。千鳥の梅が枝を登場させる詞章は、《雪や霙《みぞれ》や。花ちる嵐。可愛《かわい》男に。偽《いつわり》なくば。本《ほん》の心で。淡路嶋千鳥も今は此里へ。身をば売《うら》れてやり梅の。名も梅が枝の突き出しに》という、美しくも哀切なものである。のんきな源太とは別に、身を売られただけで千鳥は哀しい。しかし源太は、「あの鎧どうした?」である。そんなものはもうとうに借金の抵当になっているのに、やって来た源太は「どうしてもいる。明日までに取り戻して。じゃ、よろしくね」で去って行く。「冗談じゃないわよ」の三段重ねであるが、梅が枝はそんな源太を愛しているのだからしょうがない。

　鎧を手に入れるためには、三百両の金がいる。千鳥の梅が枝にそんな金はないが、身請の話を了承すれば、その金が手に入る。でも、源太一筋の梅が枝にそんなことは出来ない。「どうしよう」と切羽詰まった梅が枝は、揚屋の庭に置いてある石製の手水鉢を柄杓《ひしやく》で一心不乱に叩き始める。それはどういうことかというと、東海道の小夜《さよ》の中山にある無間《むけん》の鐘をつくと、現世では思い通りの大金を得られるが、来世では無間地獄に堕ちるという言い伝えがあることを思い出すからだ。《是より小夜の中山へ遥《はるか》の道は隔れど。思い詰たる我が念力。此手水鉢を鐘となぞらえ。石にもせよ。金にもせよ心ざす所は無間の鐘。此世は蛭《ひる》にせめられ未来永ゝ無間堕《ぞ》獄《ごく》の業《ごう》をうくとも。だんない／＼大事ない。海川に捨たれる金。一つ所へ寄せ給え無間の鐘と観念す》で、ファナティックな境地に陥った梅が枝は、手水鉢を叩き始める。

　どう考えても、これで金が出て来るはずはないのだが、「あゝら不思議」で、二階から小判の雨が降って来る。二階座敷には源太の母親の延寿がいて、男装した彼女がわざわざ揚屋までやって来たのは、「ウチの息子の嫁はどうしてるのかしら?」と様子を見に来たのだ。梅が枝の身請を言い出した《東国のさるお大名》は男装した彼女で、梅が枝が源太のためを思って「自分は地獄に堕ちてもいい！」と言っているのを見て、「えらい！　その金上げる！」と小判をばらまいたのだった。

まともな頭で考えれば、「なんだこの展開は？」というような話だが、まともに考えなければ、これは「江戸時代のシンデレラ」だということが分かるだろう。

シンデレラの梅が枝は、自分が舞踏会に行く代わり、王子様の梶原源太を晴れの戦場に行かせたい。姑の延寿は「魔法使のおばあさん」で、「ビビデバビデブー」と小判をばらまく。梅が枝は喜んで、その金を持って鎧を質屋から取り戻し、梶原源太は名誉回復の戦場に行き、姉のお筆のしつこい敵討要求に対しては、延寿が「私がその敵になるから、私に免じて許してね」で死んでしまって、めでたしめでたしになる。つまるところ、「そうして恋人同士は仕合わせになりました」が『ひらかな盛衰記』なのである。

「源平の合戦がシンデレラ姫の話になるなんて無茶だ」と言っても、そうなっているのだから仕方がない。「いい男」は、なんにもしないし、周りの人間はこれに振り回される。振り回されても、結局は「めでたし、めでたし」になるのがおとぎ話で、シンデレラの王子様だって、お城にいるだけでなんにもしないのだ。おとぎ話というのはそういうもので、『ひらかな盛衰記』は、「ひらかな」の名が示すように、素敵な江戸時代のおとぎ話なのである。野暮は言わない方がいい。

『国性爺合戦』と直進する近松門左衛門

1

続いて、近松門左衛門《ちかまつもんざえもん》の時代浄瑠璃『国性爺合戦《こくせんやかっせん》』である。

近松門左衛門は人形浄瑠璃を代表する作家で、彼を「劇聖」と言ったり「日本のシェークスピア」と思う人はかなり多い。「人形浄瑠璃と言えば近松門左衛門」でもあるような人だが、それにしては「浄瑠璃を読もう」と題する本書の中で、彼の出番はかなり遅い。どうしてそういうことになるのかと言うと、この私が近松門左衛門を「人形浄瑠璃の中ではちょっと変わった存在」と考えているからである。

近松門左衛門の名は江戸時代を通して高かった。別に「忘れられた作家」ではない。だから近松半二のように、死んだ近松門左衛門に憧れて「近松」姓を名乗る作家も出て来る。しかしその一方で、近松門左衛門には「明治以降の近代になって再発見された作家」という側面もある。どうしてそういうことになるのかというと、近松門左衛門が「有名ではありながらもその作品があまり上演されない作家」になっていたからである。

江戸時代に歌舞伎の脚本（「台帳」とか「正本《しょうほん》」と言う）や人形浄瑠璃のテキスト（こちらは「正本」あるいは「丸本」）を読むのは、そう難しいことではない。貸本屋というレンタル業者が存在していて、読むことが出来る。ト書きがあり、登場人物ごとに科白が箇条書きになっている舞台の脚本は、その舞台面が想像しにくい人にとっては、今でも読みにくい。しかし浄瑠璃のテキストは、地の文を持つ一種の「物語」としても読める――そのような形で、あまり上演されない近松門左衛門の浄瑠璃作品は、近代になって「文学」として復活する可能性を秘めたまま江戸時代には存在するのだが、問題は、どうして近松門左衛門の浄瑠璃作品が、「あまり上演されない」になってしまうのかということである。

近松門左衛門の作品は上演しにくい。だからその内に、これを上演するのに必要な三味線の「譜」がなくなってしまう。そうなると、上演しようと思っても上演することが出来なくなる。人形浄瑠璃は、全篇に三味線の手が付いているから、オペラと同じで、歌詞があっても楽譜がなければ上演が出来ない。詞章だけが残されている浄瑠璃作品は、「芸能」の面を欠落させて「文学」になるしかないのだ。

近松門左衛門以降の作家達の作品は舞台の上で生き残り、当たり前のように上演される――そのことによって「前近代の俗なもの」と思われ、その文学価値が過小に評価されがちになるのに対して、文字だけで残った近松門左衛門作品は、これを読む者の胸を撃つ「文学」にもなる。近松門左衛門の作品にそれだけの内容はあるけれども、そうなると逆に、「これだけ深い文学性を持つもののを埋もれさせ、今に至る俗なものしか伝えて来なかった江戸時代人は、だめな人間達だった」ということにもなってしまう。「近松門左衛門の偉大」は、少しばかりややこしいのだ。

2

近松門左衛門の作品が「上演しにくいもの」になってしまった理由は、そんなにむずかしいものではない（はずである）。ちなみに、現在文楽で上演されている近松門左衛門の世話浄瑠璃のあらかたは、昭和の戦後になって新しく復曲されたもので、我々が「近松と言えばアレ」と思うような心中物は、長い間埋もれていたのである。

近松門左衛門の人形浄瑠璃が「上演しにくいもの」に変わってしまったのは、これを舞台で上演するための人形の操作方法が変わってしまったからである——私はそう思う。

現在の文楽の舞台を見れば分かるが、人形浄瑠璃では一体の人形を三人で遣う。メインの人形遣いは胴を支え、首と右手を遣い、その他に左手を専らに扱う者と、足だけを扱う者がいる。もちろん、現在の文楽にも「一人遣いの人形」は登場するが、これは「どうでもいいその他大勢の男女」を表現するためのものである。三人遣いの人形は、人間以上に複雑な感情を表現出来るが、大雑把な動きしか出来ない一人遣いの人形に、それは出来ない。三人遣いの人形が登場して、これが当たり前になることによってそうした線引きが生まれてしまったが、近松門左衛門の時代に、人形はすべて「一人遣い」だった。三人遣いの人形が舞台に登場したのは、享保十九年（一七三四）に初演された『芦屋道満大内鑑《あしやどうまんおおうちかがみ》』で、近松門左衛門はその十年前に死んでいる。しかも、その最初に登場した三人遣いの人形は、ワンシーンのショーアップのために出された限定的なもので、これ以前の人形には「複雑な感情表現」というものが必要ではなかった。それは、作者の書いたテキストを語る太夫が担当すればよかったのだ。

　近松門左衛門は、人形浄瑠璃の筆を執る先、初世坂田藤十郎が主演する歌舞伎の台本を書いていた。それが喧嘩別れをするような形で歌舞伎から離れ、人形浄瑠璃のテキスト執筆に専念するようになる。考えてみれば、この理由は簡単である。人間の歌舞伎役者は、作者の意図を超えた「勝手な自己表現」をするが、人形浄瑠璃の人形はそれをしない――まだ十分に出来る段階に来ていない。おそらく近松門左衛門は、ドラマの演じ手である人形達に「私の書いた人間ドラマの感情を、もっと深く緻密に表現しろ」と要求する必要を感じなかったのである。「私の書いたままに演じればよい」だったはずである。

　近松門左衛門の人形浄瑠璃の主役は、人形でも太夫でも三味線でもない。太夫にその詞章を語らせる、作者の近松門左衛門である。近松門左衛門の書いたテキストには、それをさせる「作者の強さ」が歴然としてあるが、音楽劇でもある人形浄瑠璃は、しかし、「作家性を明確にさせるもの」ではないのである。

　人形浄瑠璃の三味線は、語り手である太夫の伴奏を務めるものではない。太夫もまた、「三味線のメロディに合わせて語る」などということをしない。極端なことを言えば、両者がそれぞれに勝手なことをやって、それが結果として一つになっているというのが、人形浄瑠璃も含めた日本の伝統芸能のあり方である。どうしてそういうことになるのかと言えば、日本の音楽がメロディラインを軸とするものではなくて、「拍子」を軸にするものだからだろう。だから、バラバラにやっているものが、合う時は合う。日本の三味線が、弦楽器でありながらメロディ楽器とリズム楽器の両方の性格を備えているのもそのためのはずだ。

語り手と「その伴奏音楽の奏者」でもある者が「結果として一つになる」ということをやっているのだから、これに合わせて舞台上を動く人形の方だって、「伴奏に従う」や「語りの通りに動く」をしなくてもいい──「結果として一つになっている」というコンビネーションを実現させれば、その結果に至るまでの間《ま》がバラバラであってもかまわない。「バラバラであるはずのものが一つになっている」というスリリングなところが、日本の伝統芸能の妙味なのだ。

人形浄瑠璃のテキストは、その上演に際して、言葉と音と動きを担当する太夫、三味線、人形遣いの三者によって解体される──解体されたものが舞台の上で一つになる。そうであるようなものだから、テキストを書いた人間の「作家性」などというものは曖昧にされても不思議はない。しかし近松門左衛門は、三人遣いになった人形が自己主張を可能にする以前の作者なのだ。近松門左衛門が、日本の伝統芸能の中では例外的に「強い作者」であるのも不思議ではない。

「悲しいから泣く」というだけのことであっても、三人遣いの人形は複雑な動きをする。それは「作者の意図を超えて心理的になる」ということであり、人形がそういう動きをするものになってしまえば、音楽劇である人形浄瑠璃の音も、このことを反映する──その動きを可能にするように「音の手数《てかず》」も増え、間《ま》も長くなる。それを実現するべく、詞章の方も譲歩をする。そうなってドラマは、「間延びのしたもの」と捉えられかねなくもなる──それが近松門左衛門の後である。

近松門左衛門の作品は激しい。噛んで吐き捨てるように、ドラマは一直線に進んで行く。「情を語る」が浄瑠璃のあり方だとすると、近松門左衛門は「非情を語ることによって、そこに存在するはずの情を暗示する」というような書き方をする。「くどくどと情を語る」ということをあまり許さないから、「情に訴えて泣かすことを専一とするような、前近代の俗な浄瑠璃」とは一線を画したようなことにもなってしまうが、それは、近松門左衛門の世界把握の方向と、当時の「人形一人遣い」というスタイルが合致したことの結果だろう。

近松門左衛門は、世界を統率する絶大なる認識者でもある。しかし、自身の感情表現を獲得してしまった「三人遣いの人形のドラマ」を綴るその後の作者達は、人形達の動きに翻弄されでもするかのようなドラマを書かなければならない。人形浄瑠璃のドラマが「くどくどと語られる情の緻密さ」によって形成され、屈曲した構成を持つようになったのもそのためで、「作者のあり方が後退した」ように思われてしまうのもそのためだろう。しかし、人形が独立した感情表現を獲得したことによって、人形浄瑠璃のドラマは「テキストに書かれていない深み」を獲得したことも事実で、日本人のメンタリティの深層部はこれを共有することによって形成されて来たとも思う。そのように、「近松門左衛門ばかりが特別な作家ではない」と私は思うから、偉大なる近松門左衛門の出番はこんなところにもなるのである。

というわけで、やっとここから『国性爺合戦』が始まる――。

3

正徳五年（一七一五）に初演された『国性爺合戦』は、近松門左衛門作品としては珍しい、舞台生命の長い作品である。だから有名で「近松門左衛門の時代浄瑠璃の代表作」ということにもなっているが、今の目でこれを見て、本当におもしろいかどうかは疑問である。少なくとも、私はそう思う。

初演時には大ヒットで足掛け三年のロングランを記録し、同じ作者の手になる続篇まで生んだ『国性爺合戦』は、日本生まれの日中ハーフの英雄、鄭成功《ていせいこう》が韃靼人《だったん》の侵入によって滅亡の危機に瀕する明国を救う話である。昔の日本人がこれをおもしろがって大ヒットした理由はよく分かる。これは、「日本と中国のハーフだから、和でもない、唐でもない」として和藤内《わとうない》の名を持つ鄭成功が父の故国の急を救うために中国へ渡り、大活躍をする「壮大なるアクション劇」なのである。

当時の日本人にとって、中国は「実在するファンタジーランド」のようなものでもあろう。そこへ、中国人の父や日本人の母と共に、日本生まれの和藤内が乗り込んで行く。日本では「老一官《ろういっかん》」と名乗っていた父親は、明国にいた時分は鄭芝龍《ていしりゅう》という名の大物政治家の一人だったが、故国の危機を知って戻って来ても、その中国ではなんの力もない「ただの老人」である。皇帝の不興を受けて日本へ脱出せざるをえなかった鄭芝龍の老一官には、在明時代に中国人の妻がいて、この死んだ先妻との間に錦祥女《きんしょうじょ》という娘がいる。父の消息を知らぬままの娘だが、《天地の父母の助けにや。成人して今五常軍甘輝《ごじょうぐんかんき》という大名。一城の主《あるじ》の妻と成るよし商人の便《たより》に聞き及ぶ。頼む方《かた》は是ばかり。》というので、韃靼人の大軍を相手にする親子は、彼女を頼って中国へ渡る。

しかし、父親の老一官がするのは、この方向性を指し示すことだけで、実の娘とその婿を味方に引き入れるために、中国人の彼はなんにもしない。その説得工作を担当するのは、日本人で錦祥女の継母に当たる和藤内の母親で、歌舞伎では「渚」の名を与えられても近松門左衛門の原作ではただ「母」とばかりで名を与えられていない老女である。その日本人のバーさんが、『国性爺合戦』の中では、最も重要な役割を果たす人物となるのである。

近松門左衛門の時代浄瑠璃には「気丈な女性」や「激しい女」がいくらでも登場するが、『国性爺合戦』でのそれは、まずこの老母である。中国人の父親は、ある意味で「なにもしない」に等しく、だからこそ「単身中国へ乗り込んで行った」も同然の和藤内を叱咤激励して、「決して負けない日本人魂」を教え込むのが、この母なのである。だからうっかりすると、歌舞伎に移入されて「荒事の代表的役柄」になってしまった和藤内が、マザコンに見える。母親が信じる「日本は神国」という理念で後押しされる和藤内は、「日本で育った、中国人鄭芝龍の息子」であるよりも、「中国進出の正当性を持った、日本人の母の息子」なのである。「日本にいた中国人が中国大陸に渡って大活躍をする話」なら、日本人はそんなにも熱狂しないだろう。しかし、父親がたいした活躍も見せない和藤内は、「日本精神によって中国大陸での大活躍が可能になった、日本人同然の人物」なのである。

『国性爺合戦』の話はまず中国から始まるが、和藤内親子は「故国の危機」を日本で知って、長崎の平戸の浜から小舟を漕いで中国へ渡る。着くと、老一官は中国風の衣装に着替えて「昔通りの鄭芝龍」となり、妻と息子に「錦祥女を頼る」という前述の方針を告げて、《打ちつれては人もあやしめん。我一人道をかえ和藤内は母を具《ぐ》し。日本の猟船《りょうせん》の吹きながされしと。頓智《とんち》を以て人家に憩《いこ》い追い付くべし。》と、さっさと別行動を取ってしまう。自分はその国の人間だからそれでもいいだろうが、妻や息子は初めての土地で、《是より先は音に聞《きこ》ゆる千里が竹とて虎のすむ大藪《やぶ》有り。それを過ぐれば尋陽《じんよう》の江《え》。》などといともアバウトな道案内をした父親は、「甘輝の住む獅子が城の城門前で落ち合おう」と言って、さっさと一人で行ってしまう。おかげで、中国人の父親はなんの活躍も見せず、虎の住む千里が竹に向かう和藤内と日本人の母親は大活躍をすることになる（するしかなくなる）――もちろんこれが、作者近松門左衛門の意図するところでもある。

　和藤内と白髪の老母は、広大極まりない千里が竹に迷い込む。すると《あやしや数万《すまん》の人声責め鼓《つゞみ》せめ太鼓《だいこ》。らっぱちゃるめら高音《たかね》をそらしひょう〳〵。とこそ聞えけれ。》ということになる。虎狩りをしている現地の人間が虎を追い立てている音なのだが、和藤内にはなんだか分からない。《すわ我々を見とがめて敵の取りまくせめ太鼓か。又は狐のなすわざか》と身構える内に、竹林の中から大虎が姿を現す。和藤内はターミネーターばりの力自慢だから、《唐へ渡って力始め。神力《しんりき》ます〳〵日本力刃《やいば》でむかうは大人げなし。》と、猛虎に対して素手で立ち向かって行く。

　両者の取っ組み合いは力が拮抗して、和藤内が息をつけば虎も息をつく――するとそこに、竹藪に隠れていた母親が走り出て来て言う――《ヤァ〳〵和藤内。神国に生れて神より受けし身躰髪膚《しんたいはつぷ》。畜類《ちくるい》に出合い力立てして怪我するな。日本の地ははなるゝとも神は我が身に五十川《いすゞ》。太神宮の御祓《はら》い納受《のうじゅ》などかなからんや》

　そうして母親は、身に付けていた伊勢神宮のお札を息子に渡し、和藤内がこれを虎に差しつけると、《神国神秘《じんぴ》の其の不思議たけりにたける勢《いきおい》も。忽《たちま》ち尾をふせ耳をたれ。じりゝ〳〵と四足をちゞめ。恐れわなゝき岩洞《がんとう》にかくれ入る。》ということになる。

　和藤内は、犬か猫のようにおとなしくなってしまった虎を従える。そこに、侵略者の韃靼王のために虎を狩ろうとしていた中国人の軍兵が現れるが、《うぬらが小国とてあなどる日本人。虎さえこわがる日本の手なみ覚えたか。》で、こちらも従えて自分の配下にしてしまう。和藤内は、もう完全に《日本人》で、従えた中国人軍兵の頭を剃って、日本風の髷《まげ》を結わせ、その上で名前も日本風に《何左衛門何兵衛《なにざえもんなにびょうえ》。太郎次郎十郎》というように改めさせてしまう。苗字の方は「生まれた所」で、《かぼちゃ（カンボジア）右衛《え》門《もん》。るすん（ルソン＝フィリピン）兵衛》というようなことになる。当時の日本人の知っていそうな東南アジアの国名が列記されるところが「中国以外のことにはあまり詳しくない」という事情が見えてご愛嬌でもあるが、しかし『国性爺合戦』がこういう内容を持ったものであるということを中国の人が知ったら、きっと反日感情は高まってしまうだろうなと、私は思う。ある意味で『国性爺合戦』は、中国、台湾、朝鮮を侵略してしまう近代日本の先触れで、そのあり方を鼓舞し肯定するような作品でもあるのである。

　鎖国時代の日本人にとって、この近松門左衛門の書く「日本力昂揚」とでも言いたい詞章は、「おおッ！」と熱狂の声を上げさせるようなものだろう。なにしろ、《うぬらが小国とてあなどる日本人》が、バッタバッタの大活躍なのだから。鎖国が終わった近代に於いても、これに興奮する人間はいただろうけれども、果して今の日本人がこれを観て、素直に「おもしろい」と思えるかどうかは疑問のようにも思う。ダイナミックな物語を進めて行く途中で、その勢いを高めるために鳴り響く進軍ラッパのような「日本礼賛」は、なくてもいいんじゃないかと――近松門左衛門は怒るだろうが――私は思ってしまうのである。

4

近松門左衛門は、勢いで突進するような激しい人である。あんまりウエットではない。だから

「日本生まれの人物が中国の騒乱を平定してしまう」という話で「日本精神の過剰なる鼓舞」が出て来てしまうのは、仕方がないことかもしれない。そして、現在に残った『国性爺合戦』は、全五段の構成の内、「日本の和藤内親子の話」が中心になる二段目と三段目だけがもっぱらに上演されて、その「思想性」ばかりが目立つようになってはいるが、そもそもの『国性爺合戦』は「韃靼人に攻め込まれた中国のお家騒動の話」なのである。中国というものが日本人にとって「実在するファンタジーランド」のようなものだと考えると、『国性爺合戦』は「目にも彩《あや》なる異国のファンタジースペクタクル」になる。『国性爺合戦』が大ヒットした理由は、これらの見世物性《スペクタクル》にあるのではないかと、私には思われるのだ。

近松門左衛門を「心中物の作家」と考えると分からなくなってしまうが、彼は本来「エンターテインメント作家」なのだ。その博識が、荒唐無稽なエンターテインメントに強引な説得力を与える——それが近松門左衛門でもある。ある意味で『国性爺合戦』は、現在上演されて人に知られる「和藤内一家の物語」よりも、上演されなくなった「中国のお家騒動」の部分の方が、ずっとおもしろいのである。

『国性爺合戦』全五段の構成を改めて見てみよう。次のようになっている——。

（第一）南京城内
芦辺《あしべ》
第二　平戸浜伝い
唐土船《もろこしぶね》

千里が竹虎狩り
第三　楼門《ろうもん》
甘輝館
紅流し
獅子が城
第四　住吉明神
梅檀女道行《せんだんによみちゆき》
九仙山《きゆうせんざん》
第五　龍馬《りゆうめ》が原
南京城外

後に確立した五段仕立ての浄瑠璃は、序段から四段目までがそれぞれ「口《くち》＋切」という構成になっていて、切では人間ドラマの葛藤が描かれ、だからこそ五段目は「付け足しのラスト」のようにもなっているが、『国性爺合戦』はそうではない。切場にふさわしいヘヴィなドラマが展開するのは、第三（三段目）の甘輝館の段から獅子が城の段までで、後の浄瑠璃作者なら、南京城内から唐土船までを第一（序段）にして、第二（二段目）を千里が竹から獅子が城までで一つにまとめてしまうかもしれない。

そして、「後の浄瑠璃作者なら」という仮定を更に続けてしまうと、第四（四段目）の九仙山の段は、「付け足しのラスト」であってもいい第五（五段目）にふさわしい。「内容の説明もせずに、いきなり構成の話をするとはなんだ」と思われるかもしれないが、私が言いたいのは、後に確立された五段仕立ての浄瑠璃ドラマとは違って、この『国性爺合戦』には、「三段目の切」「四段目の切」といったヘヴィなドラマが欠落しているということである。それが悪いというのではない。近松門左衛門は、錦祥女とその夫甘輝が登場する第三を「和藤内一家の話」として、ここだけにヘヴィなドラマを置き、後はバタバタと展開するファンタジーのような物語を、この作品で作り上げているのである。

幕が明くと、「人工の春」を作り出して衰える色を見せない思《し》宗烈《そうれつ》皇帝治下の南京城である。《花飛び蝶駭《おどろ》けども人愁《うれ》えず。水殿雲廊《すいでんうんろう》別に春を置く。暁日《きょうじつ》よそおいなす千騎《せんぎ》の女。絳唇《こうしん》（濃い赤の唇）翠黛《すいたい》（緑の眉墨）色をまじえ。土も蘭奢《らんじゃ》の梅が香や。桃も桜もとこしえに。花を見せたる南京の時代《ときよ》ぞさかり。さかんなる。》——ということで、正しく「実在のファンタジーランド」なのだが、この思宗烈皇帝には四十歳になっても、まだ世継ぎの太子がいなかった。ところが華清夫人《かせいふにん》という寵愛の女性が去年の秋に妊娠して、幕の明いた「現在」が出産月ということになっている。腹の中の子供がまだ男だか女だか分からないのに、《王子誕生疑いなし》と決め込んで、南京城内は「盛りの永遠の春」なのである。

時は初夏である旧暦の四月で、韃靼の大王が多くの《御調物《みつきもの》》と共に使者を送って来る。「争いはやめよう」という和睦の使者なのだが、これがいたって横柄で、「我が国には珍しい宝ならなんでもあるが、たった一つ美人だけが存在しない。こちらには華清夫人という有名な美女がいるらしいが、それをくれ。大王の后にする——そうして和睦を結ぼう」と言う。使者としてやって来た梅《ばい》勒王《ろくおう》は、華清夫人を迎えにやって来た使者でもあるというのだから、無茶である。皇帝としては、いきなり「ならん！」と言ってもいいところなのだが、そうなる前に、皇帝の信任厚い李蹈天《りとうてん》将軍が進み出る。彼が「国の恥になると思って隠しておりましたが」と前置きして皇帝に言うのは、「三年前、北京で飢饉が起きた時、韃靼王の援助を受けまして、その時に〝韃靼王の望みはなんでもかなえる〟と約束をしました。この約束を違えると恩知らずの鬼畜になってしまいます――だから、さっさと華清夫人を贈ってあげてください」である。この「妊娠中の華清夫人をくれ」が、近松半二流にアレンジされると、『本朝廿四孝』の賤の方である。

呉三桂《ごさんけい》というもう一人の将軍がこれを聞いていて、韃靼を《畜類同前の北狄《ほくてき》俗よんで畜生国という。》と罵った上で、「我が国に飢饉が起こったのは、皇帝に無意味な贅沢を勧める奴がいたからだ。李蹈天が勝手に韃靼王と交わした約束など守る必要はない」と言う。いかにも近松門左衛門的な「乱暴な正義の弁」だが、これを聞いた梅勒王は当然怒って、「戦争だ！」と喚き始める。一触即発の危機となるがこれを収めるのが李蹈天で、「約定を守らないのは国の恥。この私に免じて――」と自分の片眼を抉り取り、「これを韃靼王にお渡しあれ」と言う。呉三桂の言い分に怒った梅勒王もこれには感心して、「天っ晴れ忠臣」と言って去って行く。

「我が身を犠牲にした李蹈天の働きによって、大明国の危機は去った」というところだが、「なんかへんだな」という気もする。もちろん李蹈天は悪人で、裏では韃靼王と通じているのである。お人好しの皇帝はそれに気づかず、大忠臣李蹈天に対して褒美を上げなければと考える。

皇帝には梅檀皇女という美人の妹がいて、李蹈天は以前から彼女に恋をしている。皇帝はその願いをかなえさせようとして、妹に「李蹈天の妻にならないか？」と持ちかけるのだが、妹の答はあっさりと「いやです」で、そこで皇帝は「花軍《はないくさ》でそのYES、NOを決めないか？」と提案する。後宮の女二百人を、皇帝方と栴檀皇女方に分け、それぞれに桜と梅の造花の枝を持たせて戦わせる――つまり打ち合いをさせる。皇帝方の桜が散らず、皇女方の梅の花が散ったら栴檀皇女の負けで、李蹈天の妻になるというのがルールである。栴檀皇女はこの試合を引き受けるが、ろくでもない皇帝は、皇女方の女達に「さっさと負けろ」と命じている。そうして御殿の内は、梅と桜の枝を持った二百人の女達の乱闘騒ぎとなる。

　この騒ぎを耳にした真面目な呉三桂は鉾を持ち、鎧姿で駆けつけるが、《只今玉座の辺に合戦有りとて鯨波《ときのこえ》殿中にひゞき。宮中以《もつ》ての外のさわぎによって。物の具かため馳せ参じ候えば扨《さて》馬鹿らしいや。》（傍点筆者）と事態を察し、皇帝に説教を始める。「李蹈天は敵と通じておりますのに、なぜお分かりになりませんか」というだけの話なのだが、この説教がやたらと長い。一人遣いの人形を動かす近松門左衛門のテキストは「言葉の活劇」でもあって、皇帝と呉三桂は延々と言葉でやり合うのだが、あんまり長過ぎるから、韃靼軍がそこへ攻め寄せて来てしまう。

　皇帝は、李蹈天と弟の李海方《りかいほう》に捕まってあっと言う間に殺される。呉三桂は、妻の柳哥君《りゅうかくん》に命じて栴檀皇女を脱出させ、自分は柳哥君が生んだばかりの幼な子を鉾の柄にくくり付け、身重の華清夫人を連れて逃げて行く（以上、南京城内の段）。

　柳哥君と栴檀皇女、華清夫人と呉三桂はそれぞれ別に海登《かいどう》の湊へやって来る。しかしそこに舟はなく、華清夫人は韃靼軍の鉄砲に当たって絶命する。呉三桂は「腹の中の皇子ばかりは――」と、死んだ華清夫人の腹を裂いて胎児を取り出す。するとこの男の子は産声を上げて呉三桂を喜ばすが、「后の死骸の腹が裂かれて子供が取り出されているのを韃靼軍が発見したら、皇子を探索する手が伸びるだろう」と考えて、生まれたばかりの自分の子供を殺し、華清夫人の腹の中に突っ込んでしまうという残虐シーンがある。近松門左衛門は、ためらいなくストレートな人なのだ。

皇子を抱いて呉三桂は逃げる。梅檀皇女を連れた柳哥君は湊に繋る芦の間に身を隠している。そこへ李蹈天の配下の降達《ごうたつ》という男が、探索の小舟を漕いでやって来る。柳哥君は勇敢な女だから、水の中からその榜《かい》をつかんで降達を水中に落とす。小舟を奪った柳哥君はこれに梅檀皇女を乗せるが、そこに追手がやって来る。降達は負けじと水から這い上がり、柳哥君はこの敵を相手に大立回りを始める。戦いの舞台は芦叢を行く小舟の上で、血みどろの降達は柳哥君に討たれ、自身も深手の柳哥君は「最早これまで」と悟って、梅檀皇女の乗った舟を大海原へ押し出す。舟は波に乗って沖へ進み、柳哥君はこれを見送る。

《よし此の上は生きのびても我が身ひとつ。死んでも誰を友千鳥生死《ともちどりしょうじ》の海は渡れども。夫《つま》の行衛《ゆくえ》の行衛。君が行衛はおぼつか波《な》のうき世の海を越えかねし。渡りかねしといわばいえ此の。一心の早手船。仁義の櫓榜《ろかい》武勇の楫《かじ》は。折ってもおれぬ沖津波寄せくる鯨波《ときのこえ》かとて。剣にすがってたじ〳〵〳〵。よろ〳〵よろぼい寄る方の。磯山おろし松の風乱れし髪をかき上げて。あたりをにらんで立ったりし。》ということになる。よく分からないところもあるが、いかにも近松門左衛門好みの「壮絶なる女」である(以上、芦辺の段)。

梅檀皇女を乗せた小舟は東シナ海を越えて、長崎の平戸海岸へ辿り着く。ここで漁師をやっていた和藤内は、梅檀皇女から「明国の危機」を知らされ、両親と共に明国へ渡って行くことになるのだが、ここでおもしろいのは、和藤内の妻の小むつである。日本人の彼女に「明国の危機」などは関係がない。突然海の彼方から現れた異国の女にポーッとなった夫が女と共に駆け落ちするか、あるいは「父親の故国から新たな妻を呼んだ」と勘違いして怒りまくる。「気丈」と「嫉妬深い」は近松門左衛門の時代浄瑠璃に登場する女の重要なファクターで、小むつもその一人である。困った和藤内は、小むつに事情を話し、栴檀皇女を預けて海を越えて行く（以上、平戸浜伝いの段、唐土船の段）。

舞台は再び明国に移り、母親と共に千里が竹の虎を退治した和藤内は、父親と再会すべく、姉婿甘輝の住む獅子が城の前へとやって来る。この序段から二段目までの展開は、そのまま映画にしてもいいくらいのストレートな展開で、もたつくところがなにもない。次の甘輝と錦祥女を登場させる三段目だけがヘヴィなドラマで、『国性爺合戦』というのは、一貫してスピーディな物語展開を見せる「アクションファンタジー大作」なのである。

5

獅子が城の楼門前で、老一官の鄭芝龍は「錦祥女に会わせろ」と言う。楼門の上に錦祥女は姿を現し、老一官は自分が日本へ渡った父で、甘輝の助けを求めていることを言うが、錦祥女は「新たな支配者となった韃靼大王の命令で、他国者は城内に入れられない」と言う。そこに日本人の母親が進み出て、「私一人ならいいでしょう？」と頼み、「縄を掛けてならいい」ということになる。母親思いの和藤内は怒るが、日本精神を体現する母親は、「大義のためなら」とこれを了承し、《小国なれども日本は男も女も義は捨てず。縄かけ給え一官殿》ということになる。

義理の母を城に入れる錦祥女は、「留守の甘輝が帰ったら援軍のことを頼んでみる。もし彼が了承したら、城の堀に通じる谷川の先に私の化粧殿《けわい》があるから、白粉《おしろい》を溶いて流す。だめなら紅を流す」と門外の父や義弟に言って、楼門の段は終わる。

錦祥女は、いたってノーマルに「しとやかな女」だから、縄付きのまま城に入った継母を大切にもてなす。そこへ甘輝が帰って来て、錦祥女は父親の頼みを夫に話す。甘輝は言葉に詰まるが、すぐにこれを了承して、錦祥女を殺そうとする。和藤内は中国にまで聞こえた勇者で、甘輝は「和藤内になら味方をしてもいい」と考えていたが、彼が「妻の弟」ということを知って「女の縁に引かれたと思われるのはいやだ」という理由で、錦祥女を殺そうとするのだ。いかにも無茶な展開だが、甘輝館の段以降は、彼のこの「男の心理」を中心にしてドラマが進む。


甘輝は錦祥女を殺そうとするが、これをそのままに出来ないのが、日本からやって来た継母である。「たとえ初対面であっても娘は娘、目の前で殺されるのを見過ごすことは出来ない」と、甘輝の前に立ちふさがる。「娘が大事」と言う母親の主張によって、和藤内と甘輝の同盟はご破算となり、錦祥女は「では紅を流さなければなりません」と言って去って行く（以上、甘輝館の段）。

城外の谷川を見下す岩の上に、蓑を着けて笠をかざした和藤内が立っている。そこへ紅い水が流れて来て、《なむ三宝紅粉《さんぼうべに》がながるゝ。扨《さて》は望みは叶わぬ。》と叫んだ和藤内は、母を救うために単身獅子が城へ突進して行く――『国性爺合戦』を代表するワンシーンとなる紅流しの段である。

錦祥女が流したのは、紅ではなくて自分の血である。「私がいると同盟が成り立たない」と思った錦祥女は自害し、このことによって、城内に侵入した和藤内と甘輝の同盟は成り立つが、黙っていられないのは「娘を見殺しには出来ない」と言い張った母親である。

《母は大声高笑い。ア丶嬉しや本望やあれを見や錦祥女。御身が命を捨てしゆえ親子の本望達したり。親子と思えど天下の本望。此の剣は九寸五分なれど四百余州を治める自害。此の上に母がながらえては始めの詞虚言《ことばきよごん》と成り。二たび日本の国の恥を引きおこすと。娘の剣を追っ取ってのんどにがはと突きたつる。》

母たる日本女性の本分を達成するために彼女は自害をして、《韃靼王は面々が母の敵妻《かたき》の敵と。思えば討つに力有り。気をたるませぬ母の慈悲此の遺言を忘るゝな。》と言ってのける。「私が死ぬのは、韃靼王を〝母の敵〟にするためだ」と言って死ぬのだからすごい。『国性爺合戦』で唯一とも言える「ヘヴィな人間ドラマ」の主役はこの母親で、私としてはなんとも論評しがたい。「そういうトラウマになりそうな恐ろしいお母さんの話はさっさと忘れて、話を先に進めてくれないか」と思うばかりである。

果して話はそのように進んで、第四（四段目）の住吉明神の段では、日本に残った小むつが剣術の稽古に励んでいる。彼女は、梅檀皇女を連れて明国へ渡りたいのである。「渡りたい」と思う彼女には、当然住吉明神のご加護があるから、小むつはいつの間にか武術の腕を上げてしまい、梅檀皇女と共に海を渡る。

小むつが中国へ渡るための舟を探していると、夜の海に舟を浮かべた子供が釣をしている。小むつはこれに乗せてくれと頼み、梅檀皇女と共に乗り込む。すると、漕ぎ出した舟はいつの間にか空を飛んでいる。舟を漕いでいた童子は住吉明神の使いで、小むつと梅檀皇女はあっと言う間に明国へ着く（梅檀女道行）。「甘輝館のあのヘヴィな話はどうなったのか？」と思うくらい、この辺りから話は一気呵成に解決へと向かうファンタジーとなる。

小むつと梅檀皇女が明国へ着いた頃、生まれた皇子を抱いて逃亡を続けていた呉三桂は、山伝いに険しい九仙山へ入る。するとその山上には二人の白髪の老人がいて、碁を打っている。呉三桂が近づくと、仙人とも思われる二人は「下界の様子を見せてやる」と言って、兵を率いた国性爺＝和藤内が、韃靼側の城を次々と落として行く様子を、春夏秋冬の変化に合わせて出現させる。CGのない時代に、これをどうやって舞台の上で見せたのかというのは大いなる謎だが、人形浄瑠璃には「竹田機関《からくり》」という別名もある。三人遣いの人形に比べればちゃちな動きしか出来ない一人遣いの人形であればこそ、からくり仕掛けでこのスペクタクルを舞台上に出現させたのだろう。もちろん、これを語る近松門左衛門の詞章は華麗にしてドラマチックで、舞台の上のちゃちさを忘れさせてくれるはずである。

惘然《ぼうぜん》とする呉三桂に、二人の老人は「ここでお前が見たのは一瞬の間だが、下界では五年が過ぎている」と言って、明の太祖洪武《こうぶ》帝とその忠臣の霊であるという正体を明かして消える。そこに、明で再会した老一官と小むつ、梅檀皇女がやって来て、乳呑み子から一挙に七歳に成長した皇子との対面を喜ぶ――しかしそれも束の間で、その後を梅勒王の軍勢が追って来る。呉三桂達は、洪武帝やら住吉明神に「助け給え」と祈って、その甲斐あって逃げ場のない山の頂上に「雲の橋」が出現する。呉三桂一行はこの橋を渡って無事に逃げ、梅勒王とその軍勢は橋から転落して全滅する――もう大団円は間近であるというのが、この九仙山の段、別名「碁立て軍法」とも呼ばれるシーンである。

以上、『国性爺合戦』の切場は、三段目の甘輝館から獅子が城の段までを除いて、「ヘヴィな人間ドラマ」ではない。序段の芦辺の段、二段目の千里が竹虎狩りの段、四段目の九仙山の段のすべてが、見た目本位のスペクタクルアクション劇である。近松門左衛門は、ある意味で「CGを駆使するアクション映画の監督」に近いエンターテインメント作家でもあるのだ。

　四段目の九仙山でその幻想シーンに登場しただけの和藤内は、五段目で改めてリアルな活躍を見せる。「延平《えんぺい》王国性爺」と名を改めた和藤内は、即位して永暦《えいりやく》皇帝となった思宗烈皇帝の皇子や栴檀皇女を戴いて、南京城間近の龍馬が原に総攻撃の陣を張っている。しかし、そうであっても敵は大軍なので、いささか攻めあぐねていると、いつの間にか父親の老一官がいない。取り柄のない老一官の鄭芝龍は、「このままだと私にはなんの栄誉もない。一人で南京城へ行って討死をする」という書き置きを残して消えてしまっている。やっぱり「お母さんは激しいが、お父さんは影が薄くてなにもしない」なのである。和藤内の国性爺はこれを知って、《サァ敵に念が入って来た。母の敵に父の敵。智略もいらず軍法も何かせん。》と言って、南京城への殴り込みを決意する。

　韃靼軍の侵入によって滅亡寸前だった明国は、こうして南京城に乗り込んで行く国性爺の腕力によって、見事平和を取り戻す——これが、近松門左衛門の有名な『国性爺合戦』なのである。今から三百年ほど前の日本は、既にハリウッドの大作映画並みのものを作り出していたというところだろうか。

これはもう「文学」でしかない『冥途の飛脚』

1

続いても近松門左衛門、この度は世話浄瑠璃篇である。

昭和三十四年（一九五九）に公開された『浪花の恋の物語』という映画がある。主演は萬屋錦之介（当時中村錦之助）に有馬稲子、監督は内田吐夢で脚本は成澤昌茂だが、「原作」として近松門左衛門の名がクレジットされている。

大坂の飛脚《ひきやく》問屋亀屋の養子になっている忠兵衛《ちゅうべえ》は、友人の八右衛門《はちえもん》に誘われて大坂新町の廓《くるわ》へ行き、遊女の梅川《うめがわ》と関係を持つ。忠兵衛は真面目にして気弱な男で、八右衛門は「男の付き合いだ」とばかりに、忠兵衛を無理矢理廓へ連れて行く。梅川は心のやさしい女だが、遊女である自分自身の未来に絶望している。忠兵衛と梅川は恋に落ちるが、忠兵衛には亀屋の娘が許嫁《いいなずけ》としており、梅川をあきらめなければならない立場にある。初めは忠兵衛に対して「客」として接していた梅川はやがて忠兵衛に惹かれるが、彼女には田舎の大尽《だいじん》客からの身請《みうけ》話が持ち上がる。梅川の一途さに惹かれた忠兵衛は、預かりの為替金の封印を切って犯罪者となり、身請した梅川を連れて、自分の故郷である大和の新口村《にのくちむら》へと逃亡して行く――言うまでもない、近松門左衛門の世話浄瑠璃『冥途《めいど》の飛脚《ひきゃく》』の映画化である。

この映画が公開された昭和三十四年は、日本に売春防止法が完全施行された翌年だから、リアルタイムで遊廓や遊女というものを経験している男達が、いくらでもいる。だからこそと言うべきか、『浪花の恋の物語』では遊女梅川の「悲しい境遇」に大きなスポットが当てられているが、もう一つこの映画には大きな特徴がある。作者の近松門左衛門がここに登場してしまうのである。

不景気になってしまった人形芝居の興行を立て直すために新作の執筆を依頼された近松門左衛門は、馴染みの廓へやって来てあれこれを考えている内に、哀れにも一途である梅川と忠兵衛の恋の現場に立ち合い、不幸な二人の恋のドラマを書こうとする。登場する近松門左衛門は、製作会社東映の大立者だった片岡千恵蔵で、この映画は「近松門左衛門の見た実録版『冥途の飛脚』」という体裁を持っている。

着のみ着のままで大坂を逃げた二人は捕えられ、為替の金包みの封印を切って私的流用をしてしまった――つまり「封印切り」をした忠兵衛は死罪となって刑場の獄門台に首をさらされ、「失敗した心中の片割れ」となった梅川は廓に連れ戻されて「二度の勤め」を強要される。このことを知った片岡千恵蔵の近松門左衛門は、「儂《わし》の筆はそこまで不人情にはなれん」と言って、それまで「尋常な時代劇」として進んで来たものがここから様子を一転させて、幻想的な舞台劇になる。

三味線が入り、《落人《おちうど》の為かや今は冬がれて》という有名な浄瑠璃になって、黒の対の裾模様になった忠兵衛と梅川が白い雪布の敷かれた「花道」を出て来る。「哀れで悲惨な二人の末路」を知った近松門左衛門は、この二人を「哀れにも美しい恋の主人公」に変えて、情緒纏綿《てんめん》たる道行の舞台に置くのである。「悲惨なる現実を直視した偉大なる劇詩人近松門左衛門は、哀れな恋の二人の魂を救うため、これを美しい物語に昇華させた」というようなまとめ方である。あるいはこれは、世話浄瑠璃を書く近松門左衛門に対する一般的な理解に近いものかもしれないが、しかし事実は逆である。

『浪花の恋の物語』は私の好きな映画でもあるので、あまりへんな腐し方もしたくはないのだが、心中物の世話浄瑠璃を書いた近松門左衛門は、「追い詰められて死を決断せざるをえなくなった恋人達を美しく描く」というような人ではない。事実は逆で、死を決意した男女を、近松門左衛門は「悲しい必然の結果」として、突っ放して描くのである。だから、江戸時代に近松門左衛門の世話浄瑠璃はそんなに流行らない。生きて新作を書き続ける間は話題になるが、死んだ後になっても再演をされ続けるというようなことにはならない。近松門左衛門の書いたものに対して、「もう少し穏当に、美しくあってもよいのではないか」という願望が生まれ、他の作者によって書き直され、そうして生き残るものは生き残るのである。

《落人の為かや今は冬がれて。薄尾花《すゝきおばな》はなけれ共。世を忍ぶ身は跡や先。人目を包《つゝ》む顋《ほう》かぶり。隠せど色香梅川が。馴《なれ》ぬ旅路を忠兵衛が。労《いたわ》る身さえ雪風に。凝《こゞえ》る手先懐に。温《あたゝ》められつ温めつ。石原道を足引きの。大和は爰《こゝ》ぞ古郷《ふるさと》の。新口村に着けるが。》の浄瑠璃によって、忠兵衛は頬かむり、梅川は手拭いを吹き流しにして、対の衣装で傘を差して新口村へやって来る——この現在の我々の知る梅川・忠兵衛のあり方は、近松門左衛門の筆によるものではない。『冥途の飛脚』の六十年ばかり後になって登場する、菅専助《すがせんすけ》と若竹笛躬《わかたけふえみ》の合作による『けいせい恋飛脚《こいのひきやく》』のものである。人形浄瑠璃の『けいせい恋飛脚』は、更にアレンジを加えられて歌舞伎化され『恋飛脚大和往来《こいのたよりやまとおうらい》』（恋《こい》飛脚《のたより》は恋飛脚《こいびきやく》とも）のタイトルを持ち、これがまた人形浄瑠璃の方に逆輸入されたりもする。現在の我々が目にするものは、普通この六十年後の改作の後半部で、我々は「近松門左衛門作品でないことによって、近松門左衛門的世界に馴染む」というへんなことになっているのだ。

「劇詩人近松門左衛門の視点」というものを中心に持って来た『浪花の恋の物語』は、「原作近松門左衛門」として『冥途の飛脚』と『恋飛脚大和往来』の二作品を併記しているが、後者は近松門左衛門の作品ではないのだから、「儂の筆はそこまで不人情になれん」と言った人物は、実のところ、近松門左衛門であるよりも、菅専助か若竹笛躬なのである。

『けいせい恋飛脚』や『恋飛脚大和往来』が『冥途の飛脚』の通俗的な改作であるとは、よく言われることである。これをそのままにすると「江戸時代の人間はレベルが低かったから、近松門左衛門の芸術性を受け容れられなかった」ということにもなってしまうが、昭和三十四年の段階になっても、やはり日本人はその「通俗的な改変」を受け容れることによって感動していたのである。そしてもしかしたら、その状況は今もなお続いている。「なにが近松門左衛門作品の素直な受容を困難にするのか？」ということを考えると、かなり厄介で根の深い問題も浮かび上がって来るのである。

忠兵衛が封印を切って遊女の梅川を連れて逃げたのは、宝永七年（一七一〇）の初めに起こった実際の事件である。近松門左衛門はこれを題材にして翌年に『冥途の飛脚』を作り上げるが、その二年後の正徳三年（一七一三）には、同じ題材を紀海音《きのかいおん》が『傾城三度笠《けいせいさんどがさ》』という作品に仕立てる。近松門左衛門作の改作というよりも、同じ題材を扱った別の作品と考えるべきだろうが、この『傾城三度笠』を見ると、近松門左衛門がいかに変わった作家かということがよく分かる。『傾城三度笠』が、「なんだこれは？」と言いたくなるような「どうということのない作品」だからである。『傾城三度笠』の忠兵衛は「なにもしない」に等しい。だから、忠兵衛の悲劇が身にしみない——そう思う以前に、「なんだってこんな作品が出来上がってしまうのだろう？」という疑問が浮かび上がってしまう。

この忠兵衛は、飛脚問屋の仕事で江戸に出掛けていて、その留守に養母の姪のおとらが新七という男を連れて大和からやって来る。おとらは忠兵衛の許嫁になっていたが、婚礼となる前に、近くに住む新七と関係を持ってしまっていた。おとらは新七が好きで、忠兵衛と結婚したくはない。「忠兵衛は新町の遊女梅川と深い仲になっているというから、忠兵衛との結婚はなしにしてほしい。でないと私は新七さんと一緒に死んでしまう」というようなとんでもないことを言う。忠兵衛の養母は、一度は怒りはしたものの、結局はおとらと新七の仲を認める。その二人が帰ると、江戸から為替の金を持って忠兵衛が戻って来る。養母はおとらと新七の一件を話して、怒る忠兵衛に、養母は「もっといい嫁をもらってやるから」となだめ、「じゃ——」と思う忠兵衛は、「梅川を妻にしてもいいですか」と切り出す。すると養母は、「梅川ならお前が留守の間に、お前の友人の利右衛門《りえもん》（『冥途の飛脚』系の八右衛門に相当する人物）と深い仲になって、身請されるという話だが」というとんでもない話を教え、カッとなった忠兵衛は旅装束のまま為替金を懐中にして廓へと向かう。「女と友人に裏切られた」と思う忠兵衛は、もうこの段階で為替金の流用を決断してしまっているのである。

ところが廓に着いてみると意外や意外で、利右衛門には梅川を身請する意思がない。忠兵衛が留守の間、梅川には別件の身請話が持ち上がっていて、友人思いの利右衛門はこれを阻止するため、忠兵衛に代わって梅川をキープしていたというのが実情で、「それをするために、利右衛門は家から手付け金の三十両を持ち出したが、後が続かなくて困っていた」ということになっている。「手付けの金を持ち出したが、後の金が続かなくて困っている」というのは、『冥途の飛脚』系の作品では忠兵衛なのだが、ここではそれが友人の利右衛門のことになっているから、忠兵衛には直接的に切羽詰まる理由がない。

廓にやって来た忠兵衛は、利右衛門から事情を聞かされて拍子抜けがする。そして、利右衛門から「でも、金が続かないんだ」と言われて、「心配するな、金ならここにある」と言って、あっさりと為替金の封印を切ってしまう。「悲劇」もへったくれもなくて、こんな忠兵衛には感情移入のしようがないのだが、これが紀海音作の『傾城三度笠』である。

罪の意識があるんだかないんだか分からない忠兵衛は、「これは旅の途中で会った気前のいい人から借りたんだ」などと薄っぺらなことを言って、梅川の身請が成立した途端、憑《つ》き物が落ちたようになって、「封印切り」の事実を梅川に告げる。身請で「妻」の身分を得た梅川は「逃げて一緒に死のう」と言うが、自責の念にのしかかられた忠兵衛にその気はない。そこに利右衛門がやって来て「逃げろ」と言い、忠兵衛は「そんなら逃げてみようか」と言って、梅川と共に大坂を去って行く。「逃げる」とか「心中する」という意思を持たない忠兵衛は、切迫感のないことはなはだしいが、逃げた後になってもこの緊張感のなさは続く。

二人がやって来たのは、新口村ではなくて、少しはずれた大和の三《み》の部《べ》村で、初めに出て来たおとらと新七夫婦の家に身を寄せた二人は、この辺りの名物の素麺《そうめん》作りを手伝っている。なんとものんきな犯罪者だが、遊女上がりの梅川の色っぽさがこの家の使用人を刺激して、この男が梅川の尻にさわるということが起こる。女房自慢の忠兵衛はこれに怒ることもなく、膝で拍子を取りながら、自分の女房の具合のよさを自慢し始める。自分の夫の能天気さにあきれた梅川は、箒を持って忠兵衛を叩きにかかり、逃げた忠兵衛はおとらの腰にすがりつくのだが、これを「なにやってんだ？」と思うのは、観客ばかりではない。外から帰って来たおとらの夫新七は、「こんな浮っついた二人を置いておくことは出来ない」と怒って、梅川と忠兵衛に「出て行け！」と言う。いたってもっともな話で、遊女上がりの女を連れてやって来た、自分の女房の元許婚でもある都会風の犯罪者を、よくも新七はおとなしく匿っていたものだとも思う。

しかし、情に厚く義理を重んじる新七は、一度はおとらと共に死なねばならないと思っていた自分を許してくれた忠兵衛の養母の恩を思って、二人を匿っていた——ところがそこに追っ手が迫って来たので、わざと怒って梅川と忠兵衛を逃そうとしていたのだということが分かる。そうなるように話は展開していたのだが、あまり説得力のない展開ではある。

事情を知った二人は、おとらと新七に礼を言って家を出かかるが、そこへ捕り手がやって来て、二人は捕まってしまう。この段の前には、逃げて行く二人の様子を語る「道行人めのせき」という哀れな一段もあるが、そうして着いた先がこのていたらくなのだから、「なんのことやら」と言いたいようなものだ。

『傾城三度笠』がなんだか分からない仕上がりになっているのは、主役である亀屋忠兵衛がどういう男なのかさっぱり分からないからだが、不思議というのは、この作品が『冥途の飛脚』の後になって登場することである。仕上がりのゆるい『傾城三度笠』を見た近松門左衛門が『冥途の飛脚』を書くわけではない。完成度の高い『冥途の飛脚』が先にあって、にもかかわらず『傾城三度笠』は登場するのである。「近松の作はつらい」というような声でもなければ、紀海音の『傾城三度笠』は登場しなかろうにとも思われる。

3

梅川・忠兵衛の事件を脚色するのに際して難しいのは、主人公である忠兵衛の設定である。

忠兵衛は為替金を流用した犯罪者である。と同時に彼は、イケメンのモテ男でもある。幕末になって河竹黙阿弥《かわたけもくあみ》が書いた歌舞伎の「白浪物《しらなみもの》」なら、イケメンの忠兵衛はそのまま悪の道に走ったりもしようが、そういう展開はここにない。くだらないことを問題にしているようだが、江戸時代もずっと後にならなければ、「いい男」は「悪事」と結びつけないのだ。

江戸時代のドラマで「いい男」のする仕事は恋愛方面にしかない。しかも「恋に生きる」というような積極的なことではなくて、「女にモテてチャラチャラしている」というようなあり方である。歌舞伎の方では、これを「和事《わごと》」という演技術にして洗練してしまうが、和事で表現される男は「半分ボケが入っているような天然」だから、自分で自分のドラマを構築出来ない——他人の仕組んだドラマに巻き込まれるような形でしか存在出来ない。『傾城三度笠』の忠兵衛にもこうした要素が入り込んでいて、だからこそ、「逃げる決断」もしないし、逃亡先でもチャラチャラしていて、利右衛門や新七という「忠兵衛のためにドラマのお膳立てをしてくれる人物」が必要になる。忠兵衛がするのは為替金の封印を切ることだけで、その前後の段取りはすべて利右衛門が担当する。日本の「いい男」は、基本的には自分からなにもしない「草食系男子」だから、そうなるしかなくて、『傾城三度笠』の忠兵衛には「心中物の主人公である」という自覚さえもないのである。

日本の「いい男」は基本的にパッシヴで、自分から何事かを仕出来して周囲に波風を立てるようなことをしない。それが最も顕著になるのは昭和になってからの『浪花の恋の物語』で、この忠兵衛は「自分から進んで廓へ行って梅川と恋仲になる」ということさえもしていないのだ。友人の八右衛門に連れられて仕方なく廓へ行き、梅川と関係を持って「恋の芽」が生まれても、まだモジモジしている。この忠兵衛には亀屋の娘が許嫁としているから、そう勝手なことも出来ない――その積極性ゼロの忠兵衛が梅川のために為替金に手を出してしまうのだから、もちろん理由がいる。日本の草食系男子が自ら進んで行動に出るためには、「追いつめられてキレる」という条件が不可欠ではあるからだ。

『浪花の恋の物語』で忠兵衛を追いつめるのは、「遊女になった女を不幸にする売春施設の廓」という悪で、強欲な梅川の抱え主は「飛脚問屋の若旦那だと言われても、大和の百姓から養子に来たお前に金などあるはずはない」と忠兵衛を辱めて、忠兵衛に封印を切らせてしまう。草食系男子の忠兵衛が封印を切るためには「堪忍袋の緒が切れた」的ないじめの要素が不可欠で、そのような「正当化」がないと、忠兵衛はドラマの主人公になれないのだ。

封印切りの瞬間にいじめの要素がないのは『傾城三度笠』だけで、『冥途の飛脚』から『浪花の恋の物語』まで、忠兵衛の封印切りには「屈辱の結果」という前段がある。『傾城三度笠』も含めて、すべての忠兵衛には「短気」という性格付けがしてあるが、「短気な男が勝手なことを仕出来して――」だけではドラマにならない。そのことは『傾城三度笠』が証明しているから、忠兵衛が封印を切るためには「いじめ役」が必要になる。近松門左衛門はそのために八右衛門という忠兵衛の友人を設定して、この八右衛門がかなり複雑な性格を有してはいるのだが、これもまた「いささか分かりにくい」というところで、『けいせい恋飛脚』では、その性格がガラッと変わってしまう。

近松門左衛門の『冥途の飛脚』には、「忠兵衛の許嫁」などというものは登場しない。飛脚問屋の亀屋には、夫を亡くした女主人の妙閑《みょうかん》がいて、その下で養子の忠兵衛が商いのすべてを取り仕切っている――その点で余分な人間関係はないのだが、『けいせい恋飛脚』になると、妙閑の娘で許嫁のお諏訪《すわ》と、忠兵衛を追い出して亀屋の乗っ取りを計画する妙閑の甥の利平が登場する。近松門左衛門によって「忠兵衛の友人」として設定された八右衛門はこの利平と通じていて、二人は忠兵衛の毒殺さえも計画する。

近松門左衛門の造形した『冥途の飛脚』の八右衛門は、自分のところに届けられるはずの金を梅川の身請の手付け金として忠兵衛に流用され、「仕方ねェなァ」と思いながらこれを許し、その顛末を廓で女達に話してしまう――これを物陰で聞いた忠兵衛がカッとなって封印を切る段取りになっているが、妙閑の甥の利平と通じている『けいせい恋飛脚』の八右衛門はもっとストレートな悪役で、忠兵衛が支払った梅川の手付けの金を自分の名義に変えさせて、梅川を我が物にしようと考えている。利平と八右衛門が忠兵衛毒殺を考えるのも不思議はなくて、つまりこれは、亀屋を舞台にした「世話のお家騒動」なのだ。

忠兵衛の役回りは、そのお家騒動の中にいる「女に入れ上げた無能な若殿様」だから、悪人を退治することなんか出来ない。そこで、忠兵衛に代わって悪人退治をする「梅川忠兵衛」というふざけた名前の浪人が登場する。彼がいかなる人物かと言えば「梅川の兄」ということになっている。この男の登場によって、忠兵衛は毒殺の危機を逃れるが、結局は敵役八右衛門に罵られた末に封印を切るという段取りになる。梅川忠兵衛やら利平というのはまったく余分な存在だが、そういうものを登場させなければドラマが構築出来ないのが江戸時代に完成されたドラマ作法で、「通俗的な改作」というのはこのことである。

さすがに現在では「世話のお家騒動」であるような利平と八右衛門に「梅川忠兵衛」なる男の絡む前半部分と、「封印切りの悪事は利平と八右衛門によって仕組まれたものだった」とするラストは、カットされて上演されない。八右衛門の挑発によって忠兵衛が封印を切るシーンと、その後の新口村のシーンだけが上演される形で落ち着いたが、しかしそれでも、日本人はしぶとい。忠兵衛をあまり「悪い人」にはしたくないという思惑が働いて、忠兵衛が封印を切るシーンでは、「忠兵衛が自分の意志で進んで封印を切る」というのではなく、「忠兵衛と八右衛門が争うはずみにうっかり封印が切れた」という風にもしてしまう。歌舞伎の場合はそれが顕著で、「主役であるようないい男は、自分から進んで悪いことをしない。うっかり運命悲劇の中に巻き込まれた」という風にしたがるから、「これでは〝封印切り〟ではなくて〝封印切れ〟だ」という声も生まれてしまう。

主役の忠兵衛は、自分から進んでドラマを動かして行かない——その方がいいと、観客達は無意識の内で思っているのだが、近松門左衛門は違う。近松門左衛門の『冥途の飛脚』は、「亀屋忠兵衛とはこのような男」と、そのありようを明確に把握してドラマを構築して行く――そこが一番のすごさだが、そのすごさがピンとこないでいるのが、また日本人の心性であったりもする――。

4

上中下三段仕立ての『冥途の飛脚』で近松門左衛門に造形される亀屋忠兵衛は、事件当時二十四歳。二十歳になる前に大和の新口村から出て来て、飛脚問屋亀屋の養子になった。養母の妙閑に実子はいない。忠兵衛の留守の間に、妙閑は店の者へこう語る――。

《昨今《さくこん》の者は知るまいが地体《じたい》是の実子でなし。元は大和新口村。勝木《かつぎ》孫右衛門という大百姓の一人子。母御前《ごぜ》はお死にゃって継母がゝりのわざくれに。悪性狂《あくしようぐる》いも出来《いでく》るぞと父御前《てい》の思案で是の世取《とり》に貰いしが。世帯廻り商売ごと何に愚はなけれども。此の比《ころ》はそわ〳〵と何も手に付かぬと見た。》

封印切りに至る直前の廓で、八右衛門は忠兵衛の実家のことを《大和の親が長者でも。亀屋へ養子にこすからは高の知れた百姓》とこき下ろすが、忠兵衛の実家が《高の知れた百姓》かどうかは分からない。忠兵衛と共に大坂を逃げた梅川は、雪ならぬ雨の新口村で忠兵衛の実父孫右衛門と出会うが、彼女に対し孫右衛門はこう述懐する――《盗騙《ぬすみかたり》をしょうよりもなぜ前方《まえかた》に内証で。こう〳〵した傾城にこうした訳の金がいると。密《ひそか》に便宜《びんぎ》もするならば親《しん》は泣寄り親子《おやこ》なり。殊に母もない悴《せがれ》。隠居の田地を売っても首綱《くびづな》はつけさせまい。》

うっかりすると我々は、この封印切り事件の主人公を「都会に出て来て道を踏みはずした、あまり裕福ではない農家出身の真面目な若者」と考えてしまうが、近松門左衛門は、そのような「善」の衣装を亀屋忠兵衛に着せることはしていない。

　実父の孫右衛門は、昔風の厳父《げんぷ》ではあっても、忠兵衛にはやさしい。「生活が苦しいから」ではなく、新しい母と忠兵衛との仲を思って大坂へ養子に出す。その忠兵衛は、家庭内の不和が原因で「悪い女」に引っかかりそうな要素（悪性狂い）も持っている。そもそも忠兵衛の中には、誘惑の多い都会生活に馴染んでしまいそうな性格もあるのだ。忠兵衛は「朴訥《ぼくとつ》な地方出身者」ではなく、都会のありようも理解するある程度の「免疫」を持った若者でもある。だからこそ大坂という大都会にやって来た忠兵衛は、四年ばかりの間に《商功者駄荷《あきないこうしやだに》づもり江戸へも上下三度笠。茶の湯俳諧《はいかい》碁《ご》双六《すごろく》延《のべ》に書く手の角取れて。酒も三つ四つ五つ所紋羽二重《ところもんはぶたえ》も出ず入らず。無地の丸鍔象嵌《まるつばぞうがん》の国細《くにざい》工《く》には稀《まれ》男。色の訳《わけ》知り里知りて》ということになる。

　都会の水が合ったのか、飛脚問屋の仕事を覚えた忠兵衛は商才を発揮し、町人に必須の趣味教養もマスターして着物の着こなしもセンスよく出来るようになっていた。そして、独身で家に許嫁となるような女もいない忠兵衛は、廓にも平気で出掛けるようになる。江戸時代的には「当たり前の大坂商人」であるこの忠兵衛は、いたって現代的な若者でもあろう。たとえば、高校卒業後に父親が再婚して、なんとなく家に居づらくなった地方の若者のようなものである。父親に「いっそ、お前は都会にでも出てみるか？」と言われ、「うん」と言って見事にいっぱしの都会派ビジネスマンになれた若者である。オシャレにも気を遣って、ダサイとは人に言われない――そんな忠兵衛にとって困ったことはただ一つ、「キャバクラ通いを続けている内に金がなくなって来た」ということだけである。『冥途の飛脚』は、ある意味で「都会にいる普通の若者の物語」なのである。

梅川には《田舎客》と言われる男からの身請話が持ち上がっている。相思相愛の関係になった二人は離れられない。それまでの忠兵衛は店の金をこっそり持ち出して遊びの費用に充てていたが、身請となるとまとまった金額が必要になる。その金に困って、梅川と二人で「もう死ぬしかない」と言っていた忠兵衛のところに、江戸から丹波屋の主人八右衛門宛ての為替金が送られて来て、これを忠兵衛は使い込んでしまう。

当時の送金システムを言うと、金の送り主は、金と「送付証明書」である添状《そえじょう》を別々に相手方へ送る。添状によって相手方は飛脚問屋から金を受け取るが、もし万一その金が運搬途中で盗難等に遭った場合には、受け手側の地域の飛脚問屋組合が全体でその金を保証するシステムになっている。飛脚問屋はそのような保険システムを自前で作っているから、送金料は高い。そして、添状と現金の到着には時間差があるから、「まだ金は届かないのか」という催促もあれば、その時間差を利用した忠兵衛のような「私的着服」や「一時流用」も起こらないわけではない。下手をすればそれは獄門首の重罪で、保険システムを守るのはそれほどに責任が重大なのだが、忠兵衛の方は「八右衛門は友達だから、事情を話せばなんとかなる」と思ってもいる。

事態はそこまで進んでいるのだが、《世帯廻り商売ごと何に愚はなけれども。》と思う亀屋の妙閑は、ただ《此の比はそわ〳〵と何も手に付かぬと見た。》程度にしか思っていない。

妙閑がそう思うのは、忠兵衛が昼の間店にいないからだが、もちろん忠兵衛は「昼間から廓に入りびたり」というわけではない。流用してしまった八右衛門の金五十両と、更には梅川の身請資金を求めて金策に歩き回っている——この段階の忠兵衛はその程度に律義な男で、「店の金に穴は開けられない」と思い、「こんなに出歩いてばかりいたらお袋様も不審に思うだろうな」とビクついている。

忠兵衛の描かれ方はそのようにリアルで、ステロタイプな和事の演技で片付くようなものではないし、『国性爺合戦』のところで言ったように、浄瑠璃作者の近松門左衛門は「すべてを言葉で語り尽してしまうような特権的な作者」でもあるから、自分の描いた詞章で人形がどのように動くかということをあまり考えていない——だからこそ容赦なく、リアルな人間造形をしてしまう。「近松門左衛門の世話浄瑠璃」ということになると、「義理の柵《しがらみ》に苦しむ人間のドラマ」のようにも思われているが、それ以前に、彼の書く世話浄瑠璃は、当時の現実を写した「現代小説」でもある。だからこそ忠兵衛は、自由奔放なまでにリアルにもなる。

金策に疲れて帰って来た忠兵衛は、「内の様子はどうなっているだろう?」と思う。妙閑の目がこわくてなかなか内へと入れない——そこへ、店の飯炊き女が買物へ行くために出て来る。内の様子を知りたい忠兵衛は、《彼奴《きやつ》は木で鼻もぎどう(没義道)者只はいうまじ濡れかけて。騙して問わん》と考える。「その飯炊き女はツンケンして無愛想な女だから、ちょっと色仕掛けで内の様子を聞き出してみるか」である。忠兵衛は、その程度にくだけた男でもある。

女は忠兵衛の口説きを本気にして有頂天になるが、それだけで「内の様子」などなにも言わずに去ってしまう。なにしろ忠兵衛は亀屋の若旦那なのだから、飯炊き女をいい気にするだけの「力」はあるだろう。しかし、肝腎の目的を果たせない忠兵衛は、ブスッとして店の外に立っている——とそこに、八右衛門がやって来る。

八右衛門が丹波屋の店を構える中の島は、大名の蔵屋敷が立ち並ぶ辺りだから、八右衛門はそのお出入り商人でもあるのだろう。裕福な町人《ブルジョア》である八右衛門は、またくだけた男でもある。

八右衛門は、自分の店に届くはずの金が一向に届かないので、何度も亀屋に催促のため手代を送って来ている。それでも埒《らち》が明かないので、当人がやって来た。店の外で忠兵衛は、八右衛門に「自分が金を流用したわけ」を話し、「少し待ってくれ」と言う。さすがに物の分かった大坂商人の八右衛門は、「しょうがねェなァ」と思いながら、「分かった待ってやるよ」と言う。忠兵衛は、「ああ、よかった。じゃ、これで——」と八右衛門と別れようとするが、そこに運悪く、外に忠兵衛がいることを知った妙閑が「八右衛門様をお通ししなさい」と呼び入れる。

妙閑は、読み書きの出来ない無筆のくせに、「商売第一、信用第一」と思う典型的な「商家の母」である。八右衛門からの使いがやって来て「こっちの金はどうなった？」と催促されていることを知っている妙閑は、「八右衛門《こちら》のお金はもうとうに届いているのに、なんでお前はお渡ししない！」と、忠兵衛に説教をする。

忠兵衛は、「その件はもう片が付いている」と思うし、渡そうと思っても、店の錠前付きの戸棚——即ち金庫の中に金はない。八右衛門もそれを知っているから、困った忠兵衛を救うために、「いい、いい。その程度の金ならすぐに都合がつくから」と言うが、頑固で信用第一の妙閑は、「いえいえ、すぐにお渡しします」と忠兵衛を急き立てる。

忠兵衛は仕方なしに金庫のある納戸《なんど》へ入り、窮余の一策で、そこにあった陶器製の《鬢水入《びんみずいれ》》を紙に包んで八右衛門へ渡す。《鬢水入》というのは、ほぼ小判の形をした液体整髪料入れで、これを紙に包んだ忠兵衛は、その上に《金五十両》と書いて八右衛門に渡す。

《これ〱八右衛門殿。今渡さいでもすむ金ながら母の心を安める為。男を立てる其方《そなた》と見て詮方《せんかた》のう渡す金。さっぱりと請取って母の心を安めてたも。包《つゝみ》は解くに及ぶまじいろうて（さわって）見ても五十両。どうしてたもると差出す》

《八右衛門手に取って。ハテ誰《たれ》ぞと思う丹波屋の八右衛門。請取るに子細《しさい》はないこれおふくろ。江戸為替慥《たしか》に請取りました。》

　男同士は《慥に請取りました》ですむが、律義な母の妙閑は、それではすまない。渡すべき為替の金を渡したのだから、八右衛門に「受領書を書いてほしい」と言う。妙閑の言うことは筋が通っているが、八右衛門も商人だから、受け取っていない金の受領書などは書けない。「書いてくれ」と言われた八右衛門は、だから妙閑が《無筆》と知って、「金は確かに受け取りませんでした」という趣旨のでたらめな証文を書く――《一金子《ひとつきんす》五十両請取申さず候。右約束の通り晩には廓で飲みかけ。我らは太鼓実正《じっしょう》明白なり。何時なりとも騒《さわぎ》の節きっと参上申すべく候。仍《よっ》て紋日の為鬢水入　如レ件《くだんのごとし》》「廓に行く時は私が太鼓持ちになるから、きっと呼んでね――の太鼓判を押しました」というようなふざけた文言である。

　ふざけているのは、忠兵衛ではない。陶器の紙包を小判に見せて八右衛門に渡した忠兵衛は必死だが、これを偽物と承知で受け取る八右衛門は余裕で、ボケをかましているのである。「これがゆとりのある大坂町人の遊び心だ」と言わぬばかりの書き振りだが、このことが後に大問題となる――その近松門左衛門のかませ方が見事である。

5

重要なのは「友情」――あるいは、それに関する誤解である。

余裕の八右衛門は《鬢水入》の入った紙包を持って帰って行く。その後に江戸から飛脚が上って、堂島《どうじま》の大名屋敷から「まだ着いていないのか」と催促されていた金を運んで来る。堅気の心を取り戻した忠兵衛は、「早速この金を持ってお届けに行って参ります」と、三百両の金を懐中して出て行く――いよいよのクライマックスである。

《金懐中に羽織《はおり》の紐。結ぶ霜夜の門の口出馴れし足の癖になり。心は北へ行く〱と思いながらも身は南。西横堀をうか〱と気に染《し》みつきし妓《よね》がこと。米屋町まで歩み来てヤァ。是は堂島のお屋敷へ行く筈《はず》。狐が化かすか南無三宝と引返せしが。ムヽ我知らずこゝまで来たは。梅川が用有って氏神のお誘い。ちょっと寄って顔見てからと。立返ってはいや大事。此の金持っては遣いたかろう措《お》いてくりょうか。行ってのきょうか行きもせいと。一度は思案二度は不思案《ぶしあん》三度飛脚。戻れば合せて六道の冥途の飛脚と》

ここで上之巻は終わる。この少し前まで忠兵衛は、「流用してしまった八右衛門の金の算段はどうしよう」と思って、落ち着かない状態でいた。それが八右衛門と会ったことによって解決した――「これでちゃんと商売に精を出そう」という落ち着き方をしたものの、最前までの重圧が取れて、変に浮き浮きした気分に見舞われてもいる。だから、届け先の大名屋敷のある北へ向かうつもりが、梅川のいる新町の廓のある南へ足が向いてしまう。「ちょっと、顔を見るだけ――ああ、でもやめておけ」と思いながら、結局は南へ向かってしまう。《三度飛脚》というのは、江戸・大坂間を月に三度飛脚が往復したことから言う言葉で、「三度笠」というのはその飛脚がかぶった笠のこと──別にヤクザのかぶる笠ではない。だから『傾城三度笠』のタイトルもある。上方系の歌舞伎や人形浄瑠璃はやたらと作品タイトルに「傾城」の二文字を冠するが、これはほとんど「色っぽい定冠詞」である。

月に三度、決まった日に出発する飛脚が往復すれば「六度→六道」になるというところから《六道の冥途の飛脚》の言葉が出る。《一度は思案二度は不思案（無思慮な）》という、忠兵衛の揺れる心がそのまま《冥途の飛脚》へとつながるのが、見事である。「心理がそのままドラマを形成する」というのは、近松門左衛門ならではのことだろうが、この後の中之巻で舞台が新町の廓に移ると、忠兵衛は意外なものに出っ喰す──そして為替金三百両の封印を切ってしまうことになるのだが、それをさせる意外なものとは、「大坂商人のあり方」である。

前述の通り、廓にやって来た忠兵衛は、八右衛門が「忠兵衛が俺のところに来る金を流用した」と女達に話しているのを聞いてカッとなるのだが、近松門左衛門の書く八右衛門は、「忠兵衛に封印を切らせるための敵役」ではない。立ち聞いてカッとなる忠兵衛にとっては「許しがたい悪口、許しがたい裏切り」だが、実際八右衛門は「本当のこと」を言っているだけなのだ。

八右衛門のおかげで表沙汰にはならなかったが、既に忠兵衛は為替金の私的流用──封印切りをやってしまっているのだ。だから八右衛門は「このままでは危い」と言う。これは「友人にあるまじき裏切り」ではなくて、「大坂商人としての真実」なのだ。だから《こういえば忠兵衛を憎み猜《そね》むようなれど。》と前置きして、八右衛門は「正直な口をきける場」でもある廓で、女達に本当のことを言う——。

《もっとも千両二千両。人の金をことづかりしばしの宿を貸すけれども。手金《てがね》とては家屋敷家財かけて十五貫目。廿貫目に足らぬ身代《しんだい》。大和の親が長者でも。亀屋へ養子にこすからは高の知れた百姓》

《十五貫目。廿貫目》は、金ではなく銀で換算した資産額で、八右衛門は亀屋の資産を精々、金で二百五、六十両から三百五十両程度と考え、その連想から忠兵衛の実家も《高の知れた百姓》と推測する。八右衛門のその言い方は乱暴だが、大坂で忠兵衛と友人付き合いをする八右衛門は、忠兵衛のことをそんなによくは知らないのだ。重要なのは「知らない」ということで、それを言うなら、陰で八右衛門の言うことを聞く忠兵衛も、大坂商人のスタイルは知っても、そのメンタリティをよく知らない。だから、「さっきはあんなに調子を合わせてくれたのに、なんだ、裏切りやがって！」になってしまう。忠兵衛を裏切ったのは八右衛門ではなく、忠兵衛が「自分はなりきった」と思い込んでいた大坂という大都会での「一人前の商人としてのあり方」なのである。

作者の近松門左衛門は、こういう恐ろしい落とし穴を忠兵衛の前に用意する。日本の前近代にこういう恐ろしい物語を設定しえた近松門左衛門は、とんでもない天才でもあろう。

6

《一度は思案二度は不思案《ぶしあん》三度飛脚。戻れば合せて六道の冥途の飛脚と》という不気味な余韻を残して上之巻が終わると、新町の廓を舞台とする中之巻が始まるが、この始まり方もすごい――《えいくく鳥がな鳥がな。浮気鳥が月夜も闇も。首尾を求めて逢おうくくとさ。》である。不気味な余韻が、取りつく島もないほど騒々しく乱暴な賑わいに変わっている。《逢おう》は歴史的仮名遣いで書いた方がはっきりするかもしれない。《逢はうくく》で、「阿呆《あほう》」に引っ掛けた鳥の鳴き声である。

梅川に一途な忠兵衛は、浮気男ではない。しかし、そんな胸の内とは関係なく、《一度は思案二度は不思案》でふらふらと新町の廓に足を進めてしまう忠兵衛のありようは、「なにかいいこと（首尾）ないか」と思って郭へやって来る浮わついた男達と同じであると、近松門左衛門は幻影の夜鳥に「阿呆、阿呆」を叫ばせる。これほど主人公のありように対して冷淡な作者もそうはないと思われるけれど、逆説的な言い方をしてしまえば、この突っ放した冷淡さこそが、主人公忠兵衛に対する近松門左衛門の愛情である。

余分なことを言えば、人形浄瑠璃作者に転身する前、歌舞伎の台本作者だった近松門左衛門とコンビを組んでいたのは、和事の大成者である初世坂田藤十郎である。浄瑠璃作者に転身した近松門左衛門は、和事ではすまないこともあるのを知っていたのだろう。

早い話、忠兵衛は「犯罪者」である。犯罪者を語る上で最も重要なのはその「動機」で、犯罪者自身の語る動機が不明瞭であったり、動機そのものをまったく語ろうとしなかった場合、裁判では「精神鑑定」というものが登場するし、これを報道する側からは「心の闇」という言葉が持ち出されたりもする。犯罪を語ることとその犯罪者の動機を語ることは不即不離のようなことになっているが、しかし近松門左衛門はそんなことにまったく関心を示さない。だから、忠兵衛と梅川はどうして深い仲になったのかという、封印切りの事件を発生させる根本の経緯などまったく説明されない。忠兵衛が大和から大坂の飛脚問屋に養子に来たことだけは語られて、だからと言って忠兵衛が「窮屈な養子の身分であることを鬱積させて遊女に溺れるようになった」などとは言ってはいない。『冥途の飛脚』上之巻で語られることは、既に言った通り、それとは正反対のことである。

「大坂に来た忠兵衛は、地方出身者には珍しく、一人前の大坂商人になることを順調に達成した」――《国細工には稀《まれ》男。色の訳知り里知りて》としか書かれていない。一人前の大坂商人であることと色街《いろまち》（廓）へ出入りして遊ぶことは矛盾することではなくイコールでもあることだから、そこの遊女の一人である梅川と忠兵衛が深い仲になることは、「封印切り」という犯罪を構成する要因となることではない。「世間ではいたってありがちの珍しくないこと」なのだから、「どうして忠兵衛は遊女の梅川と深い仲になったのか」などということは探られる必要がない。「忠兵衛と梅川は深い仲になっている（別に不思議なことではない）」という、ただそれだけの話である。

一七一一年当時の大坂の常識では、忠兵衛はいたって当たり前の男である。《忠兵衛元来悪い虫》と書かれてはいるから、彼は「短気」でもあるのだけれど、それは「一般的基準に照らしていささか」という程度のものである。そうでなければ忠兵衛は「当たり前の大坂商人の一人」ということにはならない。つまり、彼の中には「犯罪者にならなければならない要因」というものはないのである。

近松門左衛門にとって、この「封印切り」の事件は「一人の当たり前の男が起こした事件」でしかないのだから、忠兵衛を殊更に弁護する理由がない。忠兵衛を和事的に処理した紀海音の『傾城三度笠』や、あるいは菅専助と若竹笛躬の『けいせい恋飛脚』――その改作の『恋飛脚大和往来』

で欠けているのは、この部分である。

一般的な常識では、「当たり前の普通の人間」は犯罪など犯さない――そういうことになっている。これは現在に於いても依然である。だから、まず犯罪者の心理や性格が分析される。それは、「彼（あるいは彼女）は、このように当たり前ではない」と導くためである。あるいはまた、「いたって当たり前の人間がどのような状況に巻き込まれて、犯罪を犯すことになったのか」という、彼を取り巻く状況の分析がなされる。犯罪者の心理分析や異常心理の構築は現在の流行で、江戸時代のドラマは「当たり前の人間が悪い奴に騙される」という形の状況分析がもっぱらだから、結局のところ「当たり前の人間は善人で、悪いことなどしない」というところへ行ってしまう。

紀海音の作では格別に悪人が設定されていないし、忠兵衛のありように深い目を向けることもない。だから、彼の『傾城三度笠』は「なんだかよく分からない作品」になる。菅専助と若竹笛躬は八右衛門と更には利平という悪役を設定して、忠兵衛を「亀屋乗っ取り事件に巻き込まれた被害者」のように構成するが、その設定そのものにリアリティがないから、『けいせい恋飛脚』は、前後の設定を飛ばして「封印切りという事件に巻き込まれてしまった忠兵衛と梅川の美しくも哀しい運命劇」のようなものになるしかない。しかし、やがてはそのようなものになってしまう忠兵衛の物語を書いた近松門左衛門は、そんなことをしない。忠兵衛を「状況の被害者」とはせず、「自身もまた状況を動かして行く当たり前の人間の一人」として、忠兵衛のドラマを淡々と、そして冷淡なまでの距離を置いて書き進めて行く――だからこそ忠兵衛は、《浮気鳥》が「阿呆、阿呆」と言う世界の住人の一人でしかないのだ。

江戸時代、近松門左衛門一人にそのようなリアリズムが宿った理由は、そんなにむずかしいことではない。その理由は、彼が「世話浄瑠璃の創出者」だったという、ただそれだけのことだ。

7

時代浄瑠璃を書く近松門左衛門は、リアリストなんかではない。時代浄瑠璃を書く近松門左衛門は、荒唐無稽な構想を案出するファンタジー作家である。そうなる理由は簡単で、時代浄瑠璃というものが、そもそも「旧知である――あるいは旧知であるはずの歴史を改変して、そこに江戸時代人流のドラマを嵌め込んでしまう」という前提にのっとっているからだ。

この前提は、近松門左衛門以後であっても動かない。時代浄瑠璃は、過去時代の歴史を題材にした――というよりもただ舞台にした、ファンタジーなのだ。『仮名手本忠臣蔵』も『義経千本桜』も『菅原伝授手習鑑』も『ひらかな盛衰記』も『本朝廿四孝』も『国性爺合戦』も、すべてはファンタジーである。

『仮名手本忠臣蔵』をファンタジーだなどと言ったら奇異に感じる人もいるだろうが、作品の舞台となる『太平記』の時代に「四十七士の討入」などということは起こらない。『太平記』の時代から見たら、『仮名手本忠臣蔵』はウソ八百の虚構譚《ファンタジー》なのである。

時代浄瑠璃の作者達は「歴史の解釈」などということをしない。歴史は既に固定され確定されていて、新たなる解釈の入る余地はない。つまりは、単なるエピソードの羅列になっているということである。ここに新たな解釈が入れば、既に確定されている歴史が揺らぎ出して、その末にある江戸時代の現在も危うく揺らぎ始める。だから、時代浄瑠璃の作者達は、そのような危険を慎重に回避する。彼等が歴史に対してすることとは、固定された歴史の一局面に入り込んで、そこを更に「めでたし、めでたし」と結んで固定することだけである——そのようなことをして、歴史の一時代は、平和で揺らぐことのない江戸時代の現在と直結する。そんなことをしてなんになるのかということは私には分からないが、その結果だけははっきりしている。歴史は、江戸時代という現在が抱えているドラマの種を植えつけるための土台になるだけなのだ。

世話浄瑠璃というものが、江戸時代町人の基本メンタリティである「義理と人情」を描くものだということは、最早常識化している。しかし私は、そのように思わない。「義理と人情」というメンタリティは、時代浄瑠璃の中にこそ書き込まれていると思う。なぜかと言えば、歴史という固定された額縁の中に「江戸時代人流のドラマ」を嵌め込むのが、時代浄瑠璃だからである。

時代浄瑠璃というものは、そもそもが「ありえない設定の中に自分達の生きる時代のドラマを構築する」というムチャクチャなものでもある。そのムチャを実践させるための尖兵となるのが、「道理」を根本に置く「義理と人情」の江戸時代的理念である。それがなければ江戸時代と無縁の歴史時代は「江戸時代」になりえない。だからこそ私は、「義理と人情」という江戸時代の動機《モメント》は時代浄瑠璃の中に多くあると思い、これまで時代浄瑠璃ばかりをもっぱらに取り上げているのだが、そうなって改めて、「世話浄瑠璃とはなにか?」なのである。

世話浄瑠璃は、時代浄瑠璃ではない。つまり「固定された枠組」がない。「現在」が舞台である。そこは、「義理と人情」によって出来上がっている世界であるかもしれない。しかし、世話浄瑠璃の主人公達は、そこからはみ出してしまうことによって、「自身のドラマ」を提供することになる。だから、近松門左衛門の創出した世話浄瑠璃の世界は、「義理と人情によって調和的に成り立っている世界」ではないということである。現実の中にいて、現実からはみ出してしまった人間達の物語が世話浄瑠璃になる——創始者、近松門左衛門の世話浄瑠璃は、そうしたものである。

だから、「義理と人情」をそこに見出すことには、ほとんど意味がない。見出されるべきものは、いつの時代にも存在する「調和的な現実からはみ出してしまう人間達」であり、「調和的な現実からはみ出しても不思議がないようなものを抱えている人間のあり方」である。リアリズムとは、そうしたものを描き出す段取りなのであろうと、私は思う。

8

「歴史」という額縁を捨てて物語を語ろうとする近松門左衛門には、予定調和的に存在する「物語」の枠組そのものがない。「物語の枠組」は時代浄瑠璃にだけ存在していて、「歴史」という物語を発生させる枠組を捨ててしまった世話浄瑠璃の作者は、すべてオリジナルに、一から物語を構成しなければならない。その困難は、紀海音の書いた『傾城三度笠』を見れば明らかである。紀海音には「どうすれば亀屋忠兵衛の物語が出来上がるのか」ということが、よく分かっていない。だからエピソードだけが羅列され、お決まりの「道行」があって、なんとなく終わるということになる。

しかし、主人公忠兵衛に対して冷淡な近松門左衛門は、そんなことをしない。物語を、主人公に即してオリジナルに組み立てようとする。

なにしろ、寄っかかるべき「物語」という枠組はないのである。主人公が動いて行く、そのこと自体が「物語」を構成するように組み立てるしかない。だから、近松門左衛門の手は写実《リアリズム》にしかならない。「なにが——いかなる要素が、どのように〝物語〟なるものを構成して行くのか？」と考えながら、主人公の周辺データを一々検討し、そこから「あってしかるべき叙述の形」を作り上げて行くしかない。彼の「虚実皮膜《ひにく》論」とはつまり、「ベースとなるデータと、あってしかるべき叙述の形との間には微妙なずれがある——あって当然である」ということでしかないだろう。その虚と実の間に派生した微妙なずれの中に、冷徹な作者がいる。

その主人公の周辺データは「描写」となって積み上げられる。しかも主人公が「破綻」というところへ行ってしまった人間である以上、その「描写」の一々も破綻というところへしか行き着かない。哀しいことに、現実を取り仕切る「義理と人情」によって調和的に出来上がっている世界から、人間はうっかりと足を踏みはずすことがあり、そうした人間の物語は、救いのない「破綻へ至る物語」にしかならないのだ。

それを書く近松門左衛門は、冷淡に近い突き放し方をして、物語を「物語」たらしめるように、ディテールを明確かつ淡々と積み上げて行く——そしてその途中で、「なんという哀れな、愚かしい……」という感慨が生まれる。それが《一度は思案二度は不思案——》と続いて行く、上之巻の段切れである。

「なんという哀れな——」という感慨が生まれなければ嘘だろう。なにしろ近松門左衛門自身は、「現実」からはみ出していない。ただ「物語を書く」ということだけを引き受けて、自身には「物語」という破綻を引き受ける必要がない。無縁の人間が無縁のまま他人を見ていても、そこに「物語」は生まれない。物語は、虚と実の間に存在する微妙なズレの中に作者が立つことによって生まれるのだ。

その主人公を「哀れ」とは思う。作者がその主人公を「哀れ」と思えるのは、主人公が「愚か」でもあることを、作者が知っているからだ。

「物語」を生きる中で、主人公は愚かな選択をする——あるいは、愚かな選択を続ける。それを「哀れ」と思う作者は、どこかでストップをかけさせたいとも思う。しかし哀れなことに、その主人公はもう「破綻へと至った物語」を生きてしまったことによって、「物語の主人公」となっているのだ。今更その「愚かな選択」を止めようがない。

かくして主人公は、一気呵成に破綻への道を滑り落ちて行く。作者はそれを見守るというわけではない。近松門左衛門は、そのようなサディストではない。そうなって行くしかない経緯を、冷静かつ明確に記して行く。だから文章は、熱を持った嘲笑のように冷たくもある——決して美しくはない。それでいい。そうならないと物語の終着点へ行きつけない。その終着点とは、「なんと哀れな——」の一言である。

「なんと愚かな——」を、「なんと哀れな——」の一言に変えるために、近松門左衛門の世話浄瑠璃は存在していると言ってもいいだろう（肝腎の封印切りを目の前にして、かくも前置きの長い自分自身に、私は少しあきれてもいる）。

9

さて、夜烏が「阿呆、阿呆」と嗤う現実世界である。そこを「新町の廓」とだけ言ってしまうと大雑把に過ぎる。『冥途の飛脚』中之巻の舞台となるのは、新町の廓の中にある越後屋という茶屋

（揚屋）である。

廓の中には、置屋と茶屋の二種類がある。遊女は置屋に所属し、客は茶屋に遊女を呼んで、茶屋は置屋と客の間をつなぐ役割を果たす。客は茶屋を窓口にして金の支払いをし、遊女の身請に関しても、茶屋が窓口となって置屋と交渉する。梅川は槌屋《つちや》という置屋に所属しているから、彼女の遊女としての正式名称は「槌屋梅川」で、忠兵衛と張り合って梅川の身請話を進めている「田舎の客」は、島屋という茶屋を窓口にしている。その日も梅川は島屋に呼ばれていたのだが、いやになって忠兵衛がいつも利用するこの越後屋という茶屋にやって来ている。

越後屋は「清《きよ》」という女主人の経営する茶屋で、遊女達にとっては居心地のいい店でもあるらしく、いやな客のいる茶屋を抜け出してここで時間潰しをしている遊女も多い。忠兵衛がその日に越後屋へやって来るかどうかは分からないけれども、島屋の客が嫌いな梅川は「忠様は来るかしら？」と思って、勝手にここへやって来た。廓に縛りつけられている遊女と言っても、その程度に「自由」ではある。

越後屋の二階には客待ちの遊女が何人も来ていて、女だけで時間潰しの遊びをしている。梅川はその女達に迎えられ、「一緒に遊ぼう」と言われるが、「私はそれどころじゃないわよ」と言って、《此の梅川が今の身を少しは泣いて貰いたや。》と、「忠兵衛とは結ばれにくい自身のありよう」を語り始める。

「私はあの田舎客に身請をされるのはいや。忠兵衛さんと一緒になりたい。でも彼には彼なりの事情もあるし」と言って泣き出す梅川のあり方は、尋常である。《一座の女郎身の上に。思合せて尤《もつと》もと連れて涙を流せしが。》と続くのも尋常だが、遊女達もそうそう泣いてはいない。梅川の嘆きは廓にはありがちなことで、遊女達はそこで生きて明るく接客業に精を出さなければいけない存在なのである。だから《涙を流せしが。》の後に、《アヽいこう気がめいるわっさりと浄瑠璃にせまいか。禿《かぶろ》どもちょっと行て竹本頼母《たけもとたのも》様借って来い(呼んで来い)。》が続く。竹本頼母は当時実在の義太夫語りで、新町の廓のそばに副業の店を開いていて、遊女達に親しまれていた。梅川の話を聞いた遊女達の感想は、「気が滅いるから、芸人を呼んで、パーッと現実逃避をしようよ」である。「義太夫は情を語るもの」と言うが、その作者である近松門左衛門は、梅川の嘆きを語って情に訴えるより先、遊女達の住む現実のシビアさを語る。

《竹本頼母様借って来い》はいいが、その彼は留守だという。だから、遊女の一人で頼母に浄瑠璃を習っている女が、「私が代わりにやる」と言って、《傾城に誠なしと世の人の申せども。》と、遊女の悲哀を語る浄瑠璃を始める。この辺りは、カラオケルームに集まった今時の女達みたいである。女の一人が自身の不幸な恋の話をして、仲間達は「分かる、分かる」とうなずく――しかし別の一人は「うっとうしい」とばかりにマイクを取って、悲しい恋の歌を唄い始める。「あんたの不幸なんか、どうってことないよ。一人だけうっとうしいアピールをしやがって、みんな不幸なんだよ」と言わぬばかりのやり方だが、そうしてカラオケルームに集った女達は心を一つにする。《アヽいこう気がめいる》というのは、自分一人の不幸に沈む梅川のあり方に投げつけた近松門左衛門の異物感だが、それがあってようやく「情を語る」ということが可能になる。

越後屋の二階にいる女達は、酔いも醒めてしんみりするが、通りがかりの人間からすれば、「ああ、浄瑠璃が聞こえる。座敷は賑っているのだな」ということにしかならない。そのように思うのが、廓へやって来た八右衛門である。

越後屋の座敷に上がった八右衛門は、「誰が来てるのか知らないが、勝手にしんみりしてないで、下りて来て俺に付き合えよ」と二階の女達に呼びかけるが、ここで不思議なのは梅川の態度である。《清様下なは誰《たれ》さんじゃ。》と越後屋のおかみに尋ねる。おかみは《イヤ大事ござんせぬ中の島の八様》と答えるのだが、どういうわけか梅川は、《はっとしてこれ〳〵あのさん（あの人）には逢いともない。皆様下りて下さんせ私が二階にいることを。必ず〳〵いうまいぞ。》と、八右衛門を拒絶する。この後で八右衛門は忠兵衛のありようを暴露して、これを立ち聞きする忠兵衛を封印切りへ導いてしまうのだが、この時点では、まだそれをするとも思えない。この時点の八右衛門は、上之巻で描かれたような「忠兵衛を思う友達甲斐のある男」なのである。だから、越後屋のおかみだって、《イヤ大事ござんせぬ》と言うのだが、梅川は《あのさんには逢いともない》なのだ。

「忠兵衛さんが恋しい。忠兵衛さんに逢いたい。でも忠兵衛さんは来ない。忠兵衛さんはどうしているんだろう？」と梅川が思うのなら、そこへやって来た八右衛門に会って「忠様の様子」を聞きたかろうとも思うのだが、梅川は逆に《あのさんには逢いともない》なのである。これに対して、「なぜなのか」という作者の側からの説明はない。ない以上、「梅川は八右衛門に対してなんらかの違和感を抱いている」ということにしかならない。

『けいせい恋飛脚』の八右衛門は、れっきとした敵役だが、『冥途の飛脚』の八右衛門は違う。前述の通り八右衛門は、この場で、忠兵衛が《鬢水入》を小判に擬装しなければならないほど金に困っているということを暴露する、複雑なパーソナリティの持ち主である。

八右衛門が口にすることは、忠兵衛が聞けば激怒をして、梅川にとっては耳をふさぎたくなる話である。八右衛門がその話をするのは、越後屋に梅川がいず忠兵衛もまだ来てはいないと見計らってのことである――その点では「友人の陰口」なのだが、それをする八右衛門は、「つまらないことで忠兵衛を破滅させたくない」と思っている。だから、梅川と忠兵衛がいないところでその話をするのは、周囲の人間に「危険な状況」を知らせて、「忠兵衛を梅川に近づけてくれるな」と言うためである。八右衛門のこの暴露話は結構長いのだが、その結びは《可愛《かわゆ》くば（忠兵衛を）寄せて下さるな》なのである。これを言う八右衛門は、別に梅川を横取りしたいと思っているわけではない。忠兵衛本人に言ってもどうにもなるまいから、周囲に教えて、忠兵衛を廓から遠ざけさせようという考えなのだ。「一人前の大坂商人」である八右衛門は、そのような形で「仲間の安泰」を考えている。そしてその理性が、梅川にとっては、自分の恋の成就に水を差すようなものでしかないのだ。

「遊び」のなんたるかを心得ている八右衛門は、冗談の分かる人間でもある。でも、その目の奥には、女の恋を拒絶するような理性がある――そのように感じとれるからこそ、梅川は《あのさんには逢いともない》になるのだ。そうだとしか考えられない。うっかりすれば八右衛門を敵役にしてしまうような書き方をしていて、近松門左衛門は「しかしそうではない」と喚起するような「異物」を、しっかりと挿入しているのだ。その「異物」のありようこそが、一筋縄ではいかない「現実」の中で起こる近松世話浄瑠璃ドラマの複雑さなのだ。「現実は、そう簡単にドラマを惹き起こしてはくれない。そうであっても、現実に生きる人間は、ドラマを惹き起こしてしまう」――それが、近松世話浄瑠璃の持つ「哀れさ」なのだ。

八右衛門の長い暴露話を、梅川は二階で聞いている。「聞きたくもない話だが、これは本当のことだろう」と思って、梅川は声を抑えて泣いてしまう。《一度は思案二度は不思案》で廓にやって来てしまった忠兵衛も、これを門口で立ち聞いている。忠兵衛以外の人間は、全員八右衛門の話に耳を傾けて、思うところは「悪い男に引っかかった梅川さんは可哀想に」である。梅川自身でさえ、八右衛門の話を否定出来ない。そして、哀れなのが忠兵衛である。《忠兵衛元来悪い虫押えかねてずんと出で。八右衛門が膝にむんずと居かゝり。》になってしまう。もうこの段階で忠兵衛の理性は吹っ飛んでいるから、すぐにも懐中の小判に手をかけて封印切りへと進みかねない。

《措《お》いてくれ気遣《きづかい》すな五十両や百両。友達に損かける忠兵衛ではごあらぬアヽ。八右衛門様八右衛門め。サァ金渡す手形戻せと。金取出し包《つゝみ》を解かんとする所を。八右衛門押えてこりゃ待てやい忠兵衛。》と、カッとなった忠兵衛に八右衛門は説教をする。

《よっぽどのたわけを尽せ。其の心を知ったる故《ゆえ》異見をしても聞くまじと。廓の衆を頼んで此方《こち》から避けて貰うたらば。根性も取直し人間にもなろうかと。男ずくの念比《ねんごろ》だけ。五十両が惜しければ母御の前でいうわいやい。てんごうな（バカげた）手形を書き無筆《むひつ》の母御を宥《なだ》めしが。是でも八右衛門（の心）が届かぬか。その金嵩《かねがさ》も三百両手金のあろうようもなし。定めて何処ぞの仕切金。其の金に疵《きず》をつけ。八右衛門したように鬢水入では済むまいぞ。但し代《かわり》に首やるか上りつめる其の手間で。届ける所へ届けてしまえエヽ性根の据《すわ》らぬ気違者》

まことに筋の通った、しかも先を見通した意見であるが、カッとなった忠兵衛にこの「大人の意見」は呑み込めない。《女郎衆の前といい身代《しんだい》を見立てられ。なお返《かや》さねば一分《いちぶん》立たぬと。》で、公金の包みを破いて、八右衛門に金を投げつける。金を投げつけられた八右衛門も、「人に金を返すのにそのやり方はなんだ！」と言って、忠兵衛に金を投げ返す。いたってダイナミックな展開の大喧嘩に、梅川は二階から駆け下りて、忠兵衛を止めにかかる。

《情なや忠兵衛様なぜ其のように上《のぼ》らんす。そもや廓へ来る人のたとえ持丸《もちまる》長者（大金持ち）でも金に詰るは有る習《ならい》。こゝの恥は恥ならず何を当《あて》に人の金。封を切って撒散《まきちら》し詮議にあって牢櫃《ろうひつ》の。縄かゝるのという恥と此の恥と替えらるか。恥かくばかりか梅川は何となれということぞ。とっくと心を落《おと》しつけ八様に詫言《わびごと》し。金を束《つか》ねて其の主《ぬし》へ早う届けて下さんせ。》

恋の炎に水をかける理性を匂わせる八右衛門をいやがっていた梅川も、本当の危機の到来を知って忠兵衛に説教をする。八右衛門も忠兵衛も梅川も、三人が三人とも生きて、様式美もへったくれもない。しかし、生きている人間だからこそ、忠兵衛は哀しい。嘘をつく――。

《はて喧《やかま》しい。此の忠兵衛をそれ程たわけと思やるか。此の金は気遣ない八右衛門も知っている。養子に来る時大和から。敷金《しきがね》に持って来て余所《よそ》へ預け置いた金。身請の為に取戻した》

そうして、梅川と忠兵衛の二人は、封印切りの大罪を犯した犯罪者となって、大坂を逃げて行く――その中之巻の段切れが《跡は野となれ大和路や足に。任せて》であるところが、忠兵衛という人間のありようすべてを語っている。

10

《跡は野となれ大和路や》の詞章は、八右衛門を敵役にして忠兵衛の封印切りをパッシヴな「封印切れ」にしてしまっている『けいせい恋飛脚』や『恋飛脚大和往来』にも《跡は野となれ大和路へ》と微妙に改変されて流用されているが、《大和路や》の詠嘆で忠兵衛のあり方をそのまま投げ出してしまっている近松門左衛門の方が、ずっと冷たい――その突っ放された忠兵衛と梅川のありようは、これを受ける下之巻の道行――「忠兵衛梅川相合駕籠《あいあいかご》」でもっと強くなる。

この道行では、真っ暗な夜の中を一丁の駕籠が行く――それを《翠帳紅閨《すいちょうこうけい》に。枕並べし閨《ねや》の内。馴れし衾《ふすま》の夜すがらも。四つ門《もん》の跡夢もなし。》と語り始める。緑の帳《とばり》のかけられた朱塗りの柱の部屋――《翠帳紅閨》は、恋のある寝室の花やかさを語る決まり文句だが、《四つ》の時を過ぎて大門を閉められた後――つまり、廓を出た深夜の闇にさまよう二人には、その幻が虚無となって迫るのである。有名な藤原定家の『新古今和歌集』の歌――「見わたせば花も紅葉もなかりけり　浦の苫屋《とまや》の秋の夕暮」と同じで、「存在しない色彩の強烈さ」をまず出すことによって、なにもない空漠が際立つという手法である。

逃亡の梅川と忠兵衛は、人目につくのを恐れ、一つの駕籠に二人で乗って夜の中を運ばれて行く――《昨日のまゝの鬢附《びんつき》や。髪の髷目《わげめ》のほつれたを。わげて進じょと櫛を取る。手さえ涙に凍《こゞ》えつき冷えたる。足を太股に相合火燵《あいやいごたつ》相輿《あいごし》の。駕籠の息杖《いきづえ》生きてまだ。続く命が不思議ぞと二人が涙。河堀口《こぼれぐち》（大坂から出る街道の地名）。》

冬である。寒風吹きすさぶ中を客として駕籠で運ばれて行く二人は、向かい合って互いに相手の脚の間に自分の脚を入れている。座位の性交じみて、熱だけは感じられるが、冬の風が《翠帳紅閨》の幻を運んで来る――それが一層無残である。梅川・忠兵衛の道行では、《落人の為かや今は冬がれて》の雪の中の出が有名だが、近松門左衛門の原作にそれは登場しない。ここにあるのは「情熱の後の荒涼とした無残」だけである。

やがて二人は駕籠を下りる。二人を迎えるのは美しい雪ではない。《空に霙《みぞれ》の一曇霰《ひとくもりあられ》。交りに吹く木の葉》である。
二人は駕籠を下りて、忠兵衛の故郷である新口村を目指すが、遊女の形《なり》で廓を出た梅川の姿は人目に付くので、また駕籠に乗る——《梅川が風俗の人の目立つを包みかね。借駕籠に日を送り奈良の旅籠《はたご》屋三輪《みわ》の茶屋。五日三日夜を明かし廿日《はつか》あまりに四十両。使果《つかいはた》して二歩《にぶ》残る》
大金横領の犯人だから金はある。それをいいことに無駄な金を使って悠長な逃避行を続け、わずかな金しか残らなくなっている。近松門左衛門の筆はつくづく無慈悲で、この二人が新口村に辿り着いたとして、どのような終局が待ち構えているのかとさえ思う。

大坂を出た時に降り始めた霙が、いつか雪に変わったが、新口村は白一色というわけではない。今にも雨の降り出しそうな寒々とした曇天で、近松門左衛門の新口村には「美しい情景」などない。そこがこのドラマのありようである。

梅川と忠兵衛が新口村へやって来ると、普段はろくに人の姿のないところなのに、坊主や商人の姿が目立つ。変装した追っ手かと思って、二人は気が気ではない。父親の孫右衛門の家へ行きたいと忠兵衛は思うが、実家との縁を切って養子に行った身でもあり、家には大坂へ出る原因となった継母もいることだから、あまり近づけない。そこで幼馴染みの忠三郎という百姓の家を訪ねて行く。

忠三郎は留守で、そこに見知らぬ女がいる。忠兵衛が不在の間に忠三郎は結婚していた。その女が言うには、住持不在の村の道場（寺）に京の本山から僧がやって来て、忠三郎を含む村人達はそこに説法を聞きに行っているという。「大坂からやって来た」と思える二人に、「この村から養子に行った人間が大坂でこれこれの事件を起こした」と言う女房は、しかし別に怪しむこともなく、

「昔馴染みの忠三郎を呼んで来てくれ」と言われれば、「はいはい」と出て行く。

梅川と忠兵衛が忠三郎の家に入ると、風の中を時雨が降り始める。「降って来たな」と思って忠兵衛が窓から外を見ると、寺での説法が終わったと見えて、村人達が急ぎ足で道を行くのが見える――それを忠兵衛は《あれ皆在所《ざいしょ》の知った衆。》として、梅川に一人一人を教え始める。同じことは『けいせい恋飛脚』や『恋飛脚大和往来』にもあるが、村人の一々を梅川に教える忠兵衛の様子が『冥途の飛脚』では微妙に違って見える。どうしてかと言うと、それまでロクな描かれ方をしていなかった忠兵衛が、ここへ来て「本来の自分のあり方」を取り戻して、「懐しいなァ」という様子を見せてしまうからだ。作者から冷淡に突っ放されていたからこそ、「あれはね、どこそこの誰それ」と村人の説明をする忠兵衛の様子が「普通の人」に見えるのである。状況に流されて落ち着かなく、イライラしっ放しだった忠兵衛の中から「本来の彼自身」が姿を現す――それが『冥途の飛脚』終局の落としどころである。

遠くを行く村人達の中に、忠兵衛の実父の孫右衛門も姿を現す。雨の中を杖をついて歩く孫右衛門は下駄の鼻緒を切り、転んで泥田に落ちる。見かねた梅川が飛び出して《どこも痛みはしませぬか。お年寄のおいとしやお足もすゝぎ鼻緒もすげてあげましょう。》と言う。新口村の段の眼目ともなる梅川と孫右衛門の出会いで、現行の『恋飛脚大和往来』でも、ここが見どころである。

梅川は身分を明かさず孫右衛門に親切にする。孫右衛門は梅川の正体を察するが、怒ることもなく、彼自身のつらい胸の内を語る。梅川は孫右衛門の胸の内を察して、忠兵衛と会わせようとするが、孫右衛門は「そればかりは出来ない」と言って拒み、一計を案じた梅川は、孫右衛門に目隠しをして忠兵衛を呼び出し、孫右衛門の手を握らせる――「目んない千鳥」と言われる有名なシーンでこれこそが「義理と人情」ではあるが、これが『冥途の飛脚』にはない。

《此方《こなた》の連合《つれあい》にも詞《ことば》こそは交さずとも。ちょっと顔でも見たいが。いや〳〵それでは世間が立たぬ。どうぞ無事な吉左右《きっそう》をと涙ながらに二足三足。行きては帰り何《なん》と逢うても大事あるまいかい。》

《なんの人が知りましょう逢うてやって下さんせ。》

《アヽ大坂の義理は欠かれまい。どうぞして逆様な回向させなと念比《ねんごろ》に。頼みまするると噎《むせ》返り。振返り〳〵。泣く〳〵別れ行く》

孫右衛門は忠兵衛に会いたいのだ。「しかしそれは出来ない」と言って去る。下手な未練を見せずに去って行くこちらの方が、血の通って実直な大和の大百姓という気がする。

孫右衛門が去ると忠三郎がやって来て、梅川と忠兵衛を逃がす。そこへ庄屋以下の捕り手がやって来て、息子と嫁の様子が知りたい孫右衛門も再び現れる。《どうじゃ〳〵忠三郎善か悪か（捕まったか逃げたか）聞きたい。》と忠三郎に問い、忠三郎は《アヽよい〳〵気遣ない。夫婦ながら何ごとのうまんまと落し済ました。》と言って、《有難い忝《かたじけな》い如来のお蔭》と思う二人は、寺へお礼参りに行かなければと思って去ろうとする――そこへ《亀屋忠兵衛槌屋の梅川。たった今捕られた》の声がする。

捕えられた二人が現れて《孫右衛門は気を失い息も絶ゆるばかり》になる。この孫右衛門の純朴丸出し振りが、エンディングへの大きな鍵である。

捕えられ縄をかけられた忠兵衛はこう叫ぶ――。

《身に罪あれば覚悟の上殺さるゝは是非もなし。御回向頼み奉る親の歎《なげき》が目にかゝり。未来の障《さわり》これ一つ面《つら》を包んで下されお情なりと泣きければ。腰の手拭引絞りめんない千鳥百千鳥《もゝちどり》。鳴くは梅川

川千鳥《かわちどり》水の流《ながれ》と身の行方。恋に沈みし浮名のみ難波に。残し留《とゞま》りし。》

これがエンディングである。《恋に沈みし浮名のみ》が残ったことは分かっている。だから、梅川と忠兵衛の物語は「悲しい恋の物語」として伝えられている。しかし近松門左衛門は、これを「悲しい恋の物語」とする前に、「哀れな忠兵衛の物語」として終わらせている。

忠兵衛は、自分のしたことで不幸になった親の顔を見ることが出来ないのだ。だから「お願いです！　私に目隠しをして下さい！」と叫ぶ。哀れとは、忠兵衛のこの一声である。「それなら、なぜあのような愚かなことをした」と言う近松門左衛門の声が聞こえて来そうだが、すべては《水の流と身の行方》である。「忠兵衛の物語は書いた。それを後の人間がどう扱おうと、私の関知するところではない。したければこれを〝哀れな恋の物語〟にでもしてくれ」と、近松門左衛門は言っているようだ。

『妹背山婦女庭訓』と時代の転回点

1

本書の最後となる作品は、明和《めいわ》八年（一七七一）の正月に初演された近松半二《ちかまつはんじ》作の『妹背山婦女《いもせやまおんな》庭訓《ていきん》』である。

「義太夫《ぎだゆう》節」という形で今もその名を残す人物――竹本義太夫を中心とする人形浄瑠璃の劇場、竹本座が大坂の道頓堀に登場するのが、貞享《じょうきょう》元年（一六八四）。翌年には近松門左衛門の筆になる『出世景清《しゅっせかげきよ》』が初演される。『出世景清』は、これ以後の作品を「新浄瑠璃」、それ以前のものを「古浄瑠璃」とするエポックメイキングな作品で、我々の知る人形浄瑠璃の歴史は貞享二年に始まると言ってもいい。

竹本座創設の十九年後――元禄《げんろく》十六年（一七〇三）には、義太夫の弟子の豊竹若太夫《とよたけわかたゆう》を中心とする豊竹座が同じ道頓堀に登場し、竹本、豊竹両座が競い合って、歌舞伎をしのぐ人形浄瑠璃の全盛期が出現する。しかし、明和二年（一七六五）になると、まず豊竹座が一時的に経営不能状態に陥り、その二年後の明和四年には同じ事態が竹本座に訪れる。近松半二の『本朝廿四孝』は、その危機の前年に竹本座で上演されたものである。『本朝廿四孝』がヒットしても、その翌年には劇場の経営がおもわしくなくなる。『出世景清』の初演から八十数年がたって、既に人形浄瑠璃は、興行そのものが危うくなるような状態になっていたのだ。

近松半二を立作者とする明和八年の『妹背山婦女庭訓』は、既に盛りを過ぎて下手をすれば消滅しかねない危機に立たされていた名門劇場竹本座の起死回生を賭けた作品で、果してその狙い通りに大ヒットをして、竹本座は息を吹き返すことが出来た。正月に大ヒットした『妹背山婦女庭訓』は、夏になると歌舞伎でも上演され、それ以来、歌舞伎と人形浄瑠璃に共通する人気作品として戯曲生命を保っているが（昔は著作権なんかないから、勝手に歌舞伎化しても問題にならない）、問題は「それでその後はどうなったの？」である。

『妹背山婦女庭訓』初演の十二年後である天明《てんめい》三年（一七八三）、五十九歳になった近松半二は敵討を題材とした『伊賀越道中双六《いがごえどうちゅうすごろく》』を最後の作品として世を去る。近松半二の創作エネルギーは晩年になっても衰えなかったが、そのピークとなる時期は、やはり『妹背山婦女庭訓』の頃だろう。既にその時、浄瑠璃作者としての近松半二のキャリアは二十年を積んでいる。ともすれば傾きがちな人形浄瑠璃の世界にあって、人気作、ヒット作を生み出し続けた近松半二は「人形浄瑠璃の中興の祖」でもある。しかし、その人形浄瑠璃界に「第二の近松半二」は登場しなかった。その点で近松半二は「最後の浄瑠璃作者」でもあるような存在なのである。

近松半二が死んで、衰退した人形浄瑠璃が滅んでしまったというわけではない。だからこそ、現在でもまだ人形浄瑠璃は「文楽」という形で興行を持続させている。しかし、近松半二の死を契機として、人形浄瑠璃界には大きな変化が起こっていた。それは、人形浄瑠璃の古典化であり、伝統芸能化である。

近松半二の時代まで、人気作品の再演はあったにしても、人形浄瑠璃の興行は「新作を出す」というのを原則にした。だから近松門左衛門をはじめとして、江戸時代の浄瑠璃作者は多作なのである。

常に新作が可能である——そのような形で文化状況は生きていた。しかし近松半二が死んで、そのようなことは不可能になる。理由は簡単で、大ヒットを可能にする作品を立て続けに書ける作者がいなくなってしまうからである。

もう多くの人を興奮させる有力な新作は登場しない。しかし、それでもまだ人形浄瑠璃自体は、そこそこに観客を集める力を持っている。だから、過去の人気作品を現在時の太夫、三味線、人形遣いの芸の力によって上演し、観客を集めることが出来る——それが、完成した形態を守る人形浄瑠璃の伝統芸能化である。近松門左衛門と竹本義太夫による『出世景清』の初演から二十一世紀の現在まで、三百二十数年ある。にもかかわらず人形浄瑠璃は、その歴史が百年にも届かない内に「リアルタイムの演劇」というあり方を失ってしまうのだ。

近松半二の死んだ天明三年から、明治維新まではまだ八十年以上がある。にもかかわらず、人形浄瑠璃という演劇はその進化を止めてしまう。どうしてそんなことになるのかと言えば、時代が文化を生み、時代のありようを吸収して成長した文化は、その時代に対応した表現形式を獲得し、それを守り、それゆえに時代から追い越されて行くからだ。それが「完成のジレンマ」である。人形浄瑠璃以前に、能や狂言は既に古典化している。近代になっても、そして現代であっても、いくつもの芸能表現が「全盛期」を迎え、それが過ぎ去り、斜陽化して細々と続く伝統芸能化して行く。そういう栄枯盛衰は芸能に限ったことではないけれど、江戸時代が終わる大分前にやることをやり尽してしまった人形浄瑠璃は、さっさと完成してしまったのである。

　完成した人形浄瑠璃は古典化の途を辿るが、人形浄瑠璃の達成したものは、他のジャンルへと波及する――歌舞伎である。

『妹背山婦女庭訓』が登場する二十五年前の延享《えんきょう》三年（一七四六）、人形浄瑠璃は三大浄瑠璃の第一作である『菅原伝授手習鑑』を生み出す。その複雑にして高度な人間ドラマは、まだ役者中心で高度なドラマを生み出せなかった歌舞伎を圧倒する。歌舞伎は、全盛期を迎えた人形浄瑠璃のドラマを自ら演じて、その作劇術や心理表現を吸収するしかない。そうして歌舞伎は「新しい段階」を迎えるのである。

　三大浄瑠璃の登場によってそのあり方をゆさぶられた歌舞伎は、しばらくして、やっと「名のある狂言作者＝劇作家」を生み出す。並木《なみき》正三《しょうぞう》である。竹本義太夫と組んで人形浄瑠璃の作品を数多く生み出した近松門左衛門は、その以前、歌舞伎役者の坂田藤十郎と組んで歌舞伎の脚本を書いていたが、役者中心――役者の仕《し》勝手《がって》自由のあり方に不満を感じて歌舞伎を去った。意外かもしれないが、近松門左衛門が歌舞伎を去って後、極端なことを言えば、歌舞伎の世界は「名のある狂言作者」を存在させずにすませて来たと言ってもいい。ある意味で、並木正三は「最初の歌舞伎ドラマ作者」で、歌舞伎の劇作家の歴史は並木正三に始まると言ってもいい。

並木正三のドラマは「大どてらを着た大悪人が豪快に笑って既成の社会と対峙するようなスペクタクル劇」を特徴として、人形浄瑠璃のドラマを吸収することによって、歌舞伎のドラマに歌舞伎らしい骨格を宿らせたと言ってもいい。廻り舞台というものを登場させたのも並木正三で、彼の作品は当然世間の人気を集め、絶頂にあった人形浄瑠璃を翳らせる。その並木正三こそが、斜陽化した人形浄瑠璃のために奮闘しなければならなかった近松半二の、ジャンルを超えた同時代のライヴァルだったのである。

並木正三は、近松半二より五歳年下で、『妹背山婦女庭訓』で竹本座が息を吹き返した二年後に世を去る。近松半二は歌舞伎に勝ったようだが、人形浄瑠璃の世界は「第二の近松半二」を生まない。これに対して歌舞伎の世界には、並木正三の弟子である並木五瓶《ごへい》という劇作家が登場する。石川五右衛門を主役にしたスペクタクル劇である『金門五三桐《きんもんごさんのきり》』と、リアルな世話狂言のスタイルを確立した『五大力恋緘《ごだいりきこいのふうじめ》』の作者として知られる並木五瓶の登場によって、また江戸時代の文化状況は大きく変わる。人形浄瑠璃が生まれたのは上方の大坂で、その本拠地も大坂の道頓堀である。並木正三も上方の狂言作者で、東の江戸とは関係がない。京、大坂の上方が文化の先進圏で、江戸は後進地帯だった。並木五瓶も上方の狂言作者だったが、それがある時に江戸へ下って来る。いつかと言えば、「謎の浮世絵師」である東洲斎写楽の役者絵が登場した寛政《かんせい》六年（一七九四）の冬である。

話がアチコチして恐縮だが、人形浄瑠璃、歌舞伎と並ぶ江戸時代のもう一つの町人文化、浮世絵は江戸の地で発達する——江戸プロパーで発達したと言ってもいい。なぜ関西で浮世絵が発達しなかったのか、その理由はよく分からない。「この地にはちゃんとした画家がいくらでもいるから、浮世絵のような安っぽいマスプロダクトの絵はいらない」というようなことかもしれない。ちなみに、江戸で多色刷りの木版画である錦絵が鈴木春信によって始められたのは、大坂で『本朝廿四孝』が初演される前年の明和二年である。

大坂の道頓堀で伝統ある人形浄瑠璃の劇場が本格的な経営危機に直面しようとする頃、遥かに離れた東の江戸では、浮世絵の新しい表現技法の錦絵が生まれる。それから三十年近くがたって、成長した浮世絵は写楽という天才を出現させる。同じ頃、美人画の喜多川歌麿は、彼自身の最高傑作を生み出す絶頂期を迎え、もう一人——後に浮世絵最大の流派となる歌川派を率いることになる役者絵の画家、若き歌川豊国も登場する。並木五瓶が江戸に下って来るのは、そうした時期である。

上方の役者が一年契約で江戸に下って来て舞台に立つというのは、珍しいことではない。並木五瓶も大物役者と一緒に江戸へ下って来る。当時のあり方として、作者は劇場と契約して所属するのだから、上方下りの役者がわざわざ狂言作者を連れて来る必要もない。にもかかわらず並木五瓶が江戸に下って来たのは、彼を連れて来た上方の役者が、江戸の狂言作者の書く台本に不安なり疑問を感じていたからだろう。並木五瓶はそうして江戸に居着いてしまう。

戯曲としての高い完成度を持つようになっていた上方歌舞伎に比べて、江戸のそれはのんきな祝祭劇のような性質を残している。それが並木五瓶の登場によって変わる。大坂の人形浄瑠璃の劇場で生まれた高度なドラマは、同じ上方の歌舞伎に影響を与え、その変化はついに江戸へと波及する。並木五瓶の後に、江戸には四世鶴屋《つるや》南北《なんぼく》という狂言作者が登場し、幕末から明治にかけての河竹默阿弥へとバトンタッチをして行く。そうやって明治になって、「江戸にはさまざまな町人文化があったなァ」ということになるのだが、肝腎の『妹背山婦女庭訓』と近松半二の話が、どこかへ行ってしまった。

2

相変わらず私の話は前置きが長くて困ったものだが、そういうわけで『妹背山婦女庭訓』は、これまで取り上げて来た人形浄瑠璃の作品と少し違っているのだ。

まず、「誰が『妹背山婦女庭訓』のドラマの主役になっているのか?」という話である。

『妹背山婦女庭訓』は、大化の改新の時代を舞台にする、大悪人蘇我入鹿《そがのいるか》の誅戮《ちゅうりく》劇である。そうなれば、誰が主役で、誰が蘇我入鹿を倒すのかということは決まってしまう。中大兄皇子《なかのおおえのおうじ》と中臣鎌足《なかとみのかまたり》(藤原鎌足)である。ところが『妹背山婦女庭訓』では、中大兄皇子はもう即位して天智《てんじ》天皇となり、原因不明の病気で盲目になっている。天智天皇が蘇我入鹿を倒そうとすることなどは起こらず、逆に蘇我入鹿の方が天智天皇を倒そうとして、この危難を避けんとする天智天皇は放浪の身となる。天智天皇の下で大臣になっている鎌足も、蘇我入鹿あるいはその父の蘇我蝦夷《そがのえみし》(作中では蝦夷子)の暴虐や陰謀によって、姿を隠さざるをえなくなっている。つまり、主役となるべきキャラクターが不在なのだ。しかしそうであっても、普通、人形浄瑠璃のドラマは困らない。「主役となるべき大物」に代わって、名もない人物が艱難辛苦を繰り返した後に「世にはびこる悪を倒す」というようなドラマを構成する。だがしかし、『妹背山婦女庭訓』は、そういう「名もない人物のドラマ」をもまた欠いているのだ。

『妹背山婦女庭訓』の蘇我入鹿は、《彼が父たる蘇我の蝦夷。齢《よわい》傾くころまでも一子なきを憂え時の博士に占わせ。白き女鹿《めじか》の生き血を取り母に与えしその験《しるし》。すこやかなる男子出生。鹿の生血《せいけつ》胎内に入るを以て入鹿と号《なづ》く。》という設定になっている。この入鹿を倒すためには、爪黒《つまぐろ》の鹿の血と、「尋常ではなく嫉妬深いがゆえに《疑着《ぎちゃく》の相》を持つと言われる女の生血を手に入れ、この二つを笛に注いで吹き鳴らし、入鹿を陶然とさせる必要がある――ということになっている。それをされると、体に鹿の血が流れる蘇我入鹿は、《実《げ》に秋鹿の妻乞う。如く。自然と鹿の性質《しょうしつ》顕《あらわ》れ。色音《いろね》を感じて正体《しょうたい》なし》になる。入鹿の命が絶えるというわけではなく、ただフラフラして、「そうなった隙に入鹿は倒せる――そうならないと入鹿は倒せない」というようなものである。

かくして『妹背山婦女庭訓』のドラマは、蘇我入鹿を倒すために必要な二種類の血を、善人達が手に入れるということが中心となる。第二（二段目）では、爪黒の鹿の血を手に入れる担当となった猟師芝六《しばろく》――実は玄上太郎利綱《げんじょうたろうとしつな》の悲惨な苦労話が描かれ、第四（四段目）では難波の浦からやって来た漁師鱶七《ふかしち》――実は金輪五郎今国《かなわごろういまくに》が、たいした苦労もなく疑着の相を持つ女の生血を手に入れる経過が描かれる。芝六も鱶七もそれなりに大きな役ではあるけれど、『妹背山婦女庭訓』全体に関わるような主役級の人物ではない。だから、二段目と四段目の両方にまたがって登場する「藤原鎌足の息子藤原淡海《たんかい》」という人物が重要になる。

藤原淡海は、奈良時代になって活躍する鎌足の息子藤原不比等《ふひと》のことだが、大化の改新の時代にまだ彼は生まれてなんかいない。そういう人物を平気で活躍させてしまうのも人形浄瑠璃のドラマで、それはそれでかまわないようなものだが、『妹背山婦女庭訓』での彼の役回りは、「女あしらいのうまいイケメン」である。

藤原淡海が『妹背山婦女庭訓』全段を通して存在し、それなりに重要な働きをするのも事実だが、彼は蘇我入鹿討伐の中心的存在となるヒーローではない。その中心となるのは、途中までずっと隠れていて、いいところになると姿を現して全部の功をかっさらって行く、父親の藤原鎌足である。イケメンの淡海は、正義のために働くヒーローに付きものの「艱難辛苦に堪える」とか、「非情の運命に悶え苦しむ」というようなことさえもしない。藤原淡海は、「肝腎な時に一歩距離を置いて事態の核心に触れないクールなイケメン」なのである。

蘇我入鹿と同じような超人的な悪人の藤原時平を存在させる『菅原伝授手習鑑』を頭に置いて考えれば分かるが、人形浄瑠璃のドラマは「悪人を倒すことを目的とするアクションドラマ」ではないのである。そのようでありながら、実は「悪人を倒すことを目的とする善人達が悶え苦しむ試練のドラマ」なのである。

菅丞相《かんしようじよう》の一族は、藤原時平の謀略によって不幸のどん底に突き落とされる。菅丞相に恩義を感じる梅王丸・松王丸・桜丸の三つ子の兄弟も、あるいは切腹し、子供を見殺しにして、不幸の中でのたうち回る。時平が倒されるのは、今ではまず上演されない最終局面の五段目で、このことからも『菅原伝授手習鑑』が「悪の首魁《しゆかい》藤原時平を倒すことを眼目とするドラマ」でないことが分かる。

人形浄瑠璃の全盛期を作り、歌舞伎のドラマ作りにも大きな影響を与えた三大浄瑠璃のすべては、「善なる人、あるいは善であってしかるべき人達が、不幸に遭遇してのたうち回る話」なのだ。これこそがドラマの眼目だから、善なる人は、襲いかかる不幸を回避することが出来ない。早い話、人形浄瑠璃のドラマに「救い」はないのだ。善なる人は不幸にのたうち回り、運命に弄ばれ、全力で「悲劇」としか言いようのないゴールに辿り着くしかない。そうなって人形浄瑠璃のドラマは、「不幸な結果を甘受するしかない者への鎮魂」を謳い上げる。日本人のマゾヒスティックなメンタリティを、そのようにして人形浄瑠璃のドラマは作り上げた。

完成した人形浄瑠璃の表現形式は、「逃げようのない不幸を積み上げ、鎮魂で慰撫する」ということになっている。おまけに人形浄瑠璃は、全篇三味線の節付けに規定される「厳密な音楽劇」のようなものだから、完成されてしまったものは、そうそう動きようがない。その点で、人形浄瑠璃ドラマの影響を受けた歌舞伎の方が自由で、変わって行く可能性を持っている。はっきり言ってしまえば、激しいマゾヒズムのメロディを底流に持つ人形浄瑠璃は、完成してしまった後で変わりようがない——このつらい前提が近松半二の劇作術の特徴となる。

近松半二の作品が技巧的であるとはよく言われることだが、当たり前である。近松半二はオーソドックスな人形浄瑠璃が完成してしまった後の作者で、新たな活路を探し当てなければ、人形浄瑠璃は終わってしまう。人形浄瑠璃をその形のままに保って、新たなドラマの可能性を探る——それをするから、近松半二は「技巧的」なのである。だから、悲劇も不幸も鎮魂もそこそこにして、どこに突っ走って行くのかよく分からないドンデン返しを連続させ、「人が死んでも泣かないドラマ」であるような『本朝廿四孝』も登場する。三味線の激しさ、あるいは繊細優美な音色によって、一種「メチャクチャ」とも言えるストーリー展開を可能にした『本朝廿四孝』は、人がどう言うかは知らないが、私にとっては、オーソドックスな人形浄瑠璃のあり方を極端にスピードアップすることによって新しい展開を見せることに成功した、人形浄瑠璃の傑作であり、名作である。ドライな近松半二は、この一作によって、自己完結してマゾヒズムの泥沼に沈みかねない日本人のあり方を一蹴してしまった。「技巧的だから芸術的価値はその分低い」と考えるのがどうやら一般的だが、「エンターテインメントの生命力を活かすための順当な技巧」のありようは、もっと評価されてもいいと思う。

そして「複雑怪奇なストーリー展開」と言われ、あまり「名作」とも「傑作」とも言われない『本朝廿四孝』の五年後に登場した『妹背山婦女庭訓』は、オーソドックスな形をした人形浄瑠璃の傑作、名作のように思われているが、私はそのようには思わない。「面白い作品」で「よく出来た作品」で「好きな作品」とは思うが、「名作」とか「傑作」とは思わない。既に言ったように、『妹背山婦女庭訓』はそれまでの人形浄瑠璃作品とは「少し」ではなく、「かなり」違っているのだ。そうなってそのように思わせないところが、近松半二の力量というものである。


『妹背山婦女庭訓』が「変わっている」ということは、簡単に説明出来る。そもそも人形浄瑠璃のドラマは複雑で、「どんな話か」ということを簡単に説明することが出来ない。主筋があって脇筋があり、それが入り組んでどれが主筋なのか分からなくなることも多いから、「こういう話です」という簡単な説明が起こらない。ところが『妹背山婦女庭訓』は、一行で説明出来る。「超人的な悪人である蘇我入鹿が退治される話」である。

そのことははっきりしていて動かない。しかし、誰が蘇我入鹿と対峙して倒すのかということになると、よく分からない。よく分からないのは、「その他大勢がよってたかって蘇我入鹿に立ち向かうから」である。だから、『妹背山婦女庭訓』で「ストーリーを支える主役」を探そうとしても、善人の中にその主役が見つからない。『妹背山婦女庭訓』が変わっているのは、「蘇我入鹿を退治する話」でありながら、全篇の主役が、退治される蘇我入鹿であるように設定されていることである。

『菅原伝授手習鑑』の主役は藤原時平ではない。しかし『妹背山婦女庭訓』の場合、慎重にぼかされてはいるが、主役となる人物は、倒される蘇我入鹿なのである。そして、どうしてそういうことが起こるのかという理由もはっきりしている。近松半二の時代は、英雄的な大悪人が豪快に笑う並木正三の歌舞伎の時代でもあるからである。

『妹背山婦女庭訓』は、とても歌舞伎的なのだ。その一点で、人形浄瑠璃としては変わっている。にもかかわらず「名作」「傑作」と言われて、その「欠点」でもあるようなものを露呈させない。どうしてかと言えば、『妹背山婦女庭訓』が「よく出来た作品」になっているからで、だからこそ「人形浄瑠璃としては変わっている」などという野暮なことを言う人間もいないのだ。

3

この本を書く私が苦労したのは、「浄瑠璃作品のストーリーを説明する」というそのことである。人形浄瑠璃のストーリーは入り組んで、まともというか順当な展開をしない。序段に登場したエピソードが、そのまま序段の切や二段目に続かず、忘れた頃の三段目や四段目に続くというのが当たり前にある。「弥次馬気分の普通の読者にこんなことを説明したって、どれだけの納得が得られるんだ？」と思うと切なくなるが、今までのどの作品に比べてもその長大さに於いては劣らない『妹背山婦女庭訓』は、その点で例外的で、簡単にストーリー展開が説明出来るのである——そのように変わっているのである。

『妹背山婦女庭訓』は、時代浄瑠璃のあり方にのっとって全五段で構成されている。そのストーリー展開のあり方は、「大悪人蘇我入鹿が姿を現す→入鹿を倒すために必要な二種の生血の物語→倒される蘇我入鹿」である。『妹背山婦女庭訓』の主役が蘇我入鹿であるということがはっきりしないのは、「蘇我入鹿が悪人としての本性を顕わす」という冒頭の部分が現在ではほとんど上演されなくなってしまっているからである。そのかなり長大で複雑でもある冒頭部分から説き起こすと、『妹背山婦女庭訓』が「蘇我入鹿を中心とする物語」で、人形浄瑠璃には珍しい「順を追ったストーリー構成」になっていることがよく分かるはずである。

大内《おおうち》の段、春日野小松原の段、蝦夷子《えみし》館の段の三場で構成されている第一（序段）では、藤原鎌足を逐《お》って朝廷の全権を掌握しようとする悪い大臣蘇我蝦夷子から「役立たず」と罵られる、病弱で仏教への信仰心が篤い善なる息子の蘇我入鹿が、実は父親以上の大悪人である本性を顕して、天智天皇の内裏を襲撃するまでが語られる。

猿沢の池の段、葛籠山《つづらやま》鹿殺しの段、芝六住家の段の三場で構成される第二（二段目）は、既に語ったように、爪黒の鹿の血を手に入れる芝六の物語である。

蘇我入鹿が内裏へ向かっている頃、そんなことをまったく予想しない天智天皇は、最愛の女性である鎌足の娘采女《うねめ》の局《つぼね》が出奔したのを悲しんで、こっそりと猿沢の池のほとりまで来る。そこで浪人中の藤原淡海と出会い、入鹿の内裏襲撃をやっと知って、淡海の手引きで猟師芝六の貧しい家に匿われることになる。悪人の入鹿は周到にやるべきことをしているのに対して、善人方はみんなうろうろとどこかをさまよっている。

続く定高《さだか》館の段、花渡しの段、山の段（妹山背山《いもやませやま》の段）で構成される第三（三段目）は、「入鹿退治」で一直線に進む主筋とは少し離れた脇筋で、序段の春日野小松原の段で語られた、太宰《だざい》の後室定高の娘雛鳥《ひなどり》と大判事清澄《きよずみ》の息子久我之助《こがのすけ》の「悲劇的な恋のその後」が描かれる。『妹背山婦女庭訓』に「名作」の声があるのは、完成度の高い山の段を持つことによるのが大きいはずだが、一場上演するのに二時間もかかる長大な山の段は、『妹背山婦女庭訓』全体の中ではやはり脇筋でもあって、ストーリーは、爪黒の鹿の血にまつわるエピソードを語った二段目に対応する第四（四段目）へストレートにつながる。

杉酒屋の段、道行恋苧環《みちゆきこいのおだまき》、三笠山御殿の段、入鹿誅伐《ちゅうばつ》の段の四場で構成される四段目は、言うまでもなく「疑着の相を持つ女の話」を中心に展開され、そのまま入鹿退治へとつながって行く。

最後の第五（五段目）は、「その後、都は近江京へ遷され、入鹿退治に功績のあった人々は、それぞれに報われました」ということを語る志賀の大内山の段で、あってもなくてもいいハッピーエンドのフィナーレだが、普段まず上演されることのない五段目の本文を読むと、「『妹背山婦女庭訓』というタイトルは、こういう事実に拠っているのか」と思わされたりもする。

女庭訓（婦女庭訓）とは、江戸時代に刊行された女性向けの「このように正しく生きなさい」ということを教える人生読本である。これをタイトルに掲げる『妹背山婦女庭訓』は、「大悪人蘇我入鹿の出現とその誅伐」をストーリーの骨子としながらも、「これは妹背山の正しい女の生き方を表す物語です」と言っているのに等しくもある。

妹背山は、奈良県を流れる吉野川を挟んで存在する両岸の小山——妹山と背山で、『妹背山婦女庭訓』の中では、吉野川が大和と紀伊の国の境界線となり、大和の方の妹山には太宰の後室定高の別荘があり、紀伊の国に属する背山の方には大判事清澄の別荘がある。

妹山と背山が妹背山と一括りにされ、ここに女庭訓がくっついて『妹背山婦女庭訓』になると、

「正しい夫婦（妹背）関係を成り立たせるための正しい女の生き方」というニュアンスが生まれてしまう。大化の改新の時代を背景にした大悪人蘇我入鹿を倒す話に、「こうすればちゃんとした結婚が出来ます」とか「これが正しい夫婦のあり方です」というような話がどう絡んで来るのかという話である。

実はこの先に話を続けると、私は女性読者に総スカンを喰うおそれもあるのだが、事実は事実だからはっきり言わなければならない。まず、誰が大悪人蘇我入鹿に立ち向かうのかと言うと、実はこれが男ではなく、女である蘇我入鹿の妹 橘姫《たちばなひめ》なのである。「女がヒーローになってなぜ悪い」と仰せの向きもあろうが、しかしそれとはまた違う。

4

藤原淡海は「烏帽子折《えぼしおり》の求馬《もとめ》（あるいは求女）」と名を変えて、三輪の里の杉酒屋の隣家に住んでいる（四段目）。そして、いささかシュールな展開だが、結構離れた三笠山の御殿に住んでいる橘姫は彼に一目惚れして、毎夜三輪の里まで通って来ている。帰って行く橘姫の後を追って、入鹿の本拠地である三笠山の御殿にまでやって来た淡海は、正体がばれ、「入鹿の妹と知れたら、どうしても夫婦にはなれないでしょう」と言って死を覚悟する橘姫にこう宣告する——《心底《しんてい》見えた。が誠《まこと》夫婦となりたくば。一つの功を立てられよ。》

そうして、二人の間でこのような会話が進行する——。

《一つの功を立てよとはえ。》

《オ、入鹿が盗み取ったるこそ。三種の神器のその一つ十握《とつか》の御剣《みつるぎ》奪返《ばい》して渡されなば望みの通り二世の契約得心《とくしん》なければ適《かな》わぬ縁。》

《サァ是非もなや。悪人にもせよ兄上の。目を掠《かす》むるは恩知らず。とあってお望み適えねば夫婦と思う義理立たず。》

橘姫は、「入鹿の持っている十握の剣を結納代わりに持って来ないと、結婚してやらない」と、藤原淡海に言われたも同然なのである。淡海と結婚したいと思う橘姫は、隙を見て兄の入鹿に近づき、宝剣を奪い取ろうとするが、かえって逆に入鹿に切りつけられて傷を負う。その時に、爪黒の鹿と疑着の相を持つ女の生血を注がれた笛が吹かれ、入鹿はぼーっとなる。入鹿が手にした宝剣は、龍と形を変えてどこかへ飛び去って行こうとするのだが、どうしても淡海と結婚したい橘姫は、切られた傷もなんのその、龍となって水に潜り空を飛んで行く十握の剣の後を、どこまでも追って行くのである。

現在上演される『妹背山婦女庭訓』で、橘姫はあまり性格のはっきりしない「ただのお姫様」である。橘姫が大活躍をするシーンはあまり上演されない。彼女は、疑着の相を持つとされる杉酒屋の娘お三輪と、求馬＝淡海を取り合って、「お姫様の特権」によってなんとなくお三輪に勝ってしまうような存在だが、求馬に二股をかけられたお三輪と橘姫のどちらがドラマの中心にいるかと言えば、お三輪である。しかし、橘姫は獅子奮迅の大活躍で、この女に「結婚してほしいなら」というそのかしをした藤原淡海は、三笠山御殿のどこかに身を潜めて橘姫の活躍を待っているだけで、たいしたことはしていない。入鹿退治と、それよりも大事である「入鹿に奪われた宝剣の奪還」に功があったのは橘姫で、だからこそ連座制の昔に「入鹿の妹である責任」を問われることもなく、彼女は最後の五段目で、天智天皇によって藤原淡海の正式の妻として認められるのである。

藤原淡海に二股をかけられ、橘姫に敗れて「チクショー！」とばかり血相を変えた途端、「疑着の相ある女」と言われて刺し殺されてしまうお三輪が、これを聞いたらどう思うだろうか。

橘姫と藤原淡海の話は、浄瑠璃作者のテキトーなでっち上げのように思われるかもしれないが、歴史的な裏付けはある。後の藤原氏の栄華を実現させるのは、不比等＝淡海の息子達だが、藤原南家、北家、式家の祖となる三人の息子達は、蘇我入鹿の従兄弟である蘇我連子《むらじこ》の娘から生まれている。橘姫を手に入れた藤原淡海のずっと先の未来が保証されているのは歴史上の事実で、『妹背山婦女庭訓』は、そんなどうでもいいようなことまで拾い上げて、「幸福な結婚をしたければ、命を惜しまず、夫となる男のために、身を粉にするような努力をしなさい」と言うのである。

「疑着の相を持つ女」として恋の敗者になる杉酒屋の娘お三輪と、すんなり恋の勝者になってしまうお姫様の橘姫を比べれば、女性の支持はお三輪の方に傾いて、実際、お三輪こそが四段目の主役であると言ってもいい。しかし、そのお三輪だってやっぱりまた、『妹背山婦女庭訓』の女なのである。

道行恋苧環で、橘姫の後を追う求馬のそのまた後を追ったお三輪は、求馬に遅れて三笠山の御殿へやって来る。広い御殿の中をウロウロするお三輪は、橘姫付きの官女と会って、散々にいじめられる。そうして疑着の相を剝き出しにしたお三輪は、鱶七実は金輪五郎今国に刺されてこう言われる――。

《女悦《よろこ》べ。それでこそ天晴《あっぱ》れ高家《こうけ》の北の方。命捨てたるゆえにより汝が思う御方の手柄となり入鹿

を亡《ほろぼ》す術《てだて》の一つ。オヽ出かしたなァ。》

そうして鱶七は「入鹿の体には鹿の血が流れているから、二種類の生血が必要だ」という話をお三輪にする。四段目も後半になって、観客はやっと「蘇我入鹿の秘密」を知ることが出来るのだが、それを知らされた疑着の相を持つお三輪は、現代の女ではなくて江戸時代の娘だから、「そんなことと私となんの関係があんのよ！」などと怒鳴ったりはしない。「命を捨てれば高貴の家の北の方になれるぞ」と言われて、「え？」と驚く。そして、《なう冥加《みょうが》なや。勿体《もったい》なや。いかなる縁で賤《しず》の女《め》が。そうしたお方としばしでも。枕かわした身の果報あなたのお為に成ることなら。死んでも嬉しい忝《かたじけな》い。》と事態を受け入れてしまう。受け入れながらも、橘姫に結婚の約束をした求馬はお三輪の死に立ち合わないから、お三輪は《とはいうものゝ今一度。どうぞお顔が拝みたい。》と言って死んで行くが、凄じい嫉妬の形相をあらわにして、刺し殺されなければ収まらないような女の発言にしてはおとなしすぎる。別にお三輪は、死んで怨霊になって祟るわけではない。

人形浄瑠璃の世界では珍しくない、「恋に関しては積極的だがただのお姫様」であるような橘姫が、「恋しい男との結婚」をちらつかされると獅子奮迅の大活躍を演じてしまうのと同じように、疑着の相を持つお三輪だって、「お前が命を捨てれば、高貴のお方とちゃんとした結婚が出来るんだぞ」と言われてしまえば、おとなしくなってしまう。死んだ後で愛する男と結婚してどうなるんだという話もあるし、その結婚は愛する男から保証されたわけでもない、その男は知らん顔で恋敵の女と結婚するのである――「それを彼女は受け入れました」と言うのが、「妹背山」で「女庭訓」なのである。

一般に、人形浄瑠璃のドラマは、女を活躍させることにためらいを見せない。恋愛を引っ張って行くのは女だし、男女差別があろうとなかろうと、必要があれば女に刀を持たせて太刀回りも演じさせる。女を活躍させるということは、当然近松半二のドラマにも受け継がれているのだが、それをしながら一方で、近松半二は女に対して冷たい。自分の生んだ子供が殺され、その母親が嘆き悲しんだりしても、「ああ、めんどくさい」とばかりに、その愁嘆を端折《はしょ》ってしまう。だから、子供は殺されっ放し、母親は呆然としっ放しにもなるのだが、そうなっていることを観客に気づかせず、女に対して残酷であるのが、近松半二である。

「ちゃんとした結婚がしたかったら、男のために自分の命を進んで投げ出しなさい」は、まだいいのだ。妹山の別荘に籠って対岸の背山にいる久我之助を慕い続ける、山の段の雛鳥に課せられた女庭訓《おんなのいきかた》は、もっと残酷である。雛鳥は、「愛する男と添い遂げたかったら、男にそっぽを向かれていても、相手を信じて死んで行きなさい」という責務を与えられているのである。

江戸時代が三分の二も過ぎようとする明和の頃――十八世紀の後半になれば、もう「男らしさ」とか「武士の本分」というものは形骸化している。時代がもう少し進んで幕末の騒乱期になれば、来たるべき近代に備えて「男らしさイデオロギー」も復活するが、平和な十八世紀の日本でそんなことを言い立てる必要もない。しかし残念なことに、人形浄瑠璃のドラマは、形骸化してもいる「武士の本分」とか「男らしさ」という古いテーゼを前提にして成り立っている――「嘘でもいいからそれを遵守する」ということになっているから、盛りを過ぎた浄瑠璃劇は、時として空々しいドラマを平気で見せる。だから、それを回避しようとする近松半二は、形骸化した男のあり方をそのままにして、女達を「これでもか！」と言いたくなるくらい働かせる。その一つが橘姫で、近松半二に於ける「女達の活躍」は、そういうフレームアップの中にある。

山の段の恋される美少年久我之助は、「恋に溺れるのは、男としてはあってならないあり方だから」という道徳律に従っている。だから、久我之助と相思相愛になっているはずの雛鳥は、哀れにも「男にそっぽを向かれても、男を信じて死んで行きなさい」ということになってしまう。作者はそのように押し付けるのである。

「それが女の生き方だ」と言ったら、今の女性読者は一斉に反発するだろうが、十八世紀からつい少し前までの間、日本ではこういうあり方がたいして疑われていなかったのである。

5

改めて『妹背山婦女庭訓』である。話の大筋は既に述べた通りだが、それだけではいかにも端折りすぎである。『妹背山婦女庭訓』のおもしろさは、その各段のディテールにあると言ってもいい。話は「蘇我入鹿退治」の一本道で、この展開を面白く見せるための趣向があちこちにちりばめられている。それは人形浄瑠璃的と言うよりも歌舞伎的と言った方がいいようなもので、だからこそ『妹背山婦女庭訓』は、歌舞伎化されてもよくその寿命を保っているのである。もう一度初めから、この物語を始めよう。

大序は大内の段。天智天皇は眼病を患い、悪い大臣の蘇我蝦夷子は一人で威張り散らしている。蝦夷子の息子で大臣である蘇我入鹿は病中の身で、蝦夷子と並ぶ大臣の藤原鎌足も病気を言い立てて参内《さんだい》をしていない。人形浄瑠璃の大序の語り出しは、普通、難解な語句を連ねて全篇のテーマを暗示させるものだが、近松半二はあまりそういうことをしない。『妹背山婦女庭訓』の語り出しも、言葉ばかりはクラシックに難解だが、これから起こる内容を語って具体的ではある――。《頭直《かしこくもしろしめ》位す。敷津《しきつ》八州《やしま》の三器《さんだから》。智たり仁たり英雄の。利《と》き剣《つるぎ》四夷《しい》を刑し。和らぎ治む和歌の道《おしえ》。八つの耳をふり立てゝ小男鹿《さおじか》の音弥《こえいや》高く。曲れるを直きに置く。操《みさお》久しき君子国。栄枯こも〲皇《すべらぎ》の。宝祚《ほうそ》伝えて卅九代。天智天皇の宮居《みやい》なす。奈良の都の。冬木立。》

天智天皇の治世を称える内容だが、ここに『妹背山婦女庭訓』の内容を語るキイワードも隠されている。「三種の神器（敷津八州の三器）」――特にその中での「十握《とつか》の剣（英雄の。利き剣）」と、「鹿（小男鹿の音弥高く）」である。

退治されるべき主役の蘇我入鹿は、大内の段に登場しない。父蝦夷子の口から《悴《せがれ》入鹿の大臣は病床に引きこもり。》と言われるだけで、存在感の薄い人物のように思われ、序段の切の蝦夷子館の終局で大悪人としての正体を顕す寸前まで、父の蝦夷子から《今この蝦夷子が威勢に次ぎ。何不足なき栄花を捨て。仏法という天竺外道《げどう》の術に帰依し。奥庭へ引籠り。昼夜わかたず称名読誦《しょうみょうどくじゅ》。この世に有りて益なき悴。土へ成りと定《じょう》へ成りとも。入り次第にして置きめせ。》と、罵られている。入鹿が大悪人の正体を顕すまで、浄瑠璃劇に常套でもあるような大悪人のパートは父の蝦夷子によって演じられ、主役である入鹿の重要性は伏せられていて、更に入鹿を倒すのに必要な爪黒の鹿云々の話も四段目のお三輪の死に至るまでは明確に明かされない。それであっても、大序の初めには「鹿」の重要性がそれとなく置かれている。「三種の神器」もまた同様である。

『妹背山婦女庭訓』と三種の神器は、一見あまり関係がないように思われるが、天下乗っ取りを狙う蘇我蝦夷子・入鹿親子の謀叛行動のありようを具体的に語るのが、三種の神器である。

『妹背山婦女庭訓』のドラマの幕が開く以前、三種の神器の内、八尺瓊《やさかに》の勾玉と八咫《やた》の鏡は蘇我蝦夷子によって盗み取られている。天智天皇が盲目になったのは、八咫の鏡が土中に埋められ穢されたからなのである――そのことが二段目の芝六住家の段で語られる。入鹿はどうやら、この盗難事件の犯人が父と知らぬまま、宮中の宝蔵へまでトンネルを掘って、三種の神器の残された十握の剣を盗み取る。「十握の剣」は、蘇我入鹿の悪を語るもので、だからこそ四段目の三笠山御殿で藤原淡海《たんかい》は、入鹿の妹の橘姫に「十握の剣を奪い取れ」と命じ、淡海と結ばれたい橘姫は、必死になってこの剣を追い続ける。そのように三種の神器は重要な意味を持ってはいるのだが、それがあまり印象に残るような形で語られてはいない。それは、反蘇我氏の善人達がまず求めるものが入鹿を倒すための二種の生き血で、三種の神器の奪回ではないからだ。

三種の神器は『妹背山婦女庭訓』の物語を彩る小道具のようなもので、ドラマの本筋に関わってくるような重要性はない。だからこそ、八咫の鏡と同時に盗み出された八尺瓊の勾玉には、語られるようなエピソードがない。鏡と勾玉を盗ませた蘇我蝦夷子が、同じ宝蔵にあったはずの十握の剣をなぜそのままにしておいたのかも分からない。三種の神器をドラマの中で有効に生かすなら、鏡、勾玉、剣のそれぞれにまつわるエピソードを作り出すべきで、時代浄瑠璃の二段目、三段目、四段目の別は、そのためにあるようなものでもある。『義経千本桜』に於ける生きていた三人の平家の公達――知盛《とももり》、維盛《これもり》、教経《のりつね》が、二段目、三段目、四段目に配置されているのはその典型だ。

時代浄瑠璃のストーリーが複雑で、それを説明するのに苦労するのは、二つ以上の話が並行して交互に進むような構造になっているからで、オーソドックスな人形浄瑠璃の構成でいけば、三種の神器の行方を一つずつ探し求める物語で各段が出来上がっていてもいい。しかし、『妹背山婦女庭訓』は、蘇我入鹿を主役として、蘇我入鹿が退治される話なのだから、「三種の神器探索」は主要なテーマにならない。そして、「蘇我入鹿が退治される話」は、それだけだと、人形浄瑠璃的には単純すぎる話になってしまう。三種の神器の扱い、あるいは蘇我入鹿の正体がなかなか明らかにならないのは、単純すぎる「入鹿誅戮物語」を人形浄瑠璃的に複雑にする手段だと言ってもよいと思う。だから、本当だったらもっとすんなり語られてもよい『妹背山婦女庭訓』の初めの方は、『本朝廿四孝』と同じように、物語を始めるための段取りがゴタゴタと語られすぎているきらいもある。

6

謀叛を計画する蘇我蝦夷子は、藤原鎌足を邪魔臭いと思っている。理由は、天智天皇が鎌足の娘の采女の局を寵愛しているからで、春日野小松原の段で明らかになることだが、蝦夷子は入鹿の妹である橘姫を后に立てたいと思っているのだ。橘姫を后にして皇子を産ませてその外祖父になるというのが、蝦夷子の謀叛プランらしいから、天智天皇を殺すとか宮中から追い出して自分が天皇になるというような物騒なことを考えてはいない。蝦夷子はこの線で一味を集め連判状まで作っているが、息子の入鹿にしてみれば「大甘な計画」だろう。しかし、蝦夷子は自分の計画を実行するため、藤原鎌足を宮中に呼び出そうとする。蝦夷子は、鎌足の家の宝である「鎌」を偽造させて、男子誕生を祈願する書き付けと共に春日大社の社殿へこっそり奉納させていた――「鎌足には、誕生の皇子の外戚となって天下を乗っ取る野心がある」との濡れ衣を着せるために。

その日、宮中に出仕していたのは、蘇我蝦夷子と中納言安倍行主《あべのゆきぬし》に大判事清澄、それと蝦夷子の家来である宮越玄蕃《げんば》。安倍行主は善人だが、蝦夷子館の段で入鹿の妻になっているのが彼の娘のめど（蓍《めど》＝植物名）の方であることが明らかになる。言ってみれば、蘇我蝦夷子ファミリーの中に大判事清澄一人がまじっているというところである。彼等は藤原鎌足の出仕を待っているが、そこへまず世を去った太宰の少弐《しょうに》の後室定高《さだか》がやって来る。

当主が死んだ太宰の家には男子がない。このままだと家が断絶してしまうから、一人娘の雛鳥に婿を取って継がせたいと、定高は願い出にやって来る。ここで太宰の家と大判事清澄の家が以前から不仲になっているという話が振られて、後の山の段へつながるのだが、出て来た定高は安倍行主に「その願いは、私が取り次いで、いずれかなえられるだろう」と言われると、それだけでさっさと退場してしまう。ここで定高の家と大判事の家が不仲になっている理由が語られるわけでもないから、「山の段の起点はここにある」ということ以外にはなにもない部分である。

定高が下がると、病中の天智天皇に代わって采女の局が現れ、藤原鎌足もやって来る。蘇我蝦夷子が鎌足を娘の前で糾弾し、屈辱を与えるという趣向である。蝦夷子は、あらかじめ仕立ておいた偽の鎌と願文を持ち出して、鎌足に「謀叛の心があるだろう」と追及する。鎌足はさして驚きもせず、《反逆の者あって。我を罪に落さん結構（プロット）。この悪党を見出すまでは。申しわけても詮なきこと。我はしばらく禁裏をさけ。いずれへなりと蟄居《ちっきょ》せん。》と言う。「病気」を理由にして参内することがなかった藤原鎌足は、またしてもどこかに籠って身を慎しむと言う。蘇我蝦夷子あるいは入鹿と正面から向き合うはずの藤原鎌足が表立った活躍を見せず、「いいところになると出て来て全部の功をかっさらって行く」というのはここである。

藤原鎌足は宮中を去り、采女の局は嘆いて、蘇我蝦夷子の高笑いだけが残るような大序は終わる。

大序はイントロダクションだからさして内容がないものだが、『妹背山婦女庭訓』の大序は、段取りだけが煩雑で内容がない。本来ならここにいて「大悪人」となるべき蘇我入鹿の存在が隠されているから仕方がない。

7

大内の段の次は、春日大社近くの春日野小松原の段で、ここから物語はようやく動き出す。この小松原には、春日大社に参詣して来た人間達の休息用にベンチ（床几《しょうぎ》）がいくつか置いてあり、そこに大判事清澄の一人息子で、《美男とも美童ともさた（沙汰＝評判）に聞えし角前髪《すみまえがみ》》と言われる久我之助清舟《こがのすけきよふね》が腰掛けている。吹矢の筒を持って小鳥狩りに来た久我之助は、折からの時雨で一休みをしていた。そこへ、定高の一人娘、雛鳥が腰元の小菊と桔梗を連れ、春日大社への参拝を終えてやって来る。

雛鳥は十六歳。「すごいイケメンがいる」と思って通りすがりに振り返ると、久我之助の方も雛鳥を見る。雛鳥はポーッとなって動けない。これに気がついた腰元の小菊は、「お疲れでしょ。お休みになったら」と、久我之助の隣の床几に腰を下ろさせる。《神の教《おしえ》のえにし（縁《えにし》）かと心の内の嬉しさに。雛鳥はたゞ清舟が。姿に見とれ余念なし。》ということになる。

人形浄瑠璃で恋をするのは女の職分だから、雛鳥は自身の職務を全うし、腰元の小菊と桔梗はこれを助ける。機転の利いたというか、色事のことをもっぱらに考えてしまう小菊は、久我之助の持っている吹矢の筒に目をつけ、《あなたの持てござる遠目鑑《とおめがね》のような物。ふしぎに思召すのである。

ぶしつけながらわたしがいて。借りましてお目にかきょう》と一人決めして——あるいはそうこじつけて、久我之助に声をかける。

　久我之助から吹矢の筒を借りた小菊は、《これをマァ御ろうじませ。雛鳥でも大鳥でも。アレあなたの吹矢を持て。くっしゃりと射なさるのじゃ。マァこの筒をちょっと握ってごろうじませ。どのようなところへでも。心よう届きそうな。長ァい物でござりますと。おどけ交りの恋の橋。》で、雛鳥に渡す。人形浄瑠璃は平気でエロチックな表現を用いるから、「吹矢の筒」に性的な意味を含ませ、そのように語るのである。久我之助もクソ真面目な堅物少年ではないので、小菊の言葉につい笑う。それを見た桔梗は、「ほらお嬢様、今がチャンス。告白なさんなきゃ」とプッシュするが、雛鳥は恥ずかしがって、「直接なんか言えないわ」とすねる。するとまたしても小菊が、「直接がだめならこの吹矢の筒を使って」と、この筒を二人の間の伝声管のようにして話をさせる。

　吹矢の筒に向かって、雛鳥がなにかを言う。これに久我之助がうなずいて、「じゃ、ＯＫだ」と思う腰元達は、雛鳥の体を久我之助に押しつける。昔の恋愛にはこういうサポーターがいたから便利だなというところで、くっつけられた二人は、もういきなり《扇を開き寄り添て。口と口とを鴛《おし》鴦《どり》のひったり抱付く》になってしまう。二人は扇子に隠してキスをするが、同じ時、春日大社には蘇我蝦夷子の家来の宮越玄蕃もやって来ていた。

　浄瑠璃ドラマのお定まりで、宮越玄蕃は雛鳥に横恋慕をしているから、いきなりの二人のラブシーンを見て大ずっこけの騒ぎを起こし、お互いに相手が何者かを知らないままの久我之助と雛鳥に、「相手が誰だか知っているのか！」と、二人の正体を教えてしまう。相手が不仲な家の子と知った久我之助と雛鳥は、《太宰の少弐と我が父とは。ゆえ有って遺恨《いこん》有る家。その息女とは夢にもしらずたゞ今の体《てい》たらく。そんならお前に添うことは成りませぬか。ハア、はっとばかりにはや涙。》となる。

雛鳥を我が物にしたい玄蕃は、「俺の言うことを聞くなら、ここでのことはなかったことにしてやる」と彼女に言うが、雛鳥側の答は「やなこった」で、都合のいい返事を待つ玄蕃の耳に吹き矢を吹き込んで、さっさと逃げ出してしまう。怒った玄蕃は後を追おうとするが、これを久我之助が止める。玄蕃と久我之助が争うところへ、久我之助を探していた侍達が走り寄って、「采女の局が宮中から出奔して行方不明」ということを告げる。

事態の緊急性を理解せず、時雨の中で小鳥狩りをしていた久我之助は采女の局の世話係——傅《かしずき》なので、侍達は久我之助の行方を探して指示を仰ごうとしていた。久我之助は、侍達に「手分けして采女の局の行方を探せ」と言い、「いいことを聞いた」と思う宮越玄蕃は、蝦夷子の館へご注進に向かう。後に残った久我之助も采女の局の行方を探そうと動き出すと、暮れかけた小松原に采女の局がやって来るのに遭遇する。

「なぜ御殿を抜け出すなどということをなさいます」と問う久我之助に、采女の局は「私は出家をしたいのだ」と言う。采女の局の言葉によれば、「威勢盛んな蘇我蝦夷子は、娘の橘姫を后に立てたがっていて、私＝采女の局が邪魔なのだ。私が邪魔だから、難癖をつけて父の鎌足を宮中から遠ざけた。天智天皇が私をご寵愛になればなるほど、よいことにはならない。誠実な入鹿の大臣も父の蝦夷子を諫《いさ》めかねて、邸の中に籠るようになってしまった。みんな私のせいだから、私が身を引いて、行方を晦《くら》ました父の居場所を尋ねて出家をしたい」である。

鎌足といい采女の局といい入鹿といい、天智天皇の宮廷にはネガティブ思考の人間ばかりだが、久我之助も「仰せとあれば逃亡のお手伝いはしますが」のネガティブ志向である。久我之助は、時雨の中で小鳥狩りをするために身に着けていた簑と笠を采女の局に着せて農民に変装をさせ、いずこともなく去って行く。そうして春日野小松原の段は終わって、蝦夷子館の段へ移る。

8

前段の三日後で、時雨の空は雪に変わっている。蘇我蝦夷子は《三条の御所》と言われる広大な館の一室に女達を集め、《女小姓を肉屏風《にくびょうぶ》》ということにして雪見の宴を楽しんでいる。しかし、館の中にはそれと不似合いな鉦《かね》の音も響いている。父親の悪心を諫めたいと思う蘇我入鹿が誓いを立て、生きながら埋葬をされようとする、まさにその日なのだ。入定《にゅうじょう》を決意した入鹿は、秋の頃から百日間の修行を続けていた。蝦夷子にとってはさぞかしイラつく毎日だったろうが、それが満願になった今日は、大きな顔をして僧達がやって来る。これを不快に思う蝦夷子は、「図々しい僧達の首を刎ねろ。さもなければその頭を奴風《やっこ》に剃り上げろ」と言う。

今更坊主頭を「奴風に剃り上げろ」もないから、この僧達は有髪の僧なのだろう。眼目は「僧侶という身分を引っくり返して混乱させる」で、天智天皇を逐った蘇我入鹿が天皇のように振舞う『妹背山婦女庭訓』では、各段に政変後の混乱を示すおかしみが登場する。二段目の芝六住家では、天智天皇に従ってこの貧乏所帯にやって来た公家や官女が、ドテラを着たり紺の前垂れ掛けでウロウロする。三段目の定高館では、定高の館へやって来た入鹿の子分によって、職人や商人や芸者に受領《ずりょう》――ここでは名誉の官名を授ける行為――が行われる騒ぎがあり、四段目の三笠山御殿では、ドテラに木綿の弁慶縞の格子の長裃《なががみしも》という、俗とフォーマルを混乱させた形で漁師の鱶七《ふかしち》がやって来る。「人か魔か」と思われるような蘇我入鹿が天下を支配して、まともな善人達はその恐怖政治におののいたりもするけれど、その一方で作者の近松半二は、その混乱を「おかしいもの」と捉えてもいるのである。「坊主の髪形を変えろ!」も、そうした趣向の一つなのだ。

僧達が騒ぎ立て、頭を剃られて去った後には、久我之助が正装の長裃を着けて雪の中をやって来る。久我之助は、采女の局の都脱出を助けたはずだが、いつの間にか「采女の局は猿沢の池に身を投げて死んだ」ということになっている。蝦夷子はその真偽を確かめようと思って久我之助を呼んだのだが、どういうわけか、久我之助は大仰な正装をしている。それを見て蝦夷子は、「采女の局を死なせてしまった責任で大判事に勘当された久我之助が、わざわざ改まった恰好でやって来たのはなぜだ」と考える。「なぜだ」と蝦夷子に問われ、前段のありようとは大きく異なってしまった久我之助は、《親もなく主君もなく独立《ひとりだち》の私。若輩ながら蝦夷子公へ。奉公の義願い上げ度《た》く。君と敬うこの礼服》と言う。

蝦夷子はこれを疑わないが、彼は久我之助一人ではなく、父親の大判事も共に家来として従えたいと思っているので、簡単に「よし」とは言わない。蝦夷子は「大判事に言って、お前の勘当を解かせてやろう」と言うが、久我之助は《コハ仰せとも存ぜず。》と、異を唱える。《親大判事が気質として。一旦申し出せしこと翻らぬ鉄石心《てっせきしん》。勘当も赦さず。元より二君に仕えぬ所存。》と言う。

蝦夷子が《その口ごわき大判事。蝦夷子が幕下《ばくか》に付けて見しょう。》と言うと、《親清澄得心致さば。その上もなき仕合わせ。所詮私一人の奉公が相叶わずば。とや角申して益なきこと。先《ま》ずお暇《いとま》》と答えて去ろうとする。蝦夷子を試すような口のきき方をする久我之助は、一筋縄で行くような人物でもない。後になってはっきりすることだが、『妹背山婦女庭訓』の中で一番筋を通してしっかりしている人物は、この前髪立ちの美少年、久我之助なのである。

それを知ってか知らずか、蝦夷子は、家来の宮越玄蕃と荒巻弥藤次《あらまきやとうじ》に言って、雪の庭に降りて去って行こうとする久我之助に切りつけさせる。それが久我之助の腕前を見ようとしてのことなのか、油断させて殺そうとしているのかは、本文を読む限りでは分からない。

刀をかわされた玄蕃と弥藤次は再び切りかかり、これを避けようとした久我之助は、庭の飛び石を取ってこの刃を受け止める。すると、その飛び石がなにかのスイッチになっていて、館の天井から鉄製の網が下りて来る。舞台上に不気味な雰囲気を醸出する以外に意味不明の金網は、久我之助が庭石を元に戻すと天井に消える。こんな仕掛けを作ったり久我之助に切りつけさせたりする蝦夷子の胸の内が分からないのは、なにかを計画したままの蝦夷子がすぐに死んでしまうからで、久我之助もしょうがない、「この邸にはなにかがあるな——」と思って去って行く——だからと言ってどうなるわけでもないが。

久我之助が去ると、今度は娘の橘姫と入鹿の妻のめどの方が蝦夷子のところへやって来る。二人は、普通の言葉で言えば「自殺」である入鹿の入定を止めてほしいと、蝦夷子に訴える。蝦夷子は、嫡男の入鹿を味方にして家の栄えを考えていたのだが、入鹿にこれを拒絶されてから不仲になっている。だから蝦夷子は《仏法という天竺外道の術に帰依し。》云々と入鹿を罵り、嫁と娘の言うことを聞こうとはしない。歴史の上で蘇我氏は仏教推進派だが、ここでそんなことは関係ない。家長の絶対権力には抗しようもないと思う橘姫もあきらめて、「もう酒宴のお邪魔はいたしません」と言い、女小姓を連れた蝦夷子は座敷を替えて酒盛を続ける。

　後に獅子奮迅の働きをする橘姫は、それなりにしっかりした娘だから、「父親に言っても無駄だ。私は宮中へ行って知り合いの内裏女房に頼み、兄上のお心を翻してもらうようにします」と、宮中へ行ってしまう。もちろん、先程の久我之助の件《くだ》りがどうともつながらないのと同じで、館を出た橘姫のエピソードも、尻切れトンボのまま。分かるのは、橘姫がしっかりした女だということだけである。

　橘姫の去った後で、一人残されためどの方は雪の庭に下り、死を決意した夫を思って、《エヽ心ないこのなかで雪見の酒宴どころかい。》と、舅蝦夷子のありようを嘆く。序段で唯一のしっとりした浄瑠璃らしい部分である。そこへ蝦夷子が一人で戻って来て、「お前は入鹿のことでなにか知っているな」とめどの方に言う。蝦夷子は、既に謀叛の一味の連判状を入鹿に渡していて、死を決意した入鹿がその連判状をめどの方に預けているのではないかと思っている。

　めどの方は善なる安倍行主の娘でもあるから、蝦夷子は、《所詮生けて置かれぬやつ。いうても殺す。いわいでも殺す。》と刀を抜いて、「連判状のありかを言え」とめどの方に迫る。なにしろ《いうても殺す。》なのだから、哀れなめどの方はすぐに切られてしまう。めどの方は連判状を持っていて、苦しみながら懐中のそれを火鉢の中に投げ込むと、火柱がパッと上がる。めどの方の持っていた連判状は、実は偽せ物で、「蝦夷子が本当にギルティだと知れたら、火に投げ込んで狼火《のろし》を上げろ」と、父の行主に言われていた物。

　一命を犠牲にしためどの方の放った狼火を合図にして、勅使となった安倍行主と副使の大判事清澄がやって来る。入り組んだ蘇我蝦夷子のエピソードももう終わりに近い。安倍行主と大判事清澄は、「謀叛の計画は明らかである。証拠の連判状はこっちにある。館はもう兵に取り囲まれている。おとなしく刑に服しなさい」と言って、切腹用の短刀を三方に載せて蝦夷子に渡す。蝦夷子はこれを手にして腹に突き立て、《エヽ無念口惜や。仕込みに仕込みし我が大望。現在の悴《せがれ》入鹿が手より洩れたるは。我が運命の尽きる所。さりながらこの蝦夷子世を去らば。見よ〳〵たちまち天地常闇《とこやみ》。かたわ者の帝を始め。月卿雲客《げつけいうんかく》思い知れ》と罵りながら死んで行く。

介錯役の大判事が蝦夷子の首を刎ねると、それを合図とするかのように、どこかから矢が飛んで来て、安倍行主を絶命させる。入り組んだ前置きはようやく終わって、茫々《ぼうぼう》の髪に墨染めの麻衣を着た蘇我入鹿の登場である。矢を放ったのは入鹿で、驚く大判事に「病気というのは偽り、父の蝦夷子を諫めていたというのも偽りで、実はトンネルを掘って宮中の宝蔵から十握の剣を盗み出していた」と告げる。蝦夷子の家来だったはずの宮越玄蕃や荒巻弥藤次もいつの間にか入鹿の家来になっていて、矢を番《つが》えて大判事を包囲する。「味方になれ」と迫られた大判事は、《大悪不道の入鹿が行跡《ふるまい》。こゝぞ大事と大判事。心を定め低頭平身。時を得給う大臣に。いかでか違背《いはい》申すべし。我が君と仰ぎ奉る》と言って、天智天皇の内裏へ侵入する蘇我入鹿の先導役となる。入鹿が父以上の大悪人である正体を顕して序段は終わるのだが、ここまで延々と書き進めて、私はすっきりとしない。蘇我入鹿が蝦夷子以上の大悪人だったという意外性を伝えるためのドンデン返しだが、これが効果的に働いているのかと、疑うからである。

同じ近松半二の作でも、観客を騙すドンデン返しを連続させる『本朝廿四孝』なら、観客を騙し続ける爽快感とスピード感がある。しかし『妹背山婦女庭訓』はそうした作ではない。本篇の中心軸は蘇我入鹿であるということを言い出すのに、もったいをつけているだけのようにも見える。話の展開上からは、久我之助が蝦夷子の館へやって来る件りや、めどの方が安倍行主の娘であるという設定は不要でもある。「入鹿の方が実は大悪人だ」というドンデン返しがあって、そうなってそれ以前のストーリーに正しい整合性があるのかどうかも疑問である。だからこそ私は序段——ことに切り場の蝦夷子館の段に余分なものが多いような気がするのだ。はっきり言ってしまえば、ややこしい段取りを続けたりせずに、大悪人の正体を顕した入鹿が、「馬鹿奴《め》！」の一言で父蝦夷子を殺して主役の座に着いてしまえばいいのである。

ある意味で、親殺しは天下の大悪人にふさわしい——現代の我々ならそう思うが、江戸時代の人間達にとっては、謀叛という国事犯なんかよりも、親殺しの方が身近であるゆえに、遥かに由々しい犯罪になるのだろう。

江戸時代の人間達にとって、謀叛だの「天下を望む」などというのは、自分達とはなんの接点もない話である。だから、歌舞伎の世界では国事犯クラスの大悪人がスター化され、英雄になる。しかし、親子の関係というのはそういうものではない。だからこそ江戸のドラマには「悪い親を持ったことで苦しむ子供の話」がやたらと登場する。義理の親であっても、いやな親は「さァどうだ、逆らえないだろう」というじめ方をする。「親」という非常に大きな枷《かせ》がかかっているがゆえに、善なる主人公は苦しむのである。『本朝廿四孝』はそこを衝くドラマである。

親殺しというのは、どうあっても突破出来ない——観客の共感を呼ぶことのない究極のタブーなのだ。だからこそ、さすがの蘇我入鹿も、父親だけは殺せない。作者にややこしい段取りを設定してもらって、蝦夷子に自滅してもらうのを待つしかない。蝦夷子館の段では、あまりにも多くの段取りが、蝦夷子の死と共に無用のものとなる。それが大ドンデン返しであるのなら、入鹿が登場することによってなんらかのカタルシスが得られるはずではあるけれど、そうではなくて「やっと始まるのか――」と思われるようなしんどさがある。肝腎の切場がドラマになるよりも、ただの段取りを追う説明になってしまっているというところが、『妹背山婦女庭訓』の新しさであり、変わりようのない転回点に行き着いてしまったものの哀しさでもある。先へ進めば分かることだが、この段取りだらけの蝦夷子館の段がなくても、『妹背山婦女庭訓』の物語は、すんなりと、そしてある意味ですっきりと、続いて行くのである。

9

序段が終わって、二段目の最初は猿沢の池の段である。序段が終わっての二段目だから、何日か日数が過ぎてもいいのだが、時間的には、蝦夷子館の段の終局部と重なっている。「入水した」と言われる采女の局を慕って天智天皇は猿沢の池へとやって来るのだが、それは入鹿が宮中侵攻のために自邸を出たのと入れ違いなのだ。

幕が開くと猟師達が現れて、仲間の芝六がなにか大きな獲物を狙っているらしいという噂をして去り、そこに天智天皇を乗せた牛車がやって来る。

《世のうさは。尊《たか》き卑《ひく》きも亡魂《なきたま》の雲隠れせし思い人。采女の局の跡慕い。勿体《もったい》なくも万乗《ばんじょう》の。帝の歎き浅からず御所を忍びの夜の鶴。君とはさらに人知らず。舎人《とねり》にも武官にも。たゞ官女のみ道案《あ》内《ない》。池の辺《ほと》りへ御車の。きしる音さえ物淋し。ことに目盲《めしい》の君なれば哀《あわれ》も勝る御姿。》

お忍びの天智天皇が車から姿を現し《この辺りが猿沢の池なるか》と尋ねると、お供の官女は《この間久我之助清舟奏聞《そうもん》申せし通り。采女様入水の跡。猿沢の池にて候》と答える。いつの間にか「采女の局の入水」は定まっていて、天智天皇が彼女への思いに耽っていると、勅勘《ちょっかん》を受けて浪人中の藤原淡海がこれを見かけて声をかける。

淡海は、蝦夷子の暴虐で父鎌足が宮中を遠ざけられ、天智天皇の病もよくなっていないままだと聞いていたので、偶然出会ったのを幸いに、天智天皇の身辺を守るためもう一度仕えさせてほしいと訴える。これに天智天皇は、「入鹿の忠義によって蝦夷子の謀叛が顕れ、今、安倍行主が蝦夷子邸に向かっている」と言う。前段で明らかになっていることが、時間を溯って同時進行形で繰り返されるドラマ展開が、新しいと言えば新しい。

由々しかるべき事態はすぐに打開されるはずと思い込んでいる天智天皇は、藤原淡海の勅勘も赦すが、そこへ宮中から人が駆けつけて、入鹿の宮中襲撃と占拠を報告する。天智天皇はうろたえ嘆くが、「ちょっと行って様子を見て参ります」と言った藤原淡海は、天智天皇が視力を失っているのをよいことにしてすぐ戻り、「諸国の兵が宮中を取り巻いて入鹿を退けました」と虚偽の報告をする。天智天皇は安堵し、「それではお戻りを――」とうながした淡海は、天智天皇の車をどことも知れぬ方へと運んで行く。この段で、春日野小松原の段の後に起こったことがすべて説明されてしまうので、そこからすれば蝦夷子館の段はなくてもいいのだ。

既に存在しているものを「なくてもいい」などと断じ去るのもどうかと思うが、そもそも『妹背山婦女庭訓』という作品は、人形浄瑠璃に特有の粘着力のある人間ドラマを展開するような作品ではない。だから私はこの作を「好きでよく出来た作品とは思うが、名作や傑作ではない」と言ってしまうし、だからこそ人形浄瑠璃の常識にはずれて、劇的なクライマックスを見せて完結するはずの序段の切がそうならず、二段目の口の猿沢の池の段にまで話を持ち越しているのだと思う。もちろん私は、これを『妹背山婦女庭訓』の欠点だとは思わない。人形浄瑠璃最後の時代に生まれた作品の特徴だと思う。粘着力のある人間ドラマの希薄さは、この後の芝六住家の段でも変わらずに続く——。

10

猿沢の池の段に続く葛籠山鹿殺しの段では、猟師の芝六と息子の三作が登場して爪黒の鹿を射止める。しかし観客は、この親子がなぜ禁断の鹿を射止めようとしているのかを知らされない。次の芝六住家の段になってから、天智天皇の牛車が向かった先がこの芝六のボロ家で、藤原淡海が彼に「爪黒の鹿の生き血を取れ」と命令していたことが明らかにされる——それをなにに使うかはまだ明かされないが。

「神の使わしめ」と思われている鹿を殺せば大罪人になる。葛籠山鹿殺しの段でも三作に、《鹿を射るは所の法度《はっと》。お前の身に難儀が出来ては。かゝ様やわしが身は。どうしましょう》と言わせている。爪黒の鹿を殺した芝六の家に愁嘆の大ドラマが展開されるのは目に見えているが、ここもまた大悲劇と言うよりは、「大悲劇であることの段取りを見せるドラマ」になってしまっている。近松半二は、こうした大悲劇をどこかで「古臭いもの」と思っているのだろう。だから正面から扱わずに、ややこしい条件を付けてこれを解きほぐすことをドラマの目的にしてしまっている。

芝六にはお雉《きじ》という妻があって、三作と杉松という二人の男の子がいる。お雉は再婚で、三作は蝦夷子のために破滅させられた先夫の子。死んだその男の友人だった芝六——かつては藤原淡海に仕えて玄上太郎利綱《げんじょうたろうとしつな》と名乗る武士だった男が、お雉と三作を引き取り、後に杉松という次男を得たことになっている。三作は義理の父に養育される恩を感じているから、「鹿殺しの犯人を探している」というお触れが辺りを宰領する興福寺から村経由で回って来ると、芝六の身替わりになろうとして、「犯人は三作です」という訴人の手紙を書いて弟を使いに出す。三作と杉松の年齢差は、中学生か小学校高学年の兄と、小学校低学年の弟というところである。

その一方で、芝六の家には「ここに天智天皇の一行がいるはずだ」と言って、捕手が踏み込んで来る。捕手はそばにいた三作を捕え、「正直に白状しないとこいつの命はないぞ」と脅す。三作を大事と思う芝六は、これに少し動揺して、「庄屋様の所へ行って話せば分かるはず」と言って、捕手と共に家を出て行く。この捕手は、芝六がどれだけ信用出来るかを試そうとして近くに身を隠していた藤原鎌足が送ったものなのだが、このゴタゴタの中で芝六住家の悲劇を構成する中心軸がうっすらと明らかになる。鹿殺し云々よりも、義理の親子の芝六と三作が互いに相手を大切だと思っていることが、ドラマの芯なのである。

芝六の動揺する姿を見た淡海は、「芝六は信用しにくい、この家を出なければならない」と言うが、お雉は「芝六が裏切ったら私が殺します。待って下さい」と訴える。そこへ杉松に案内された役人が興福寺からやって来て、三作を捕えて去って行く。夫の留守に災難はお雉の上に降りかかって大パニックになるが、そこへ帰ってきた芝六は上機嫌で、「なにも心配することはない。夜が明けたら、鎌足様がこの家に来る。明日になったら元の侍に戻って、三作も侍の子だ」と言う。

　芝六は、「三作、三作」と呼ぶが、三作は出て来ない。どういうわけかお雉は三作が捕えられたことを話さず、二人は「もう遅い」と言って眠ってしまう。やがて夜明けの鐘が鳴って芝六が布団をはねのけて起きると、中は血みどろで、芝六に抱かれて眠っていたはずの杉松が、実の父に刺し殺されている。話の展開に無理があるから、ここら辺の状況をきちんと説明するのはむずかしい。

「夜が明けたら鎌足が来る」と、芝六は淡海に聞かされているが、その鎌足はどういうわけか、「芝六は信用出来るのか？」と考えて偽の捕手を送る。それに気がつきながらも芝六は、「三作を人質に取られて動揺した俺を、淡海様は疑っているのだ」と考えて、「実の子が殺されても、天智天皇を匿っていることは他言しません」ということを実証するために杉松を殺す。考えてもよく分からない話で、鎌足と淡海父子の連繫はどうなっているんだと言いたくなるが、ドラマの軸は「禁忌の鹿殺し」にではなく、「元の武士に戻れれば三作のためにもなる」と思う芝六の心にあるのだ。しかしその三作は鹿殺しの犯人として捕えられ、夜明けと共に殺されることになっている——このことを知らされて芝六は大パニックになるが、そこへ鎌足一行が現れて、急転直下の解決になる。はっきり言って、なにがどうなっているのか分からない、意想外の「急転直下」ではあるが。

　天の岩戸の神話を連想させるように、鎌足は娘の采女の局を連れて岩陰から現れる。采女の局は八咫の鏡を捧げ持ち、その後から裃姿に改めた三作が八尺瓊の勾玉を持って続く。鹿殺しの犯人の刑は、地面に穴を掘ってそこに犯人を入れ周りを石で埋めて圧迫死させる石子《いしこ》詰めの刑だが、その刑執行の場所から不思議な光が差していて、掘ってみると行方不明の三種の神器の二つが出て来たという。「天智天皇の眼病は鏡が穢されたせいである」ということになって、天智天皇の眼病は治る。天照大神の姿を映した鏡が岩陰から現れ、夜明けと共に天智天皇の目にも光が宿るという形の、天の岩戸神話の写しである。

「なくなった三種の神器の二つが、三作を処刑するための場所から出て来たのは、三作の命を助けよという神のお告げである」ということになって三作も助けられる。辺り一帯を宰領する興福寺は藤原氏の氏寺だから、その大檀那である藤原鎌足はここでスーパーな力を発揮出来るということになるのかもしれないが、そこで取り残されるのは、芝六に殺された杉松と、その生みの母であるお雉の嘆きである。

芝六は、「死んだ友の忘れ形見」という理由で継子の三作を愛しているとしか思えない。しかしお雉にとって、二人の子供はどちらも腹を痛めた子供である。三作を助け武士に取り立てた鎌足は、《鹿を殺せし春日の掟。同じ血脈《ちすじ》の弟が。死骸を埋み刑罰の。表を立てゝ菩提のため。印の石のその上に。撞鐘一字《つきがねいちう》は鎌足が。改めて建立せん》と言うが、それでお雉は納得するのだろうか？　納得するもなにも、作者の筆は、杉松が殺されているのを知ったお雉が《ヤァ杉松をむごたらしい。酔狂《よい》いか乱心かと。涙もいっそ狼狽《うろたえ》て咽《のど》へ流るゝ。呆れ泣き。》と書いただけで、その後で彼女が事態をどう捉えるのかをまったく無視している。芝六がどうして杉松を殺さなければならないのかも、実のところよく分からない――と言うか、無理な設定で、強引な「子殺し」を芝六に実践させていて、すべては「あっと驚くラストへ至る無茶な段取り」としか思えない。

芝六によって殺された杉松は、家族の誰からも「可哀想」とは言ってもらえず、母親のお雉はその子の死を改めて悼み悲しむということもさせてはもらえない。男達の都合だけでドラマを組み立てる近松半二は、こんな風にも女に冷たい。『妹背山婦女庭訓』二段目の切の芝六住家の段は、それなりの大曲で上演時間も長い。しかし、これを観たり聴いたりしても「ヘヴィなドラマを体験したな」という実感がない。いろいろな内容を詰め込んだ作者に、「さァ、これでうまくまとまったでしょう」と言われているようで、感動に乏しい。その点で現代的ではあるのかもしれない――見た目のスペクタクル重視で、ドラマがどこかで軽視されているという点で。

11

この本の最後を飾るのは、『妹背山婦女庭訓』三段目の切――山の段である。山の段の前には、三段目の口である定高《さだか》館の段と花渡しの段があって、定高館の段は前にも言ったように大騒ぎのチャリ場で、花渡しの段は山の段の悲劇の発端を作るものだが、この定高館の段も花渡しの段も、「蘇我入鹿一行にやって来られてしまった太宰《だざい》の少弐の後室定高の館での出来事」だから、その色合いは大きく違っても本来的には同じ一場の話である。

季節は、それまでの冬とは打って変わった花盛りの春。大騒ぎの定高館の段が終わると花渡しの段になって、定高とは不仲の大判事《だいはんじ》が入鹿に呼ばれ、彼女の館へやって来る。

二人の不仲は個人的な感情の対立によるものではなく、太宰の少弐生存中に起こった領地争いによるものだが、不和は不和である。だから大判事清澄《きよずみ》が自分の邸へやって来たのを見た定高は、喧嘩腰でこうふっかける――。

《珍らしや大判事殿。太宰の少弐が跡目を預るわらわが座敷。挨拶もなくお通りは女と思い侮ってか。たゞし武家の礼儀御存じなくば。ちっと御伝授申そうかと。詞の非太刀《ひたち》裲襠《うちかけ》捌《さば》き。》

大判事の方も負けてはいない――。

《少弐存生《ぞんじょう》より領地の遺恨により。この屋敷の内へは今日まで。足踏みもせぬ大判事。入鹿公のお召に寄って参ったは。勅諚《ちょくじょう》を重んずるゆえ。皇居の間へ出仕の心。女童《わらべ》に用なければ。挨拶する口は持たぬ。》

ところでしかし、人形浄瑠璃のドラマというのは、「――と思わせておいて、実は違う」という意外性を発動させるものなのだ。『妹背山婦女庭訓』が「蘇我蝦夷子が大悪人と見せて、実は息子の入鹿の方が悪の首魁《しゅかい》」で始まるのもそれで、だからこそ、定高と大判事が「会えば喧嘩を始めるような仲」であっても、これが本当かどうかは分からない。仲の悪いふりをしているだけかもしれないのだ。それで、喧嘩する二人の前に現れる入鹿も、「その不仲は嘘だろう」と断じてしまう――。

《ハヽヽヽイヤ工《たく》んだり拵《こしら》えたり定高が領分大和の妹山。清澄が領地紀の国背山。隣国境目の論に寄り。互に確執せしとは表の見せかけ。内々《ないない》には申し合わせ。古主《こしゅう》の帝へ心を通わす儕《おのれ》らと。我が眼力に違《たが》いはせじ。》

結論を先に言ってしまえば、これは入鹿の邪推で、定高と大判事の不仲は本当なのである。ところがしかし、この不仲な両家の親は、「お前んところの子供とウチの子供を結婚させるなんてありえない！」とは言わない。その以前に自分達の子供同士が恋仲になっていることを知らないのだ。男の大判事は息子の恋愛状況をまったく知らない。女の定高は、娘が恋をしていてその相手が久我《こが》之助《のすけ》であることを、どうやら承知している。しかし、そのことで激怒したりはしない。大序の大内の段に登場した定高は、男子を持たない自家の断絶を恐れて「雛鳥《ひなどり》に養子を迎えたい」と願い出た

――その点で言えば、大判事家の一人息子である久我之助と雛鳥の結婚なんかは論外であるはずなのだが、しかし定高はそういうことを問題にしようともしないのだ。

定高の館にやって来た入鹿が大判事を呼び寄せたのは、采女の局の行方を知らんがためである。采女の局を自分の后にしたいと思う入鹿は、「采女の局が死んだのは偽りだ」と考えて、大判事の息子の久我之助が采女の局の傅《かしずき》だった以上、久我之助はその行方を知っていようし、父親の大判事も知っていようと考える。自分が定高の邸にやって来てそこへ大判事を呼び出した目的は、定高に大判事を詮議させて采女の局の居場所を白状させるためだった。ところがそれをする前に、顔を合わせた二人は喧嘩を始めてしまったから、現れた入鹿は、「お前達の不仲は嘘だろう」と言う。入鹿がそれを言う根拠は、「不仲だということにしているが、お前達の子供はこっそり関係を持っているではないか。お前達が黙認しているからだろう」である。

ところが定高はさておいて、大判事は息子のしたことをなにも知らない。だから大判事は、入鹿の口から久我之助のしたことを聞かされて、即座にその場を立とうとする。その理由は、《親々が不和なる仲を存じながら。忍び逢う悴《せがれ》が不所存《ふしょぞん》。引っ捕えて吟味せねば。子供が縁を幸《さいわい》に和睦せしといわれては。我が家の恥辱となる。》である。この辺りは、大判事がいかなる人物であるかということを端的に示している。

大判事は重い役で、歌舞伎で『妹背山婦女庭訓』を上演するとなったら、座頭級《ざがしら》の役者が演ずるものである。そしてそういう役は、浄瑠璃ドラマのあり方からすると「物事の裏の裏まで見通している深い洞察力のある人物」なのだ。しかし、大判事にそういう性格はない。蝦夷子館の段では、大悪人の正体を現した入鹿に脅されて、これに従う家来になっている。藤原淡海を中心に進められている「二種の生血採取プロジェクト」にも関わっていない。入鹿に臣従すると見せて入鹿を倒す機会を窺っているという形跡もない。「采女の局が自殺してしまったのはお前の責任だ」として久我之助を背山の別荘に蟄居《ちっきょ》させ、体面を取り繕うことしか考えていない。『妹背山婦女庭訓』が「男らしさ」とか「武士の本分」というものが形骸化した時代に登場した作品だとは既に言ったが、大判事清澄という重い役は、実は「偉い武士の形骸化」を表すような役なのである。花渡しの段に続く山の段は、紛れもない名作だと思うが、そこに描かれる悲劇は従前のものと違って新しい――その展開は、大判事清澄を「重いけど情けない、情けないが重い」というように設定した結果に生まれたものなのである。

大判事は息子のことをなにも知らないが、定高は娘の恋愛事情を薄々知っている。にもかかわらず、血相を変えて座を立とうとした大判事の言葉を受けて、《オヽそりゃ此方も同じこと。一旦は武士の意地。今さら仲が直りたいばかりに。娘にわざと不義させしと。世上の人にさみ（軽蔑）せられては。過ぎ行き給う夫へ立たぬ。》と言う。大判事より定高の方が、ずっとしたたかなのである。

定高にも大判事にも、入鹿に対する忠誠心などない。我が身我が家を守るため、仕方なしに従っているだけで、二人共入鹿への嫌悪感を抱いている。もちろん、本篇の主人公である蘇我入鹿はそれを知っていて、うろたえ騒ぐ大判事と定高に向かって、《私の趣意に立ち騒ぐ尾籠《びろう》やつ。儕《おのれ》らが悴の不義を吟味はせぬ。丸《まろ》が尋ねるは采女が有家《ありか》。サァいずれからなりと早くいえ。》

マッチョで現実主義者の入鹿は、自分の家来達の胸の内なんかに関心がない。「逆らったな」と思ったら殺してしまえばいいからである。だから、口を揃えて「采女の局の行方は知りません」と言う定高と大判事に向かって、「そう言う身の潔白を証明したければ、二人の子供を差し出せ」と言う。「雛鳥は側妾《そばめ》に、久我之助は身近に置いて召し使う」ということだが、采女の局を逃がした久我之助が無事でいられるという保証などない。しかし、当の子供達がこの命令を拒否したらどうなるのか？——そのように大判事と定高は入鹿に問う。うっかりすると聞き流してしまうところだが、二人の親は、天皇にも等しくなってしまった入鹿の命令に子供達が従わない可能性を考えて、「入鹿の命令は絶対で、それに従う親の命令も絶対だ」などという押しつけをしたりはしない。子供達の自主性を尊重していて、その上で「子供達が従わなかったら？」と言っているのである。三段目切の山の段はこの設定を受けているのだが、私は浄瑠璃のドラマとしてこの設定は新しいと思う。

入鹿は子供の自主性なんかなんとも思っていないから、「子供達が従わなかったら？」の問いに対してこう答える——《オヽいうにやおよぶと傍《あたり》なる生け置く桜の一枝おっ取り。得心すれば栄える花。背くにおいてはたちまちに。丸が威勢の嵐に当て。まっこの通りと欄《おばしま》（欄干）に。はっしと打ち折り落花微塵《みじん》。はっとばかりに親の。心もともに。散乱せり。》

結構なことを言っているわりに、定高も大判事も小心で、そこのところが近代的を通り越して現代的でもある。かくして二人は子供達のいる妹山と背山にそれぞれ向かうのだが、入鹿は更に荒巻《あらまき》弥藤次《やとうじ》を呼んで、《汝は百里照《ひやくりしよう》の目鏡《めがね》を以て。香具山の絶頂よりきっと遠見を仕れ。》と言う。天の香具山から妹背山まで十キロばかりの距離があるから、「ホントに望遠鏡で見えるのか？ 見えたとしてもなにを言ってるのかまでは分からないから、見張りにならないじゃないか？」とも思うが、荒巻弥藤次がなにを見張っているかは、次の山の段で明らかになる。妹背山へ向かう定高と大判事は桜の枝を持っている。その桜を満開のまま川に流せば入鹿の命を受け入れる印になり、花を散らして枝ばかりにして流すとＮＯの印になるということになっていて、荒巻弥藤次はこれを見張ろうとするのである。

定高と大判事が持つ桜の枝が入鹿から渡されたものであることは間違いなく、「花が咲いたまま川に流したらＹＥＳ」云々も、その時に入鹿から指示されたに違いないのである――だからこそ「花渡しの段」と言われるのだが、しかし丸本《まるほん》のテキストには、そんな記述がない。入鹿の行為からすれば「花散らしの段」でもあろうけれど、そもそもここに「花渡しの段」という命名はなかった。

一体どうして、山の段へ続く重要な布置――「花渡し」が欠落しているのか？ 私はそれを「大曲ではあるにしろ山の段が脇筋だから」と考える。自分の持っている桜の枝を欄干に叩きつけて花を散らした入鹿は、花渡しの段の詞章に従えば、桜の枝を定高と大判事に渡すことなく、《もし少しでも用捨《ようしゃ》致さば両家は没収《もっしゅ》。従類までも絶やするぞ。性根を定め早行け》と言って二人を妹山と背山に向かわせるのだ。しかしそれでこの段は終わらない。定高と大判事が去ると鎧武者が登場して、「奈良の周辺各地に反乱軍が現れ、我が軍はこれを一度は鎮圧したが、その後に敗北してしまいました」と告げる。これを聞いた入鹿は恐れもせず、高笑いの末に「馬引け！」と命じて自ら戦場へ進んで行く。だから、花渡しの段の段切れはこうである――。

《その馬引けと広庭へ引き出させ。欄より。ひらりと打ち乗り。名馬の勇み。手綱かいくりしと〳〵〳〵。轡《くつわ》の音はりん〳〵〳〵。綸言《りんげん》誰《たれ》か背くべき。大地狭しと馬上の勢い。刻む蹄《ひづめ》も街《ちまた》の

冴《こだま》。いさうれ（さァ！）。まっと出陣の駒を。早めて。駆《かけ》り行く。》

なにも知らずにこれを読めば、カッコいい英雄の勇壮な出陣である。段切れの決まりとして、「出陣の駒を早めてェ、エエ、エエエエー」と勢いよく謳い上げるのだから（最後の《駆り行く》は次の山の段の冒頭に回される）、なおさらである。

入鹿が花の枝を渡し「これをこのような合図にせよ」と、山の段への連結を明確にすれば、山の段の印象が強くなりすぎる。だからこそその代わりに入鹿の出陣シーンでこの場を締める。『妹背山婦女庭訓』全段の主役が蘇我入鹿で、完成度の高い大曲であっても、山の段はその脇筋だというのは、このことによっても明らかだろう。

12

ようやく山の段である。

幕が開くと舞台の上に桜の吊り枝。花の盛りの吉野山を背景にして上手が大判事家の別荘のある背山、下手が雛鳥のいる太宰の家の別荘——そのど真ん中に、白と銀と青の濃淡で描かれた吉野川が流れている。ここには滝車《たきぐるま》という舞台装置が使われていて、ドラマの進行状況に従ってこの川はいいいい流れるのである。これを歌舞伎で上演すると、舞台下手寄りの本花道の他に、上手寄りにも仮花道が設けられ、これが妹山と背山へ至る吉野川の両岸になる。だから二つの花道に挟まれた一階席の観客は「吉野川の中から舞台を見る」ということになる。そういう空間設定を可能にする舞台面である上に、この場に限って太夫と三味線は、妹山の側と背山の側の両方に一組ずつ出る。「両床《りょうゆか》の掛け合い」という演出だが、太夫と三味線のいる床が二つあるということは、その音色が違っているということである。

大判事と久我之助親子の男所帯を語る背山の側の床は、豪放とまでは言わないが、義太夫節の持つ真率な力強さを基調にして、定高と雛鳥親子の女所帯を語る妹山の側の三味線は、華麗にして優美繊細な節付けを持っている。つまり、背山を語る者は男性的、妹山の方は女性的なのである。もちろん、こういう風に「男性的」「女性的」という言葉を使うと抗議やら批判が飛んで来る現代ではあるが、この語り口と音色の差は、背山の側のドラマが正直なまでにストレートであるのに対して、妹山のドラマが微妙な揺れ動き方をするということでもある。

幕が開くと以上のような舞台面が出現し、人間ドラマの場となる両家の別荘の障子はまだ閉《た》てられたままになっている。そこへ、背山の側の太夫がこう語り始める――。

《古《いにし》えの神代の昔山跡《やまあと》の。国は都の始めにて。妹背の始め山々の。中を流るゝ吉野川。塵《ちり》も芥《あくた》も花の山。げに世に遊ぶ歌人の。言《こと》の葉草の捨てどころ。妹山は太宰の少弐国人《くにんど》の領地にて。川へ見越しの下館。背山の方は大判事清澄の領内。子息清舟《きよふね》（久我之助）日外《いつぞや》よりこゝに勘気の山住居。伴うものは巣《す》立鳥谺《だちどりこだま》と我とたゞ二つ。経読鳥《きょうよむとり》の音も澄みて。心細くもあわれなり。》

《山跡》には「大和」の語が掛けられていて、「この国のどこかの山に宮が作られて、それが〝大和〟なる国の都の始まりである」ということで、《経読鳥》とは「ほー、法華経《ほけきょ》」と鳴く鶯のこと。

満開の桜の中に建つ背山の別荘の庭には、一本の柏の木が植えられて緑の葉を広げている。その葉の緑色が周囲の花のピンクから背山の別荘を孤立させているようで寂しい――その舞台面が父親の怒りに触れて蟄居させられている久我之助の胸の内を暗示する。序段の蝦夷子館によれば、「采女の局を守らなければならない立場なのに、それを怠って采女の局を死なせてしまった」と思われている久我之助は、勘当を受けたということになっている。勘当で親子の縁を切られた以上、久我之助は大判事の家を出なければならないはずだが、いつの間にか「蟄居」ということになって大判事家の別荘にいる。その辺りが豪放に見えてそうでもない大判事のあり方を表してもいる。

背山の側の太夫が久我之助の寂しさを語ると、今度は妹山の側の太夫が《ころは弥生の初めつかた。こなたの亭《ちん》には雛鳥の気を慰めの雛祭。》と、やや高い調子で柔らかに語り始める。それにつれて妹山の別荘の障子戸が開けられ、雛鳥と二人の腰元――小菊と桔梗がいて、その座敷の奥にはフルセットの雛人形を飾る緋毛氈《ひもうせん》の雛段がある。柏の木一本の背山側とは違って、こちらは満開の桜の花が降り注ぐようである。

雛鳥がなぜここに来ているのかと言うと、謹慎中の久我之助が背山の別荘にいるのを知って、「私は病気だから別荘で静養させて下さい」と定高に頼んだ結果である。だから、腰元の小菊は《お前の病気をお案じなされ。この仮屋へ出養生《でようじよう》さしなさったは。よそながら久我様に。お前を逢わす後室様の粋《すい》なお捌《さば》き。》と言う。定高は娘の恋愛事情を薄々、あるいはそれ以上に知っているのである。大判事は息子の心中をなにも知らない。だから背山の方のドラマは、「大判事が息子のことを知る」という、ストレートな進み方をする。しかし定高は娘の胸の内を知っている。知って入鹿の命令を聞いた定高がどういう結論を出すかは分からない。だからこそ妹山の床は、繊細華麗=複雑という局面を表す。

左右対称に近い舞台面を持ち、妹山と背山のドラマが交互に進められる山の段は、「美しい」の一言ですむような単純なものではない。ドラマチックな設定を立てて、その仕掛けによってドラマが動くという浄瑠璃劇の常道に反して、この山の段は揺れ動く人の心理によってドラマが構築されている。だから浄瑠璃劇に必須の「激しく盛り上がる」という要素を欠いている——そうなるように作られているから、上演に二時間かかるこの一場は「優美」を持続させて、慣れない観客を眠らせてしまうことにもなる。この「慣れない観客」とは、山の段の舞台写真を見て驚嘆し、これを上演する歌舞伎座に駆けつけながら「きれいだけで二時間はもたないな」と思って眠ってしまった、昔の私自身である。言い訳ではないが、山の段には人の眠気を誘うような要素が隠されている。

山の段の主役は大判事と定高で、その物語のゴールは「不仲の二人がついに心を通わせ合う」である。そこへ至る前に、二人の子供達は死んでいる——だから最後は二人の死を悼む鎮魂の曲で盛り上がるのかと思いきや、中心にあるのは「子供の死をその初めから半ば以上予期していた親心」なので、夕陽の沈む桜の山に溶け込んで行くような「詠嘆」で終わる。この大曲の基本トーンは、「詠嘆へと至る優美な静けさ」なのだ。だからこそ、途中で盛り上がったりはしない。盛り上がったらそこで終わりである。だから一方の側のドラマが進んで、「どうなるのかな」と思っているとその障子戸が閉められ、他方の床の太夫が「此方の岸では——」と語り始める。両者の語りが交互に進んで、それが「盛り上がりを打ち消す」という作用をしてしまうのである。ぼんやり聞いていて、「その内に盛り上がるだろう」と勝手に思い込んでいる観客が眠くなってしまうのも、しょうがないのである。

この山の段は、どこまでも「心理によって構成される武家の日常ドラマ」で、激しい盛り上がりはなく、最後は悲しみを含んだ詠嘆で終わる。全段の中心でクライマックスになるような三段目の切にそういうドラマを設定する『妹背山婦女庭訓』は、そこで浄瑠璃劇の進む道をストップさせてしまうような、異例で新しい浄瑠璃なのである。

13

妹山の別荘にいる雛鳥は、対岸の別荘にいる久我之助に会いたくてしょうがない。ところが蟄居中の久我之助は部屋に籠って姿を現さない。そこまでを妹山の太夫が語ると、これを受けて背山の太夫が語り始める——《久我之助はうつ〳〵と父の行く末身の上を。守らせ給えと心中に。念彼観《ねぴかん》音《のん》の経机。案じ入りたる顔形。》

背山の別荘の障子も引き開けられ、経机の前でじっと座っている久我之助の姿を見た対岸の女達は、今時の女子中学生だか高校生のように、「きゃー、久我様よ」と叫び立てる。ここから川を隔てて恋の心を通わす久我之助と雛鳥のシーンが始まるのだが、ひたすらに「久我様が恋しい」の雛鳥に対して、久我之助はそう単純ではない。うっかりすると聞き流すが、心中に念彼《ねんぴ》観音経を唱えている久我之助は《父の行く末身の上》の安泰を祈っているのである。

久我之助がなぜこんなことを祈るのかと言えば、久我之助が自身を「早晩死なねばならない身の上」と考えているからである。親孝行は忠義と並ぶ江戸時代の最大徳目の一つだから、この徳目に忠実な久我之助は「私は親孝行をして老父を支えたいのですが、それは出来なくなるはずです。どうか観音様、父をお守り下さい」と祈っているのである。それだけならまだ単純だが、親孝行の久我之助の父大判事は、大悪人の蘇我入鹿に従っているのである——《入鹿という逆臣の水の勢いには。敵対がたき時代《ときよ》の習い。それを知って。しばしのうち。敵に従う父大判事殿の心。善か悪か

を三つ柏。》

久我之助は親孝行だが、その父は入鹿に従っている。だから久我之助は「父の真意はなんだ？」と考えて、父親に肝腎なことをなにも話していない。「父の本心はなんだ」と思う久我之助は、庭に下り立ってそこにある柏の木の葉を取り、水に浮かべて吉凶占いをしようとする。

それ以前に雛鳥の側は、川に小石を投げて久我之助の気を惹こうとしていた。これに対して無反応のままだった久我之助が、今度は川岸に姿を現した。女達は「わー、きゃー」の大騒ぎだが、久我之助の方は雛鳥を好きと思っていても、その恋愛感情を全開に出来ない。「采女の局の居場所を隠し通すためには死も覚悟する」と肚《はら》を固めている久我之助にとって、恋は二の次なのである。二人の腰元を除けば、登場人物は後からやって来る定高と大判事を加えた四人だけのこの場で、久我之助は一番働きのない地味な存在ではあるけれど、その彼は大きくなりすぎた脇筋と本筋をつなぐ一番重要な存在で、「真意」もへったくれもなく「しょうがないから入鹿に従っているだけ」の日和見主義者である父大判事とは大違いの「武士の手本」のような存在なのである。その辺りが、同じイケメンであっても女あしらいのうまい（だけの）藤原淡海とは違うところである。

微妙な温度差はありながら、川を隔てた久我之助と雛鳥は、互いの心を伝えあう。というよりも、雛鳥が一方的に恋の思いを述べ立てて、久我之助は遠回しに「私のことをあきらめて下さい」と言う。そこへ《大判事清澄様御入りなり》《後室様御出《い》で》の声がするから、久我之助と雛鳥は館の内に入る。両方の屋体の障子が閉てられて、上手から大判事、下手から定高が姿を現す。

上手の床が《花を歩めど武士《もののふ》の心の嶮岨《けんそ》刀して。削るがごとき物思い。思い逢瀬のなかを裂く。川辺伝いに大判事清澄。》と語れば、下手の床が受けて《こなたの岸より太宰の後室。定高にそれと道分けの石と意地とを向い合う。川を隔てて。大判事様。お役目御苦労に存じますと。声　襠《うちかけ》をかい取りの夫《つま》の魂。放さぬ式礼。》と語る。《夫の魂》とは遺品の刀で、裲襠《うちかけ》姿の定高は着物の褄《つま》を取りながらも刀を差して「男として事の決着を付ける」という姿勢を示している。

入鹿の言う通りに久我之助を差し出せば、久我之助は拷問にかけられ「采女の局の行方を吐け」と責め殺されるかもしれないと大判事は思っているはずだが、その大判事は、入鹿が言い出したことが本当かどうかも分からないでいる。どうしたらいいか分からずに迷う大判事に対して、雛鳥の恋愛事情に気づいている定高は、「なにをなすべきか」の態度を内心ではっきりさせている。だからこそ、定高の方が先に川越しに声を掛ける。あるいは、自分のなすべきことを明確にして、その酷さに不安を感じて大判事に話し掛けずにはいられない。この川越しのやりとりはある程度以上の分量があるが、これを両花道を使った歌舞伎の演出で見ると、どうしたらいいか分からない不安と、心を決めておきながらもなおかつ不安な二人が、川岸を歩きながら相手の胸の内を探り合うのがよく分かる。浄瑠璃の丸本では、この二人が川岸を別荘へ向かって歩いて来るわけではない。二人はもう別荘の敷地内に入っている。だから《大判事清澄様御入りなり》云々の声が別荘の中に響くのだが、しかしここでの演出は、両花道を使用した歌舞伎の勝ちだろう。

自分から大判事に声を掛けた定高は、その不安ゆえに饒舌で、言うことも嘘ばかりなのだが、どうしたらいいか分からない大判事は味方ほしさもあって、声を掛けて来た定高に《川向いの喧嘩とやら睨み合うて日を送るこの年月。心解けるか解けぬかは今日の役目の落去《らくきょ》次第。二つ一つの勅命。狼狽《うろたえ》た捌きめさるな》と言う。言葉は強いが、単なる心構えを述べただけである。

これに対して定高は、《入鹿様の御《ご》諚意《じょうい》は。お互に子供の身の上受け合うては帰りながら。身腹は分けても心は別々。もしあっと申さぬときは。マァお前にはどうしょうと思召す。》と投げ返す。強がりの大判事はこの問いに、《知れたこと。御前で承わった通り。首打ち放す分のことさ。》云々と返すが、定高はいささか皮肉な調子で、《ハテきつい思切り。私はまたいこう了簡が違います。女子《おなご》の未練な心からは。我が子が可愛《かわゆう》てなりませぬ。そのかわりにお前のお子息様のことは。真実なんとも存じませぬ。》と言う。

定高は、「娘が入内《じゅだい》を承知すれば大出世だから、こんな嬉しいことはない」と言って高笑いをして、その自信たっぷりの態度が大判事を不安にさせ、《シテまた得心せぬときは。》と尋ねさせる。定高はきっぱりと《ハテそりゃもう是非におよばぬ。枝ぶり悪い桜木は。切って継木を致さねば。太宰の家がたちませぬ。》と言う。この言葉が大判事を安心させて《オヽそうなくてはかなうまい。》と言わせるが、その後に《此方の悴とても得心すれば身の出世。》と続けもする。大判事が安心したのは、「定高は強がって娘を殺すと断言した。だったら娘を殺さないのだろう。そうだ、久我之助に関して入鹿が言ったことも嘘かもしれなくて、久我之助には出世のチャンスが巡って来たのだ」と錯覚してしまった結果かもしれない。大判事には、そんな頼りのない一面もある。

大判事は、《栄花を咲かすこの一枝《ひとえだ》。川へ流すが知らせの返答。盛りながらに流るゝは吉左右《きっそう》。花を散らして枝ばかり流るゝならば。悴が絶命と思われよ。》と言い、定高も《いかにも。此方も此一枝。娘の命生け花を。散らさぬように致しましょう。》と和す。定高は、「娘の幸福は久我之助と結ばれることで、入鹿の側妾になることではない。しかし、娘に拒否権はない。だったらいっそ――」と考えている。それが明確だから、定高は「栄花の可能性」しか言わず、態度が未決定の大判事は、「栄花の可能性」と「悲劇の可能性」を並べて言うのだ。
そうして二人は別れてそれぞれの館の内へ入り、まず複雑な胸の内を抱えた定高の主導による妹山のドラマが始まる——。

14

娘と腰元二人が雛人形を前にしている座敷へ入った定高は、「お前にいい縁談がある」と言う。その相手は《ハテ気遣いしやんな。可愛《かあい》娘の一生を任す夫。そなたの気に入らぬ男を。なんの母が持たそうぞ。》なのだから、雛鳥と腰元の二人は、「さては相手は久我様か」と勝手な判断をする。ところが定高の言う相手は入鹿だから、雛鳥の恋愛サポーターである腰元達は怒りあきれて、勝手に座敷から出て行ってしまう。ある意味この家は民主的であったりもするのだ。

雛鳥が入鹿との縁談をいやがることなど重々承知の定高は、腰元達がいなくなったのを見て「本当のこと」を言う——。

《母の心もいろ〳〵に。咲き分けの枝差し出し。親の赦さぬいいかわし徒《いたずら》は呵《しか》って返らず。一旦思い初めた男。いつまでも立通《たて》すが女の操。破りゃとはいわぬが。貞女の立ようがありそうなもの。とっくりとよう思案しや。》

なんだか謎めいた言い方だが、それは定高がまだ半分しか「本当のこと」を言っていないからである。だからこの後に定高は、「お前と久我之助の関係は知っている。しかしお前が入鹿の許へ行くのを拒めば、久我之助の身が危うくなる。久我之助のことを思うのなら、入内を承知しろ。相手を思うのが恋する女の生き方だ」と言う。いささか強引な論理だが、「久我之助のため」と言われて、雛鳥は泣きながら入内を承諾するのだ。

妹山の方でそういうことをしている間に、背山の方では久我之助が「采女の局の一件」を父に話し、「その秘密を守るために切腹することをお許し下さい」と言っている。久我之助の「切腹をお許し下さい」は、「親孝行が出来なくなります。すみません」である。これで久我之助の役割はほぼ終わり、この先の背山のドラマは、「息子の胸の内を知らなかった大判事が事情を知って、息子の筋の通ったあり方に感嘆し、これを死なせなければいけなくなった悔しさと悲しさ」を主題とする。だから大判事は、《天下《てんが》の主《あるじ》の御為には。なに悴の一人《いちにん》など。葎《むぐら》に生える草一本。引きぬくよりも瑣細なことと。涙一滴こぼさぬは武士の表。子の可愛《かわゆう》ない者がおよそ生《しょう》ある者にあろうか。余り健気な子に恥じて。親が介錯してくれる。》と言うしかなくなる。

大判事の言う《天下の主》はもちろん天智天皇のことで、「久我之助が天智天皇のために死んで行くのは仕方がない」でもあるが、しかし久我之助の死を許すことに対して《葎に生える草一本。引きぬくよりも瑣細なこと》と続くと、この《天下の主》が入鹿でもあって、「入鹿に従う以上、息子を殺すのも仕方がない。だからこそ《御前で承わった通り。首打ち放す分のことさ。》と定高に言ってしまったのだ」という大判事の胸の内も見えて来る。だから大判事は、《余り健気な子に恥じて。》（傍点筆者）と言う。「褒めて」ではない。主役級の「立派に見える男」が、素直に自分の非を認めて悔し泣きをする——そして運命に流されて行くという設定は、浄瑠璃の中にあまりない。だからこそ《余り健気な子に恥じて》は、聞く側の耳に深く沁み入るのだ。

そうして背山の方では覚悟を決めて、今度はまた妹山の方である。この辺りの「妹山→背山→妹山」といった転換は、屋体の障子の開け閉てによって表わされるが、これはあくまでも演出上の手法で、実際のドラマは障子で閉て切った密室の中で起こっているから、定高も大判事も対岸の様子を知らないままなのだ。

妹山の方では、入鹿のそばへ上がる雛鳥が、「吹輪《ふきわ》」というお姫様独特の髪形を解いて公家風の「おすべらかし」の下げ髪にして、十二単に着替えようとしている。しかし、入鹿のそばへ上がることを承知はしたけれどやっぱりいやな雛鳥は、八つ当たりで王朝装束の女雛を投げ捨てる。その人形の首がころりとはずれて、これにショックを受けた定高は、ついに「本当のこと」を話す——《娘入内さすというたは偽り。まずこのように首切って渡すのじゃわいのう。》

それを聞いて雛鳥は、《そんならほん〴〵に貞女を立てさして下さりますか。ア、忝《かたじけな》い有難い》と伏し拝み、定高も、《ノウ入内せずに死ぬるのを。それほどに嬉しがる。娘の心しらいでなろうか。》と言う。そして改めて、「お前が死んだことを知ったら久我之助も死ぬかもしれない。少なくとも二人の内のどちらかを助けたいと思って、〝お前を入内させる〟と偽ったのだ」と言う。《高いも卑《ひく》いも姫ごぜの。夫というはたった一人。穢らわしい玉の輿。なんの母も嬉しかろ。祝言こそせね。心ばかりは久我之助が。宿の妻と思うて死にゃ。》——これが花渡しの段の後に定まっていた定高の本心である。しかし、こんな本心を明かしたって嬉しいわけはない。だから定高は、《これほどに思う仲。一日半時添わしもせず。賽《さい》の川原へやるかいの》と嘆き、雛鳥と抱き合って泣く。

妹山の方針が明確になると、今度は背山である。こちらの障子がオープンになると《川を隔て清舟が。最期の観念悪びれず。焼刃《やきば》直《すぐ》なる魂《たましい》の。九寸五分取り直し。腹にぐっと突立つる。》である。刀を腹に突き立てる久我之助はストレートに潔いが、大判事の方はまだそれほどの覚悟が出来ていない。だから《一生の名残り女が頬《つら》。一目見てなぜ死なぬ。》と分かったようなことを言って、久我之助から《この期におよんでさほど狼狽《うろたえ》た未練な性根はござりませぬ。》とたしなめられてしまう。

「父上、そんな暇があったら――」と言いたかろう久我之助は、「花のついた枝を川に流して下さい」と大判事に言う。「私が死んだと知ったら雛鳥も死んで、太宰の家も断絶するでしょう。だから私が腹を切ったということを暫くの間隠して下さい」と言って、《不義の汚名は受けたれども。これぞ色に迷わぬ潔白。》と続ける。雛鳥は恋の心に殉じ、相手を生かしたいと思って死を選択する。それに対して、同じく相手を生かしたいとは思っても、久我之助は「恋」ではなく「武士のあり方を全うさせるため」に死を選ぶ。そしてその父の大判事は、「川へ花の枝を流してくれ」と言う久我之助の頼みを聞いて、《オヽ出かした能《よ》く気がついた。》と言う。息子を失う悲しみに動顚して、大判事は肝腎のことを忘れていた――立派に見えるこのお父さんは、いたって「普通のお父さん」なのだ。

腹に刀を突き立てた久我之助の前で、大判事は涙ながらに花の枝を川に流す。これが妹山の方の目に入って、雛鳥は《アレ〳〵花が流るゝは。嬉しや久我様のお身に恙《つゝが》のないしるし。》と喜び、《私は冥途へ参じます。千年も万年も。御無事で長生き遊ばして。未来で添うて下さんせ》と胸に呟き、母親に死の催促をする。

雛鳥は《片時《へんし》も早うサァかゝ様。切って〳〵》と言うが、定高だってそう簡単に娘を殺せない。

「その覚悟のステップボードに」という心で、偽りの印である花の枝を川へ投げる。
流れる花の枝を見た久我之助は雛鳥の無事に安堵して、大判事に《御苦労ながら御介錯。》と言い、雛鳥も《未練にござんす母様》と、介錯で首を切り落とすように迫る。どちらの親も覚悟を決めかね、《子よりも親の四苦八苦》ということになるが、ついに定高は覚悟を決めて娘の首を打つ。その瞬間の嘆きの声が背山に届いて両家の障子は倒れ落ち、相手の様子が丸見えになる。《ヤァ雛鳥が首討ったか。久我殿は腹切《きつ》てか。ハァしなしたりとどうと坐し。悔《くやむ》も泣くも一時に呆れて詞もなかりし》ということになるが、すぐに《やゝあって定高声を上げ。入鹿大臣へ差上げる雛鳥が首。御検使受け取り下され》と言う。ここからがこの段を収束させる終局部である。

定高は雛鳥の首を打ったが、大判事はまだそれをしていない。久我之助は虫の息ながらまだ生きていて、定高は久我之助が生きている間に「娘の嫁入り」を実現させてやりたいのである。もちろん大判事もこれを受け入れ、その先は妹山の床に琴も加わって「雛流し」と言われる部分になる。

雛段に飾られている雛道具を嫁入り道具に見立て、同じく飾られている蒔絵の駕籠に雛鳥の首を入れて、浮きになる琴の上に結びつけて対岸へと流すのである。現代の目からすれば血みどろのスプラッタにもなりかねないが、江戸時代的感覚からすれば哀切極まりないところである。定高は腰元達に言いつけてこれらを川に流し、対岸の大判事は弓を使ってこれらを一々引き上げる。江戸時代の嫁入りは「二度と帰って来ずにすみますように」と祈られて、葬式にも等しい扱いを受けていた。これを《葬《そう》よ（輿《よ》）嫁入り》と言って、昔は娘を送り出す際には門火を焚いたりした。『仮名手本忠臣蔵』の八段目で、戸無瀬と小浪が富士山から立ち上る煙を「門火」と見るのもこれである。

両家の親は悔いと嘆きを繰り返す——。
《一代一度の祝言に。聟《むこ》殿の無紋の上下（切腹装束のこと）。首ばかりの嫁御寮に。対面しょうとは知らなんだ。それも子供が遁《のが》れぬ寿命。兎にも角にも世のなかの子という文字に死の声の（子を音読みにするとシになる）。有るも定まる宿業と。隔つる心親〻の積もる思いの山〻は。とけて流れて吉野川いとゞ。漲《みなぎ》るばかりなり》

ここは山の段で唯一の「大落とし」という音の盛り上がりを聞かせるところで、妹山と背山の床が交互に語って、ついには両床が声を合わせるのだが、《とけて流れて》からはまた両床交互のソロになる。それもつまりは、ヘンな高潮感で全体のデリケートな雰囲気を壊したくないためだ。

最後を締めるのは大判事である。雛鳥の首を抱えた大判事は《倅清舟承われ。人間最期の一念によって輪廻の生を引くとかや。忠義に死する汝が魂魄《こんぱく》。君父《くんぷ》の影身に付き添うて。朝敵退治の勝《かち》軍《いくさ》を草葉のかげより見物せよ。今雛鳥と改めて親がゆるして尽《じん》未来。五百生《しょう》までかわらぬ夫婦。忠臣貞女の操を立て死したるものと高声《こうしょう》に。閻魔《えんま》の庁を名乗って通れ南無《なむ》成仏得脱《じょうぶつとくだつ》》と言う。反入鹿の態度決定を明らかにした大判事の声が、慚愧の念を吹き飛ばそうとして大きくなるのは仕方がない。その父が言う《忠臣貞女の操を立て死したるものと》云々は、泣けるところである。

日は既に沈みかかっている——《早日も暮れて人顔も。見えず庵《いおり》の霧隠れ。うずむ娘の亡骸《なきがら》はこなたの山にとゞまれど。首は背山に検使の役目。我が子の介錯涙の雛。よしや世のなか憂きことは。いつかたえまの。大和路や。跡に妹山。さきだつ背山。恩愛義理をせき下す。涙の川瀬。三吉野の花を。見捨てゝいでて行く》

段切れのこの部分、《よしや世のなか憂きことは。》の辺りは妹山の床の担当だが、この《よしや世のなか》と太夫が語り出す部分には、山の段で唯一随一と言っていい華麗な三味線の手が付いている。それは、金色の光を浴びて舞い散る桜の花を連想させるようなもので、「よしや＝いやだけれどしょうがない」の思いを遠くに見て桜が散る――「詠嘆とはそういうものだ」と言われているような気がする。

あとがき

この本は雑誌『考える人』に「浄瑠璃を読もう」「續・浄瑠璃を読もう」と題して連載されたものを一冊にまとめたものです。

なんでまた義太夫節の浄瑠璃かと言えば、近代になって成立する小説の先祖が江戸時代の人形浄瑠璃劇だと私が思っていて、今でも好きな人は好きではあるけれど、多くの人にとっては「遠いもの」になってしまっているのを、少しはなんとかしたいなと思った結果ですが、私の悪い癖であまり「分かりやすい本」にはなっていません。

根本の動機は、「三大浄瑠璃と言われるものがどんなものなのか、その話を知っていたっていいじゃないか」というところにあって、だったらまずは「あらすじを書く」があってしかるべきなんですが、これがむずかしい。本文中にもあるように、雑誌連載と並行して子供向きの「歌舞伎絵本」のシリーズを五冊――『仮名手本忠臣蔵』『義経千本桜』『菅原伝授手習鑑』『国性爺合戦』『妹背山婦女庭訓』を完成させました。子供相手に浄瑠璃ドラマのややこしいレトリックを読めるよういに書くのは、それなりに大変ですが、「なにがなにやら」と思ってボーッと見ている相手にあらすじを聞かせるより、物の分かった大人相手の方がずっと面倒でした。というのは、子供相手の絵本なら、面倒な説明抜きで「カクカクシカジカだったのです」ですませてしまうことも出来ますが、大人相手になると「なぜそんなことになるんですか？」という種類の疑問がいくらでも出て来るのです。

『仮名手本忠臣蔵』から始まって『妹背山婦女庭訓』に至るまで、この本で取り上げた八作品のすべてには「なぜこの作者はそんな面倒臭いことをしたのか？」という疑問が山積みで、だから近松門左衛門の『冥途の飛脚』の項では、「どうしてこの作品が当時的には変わっているのか」という逆立ちした説明まで生まれてしまう。

はっきり言って私は、義太夫節を音楽として好きで、面倒臭い話なんかどうでもいいんです。「あそこのところがカッコいいから好き。あそこのところはあまりにきれいでうっとりしちゃう」だけなんだけども、それを言ってもあまり通らない――通らないのは、そこに「よく分からない江戸時代的な思考」が横たわっているからなんだろうなと思って、「どうして江戸時代人はこういう考え方をしたか？　こういう考え方を受け入れたか？」の説明の方に比重がかかりすぎてしまったように思います。それが分からなくなったからこそ、人形浄瑠璃のドラマが「遠いもの」になってしまったのだと思いますが。

人形浄瑠璃のテキストが独特に理屈っぽいのは事実ですが、それとまともに向き合って、この本はもっと理屈っぽくなってしまいました。私としては単純に、浄瑠璃の詞章を取り上げて、「この文章いいなァ」と言いたかっただけではありますが、近代人にとっては「江戸時代的思考」というハードルを幾つも跳び越さなければならない面倒臭さはあると思います――と言って、ここでまた浄瑠璃を敬遠させてしまってはいけませんが。

まえがきでも言いましたが、今となっては古本屋にでも行かなければ丸本のテキストを手に入れにくいという状況ではありますが、この本の中で取り上げた八作品の註釈付きテキストに関して触れておきます。

古い物で手に入りにくくはあろうかと思いますが、朝日新聞社刊の日本古典全書の内、『竹田出雲集』と『近松半二集』の二冊が便利です。前者には『仮名手本忠臣蔵』『義経千本桜』『菅原伝授手習鑑』の三作、後者には『本朝廿四孝』と『妹背山婦女庭訓』の二作が収められていて、こういうまとまった形のテキストは現在他に見当りません。

バラバラの形ではありますが、岩波書店刊の日本古典文学大系や新日本古典文学大系、新潮社刊の新潮日本古典集成、小学館刊の日本古典文学全集や新編日本古典文学全集の『浄瑠璃集』とか『近松門左衛門集』というものの中にも収録されています（残念ながら『本朝廿四孝』だけはありません）。不親切ですいませんが、ネットで調べるなり、書店や図書館等で当たって下さい。

橋本　治

＊初出
「考える人」二〇〇四年夏号～二〇〇七年冬号
二〇〇九年春号～二〇一〇年秋号
二〇一一年春号～二〇一一年秋号

浄瑠璃《じょうるり》を読《よ》もう

著者

橋本《はしもと》 治《おさむ》

発行

2012年7月25日

5刷

2020年4月10日

発行者 佐藤隆信

発行所 株式会社新潮社

〒162-8711 東京都新宿区矢来町71

電話 編集部 03-3266-5411

読者係 03-3266-5111

http://www.shinchosha.co.jp

印刷所

大日本印刷株式会社

製本所

大口製本印刷株式会社

乱丁・落丁本は、ご面倒ですが小社読者係宛お送り下さい。
送料小社負担にてお取替えいたします。
価格はカバーに表示してあります。

ISBN978-4-10-406113-6 C0095

もう少し浄瑠璃を読もう　橋本治

『曾根崎心中』『摂州合邦辻』など八つの名作を精読すれば、ぶっ飛んだ設定、複雑なドラマの中に、愛おしい人間達が息づく。最高の案内人が遺した最後の案内書。

初夏《はつなつ》の色　橋本治

周りが闇でも、明かりが灯っているだけでいい――。言葉少なに互いを思いやり、「その後」を生きようとする家族の肖像など、震災後の日本人の姿をつぶさに描く短篇集。

ひらがな日本美術史　橋本治

退屈な美術史よ、さようなら。仏像、絵巻、法隆寺などを大胆繊細かつ感動的に読み解きながら、太古の日本人の心、夢、祈りのかたちを明らかにする。カラー写真多数。

ひらがな日本美術史2　橋本治

龍安寺の石庭は難解な哲学なのか。歴史上もっともパンクな天皇とは誰か。遠い過去のことでも他人事でもない中世へ、思考する眼が旅をする大反響シリーズ第二弾。

ひらがな日本美術史3　橋本治

〝元祖バブル〟の安土桃山時代は傑作がメジロ押し。枯淡あり絢爛あり妙なものあり。日本人の失われたセンスと矜持がこの時代に輝き溢れていたのは何故なのか？

ひらがな日本美術史4　橋本治

シリーズ第四弾は、「最高の画家」宗達から、とんでもなくオシャレな「桂離宮」まで、時代を超越した江戸のセンスが目白押し。異端にしてド真ん中の日本美術批評。